역사가 지식이다

국립중앙도서관 출판시도서목록(CIP)

역사가 지식이다 / 신봉승 지음

– 서울 : 선, 2013

p. ; cm

ISBN 978-89-6312-469-8 03810 : ₩23000

한국 현대 수필[韓國現代隨筆]

814.62-KDC5
895.744-DDC21   CIP2013008430

지은이 **신봉승** | 발행인 **김윤태** | 발행처 **도서출판 선** | 북디자인 **디자인이즈**
등록번호 제15-201 | 등록일자 1995년 3월 27일 | 초판 1쇄 발행 2013년 6월 25일
주소 서울시 종로구 낙원동 58-1 종로오피스텔 1020호 | 전화 02-762-3335 | 전송 02-762-3371

© 신봉승, 2013

값 23,000원
ISBN 978-89-6312-469-8 03810

이 책의 판권은 지은이와 도서출판 선에 있습니다.
잘못된 책은 바꾸어 드립니다.

역사가
지식
이다

신봉승 자전에세이

멀고 험했어도
후회는 남기지 않았다

　샘에서 솟아난 한 점 물방울이 시내가 되고 강이 되어 바다에 이르면 넘실넘실 춤을 출 수밖에 없다. 사람의 삶도 이와 다를 것이 없다. 나는 열세 살 까까머리 소년으로 8·15의 감격을 맞았고, 스무 살에 6·25의 참변을 경험했으며, 스물일곱에 5·16을 겪으면서 문필의 길로 들어섰다. 그것은 격동의 세월을 헤쳐가야 하는 노정이기도 하였다.

　20대는 시인이 되려는 꿈을 안고 살았고, 30대는 극영화의 시나리오를 쓰면서 하늘 높은 줄 모를 만큼 우쭐거렸다. 40대로 접어들고서야 TV드라마를 쓰는 것으로 생업을 삼는가 싶었는데, 역사드라마에 눈 뜨면서 50대를 맞게 되었다. 그리고 그 후의 30년은 그야말로 〈역사를 관장하는 신〉의 품안에서 나름대로의 길을 품위 있게 걸었다고 자부한다.

　얼핏 들으면 오만하고 방자하게 들릴 수도 있지만, 내게는 그 과정이·정밀하게 짜여 기계의 움직임과 같아서 모든 것이 순조롭게 이루어진 것을 어찌하랴. 또 그런 일들의 성사가 인연이 맺어준 아름다운 결과여서 지금도 나는 인연을 누구보다도 소중히 여기고 있다. 인연이란 꼭 좋으리란 법이 없기에 악연이란 말도 존재한다. 그러나 다행히도 내게는 악연을 경험한 일이 아직은 없다. 하늘의 가호가 아니고는 이 같은 행운을 누리기란 쉽지가 않다.

　행운이란 말에 담겨진 해석의 여지도 사람에 따라 다르게 마련이지만, 나는 행운을 맞기 위한 전제 조건을 언제나 먼저 만들어서 충족하였다는 자부심이 있다. 그 기본은 어떤 일을 시작하기 전에 반드시 거기에 관련된 논리적인 근거를 마련해 두었다는 점이다. 가령 내 30대의 본업이었던 극영화의 시나리오를 쓸 때의 예를 든다면, 시나리오란 무엇이며, 또 어떤 방법으로 쓰는 것이 이상적인가를 관련된 서적을 통해서라도 숙지하고서야 실제의 작업으로 들어갈 정도로 모든 일에 완벽을 추구하는 성깔이었다는 뜻이다.

역사드라마의 경우라 하여 다를 것이 없다. 야사(野史)의 사료(史料)만을 얼버무려도 얼마든지 재미있는 역사드라마를 쓸 수가 있다. 또 그것이 잘못된 생각으로 매도될 수가 없는 것임을 누구보다 잘 알고 있으면서도 나는 상당한 시간과 고통을 감내하면서까지 정사(正史)사료를 살피지 않고서는 붓을 들지를 못했다. 결벽증이라면 어폐가 있을지 몰라도, 언제나 그것을 정도(正道)로 삼았기에 나를 따르려는 제자들에게도 특히 그 점을 강조하였다. 결과는 참담한 것이어서 내 흉내를 내서라도 나를 따르겠다는 자랑스러운 문도(門徒)가 아직 없다는 것이 서운하기 그지없는 노릇이기도 하다.

내가 맺었던 인연은 언제나 아름다웠다. 손으로 맨바닥을 더듬거리면서 어렵게 산모퉁이에 이르면 언제나 내 손을 잡아서 다독이며 "왜 이제야 오느냐"며 반기는 은혜로운 손길이 있었다. 또 그들은 내가 미지의 산굽이를 벗어날 때까지 동행을 하였다가 평탄

한 길이 나오면 언제나 손을 흔들면서 뒤돌아서곤 하였다.

　길이란 언제나 평탄한 것이 아니다. 암초가 여기저기에 놓여 있기도 하고, 더러는 보이지 않는 그림자나 환상으로 다가와 앞길을 가로막기도 한다. 사람 사는 길이 그러하건대 성공으로 가야 하는 작가의 길이라면 더하면 더했지 덜하지가 않다. 지금은 내 종착지가 된 역사라는 벌판이라 하여 다를 것이 없었다.

　역사를 바로 아는 방법이 행간(行間)을 읽어내는 일이었기에 나는 기존의 역사학자들에게는 단 한 차례도 자문을 청한 일도 없거니와 또 그분들의 도움을 받은 일도 없는 독불장군으로 살았다. 내가 가야 했던 길은 남의 뒤를 따르려는 것이 아니라, 내 스스로 전인미답의 길을 열어가는 고되고 험한 길이었기 때문이다. 그래서 얻어진 결론은 단 한 가지, 내가 쓰는 작품보다 내 몸뚱이가 더 훌륭한 작품이 되어야 하겠다는 결단을 실천해 보이는 일이었다. 그러나 그것은 참으로 견디기가 어려운 험난한 노정이어서 내게로, 혹은 가솔들에게 다가오는 크고 작은 손실을 감내하는 일이 더 힘들고 고달팠다.

역사를 가까이하였던 인연으로 내 지식의 뿌리가 역사의 토양에서 자라고 있었다는 사실, 또 그 지식의 뿌리에서 갈라져 나온 잔가지들까지 모두가 내 지식의 근원임이 확실하다면 역사가 주는 교훈이 얼마나 큰 것인지를 몸으로 익히면서 살아온 80년 세월이다.

물론 더 두고 보아야 할 일이지만 지금으로서는 이 글이 내 생애의 마지막 저술이 될 것이라는 생각도 없지는 않다. 다만 나의 화려하면서도 불과도 같았던 삶의 벌판을 진솔하게 뒤돌아보는 것이 가솔들이나 후학들에게 얼마간의 도움이 될 것이라는 확신으로 붓을 들었음을 고백한다.

2013년 5월 그믐

竹堂 辛奉承 합장

내 인생 초록 물 들이면서

"아, 이 초록색…!"

일본에서도 이름 있는 여류 다큐멘터리작가 쓰노타 후사코(角田房子: 『민비암살』의 저자) 할머니는 내 어머님과 동갑이면서도 아들 또래의 내 손을 잡아 흔들 때마다 감동이 담긴 목소리로 마치 자신의 일처럼 초록색을 찬양하곤 하였다. 초록은 생명이며, 자연이며, 삶이라고 토로할 때는 늘 촉촉해진 눈시울에 연민의 정을 담곤 하였다. 그리고 늙은 여인으로 대하지 말고 연인처럼 대해 주기를 원하였다.

반세기가 훨씬 더 넘는 짧지 않은 세월을 오직 글을 쓰는 일만으로 몰두하며 살았던 탓으로 내 손가락에는 언제나 초록 물이 들어 있었다. 정확하게 계산해 본 것은 아니지만, 얼추 20여만 장에 이르는 엄청난 양의 원고지를 모두 초록색 잉크로만 소모하노라니 몽블랑 만년필 금장의 굵은 펜촉을 다섯 자루나 닳아서 없앨 정도면 그런 감동 정도로는 내 마음의 깊은 곳까지 들어 올 수가 없다. 그러나 얘기가 초록색 잉크에 미치면 내게는 샘이 솟아나듯 아름다운 화두가 열린다.

편운 조병화 시인과의 인연은 내가 강릉사범학교 졸업반이던 1952년에 작품[詩]으로 처음 맺어진 이래, 중앙대학교와 경희대학교에서는 교수와 학생으로, 또 문단에서는 선배와 후배로, 선생님의 말년에는 예술원의 회장과 회원으로, 또 단정하게 술을 마신다 하여 원로 예술원 회원들의 모임인 '수요회'의 멤버로까지 끼워 주신 정분 때문에 서로가 마음에 묻어주어야 할 내밀한 일까지 격의 없이 나누게 되어 선생님이 이승을 떠나신 지금도 나만이 간직해야 할 사연이 있을 정도다.

내가 대학생일 때, 편운 조병화 시인은 교정에서나 강의실에서나, 혹은 길가에서라도 나를 불러 세우고는, "봉승아, 이리 와라 시집 나왔다." 하시면서 초록색 잉크가 흘러나오는 금장의 파커만년필로 손수 서명을 해 주시곤 하였는데, 그때 선생님 만년필에서 흘러나오는 초록빛 잉크가 내게는 너무도 아름답고 환상적이었다.

시집 『여숙(旅宿)』을 주실 때의 기억은 지금도 웃음을 자아내게 한다. 역시 느닷없이 나를 불러 세우고 초록색 잉크로 서명을 하시는데, 〈辛承奉에게〉라고 적으신다. 내가 '아차' 하는 순간 편운 선생님은 교정부호 ∽로 〈承奉〉을 〈奉承〉으로 바꾸어 읽게 하시고는, 지난밤에 마신 술이 덜 깼다는 뜻으로 작취미성(昨醉未醒)이라 적으신 다음에야 "허허허, 이만하면 됐냐?" 하시며 너털웃음으로 얼버무리던 모습이 지금도 생생하다.

어찌되었거나, 편운 조병화 시인의 만년필에서 흘러나오는 초록색 잉크가 얼마나 멋지고 판타지컬하였던지 그날 이후 나도 모든 원고지의 칸을 초록빛 잉크로 메우게 되었다. 아는 바와 같이 시나리오나 TV드라마는 원고지의 소모량이 다른 장르에 비해 엄청나게 많다. 얼추 20여만 장의 원고지를 모두 초록빛 잉크로 메우게 되면서 우연찮게도 초록색 빈 잉크병이 무려 2백여 개나 모이게 되었고, 그 모든 것이 편운 조병화 시인과의 인연에서 비롯되었다는 기사가 여러 언론에 소개되었다. 그런 소식에 접하신 편운 조병화 시인은 때와 장소를 가리지 않으시고 아주 자랑스럽게 말씀하시곤 하였다.

"봉승아, 너는 나의 청춘이다."

내가 편운 조병화 시인의 청춘이라면 아무리 생각해도 과분한 찬사지만 그것이 초록빛 잉크로 맺어진 사연이라면 기꺼이 받아들여도 아무 하자가 없을 줄로 안다.

그 초록색 빈 잉크병 2백여 개는 내 고향 강릉에 마련된 〈초당 신봉승 예술기념관〉의 진열장 한쪽을 장식하고 있다. 기념관을 방문한 내객들이 유독 그 잉크병 앞에서 발걸음을 멈추는 것은 잉크병 2백여 개가 한 자리에 있어서만이 아니라, 적어도 한 작가가 소모한 잉크의 양에 대한 경이의 표현이라 하여도 결코 과장이 아닐 것이며, 또 그것을 입증하듯 함께 전시된 육필원고도 모두 초록빛 일색이고, 또 그 많은 원고를 썼던 몽블랑 만년필 다섯 자루도 그 자리에 전시되어 있음에랴.

또 다른 뜻에서도 초록색은 내 인생의 동반이나 다름이 없다. 어려서 바라보던 대관령은 네 계절이 아니라 여덟 계절을 방불케 하는 빛의 향연을 펼쳐내곤 하였다. 초록빛은 그 신비의 주체이었고, 천지자연의 이치를 주관하는 빛깔이기도 하였다. 나는 그 변화무쌍한 대관령을 넘나들며 철이 들었고, 그 정기를 받은 은혜로움을 근거로 험난하기 그지없었던 문필의 길을 걸을 수가 있었다.

> 저기 물안개 소낙비 아련한 산은
> 그려도 움직이는 한 폭의 비단.
> 저기 빨간 단풍으로 색칠한 산은
> 의연히 손짓하며 우릴 부르네.
> 대관령 아흔아홉, 굽이굽이는
> 내 인생 초록 물 들이면서 나그네가 되라네.
>
> 저기 찬바람 하얀 눈 소복한 산은
> 누구를 기다리나 봄은 먼데
> 저기 진달래 철쭉으로 불타는 산은

구름도 수줍어서 쉬어 넘는데
대관령 아흔아홉, 굽이굽이는
내 인생 보슬비 맞으며 나그네로 오라네.

KBS의 〈신작가곡〉 운동에 참여한 필자의 가사를 작곡가 박경규 님이 아름답고 웅장한 곡을 붙여 주신 덕에 지금은 고등학교 음악교과서에 등재되는 등 많은 사람들의 애창곡이 되면서 내 고향의 상징인 대관령의 신비함이 더욱 절절하게 퍼져 나가게 되었을 뿐만이 아니라, 내게는 내 삶의 주제가가 되어 귓가를 맴돌게 하고 또 흥얼거리게 한다.

대관령은 백두대간이 흘러내리는 한반도의 척추와도 같은 우람한 준령이다. 해발 860여 미터라면 그다지 높은 편은 아니지만 이를 데 없이 험한 굽이굽이를 갖추고 있어 예로부터 험한 길의 대명사로 불리어왔다.

조선 시대에서는 도성인 한양에서 대관령을 넘어 강릉도호부(江陵都護府)에 당도하자면 가마 길로 꼬박 1주일이 걸리는 노정이라 '울고 넘는 고개'라고 일컬어지기도 하였다. 이 험준한 고개를 넘고서도 과연 사람이 살만한 곳이 있을까 싶은 절망감의 표현이 아닐 수 없다.

지금은 영동고속도로 덕분에 서울을 출발한 자동차가 경포대의 해수욕장까지 두 시간 반 정도면 충분하지만, 내가 대학을 다닐 때

(1957년경)만 해도 강릉에서 서울까지는 버스로 꼬박 12시간이 소요되는 참으로 멀고 험난한 길이었고, 그 먼 길 모두가 아스팔트길이 아닌 자갈밭 신작로여서 천신만고 끝에 서울에 도착하면 온몸이 흙먼지를 노랗게 뒤집어쓰곤 하였다.

험준하기만 한 대관령을 넘어 해 뜨는 고장인 동쪽 끝에 이르면 유서 깊은 강릉대도호부에 당도한다. 지역의 역사가 깊어서 삼국시대 이전으로 올라가야 했던 탓으로 지금도 이 지역 여러 학교의 교가에는 〈……임영(臨瀛) 옛터〉라는 구절이 들어있을 정도로 문화와 역사의 고장임을 실감하게 한다.

강릉도호부에서 남쪽으로 60리길을 더 내려가면 우계현(羽溪縣)이 있는데 지금의 강릉시 옥계면(玉溪面)이다.

『신증(新增) 동국여지승람(東國輿地勝覽)』에는 우계현을 다음과 같이 적고 있다.

> 우계현은 부(府: 강릉) 남쪽 60리에 있으며 본래는 고구려의 우곡현(羽谷縣)이며 옥당(玉堂)이라고도 하였다. 신라의 경덕왕 때 지금의 명칭으로 고쳤다.

옥계면의 중심지는 현내리 면사무소 주변의 올망졸망한 초가, 혹은 함석지붕의 한촌(寒村)이었고 그 남쪽으로 거울과도 같이 맑은 냇물이 흘렀다. 그 냇물 건너편 마을이 글자 그대로 천남(川南)인데, 그 천남의 샘터에서는 생골(生骨)이라고 불리는 작고 검은 돌(광

물체)이 나온다. 그 돌을 먹으면 신경통이 가신다하여 봄 여름이면 '생골'을 찾는 외지 사람들이 북적거리곤 하였다.

그 천남에서 바다를 향해 잠시 동쪽으로 걸으면 천혜의 땅 주수리(朱樹里: 내 외가가 있다)가 있고, 조금 더 가서 바다에 맞닿으면 지금도 해수욕장으로 이름난 금진리(金津里)의 백사장이 눈이 시리도록 아름답게 펼쳐져 있다.

이 같은 경관이면 하늘이 내린 아름다운 자연이며 풍요로운 땅이라 불러도 아무 하자가 없다.

강릉시 옥계면 현내(縣內) 3리.

나직한 야산이 흐르다가 멈춘 듯한 곳에 울창한 대밭이 있고, 그 대밭을 병풍처럼 두르고 고색창연한 고가가 한 채 있다. 기와에는 이끼가 끼었고 기왓장 밑에는 참새가 집을 짓고 살았다. 이 집은 할아버지가 몸소 재목을 마련하여 옥계면에서 가장 훌륭한 기와집으로 지었다는 말을 어려서 들었다.

1933년 5월 23일, 나는 이 유서 깊은 기와집에서 태어났다. 아버지 신만선(辛萬善)과 어머니 최정애(崔貞愛)의 1남 2녀 중의 맏이자 외아들이었다. 크게 번창하지 못했지만 많은 소작인을 거느린 종가(宗家)의 종손으로 태어난 까닭으로 척분들 간에서는 대단히 소중한 존재였고, 많은 소작인들은 지주 댁의 어린 종손을 하늘같이 떠받들었을 것임은 불문가지의 일이다. 어디로 가나 귀여움을 독차지하였던 탓에 마음에 들지 않는 일이 있으면 어려서부터 생떼와 같은 고

집을 부렸다고 어른들이 혀를 차면서 말하는 것을 듣곤 하였다.

아버지는 일본 땅 규슈(九州) 북단에 위치한 모지(門司) 시의 공립 상업학교에서 수학한 인텔리였으나 어머님이 학교의 문턱에도 가보지 못했던 탓으로 두 분의 정분이 두터워질 까닭이 없다. 참 알수 없는 일이지만, 외조부 최진태(崔鎭泰) 어른은 이 지역의 이름 있는 한학자이자 한의(韓醫)였고, 아들(외숙부)을 경기중학에 유학하게 하여 경성제국대학 법문학부를 졸업하게 할 정도로 깨어 있는 분이지만, 맏따님(내 어머님)을 보통학교 문턱에도 보내지 않은 것은 아무리 남존여비의 풍속이라 하더라도 내 평생의 수수께끼나 다름이 없다.

그러나 어머님은 비록 학교의 문턱에도 가보지 않은 문맹(文盲)이긴 했어도 반가(班家)의 규수가 갖추어야 할 법도나 종가의 대소사와 제례(祭禮)에 관해서는 나무랄 데 없이 완벽하셨고, 대소가의 척분들을 부리는 종부로서의 위엄이 어찌나 당당하였던지 이웃 사람들까지 '조선총독부'라고 부르면서 혀를 내둘렀을 정도로 당당하였다.

아무리 여장부와 같은 종부의 기질이어도 아버지는 어머니가 신여성(新女性)이 아닌 것에 크게 실망하면서 마침내 가출을 단행하여 만주(滿洲)로 떠나간다. 자신의 큰누님이 재분소를 경영하고 있는 만주 땅 신경(新京: 지금의 長春)에 자리 잡으면서 사진술(寫眞術)에 심취하게 되었고, 이를 계기로 후일에는 신생 만주국 황실(皇室)의 전속 사진기사로 발탁되기도 하였다.

나와 아버지의 거리는 멀어질 수밖에 없다. 1년에 한 번, 혹은 2년에 한 번 꼴로 고향으로 오실 때마다 어린 나는 아버지 보기를 낯선 남자로만 여겼던 탓으로 정이 드는 것은 고사하고 늘 서먹서먹하기만 하였다. 그래도 한 열흘 남짓 지나면서 '저 분이 내 아버지구나.' 하는 생각이 들 때쯤이면 아버지는 다시 만주로 훌쩍 떠나시곤 하였다.

아버지가 떠나가고 없는 집 안을 서성이는 어린 손자가 애처로워 보였던지 할아버지는 네 살 난 손자에게 「천자문」을 가르치기 시작하였다. 바로 이웃에 자신의 4촌 아우가 운영하는 서당이 있었는데도 할아버지는 당신이 기거하는 큰 사랑에 어린 손자를 앉혀 놓고 또박또박 천자문을 가르쳤다. 나중에야 들어서 안 일이지만 어린 손자가 너무도 총명하여 할아버지가 더 열성적으로 가르쳤다고 소문이 돌 정도였단다.

어린 손자는 「천자문」을 배우기 시작한 지 1년 만에 네 자로 된 250수의 글귀를 줄줄 외는 판국이라, 귀애하는 종손 손자의 「천자문」 '책 떼기'를 자축하기 위해 온 마을을 상대로 떡을 쪄서 돌리는 떠들썩한 잔치를 벌이기까지 하였다고 들었다. 그리고 다음 과정인 『명심보감』으로 들어가면서 온 집안에는 웃음소리가 가시질 않았다고 늘 할머니가 대견스러워 하였다.

내가 여섯 살이 되던 해, 우리 집은 강릉시내로 이사를 하게 된다. 무슨 사업을 하자는 것이 아니라 재물이 넉넉하였던 탓에 도심의 중심부에 자리를 잡고 싶었을 것이라고 짐작된다. 그날 나는 태어나서 처음으로 자동차라는 것을 타게 되었지만, 얼마나 차멀미를 심하게 하였는지 옥계에서 강릉까지의 80리길을 오직 토하면서만 덜컹거렸던 기억밖에 생각나는 것이 없다. 강릉시 성남동(城南洞) 204번지가 내 본적지가 된 것은 이 같은 연유에서다.

새로 이사를 온 성남동 집 또한 엄청나게 큰 고가(古家)였다. 고려 시대의 관헌에 찾아온 손님들을 접대하던 객사(客舍)의 동헌(東軒)을 옮겨 놓았다면 그 규모를 짐작하고도 남을 것이지만, 그러자니 살림집으로는 불편하기 그지없는 구조였다.

강릉의 객사가 어느 정도의 규모냐 하는 것은 그 정문인 객사문(客舍門)이 지금도 남아 있고, 국보 제51호로 지정되어 있는 것만으로도 입증된다. 고려 태조 19년에 창건되었고, 공민왕(恭愍王)의 친필 현판이 걸려 있었다는 기록도 있다. 건축양식은 전통적인 고려식 건축인 천축식(天竺式)을 취하고 있다.

덩그렇게 크면서도 고색창연한 기와집은 부엌 하나에 방 두 칸씩 나란히 붙은 구조가 네 개 연결되어 있어 가정집으로는 쓸모가 별로 없지만, 6·25 이후 가산이 급격히 기울어졌을 때는 그런 구조를 이용하여 여관도 하였고, 식당도 하였고, 셋방을 놓기도 하였다.

나의 청소년 시절은 모두 이 고가에서 보냈던 탓으로 1945년 을유년의 해방도, 1950년 6·25의 참변도, 4·19 학생혁명도, 5·16 군사쿠데타도, 아내를 맞는 결혼도 모두 이 고가에서 치르고 겪었다.

식민지 시대의 소년으로

　여덟 살이 되던 1940년, 나는 강릉초등학교에 입학을 하였다. 각 학년이 모두 5반으로 편성되었고 재적 학생 수가 무려 2천여 명을 헤아리는 역사와 전통에 빛나는 유서 깊은 학교였지만, 이미 이 무렵에는 조선어로 된 모든 교과서가 없어진 다음이었다. 따라서 모든 학생들에게는 일본어의 사용이 강요되었던 시절이다.

　학교 밖에서는 자유롭게 우리말(조선어)을 쓸 수가 있었지만, 일단 교문 안으로 들어서면 어떠한 경우에도 일본어를 써야만 했다. 심하게 말하면 비명까지도 일본어로 내질러야 할 정도라, 만에 하나라도 조선어를 입에 담게 되면 그 횟수가 선생님의 수첩에 기록되어 온갖 불이익을 감내해야 하는 조건으로 작용되곤 하였다. 가령 공책이나 운동화와 같은 배급품을 배당 받을 때도 조선어를 많이 사용한 사람은 그 추첨권이 박탈되는 지경이라면 친구끼리 싸울 때도 일본어를 해야 한다.

"누구냐, 어느 놈이 먼저 싸움을 걸었느냐!"

선생님의 추궁도 당연히 일본어다. 일본어가 서툰 어린아이들은 암담한 노릇이 아닐 수 없다.

"이자식이 먼저 약을 올렸습니다!"

이렇게 항변해야겠는데, 정확한 일본어의 표현을 알 길이 없다. 그래도 일본어로 대답하지 않으면 또 불이익을 당해야 하기에 손짓 발짓을 섞어서라도 일본어로 말을 해야 한다.

"こいつが(이자식이) さきに(먼저) くすりを(藥)을 あげました(올렸습니다)."

포복절도해야 할 엉터리 일본어지만 매사가 이런 식이었다.

3학년 때인 1942년 12월 8일, 일본군 연합함대가 진주만을 기습하는 것으로 2차 세계대전이 발발되면서 일본제국에 의한 조선반도의 식민지교육은 최악의 상태로 접어들게 되었다.

우리는 매일 아침 조회 때마다 일본의 천황(天皇)이 있다는 동쪽을 향해 허리를 90도 꺾으면서 절[東方遙拜]을 하였고, 큰 소리로 일본제국의 신민(臣民)이 되겠음을 목청을 돋우어 맹세를 했다.

일제강점기—슬픈 쾌거, 고개 떨군 승자

1936년 일제강점기 베를린올림픽 손기정 선수의 일장기말살사건은 우리의 처지를 극명하게 보여준다.

〈황국신민의 맹세〉

1. 나는 대일본제국의 신민이다.
2. 나는 마음을 합해 천황폐하께 충의를 다한다.
3. 나는 인고단련(忍苦鍛鍊)하여 훌륭하고 강한 국민이 된다.

이 맹세문을 외지 못하면 아무 혜택도 받을 수가 없다. 일테면 고무로 된 운동화(신발)나 학용품 등의 배급을 받기 위해서는 반드시 이 맹세문을 기계처럼 암송하여야 했다. 아무리 사소한 순번을 정할 때도 이 맹세문을 외지 못하면 아예 참여할 자격을 박탈당하기 때문이다.

중학생 이상 어른들에게 외기를 강요한 서사도 따로 있었다. 이 또한 어린이용과 마찬가지로 어른들에게 채워진 족쇄나 다름이 없다. 일제의 식민지 시대에서도 전쟁 중에는 모든 물자가 귀했다. 쌀이나 잡곡과 같은 식품류, 석유, 타월 등과 같은 일용품을 배급받기 위해서는 반드시 이 맹세문을 욀 수 있어야 했다. 내 어머님은 학교에 다녀 보지 않은 무학의 여성이었지만, 반장 댁 앞마당에서 석유배급을 탈 때 일본어로 된 이 서사를 큰 소리로 외시던 모습이 지금도 내 눈에 선명하게 남아 있다.

이쯤에서 더 부끄럽고 더 참담한 내 이야기를 적어 볼 생각이다.

이때까지도 나는 조선이라는 나라, 조선민족이라는 존재가 있는지를 몰랐다. 「천자문」을 외고 『명심보감』을 읽을 수가 있었어도 정작 내 뿌리를 헤아리지 못했던 것은 문자 그대로 문화환경 탓이나 다름이 없다. 한학에 대한 조예가 깊으셨던 할아버지도 귀애하는 손자에게는 조선이라는 말을 입에 담질 않았다. 천금보다 귀한 종손에게 행여라도 반일 감정이 싹틀까 두려워했을지도 모른다.

어머님의 생각도 마찬가지였을 것이라고 짐작된다. 문화환경이 자라나는 청소년들에게 끼치는 영향이 얼마나 큰 것인지를 이보다 더 명확하게 입증할 수 있는 방법은 없을 줄로 안다. 이 같은 어른들만의 이기적인 배려가 나의 이성적인 성장을 방해하면서 나로 하여금 공부와 멀리하게 하였던 탓으로 학교의 성적은 늘 꼴찌 근처를 맴돌았으나, 다만 한 가지 신통한 재간 하나가 있었다.

손수 스토리를 엮고 그 내용을 그림으로 그린 종이연극(일본어의 紙芝居)을 만들어서 아이들 앞에서 공연하는 능력은 탁월하였다. 그러나 처음 몇 번은 열광하던 아이들도 같은 내용이 두세 번 되풀이되면 쉽게 외면한다. 그럴 때마다 나는 밤을 새우면서 새로운 스토리를 만들고, 거기에 맞추어 그림을 그리는 새 프로그램을 개발하여야 했다. 참으로 신통한 것은 이 일이 내 평생을 시나리오를 쓰고 새로운 드라마를 써야 하는 숙명적인 여정으로 연결되리라고 어찌 짐작이나 하였던가.

1945년 4월, 나는 초등학교 6학년에 진급했다. 제2차 세계대전의 막바지에 접어들고 있었지만, 우리 또래의 식민지 소년들은 일본이 승리할 것이라고 철통같이 믿을 수밖에 없었다.

우리 반 담임선생님은 관동군에서 제대한 일본군 고초(伍長: 중사)

였기에 그 가르침도 군대식이었고, 소위 애국심을 고취하는 데도 혹독하여 때로는 머리에 일장기의 띠를 두르고, 긴 일본도를 휘두르면서 비장감 넘치는 노기(乃木: 러일전쟁 때의 사령관) 장군의 시를 읊(詩吟)으며 춤을 추는 것으로 승전을 과시하면서 다짐하였다. 게다가 매일 아침 조회 시간이면 일본인 교장은 단상에 올라 오른 손을 번쩍 든다. 그것을 신호로 여러 개의 스피커에서는 군가 '군함마치'가 우렁차게 흘러나온다. 이어 교장은 곡조가 달린 듯한 목소리로 "다이홍에이 핫표(大本營發表)…"라고 소리치면서 어제 있었던 전투 결과를 알려 준다. 때로는 적군의 군함을 격침했다면서 어린 소년들의 박수갈채를 유도하였고, 또 때로는 사이판 섬에서 일본군이 전원 교쿠사이(玉碎: 빛나는 죽음)를 하면서도 끝까지 항전했다는 점을 비장한 목소리로, 혹은 처연해진 심정으로 외치는 것으로 어린아이들의 애국심을 자극하곤 하였다. 그리고 마지막은 언제나 "일억국민총동원(1億國民總動員)하여 귀축미영(鬼畜米英: 짐승과도 같은 미국 놈, 영국 놈)을 쳐부수자!"면서 훈화를 끝내곤 했다.

이 같은 2차 세계대전 막바지 판국에 수업이 될 까닭이 없다. 전쟁 통에 물자가 귀해진 탓으로 우리 소년들도 매일을 하루같이 근로동원에 나서야 했다. 비행장에 나가서 활주로를 닦는 날은 소쿠리에 가득 자갈을 담아서 날랐고, 비행장 노역이 없는 날은 산에 올라가 관솔이나 소나무 뿌리를 캐오는 일에 동원되었다. 낫을 든 소년, 톱을 든 소년들은 행렬을 지어 걸으면서 목청을 돋우어 군가를 불렀다. 관솔 가지를 치다가 손가락이 잘리고, 소나무 뿌리를 파다가 일사병으로 쓰러지는 데도 작업은 혹독하게 계속되곤 했다. 정말로 길고도 잔혹한 여름이었다.

7월 중순을 넘기면서 방학을 맞았다. 방학 동안의 숙제는 퇴비로 쓰기 위한 잡초를 베어 제출하는 일이었다. 식민지의 소년들은 한여름 땡볕에 시달리며 논두렁이나 둑방에서 자라는 잡초를 베어서 지게에 짊어지고 방학 중인데도 학교로 실어 날라야 했다.

그해 8월 15일은 방학 중이었지만 임시 등교일이었다. 일본인 담임선생님은 그렇게도 기세등등하던 분이었지만 이날따라 "다른 연락이 있을 때까지 집으로 돌아가 쉬라."고 짤막하게 말하고 등을 돌렸다. 그분의 성품으로 보아서는 심상치 않은 일을 예고한 것이었으나, 우리는 아무 노역도 없이 집으로 돌아가는 일이 그저 신나고 즐거웠다.

나는 집으로 돌아가는 길에 신사(神社: 일본 신을 모시는 사당)의 경내로 들어섰다. 귀가 따갑도록 매미가 울어서다. 나는 매미를 잡겠다는 심산으로 벚나무 가지로 기어 올라갔다. 일본 신을 모신 사당이라 엄숙하기 그지없었고, 평소에는 출입까지도 제한되어 있었는데 어찌 된 일인지 이날따라 제지하는 사람이 없었다.

매미는 벚나무 가지마다 지천으로 붙어있었다. 난 순식간에 대여섯 마리를 잡아서 베잠방이 주머니에 넣는 순간 그렇게도 요란하던 매미 소리가 뚝 끊기면서 벚나무 가지에 매달린 스피커에서 마치 우는 듯한 남자의 목소리가 잡음에 실려 징징거리며 울려나왔어도 그것이 무슨 내용인지를 전혀 알아듣질 못했다. 나중에서야 안 일이지만 일본 천황 히로이토(裕仁)가 무조건 항복을 선언하는 이른바 옥음(玉音)방송이었다.

매미가 울지 않는다면 나뭇가지에 앉아 있을 까닭이 없다. 빠르게 나무에서 내려와 신사의 경내를 빠져나와 시내의 중심가에 나서자 벌써 '조선독립만세'를 외치면서 열광하는 사람들이 보였다. 아무래도 이상한 생각이 들어서 친구의 집인 이참사댁에 들러보기로 했다. 친구의 할아버지가 대한제국 말기에 참사 벼슬을 하였다고 들어서다. 친구는 없고 대문에 이상한 깃발이 내걸려 있었다. 붉고 푸른 태극 문양을 에워싼 여덟 개의 검정색 막대기[卦]가 그려진 구형 태극기였지만, 그것이 우리나라의 국기인 줄을 알 까닭이 없다.

터덜터덜 집 근처에 이르자 같은 반 친구인 다나카(田中) 군이 숨가쁘게 달려오면서 일본말로 소리친다.

"야 인마, 조선이 독립을 했어!"

그때 '조선의 독립'이 무슨 뜻인지를 몰랐던 나는 소리치고 달려가는 친구의 뒷모습을 멍청하게 바라보며 한참 동안이나 서 있고서야 발길을 돌릴 수가 있었다.

집으로 돌아오자 할아버지, 어머니가 전에 없이 밝은 모습으로 나라를 되찾게 된 감격을 들려주었으나, 학교에서 배운 것과 전혀 다른 현실과의 괴리가 정신만 혼란하게 할 뿐이었다. 당시 식민지의 소년들은 대동아전쟁(2차 세계대전)은 일본제국의 승전으로 매듭지어질 것이라는 확신에 차 있었기 때문이다.

해방공간은 어린 나의 일상에도 급변을 몰고 왔다. 할아버지가 한시(漢詩)를 가르치기 시작한 때문이다. 그 방법도 혹독하여 스스로 먹을 갈게 한 다음, 신문지에 붓으로 한시를 적게 하고 큰 소리로 외게 하는 방식이었다. 물론 할아버지를 따라서 외는 것이지만 나름대로의 음률 같은 것이 있어서 어색한 대로 얻어지는 지식이 있었던 것으로 기억된다.

일본제국의 패망 이후, 조선반도를 엄습한 것은 우익과 좌익으로 갈리는 사상의 패닉 상태였다. 정체를 알 수 없는 민주주의와 공산주의가 살기를 띠면서 대립하는 것은 몇몇 골수분자들의 야망에 의한 것일 뿐, 이른바 기층 민중에 해당하는 사람들은 그것의 본뜻이 무엇인지도 모르면서 인명의 손상까지를 태연히 여기는 참담한 현실 속으로 빠져들게 되었다. 예컨대 신탁통치를 지지하느냐 마느냐 하는 것은 서울에서 전해지는 비상전화 한 통으로 좌우되는 것이지 그것이 무엇인지를 정확하게 아는 사람이 지방에는 없었다.

곧 대대적인 토지개혁이 있을 것이라는 풍설이 나돌면서 소작 농민들, 양조장이나 대장간에서 일하면서 주인에게 시달림을 받았던 사람들, 남의 머리를 깎아주던 이발사 등이 남들보다 먼저 좌익 진영에 가담하였지만 사상적인 신념이 깊었던 것은 아니었다. 내게 "인마, 조선이 독립을 했어."라고 소리쳤던 다나카 군의 어머니는 밀주(密酒)를 담가서 연명했던 탓으로 경찰서나 세무서 사람들의 시달림에서 헤어날 길이 없었다. 그 참담했던 핍박에서 벗어나기 위해 다나카 군은 13세의 소년으로 좌익의 선봉장으로 나섰다. 이런 판국이면 공산당의 이론으로 무장된 좌익세력이란 성립되지를 않는다.

후대의 말 많은 지식인들이 해방 전후사에 이른바 민중적인 의미를 부여하면서 좌우의 대립을 마치 민중의 봉기와 같은 의미로 풀어가려는 행위는 역사왜곡이나 조금도 다름이 없다.

조국이 광복된 다음 해인 1946년에 봉행된 첫 경축행사인 3·1절 기념행사가 이른바 우익과 좌익의 충돌로 전국이 돌팔매질[石戰]로 번진 것이 무엇을 의미하는가. 왜 전국의 중소도시에서 개최된 첫 3·1절 기념행사가 하나같이 우익과 좌익의 돌팔매질로 매듭지어진 것인지를 더 늦기 전에 확실히 해둘 필요가 있다.

내 고향 강릉에서도 그 해의 3·1절 기념행사는 좌익과 우익으로 갈라진 채 서로 다른 장소에서 엄숙히 거행되었다. 상해임시정부의 빛나는 업적을 계승하여 새로운 나라를 세우자는 구호야 좌·우 양측이 다를 까닭이 없다. 그러면서도 기념식은 각각 다른 장소에서 거행되었다. 우익진영은 구 일본군 수비대의 광장에 모였고, 좌익진영은 남대천의 하천부지에 모였다. 성대하고 활기찬 기념식을 마친 두 진영은 가두행진으로 들어갔다. 행진의 구호도 대한독립만세, 조선독립만세로 서로 입맛에 맞게 외쳤다. 기세등등한 구호를 외치면서 행진하던 두 진영이 맞닥뜨린 곳이 성남동 광장이다. 그 순간 누가 먼저랄 것도 없이 돌팔매질이 시작되면서 광장은 순식간에 피로 물들기 시작하였다. 행렬의 앞장을 섰던 13세 소년 다나카 군은 구경을 나온 나를 향해 돌을 던졌다. 내 집안이 자신의 집안보다 조금 부유하게 살았던 데 대한 반감이 아니겠는가.

전국에서 똑같이 벌어진 이 패닉 현상을 '해방전후사의 인식'이라는 이념적인 카테고리로 묶어서 정리하려는 생각이야 말로 억지춘향식이나 다름이 없다. 후일담이지만 13세 소년 다나카 군은 그후 경찰에 투신하여 좌익세력을 소탕하는 민완 형사로 이름을 날렸음에랴.

일본국의 패망은 우리 집안에도 활기를 불어넣었다. 일본제국의 괴뢰정권이나 다름이 없었던 만주국(滿洲國)도 일본국의 패전과 함께 역사의 뒷장으로 사라져갔다. 그 황실의 전속 사진사였던 아버지는 부랴부랴 해방된 조국으로 돌아왔다. 토지개혁으로 이미 가산이 기울기 시작한 집안의 사정은 아버지에게 아무 도움이 되지를 못했다.

해방을 맞은 조선 땅에는 갖가지 애국단체들이 우후죽순처럼 솟아났다. 독립촉성국민회, 대한청년단, 민족청년단을 비롯하여 또 공산당이 주도하는 단체는 얼마나 많았던가. 아버지는 독립촉성국민회의 청년부장으로 활동하면서 가정사를 소홀히 하기 시작하였다. 명필에 가까운 글씨 솜씨와 문장 구사 능력이 아버지의 존재를 더욱 값지게 하였던 탓이다. 컴퓨터는 고사하고, 석판 인쇄조차도 열악한 상태라 모든 종류의 현수막이나 각종 포상에 필요한 상장(賞狀)은 모두 육필로 써야 했던 시절이다.

어린 나는 가사를 돌보지 않는 아버지가 야속스럽기는 했어도 공익사회에 봉사하는 모습은 싫지가 않았다. 이 무렵의 아버지와 나의 관계를 후일 나는 『세계일보』에 소상히 적어서 발표한 일이 있다.

어렸을 때의 나는 아버지의 존재를 모르고 살았다.

아버지는 만주 땅 신경(지금의 장춘)으로 가시고부터는 일 년에 한 번, 아니면 이 년에 한 번꼴로 시골집에 다녀가시곤 하였다. 그때마다 한국 땅에서는 구경도 할 수 없는 고급 란드셀, 학용품, 레인코트 등을 선물로 주셔서 어색한 가운데서도 부자의 정을 회복할 무렵이면 다시 훌쩍 떠나시곤 하여서 곧 남남이 되듯 아버지의 모습은 까맣게 잊어버리곤 하였다.

해방이 되던 1945년 가을, 아버지는 만주 땅에서 돌아오셨지만 곧 청년운동에 투신하셨다. 국민회, 대한청년단 등의 선전부장, 총무부장을 거치면서 부단장, 단장의 일을 보시게 된 것은 남다른 문장력과 발군의 필력을 지니고 계셨기 때문이었다.

서예가는 아니셨지만, 대단한 명필이시어서 새로 짓는 건물의 상량문이나 여러 사회단체에서 주관하는 체육대회 혹은 예술제 등에서 시상하는 각종의 상장을 도맡아 쓰시곤 하셨는데, 어떤 경우에는 써야 할 것이 너무 많아서 하루 종일을 붓을 들고 계실 때도 있었다.

그런 날이면 나는 먹을 가는 일, 상장의 용지를 살펴서 드리는 일 등을 도와드렸지만 조금도 지루하지 않았던 것은 상의 종류에 따라 행서 혹은 예서 등으로 자체를 바꾸어가면서 쓰시는 필력에 매료되었기 때문이다.

청년운동이란 가정보다는 단체의 일에 정력과 시간을 빼앗기게 마련이지만, 아버지는 자식들의 교육에 수반되는 훈도에 대해서만은 대단히 엄격하셨는데, 나는 공부보다 극장에 다니는 일에 더 열중했던 탓으로 늘 아버지의 엄한 훈도에 시달려야 했다. 아버지의 훈도는 자질구레한 잔소리가 아니라, 몇 가지의 잘못을 모아서 호되게 다스리는 큰 꾸중이었기에 나는 쥐구멍을 찾아야 할 정도로 애간장을 태우곤 하였다. 그때마다 나는 어려서 할아버님께 배우던 『명심보감』의 한 구절을 떠올리곤 하였다.

엄한 아버지에게서 효자가 나고, 엄한 어머니에게서 효녀가 난다[嚴父出孝子 嚴母出孝女]는 이 명구를 나는 체험으로 터득하는가 싶었는데, 불행하게도 아버지는 쉰세 살이 되시던 해 중풍으로 쓰러지셔서 장장 17년 동안을 누워계셔야 하는 엄청난 고난을 겪으시었다.

간혹 내가 일본으로 취재를 가게 되면 병석에서 누우신 채로 일본어의 바른 사용법을 일깨워 주었고, 불우 이웃을 돕는 행사가 있음을 라디오를 통해 들으시고는 원고를 쓰고 있는 나를 불러서 사회의 공공이익에 봉사하는 것을 최우선으로 삼는 것이 참인간의 도리임을 따끔하게 타이르시곤 하섰다.

　사람들은 '장병에 효자 없다'는 말로 날 위로하지만, 효자라는 어휘를 입에 담기조차도 쑥스러울 만큼 나는 아버지를 위해 해 드린 것이 없어 송구스러울 뿐인데도, 어느새 나도 늘그막 길에 들어서고 보니 자식의 훈도에 엄격했던 아버지의 모습이 새삼 그리워질 때가 많다.

해방 전후사의 [재], [재] 인식

　나의 초등학교 시절은 장난꾸러기 문제아였다. 책가방은 풀어보지 않은 채 내동댕이치기가 일쑤였고, 다만 도시락만 뺐다 넣었다 하는데 필요하였지만, 그 또한 어머님이 하시는 일이라 나는 미술이나 습자(習字: 서예) 시간이 있는 날이면 늘 준비물을 갖추지 않았다하여 뒷줄에서 벌을 서는 것이 다반사였다. 그러자니 수업성적은 입에 담기조차도 민망한 지경일 수밖에 없다. 그런 와중에서도 몇 가지 신통한 재주는 있었다. 그림을 잘 그려서 각종 전람회에서 자주 입상하였고, 짧은 글짓기에 능하여 주위를 놀라게 하곤 했던 것이 칭찬을 받을 수 있는 유일한 능력이었다.

　8·15의 감격이 있고 나서야 나는 우리에게도 글자(한글)가 있다

1945년 8월 15일

는 사실을 알게 되었고, 더구나 국사(國史)가 있다는 사실에는 적잖이 감동하였던 기억이 생생하다. 어찌 되었거나 나라를 찾은 어린 아이들에게 국어와 국사수업을 시작하다가 끝낼 수가 없다하여 졸업시기가 다음 해(1946년)의 7월로 연기되었고, 따라서 각 학교의 새 학기가 잠시 9월로 변경이 되었다.

조국의 광복은 새로운 다짐을 부르기도 했지만 뛰노는 데에 일가견이 있었던 내 병폐가 다시 도지면서 공부와의 거리는 점점 멀어지기 시작하였고, 그 대신 광석(鑛石) 라디오를 조립하고, 전기모터를 만들어서 돌리는 등의 재간을 부리면서도 동네 꼬마들을 불러 모아 축구팀을 만들어서 이웃 동네로 원정을 다니는 등 노는 일에 몰두하면서 학교의 공부와는 다시 멀어지기 시작하였다.

당연한 결과였지만 결국 나는 나 스스로 패배를 자초하는 통한의 경험을 할 수밖에 없게 된다. 각 학교별 중학교 입시를 세 번씩이나 치르면서도 모두 낙방한 끝이라 중학교의 진학을 포기해야 하는 지경에 이르기도 하였다. 아버님은 참담할 정도로 좌절하는 아들을 초등학교 6학년에 다시 다니게 하였다. 초등학교를 다시 다니는 재수생의 신세로 전락해도 '개 버릇 남 주랴'는 속담은 언제나 주효하였다. 학교에서의 공부가 당연히 뒷전으로 밀려나는데도 나는 공부 대신 진공관(眞空管) 이구식(二球式) 라디오를 조립하는 등 과학적인 재능을 과시하면서 우쭐거리고 다녔다. 따라서 선생님들은 내가 라디오방이나 전파상을 차려서 성공할 것이라고 믿는 지경이었다. 후일 내 문학의 멘토나 다름이 없는 황금찬 시인도

'봉승이는 라디오방을 차릴 것으로 알았다.'고 회상하실 정도였다면 말해 무엇하랴.

어찌 되었거나 초등학교를 재수한 덕분으로 다음 해 역사와 전통에 빛나는 강릉농업중학교에 입학을 할 수가 있었다. 처음으로 입어보는 중학교의 교복이 자랑스럽기는 했어도, 초등학교의 동창 친구들이 한 학년 위였던 탓으로 그들에게 거수로 경례를 해야 하는 것이 죽기보다 싫었다.

그들과 자주 마주치지 않는 방법은 없을까? 또 마주치더라도 당당할 수 있는 방법은 없을까? 그런 구차한 생각을 실현하게 한 것이 보도부(報道部) 카메라반에 들어가는 일이었다. 그러기 위해서는 카메라가 있어야 했다. 만주국 황실 전속의 사진기사였던 아버지에게는 두 대의 카메라가 있었다. 하나는 독일제 고급 카메라인 '롤라이코드(ROLLEICORD)'였고, 다른 하나는 일제 카메라인 '마미야 식스(MAMIYA SIX)'였다.

나는 그 카메라를 무기로 보도(報道)라는 완장을 얻어 차게 됨으로써 드디어 단체생활의 열외(列外)에 서는 데 성공하였다. '마미야 식스'의 셔터를 눌러대는 특권은 학도호국단의 분열식도 면제받을 수가 있었고, 수많은 스포츠 행사의 단체응원전도 면제받을 수가 있는 통쾌함을 동반하게 된다. 게다가 찍은 필름을 현상하고, 인화(印畵)한 사진을 학교의 게시판에 내걸기 위해서는 수업시간에 빠지는 것도 하나의 권리로 행사하면서 사진관에 드나들게 되었으나, 그것도 번거로워서 마침내 필름의 현상과 인화, 확대에 이르는 모든 시설을 내 공부방에 설치하게 되었다. 중학생의 처지로 필름의 현상은 물론, 인화에서 확대에 이르기까지의 전 과정을 전문가의 수준을 갖추게 되자, 학업 성적이 다시 떨어지는 것은 불문가지이고도 남는 일이다.

엎친 데 덮친다고 했던가, 시거든 떫지나 말라고 했던가. 사진에 미쳤으면 거기에나 매달리면 될 일인데 극장(劇場)에 출입하게 되면서 악극(樂劇)에 빠져 들기 시작했다. 김해송이 지휘하는 〈KPK악단〉, 손목인이 주도하는 〈CMC악단〉 등이 만들어내는 색소폰의 화음은 황홀 그 자체였고, 악극단 〈호화선(豪華船)〉에서 공연하는 무대는 나에게 또 하나의 별천지가 있다는 희망을 심어주는 메신저나 다름이 없었다.

극장 한가운데의 객석에서 어깨춤을 들썩이고 있노라면 뒷덜미를 낚아채는 충격의 손이 있곤 하였다. 물론 훈육주임의 거친 손길이다. 그런 일이 있은 다음날에는 학교의 게시판에 신봉승의 정학공고(停學公告)가 나붙곤 하였다. 그것도 한두 번이 아니라 매양 같은 내용이 반복되고 보니 선생님들로부터는 신임이 멀어지고, 학교와의 관계도 점차 소원해지기 시작하였다. 그러나 지금 생각해 보면 하늘의 계시가 아니었던가 싶기도 하다.

카메라 메커니즘의 완벽한 이해와 악극이 빚어내는 드라마투르기와 장면의 전환되는 계기를 중학생 때 어렴풋이 짐작하고 이해하였다는 점은 내 평생의 동반인 시나리오 작가생활, TV드라마로 수많은 작품을 써내야 하는 기초가 닦아지는 계기가 아니고 무엇인가. 더구나 이때만 하여도 문필을 업으로 하는 작가가 되리라는 생각이 전혀 없었던 시절임에랴.

2차 세계대전이 끝나면서 조선 반도의 가운데쯤 허리에 38선이라는 보이지 않는 금이 그어졌고, 그 북쪽은 젊은 김일성을 수령으로 여기는 조선인민공화국이, 남쪽은 이승만을 대통령으로 하는 대한민국이 차지하고 있으면서 서로가 자신들에게 합당한 통일의 방책을 외치면서 으르렁대는 대치상태는 일촉즉발의 위기감을 내뿜는 긴장감의 연속이나 다름이 없었다.

내 고향 강릉에서 60리쯤 북쪽(주문진읍 기사문리), 양양으로 가는 큰길가에 38선이라고 씌어진 초라한 판때기가 서 있어도 그 위력은 대단하여 이 지점을 무단으로 넘나들면 남북 양쪽의 초소에서 쏘아대는 총탄으로 벌집이 될 수밖에 없는 위험지역이다. 그런 까닭으로 강릉은 북쪽과 대치하고 있는 최전방 지역이어서 육군 제8사단이 주둔해 있었다. 우리나라 군번 1번으로 유명한 이형근 준장(당시 29세)이 사단장이었다.

마침내 1950년 6월 25일, 그날은 일요일이었고, 아침부터 추적추적 비가 내렸다. 나는 전통에 빛나는 구제 중학교에 남느냐, 아니면 새로운 학제에 따른 새 고등학교에 진학하느냐의 향배를 정하기 위해 집을 나섰다가 곧 뭔가 심상치 않은 분위기를 느낄 수가 있었다. 군인들을 태운 군용 트럭들이 분주하게 움직이고 있었고, 군용 지프차가 고성능 확성기를 장치하고 온 시가지를 급하게 돌면서 긴급 방송을 하고 있었기 때문이다.

> 휴가를 나간 8사단 장병들은 지체 없이 부대로 귀대하기
> 바란다! 다시 한 번 알린다….

수없이 되풀이 방송되는 이 내용이 무엇을 뜻하는가. 최 일선 접경지대를 방어하기 위해 강릉에 주둔한 전투사단인 육군 제8사단인데도 장병들이 모두 주말휴가를 나가고 없었다는 사실을 우리는 꼭 기억해야 한다. 북한군이 대포를 쏘아대면서 38선을 넘어오는데, 그것을 막아야 할 육군 8사단 장병들은 모두 주말휴가를 나가고 없었다는 사실이 엄연한데도 얼빠진 사람들은 지금도 6·25를 '북침' 운운하고 있으니 얼마나 한심한 것들인가.

그로부터 이틀이 지나고 내 고향 강릉은 소위 말하는 인민군(그때는 북한 괴뢰군이라 하였다)에게 점령되었다. 흔히들 '따쿵총'이라고 말하는 소련제 긴 장총을 어깨에 메고, 더러는 '따발총'을 든 인민군들은 보무도 당당하게 강릉시내로 입성하였고, 그들의 뒤로는 군수품을 실은 차량이 아니라, 우마차의 행렬이 비를 맞으면서 이어졌던 탓으로 고약한 누린내가 온 시내를 진동하는 진풍경이 연출되었다.

넋이 나간 시민들은 그들 붉은 군대에게 접근하기는 고사하고 슬슬 피하는 지경이 계속되자, 당황한 그들은 성남동 넓은 광장에 가설무대를 만들고는 선무공작을 시작하였다. 낮에는 군악대의 연

주와 가수의 노래가 계속되었고, 밤에는 소련영화 「석화」를 틀어주면서 사람들을 모았다. 영화가 끝나면 북한군 밴드에 맞추어 남녀선무공작원들이 추는 소련식 코사크 춤의 흥겨운 춤사위는 공포에 질린 시민들의 마음을 달래기에 부족함이 없었다.

당시의 반공교육은 이른바 북한 괴뢰군은 붉은 악마와도 같다고 가르쳤다. 그런데 막상 만나고 보니 음악을 연주하고 신나게 춤을 추는 우리와 똑같은 선남선녀들이었다. 안도한 시민들은 하나하나 성남동 광장으로 몰려들기 시작하였다. 그 시민 중에는 물론 나도 있었다. 모여든 사람들의 수가 늘어나기 시작하자 선무공작대의 대장이 나서서 열변을 토하곤 하였다.

> 미 제국주의자들에게 착취당하고 신음하는 남반부(그들은 대한민국을 이렇게 불렀다) 동포들을 해방시키기 위해 위대한 수령 김일성 장군님의 명을 받들어 일사천리로 내려왔다!

공연 때마다, 매일 밤 되풀이되는 이 선언을 나는 수없이 들었다. 그때는 물론 '북침'이란 말은 상상할 수도 없었고, 또 사회분위기도 당연히 그렇게 알고 있었는데, 그 피맺힌 동족상잔이 있은 지 50년이나 지난 뒤에 어디선가 '북침'이라는 말이 불쑥 튀어나왔다. 다시 한 번 말하거니와 그렇게 말하는 사람들이 대체 몇 살이나 된 망나니들인가, 그렇게 적힌 책이 있다면 그 저자들은 무엇을 근거로 그렇게 썼는지 한심하기 그지없다. 이것은 진보와 보수의 차원이 아니다. 이런 게 바로 역사왜곡이다. 6·25를 경험한 세대가 사라지기 전에 반드시 바로잡아 놓아야 할 과제이기도 하다.

양두구육(羊頭狗肉)이라는 말이 있다. 양의 탈을 쓰고 늑대의 짓거리를 자행한다는 뜻이다. 며칠에 걸친 선무공작은 「빨치산의 노래」, 「김일성 장군의 노래」 등을 열성으로 가르쳤고, 얼이 빠졌던 시민들도 어느새 중얼중얼 함께 부르게 될 무렵부터 저들은 마침내 마각을 드러내기 시작하였다. 민족의 숙원인 조국통일을 위해 젊은이들은 빠짐없이 인민군대에 지원하여 미 제국주의자를 무찌르자는 선동적인 구호를 외치면서 입대지원서를 돌리기 시작하였다. 당시 우리 학생들에게 그런 터무니없는 구호가 먹힐 까닭이 없다. 그날부터 학생을 비롯한 젊은 청년들의 모습은 보이지 않게 되었다. 애써 선무하는 데도 지원자가 많지 않자 곧 강제 모병으로 돌변하였다. 길을 가는 젊은이들(학생 포함)을 불심 검문하여 강제로 잡아가기 시작하자 학생과 젊은이들은 외출을 삼가고 집안에 틀어박히게 된다.

이에 당황한 인민군대는 동네 인민위원회의 간부(동네 사정을 잘 아는)들을 앞세우고 가가호호를 방문하여 이 잡듯 수색하는 지경에 이르자 온 도시가 죽음의 도시로 변하였다. 어떤 집에서는 부엌의 바닥을 파서 지하 공간을 만들어 자식들을 들어가게 하였고, 또 어떤 집에서는 다락이나 천정 위에 이불을 깔고 자식들을 숨겼다.

고래 등과도 같이 큰 기와집이었던 우리 집은 다락을 지나 천정 위에 오르게 되어 있다. 그 공간은 두 손을 뻗을 수 있을 정도로 높고 넓었다. 손재간이 좋았던 나는 그림 도구와 단파 수신기(라디오)를 챙기고 다락 위 천정에서 지내게 되었다. 그러던 중 문제가 생겼다. 소변은 요강으로 대신할 수가 있었으나 대변은 번거롭지만 재래식 변소로 가기 위해 다락(천정)에서 내려와야 했다.

이 무슨 불운인가. 나는 화장실에 가기 위해 잠시 다락 밑으로 내려 왔다가 집으로 쳐들어온 인민군 요원들의 불심 검문에 걸려 연행될 수밖에 없었다. 어머니는 종가의 외아들이라고 한 번만 봐 줄 것을 눈물로 애원하였으나 그들은 조국통일을 위해 전선으로 나가는 것은 무한의 영광이라면서 강제 연행하였다.

나는 그들에 의해 홍제동 동회까지 끌려갔다. 30여 명의 청장년들이 이미 끌려와 있었다. 날이 밝으면 군부대로 옮길 것이라고 수군거리는 것을 들으면서 달아날 궁리를 하였다. 어둠이 밀려오기 시작하는 초저녁 무렵 나는 긴 빗자루 하나를 찾아서 동회의 마당을 쓰는 시늉을 하면서 큰길로 나섰다. 천우신조라고 했던가, 빗자루를 멘 채 당당히 걷고 있었던 탓으로 누구도 도망자로 의심하지 않았다. 어두워지면서부터는 골목을 누비며 빠르게 달렸다. 나를 본 어머니는 순간도 지체하지 아니하고 다시 다락으로 올라가게 하였다.

나는 흔히들 말하는 적 치하 1백여 일 동안을 천정 위 다락에서 보내면서 태극기를 그렸다. 언제 어디에 쓰리라는 생각도 계획도 없이 그냥 무작정 태극기를 그렸고, 어머니의 도움으로 손잡이까지 달린 손 태극기 3백여 개를 만들 수가 있었던 것은 단파 라디오를 통해 들려오는 〈자유의 소리〉 방송을 들으면서 점차 자신감을 회복하였기 때문이다. 〈자유의 소리〉 방송은 일본 오키나와의 미군기지에서 송출되는 당시의 유일한 한국어 방송이다. 그 방송으로 인해 나는 맥아더 장군이 주도하는 인천상륙작전이 성공할 무렵에야 비로소 내가 만든 3백여 장의 손 태극기가 긴요하게 쓰일 것이라고 자신하였다.

마침내 9월 29일, 육군 제3사단의 선발대가 강릉을 탈환하기 위해 진격하고 있다는 소식을 들으면서 나는 내가 만든 손 태극기 3백여 장을 옆구리에 끼고 다락에서 내려와 남대천 다리께로 달려나갔다. 이미 많은 남녀노소가 달려 나와 있었다. 나는 손 태극기를 그들에게 나누어 주면서 작은 보람을 느꼈다. 마침내 총성이 울렸다. 동시에 참호에 숨어 있던 인민군들이 패주하기 시작하였는데, 태극기를 흔드는 우리 앞을 스치며 지나가면서도 오직 달아날 뿐 아무 해코지를 할 생각도 하지 않았다. 패잔병의 처지가 얼마나 다급하고 참담한 것인지를 처음으로 알았다.

국군 3사단의 선발대는 달랑 한 사람이었다. 그는 육군 2등 상사의 계급장을 달고 있었고, 칼빈소총을 둘러멘 채 자전거를 탄 모습이었다. 달려 나온 시민들은 내가 만든 태극기를 흔들면서 그를 영웅으로 맞았다.

내 고향 강릉은 완전히 수복되면서 감격의 도가니로 변했다. 우리는 학교로 달려갔다. 운동장은 잡초 밭으로 변해 있었고, 부역한 선생님들은 인민군을 따라 도망치더라는 참담한 소식도 들었다.

그리고 곧 피난지에서 현지 입대한 학우들이 휴가를 왔는데 때로는 역시 현지에서 입대한 선생님보다 계급이 높은 경우가 있어 우리를 포복절도하게 하였다.

그 무렵 나는 육군 제3단 정훈부에서 모집하는 학도 요원으로 선발되었다. 포스터를 그리든가 선무공작을 위한 표어를 써서 배포하는 일, 그리고 행사의 사진을 찍어서 전시하는 일 등을 맡아서 했다. 새로 미국 대통령으로 당선된 아이젠하워 장군의 방한도 그 무렵이다. 그때 나는 커다란 아이젠하워의 얼굴 위에 '위 라이크 아이크!'라는 문자를 영문으로 쓴 포스터를 수백 장 그렸던 일이 지금도 생생하다.

평안북도 혜산진까지 진격하였던 국군 장병들이 압록강의 물을 수통에 담았다는 소식은 곧 통일이 될 것이라는 기대로 우리를 들뜨게 하고 있을 때, 현지 입대한 동기생 두 사람이 유골이 되어 돌아왔다. 우리는 눈물로 그들의 장례를 치르면서 모윤숙 선생의 명시 「국군은 죽어서 말한다」를 큰 소리로 외면서 얼마나 울었는지 모른다. 압록강의 북단까지 북진하였던 국군은 눈앞으로 다가온 통일의 기쁨을 만끽하고 있었으나, 중공군의 참전으로 이들의 꿈은 산산조각이 나면서 눈물과 통한의 후퇴를 감내하지 않을 수가 없게 된다. 내 고향 강릉도 적 치하 1백여 일의 고통이 환희의 기쁨으로 바뀐 지 겨우 3개월도 지나지 않아서 다시 중공군의 공격을 받게 되었다. 피난길에 나서지 않을 수가 없다. 지난 1백여 일 동안의 고통이 아직은 눈앞에 선해서다.

6 · 25 전란과 문학적 첫사랑

지금도 나는 대망의 가을, 천고마비의 계절이 찾아오면 내 정강이가 뿜어내는 찬바람을 참을 수 없을 정도로 처절한 아픔과 가려움증에 시달린다. 털로 된 토시를 신어도 견딜 수가 없는 아픔이다. 아무 외상이나 생채기 자국도 없는 내 말끔한 정강이를 살핀 피부과 의사는 "동상의 후유증입니다."라고 간단하게 말하지만, 나는 동상에 걸린 일이 없노라고 항변하곤 하였고, 의사는 그때마다 잘 생각해 보면 알 것이라면서 웃는다.

아, 역시 의사의 눈이다. 그때 그 일이 나도 모르게 내 정강이를 병들게 하였던 게 분명하다. 1951년, 이른바 1 · 4 후퇴 때의 일이면 자그마치 60년 전의 일이다. 그때 나는 고향 강릉을 뒤로하고

한국전쟁-다리에 매달린 피난민들

눈비를 맞으며 경상남도 울산까지 천 리 길을 걸었던 기억이 있어서다.

나는 고향 선배 두 분과 함께 울산을 향해 떠났다. 1월의 날씨라 눈보라가 휘몰아쳤다. 눈이 멎고 해가 지면 창칼과도 같은 추위가 밀어닥치곤 하였다. 이미 내려 있는 눈이 쌓여서 무릎에 차이는 험한 길을 걷고 또 걸어야 했다. 낮에 젖은 바짓가랑이는 밤이 되면 꾸덕꾸덕 얼어붙는다. 그때는 바지가 아니라 얼어붙은 천막 천과 같아서 정강이를 도려내듯 씨닥거리게 하였다. 밤이 늦으면 비어 있는 집(주인이 피난을 갔기에)에 불을 때고 젖은 바짓가랑이를 말리곤 하였다.

두 선배는 피난을 가는 와중인데도 문학 이야기에 열을 올리곤 하였다. 처음에는 워낙 고달픈 여정이라 쓸데없는 짓거리로 들리곤 하였는데, 하루가 지나고 이틀이 지나면서 나도 그들의 문학 이야기에 귀를 기울이게 되었다. 그렇다면 내 문학의 길이 그때 피난길에서 열리기 시작했음이 분명하다.

그들의 문학적인 화제는 대개가 일본문학이었다. 나쓰메 쇼세키, 기쿠치 칸, 아쿠타가와 류노스케, 이시카와 다쿠보구, 다자이 오사무 등 일본문학을 풍미한 그들의 인간과 작품을 웅변처럼 입에 담는 것이 처음에는 무척이나 생소하였으나, 들으면 들을수록 가슴에 와 닿는 공감 같은 것이 있었기에 나로서는 빨려들지 않을 수가 없었다. 얼어붙은 바짓가랑이가 정강이를 씨닥거리게 하는 와중에서 문학에 눈뜨게 되는 진풍경이나 다름이 없다.

눈보라를 헤치면서 열흘 동안이나 걸어서 마침내 울산군 방어진 읍 남목리에 도착하였다. 너무도 처절하였던 강행군이었던 탓으로 가래톳이 곪아서 발을 움직일 수가 없을 무렵 지팡이에 의지한 몸으로 아버지의 주둔지였던 남목초등학교에 들어섰다. 방위군 소령의 군복차림인 아버지의 얼굴을 보면서 나는 정신을 잃었다.

그리고 얼마의 시간이 흘렀을까. 내가 정신을 차렸을 때는 남목리 이장님 댁 별채에 누워있었다. 간병한 사람들의 말로는 불덩이 같은 신열로 사흘 동안이나 인사불성이었다고 하였다. 몸을 추스르게 되면서 이장님 댁 뒷산을 산책하게 되었다. 그 산에는 자목련 나무가 군락을 이루고 있었다. 그때만 해도 서울 등지에서는 목련 나무를 보기 어려웠다. 기온 차로 인해 목련 나무는 대개 남쪽지방에서 군락을 이루는 경우가 많아서다.

목련꽃 터지는 소리를 듣고서야 시인이 될 수 있다고 했던 두 선배의 말이 생각났다. 나는 뒷동산에서 자라는 자목련 나무 밑에 온종일 서 있었던 기억도 새롭다. 물론 목련꽃이 터지는 소리를 듣고 싶어서다. 맺혀 있던 꽃망울이 터지는 순간을 수없이 지켜보면서도 어떻게 소리 내며 터졌는지는 기억에 없다. 그러면서도 목련꽃이 터지는 광경을 지켜보는 것이 뭔가를 얻는 것 같은 보람이 있었던 것으로 기억된다. 그런 어느 날 그 자목련 숲에서 이장님의 따님을 만났던 기억은 너무도 아름다운 추억으로 남아 있다.

짧은 치마의 한복 차림이었는데 대단히 세련되고 아름다운 모습이었다. 그분은 남목초등학교의 여교사였다. 같은 울안에서 살고 있었던 처지라 귀로를 같이 하자면 자목련 숲을 함께 거닐 때가 많았다. 화제는 아주 자연스럽게 문학 이야기로 빠져들곤 하였다.

어느 날, 나는 그녀로부터 펄벅의 소설 『대지』를 빌려 보게 되었다. 일본의 평범사에서 발행한 문학전집 중의 한 권이었다. 이것이 내가 처음으로 읽은 문학소설이다. 피난길에서 주워들은 두 선배의 얘기와 절묘하게 접목이 되면서 펄벅의 『대지』는 내게 문학이라는 이름으로 다가서는 첫 신기루였고, 장대비가 내리고 홍수가 나는 대목을 읽을 때는 한밤중인데도 문을 열고 밖을 내다보아야 할 정도로 심취하였다.

이 선생은 나의 설익은 문학관을 차분히 매만져 주었다. 문학은 신기루나 환상이 아닌 현실의 문제로 나에게 다가왔던 셈이다. 또 문학이라는 매체는 이 선생과 나를 가깝게 다가서게 하는 매개이기도 하였다. 말없이 시선만 교차되는 교감인데도 많은 사람들은 나와 이 선생의 관계를 서로 사랑하는 연인의 사이로 보았고, 그것은 소문이 아니라 기정사실로 굳어지고 있었던 모양으로 마침내 양가의 어른들도 이 선생과 나의 관계를 바람직하고 흡족히 여기게 되었다. 양가의 어른들이 서로 사돈지간이 되기로 약속한 다음부터 이 선생과 나는 공인된 연인의 관계로 여겨지게 되었다. 그 무렵 초등학교 3학년이었던 이 선생의 어린 남동생 이상무 군은 후일 해병대사령관이 되기도 하였다.

아버지가 지휘하는 국민방위군의 병영이라는 곳은 참으로 한심하고 참혹하였다. 교실 바닥에 짚을 깔고 담요 한 장으로 침구를 대신할 정도였으니까. 겨울철이라 이가 들끓어서 이를 잡는 시간이 따로 있을 정도로 비위생적이기도 하였다. 방위병들이 훈련 때 쓰는 무기는 약간의 목총(木銃)이 있었고, 그나마 대부분은 죽창(竹槍)을 휘두르며 멸공(滅共)의 구호를 외칠 정도로 모든 것이 열악하고 참담하였다. 국민방위군의 엄청난 예산을 담당 군 간부들이 착복하였기 때문이다. 마침내 국민방위군 사령관과 그 일당이 군수품의 횡령으로 구속되었고, 김윤근 사령관에게는 군사재판에서 사형이 선고되었다. 부패세력이라기보다 수많은 이 나라 청년들을 사경으로 몰아넣었던 김윤근이 총살로 처단되면서 국민방위군은 해체의 국면을 맞게 되었다.

아버지는 고향이 같은 휘하의 국민병들을 해산하여 각자 귀향하게 하면서 우리 가족도 남들과 같이 고향으로 돌아갈 채비를 하게 되었다. 양가의 어른들이 그토록 혼약을 다짐하였던 나와 이 선생은 한 편의 멜로드라마와 같이 아쉬운 작별을 맛 볼 수밖에 없었다.

고향 강릉으로 돌아온 나는 수없이 많은 편지를 이 선생에게 보내게 되었고, 이 선생 역시 정겨운 답신으로 나를 설레게 했지만, 우리는 끝내 합쳐지지 못한 채 한 편의 멜로드라마와도 같은 전란의 상처로 남게 되었다.

최인희 · 황금찬 시인과의 만남

인연처럼 소중한 것은 없다. 수많은 사람들과의 만남이 모두가 아름다운 인연으로 연결되어 오래 기억되는 것이 아니라, 어떤 만남은 악연이 되어 끝없는 괴롭힘으로 남는가 하면 또 어떤 만남은 아무 의미도 남기지 못하고 곧 소멸되기도 하는 것이, 우리네 삶이 그대로 인지상정이란 말로 함축된다.

내 주위에 유독 동국대학교 출신의 문인들이 많은 것도 따지고 보면 잊을 수 없는 소중한 인연이 맺어준 결과여서 더욱 아름답게 느껴질 때가 많다. 이미 고인이 되어 그리움만 더하게 하는 시인 이동주, 극작가 이근삼, 시인 이형기, 시인 황명, 시인 최재복, 시인 송혁, 소설가 이국자 등을 비롯하여 지금도 사흘이 멀다하고 만

1952년 강릉 사범학교 문예반

앞줄 오른쪽부터 황금찬, 이인수, 최인희, 김유진 시인, 뒷줄 왼쪽 끝이 필자

나는 강민, 신기선, 신경림, 최원, 박정희, 김종원 등이 모두 동국대학교 출신의 시인들이다. 이 간단치 않은 인연의 끈을 내게 던져 준 분이 내 고등학교 은사인 최인희(崔寅熙) 시인이다.

1951년 4월, 피난지 울산에서 고향으로 돌아온 나는 정말로 우연치 않게 강릉사범학교의 프린트판 교지(校誌)인 『사도(師道)』를 얻어 읽게 되었다. 첫 장에 시 한 편이 실려 있었는데, 작자인 최인희라는 이름 위에 시인(詩人)이라고 적혀 있는 것이 내게는 큰 충격으로 다가왔다. 강릉과 같은 작은 시골도시에 시인이 살고 있다는 사실이 당시의 내게는 마치 구원과도 같고, 환상과도 같은 끌림이 일어나는 것을 어쩌랴.

나는 그날로 최인희 시인의 하숙집을 수소문하여 방문하였다. 방은 좁았어도 4면의 벽면을 1미터 높이로 책이 꽉 둘러 쌓여 있는 광경이 나에게는 문자 그대로 문화적인 충격이었다. 최인희 시인은 의아해진 눈빛으로 낯선 내방객을 말없이 바라보고 계셨다.

"시인이 되고 싶어서 찾아뵈었습니다."

할 말이 없어 억지로 둘러댄 이 한마디가 내 인생을 바꾸어 놓는 계기가 될 줄 어찌 짐작이나 했던가.

"읽은 시집이 있으면 말해 보게."

나에게는 절망적인 반문이 아닐 수 없다. 과학 방면에 관심을 두고 있었던 처지라 시집에 관한 정보가 있을 까닭이 없다. 벌떡 일어나서 뛰쳐나가나 어쩌나 하는 판국에 최인희 시인은 너털웃음을 토하며 어지러워진 내 마음을 어루만져 주었다.

"읽어 본 시집이 없는 게로군…. 하기야 이제라도 늦질 않았지. 우선 이걸 읽어보고 다시 찾아오게."

최인희 시인은 그 많은 책 속에서 시집 세 권을 찾아서 처음 만나는 백면서생의 앞으로 내밀었다. 김소월의 『진달래 꽃』, 정지용의 『백록담』, 조지훈 · 박목월 · 박두진의 3인 시집인 『청록집』이었다. 처음 찾아온 백면서생에게 귀한 시집 세 권을 선뜻 내 주시는 최인희 시인의 자상하고도 고매한 인품에서 나는 비로소 스승의 모습이 어떤 것인지를 가슴에 간직하게 되었다.

생각해 보면 안다. 물론 내 잘못으로 기인된 일이기는 하지만, 강릉농업중학교의 선생님들은 내 모자라는 점만 들추어서 책망하는 경우가 태반이었다. 이에 반해 생면부지의 학생에게 귀한 시집 세 권을 선뜻 내 주시는 최인희 시인의 대범함과 자상함에 감동한 나머지, 나는 거침없이 강릉농업중학교를 뛰쳐나와 강릉사범학교로 전학을 하게 되었다. 최인희 시인은 그런 나에게 너무도 자상하고 따뜻한 첨삭지도로 나에게 시업(詩業)의 길을 열어 주었다.

최인희 시인은 사서오경을 원문으로 줄줄 외시는가 하면 당시(唐詩)에도 통달하실 정도로 한학은 물론 동양고전에 대한 조예가 깊었는데, 또 학생들에게는 독일어를 가르칠 정도로 서양문학에 대하여서도 해박하였던 젊은 엘리트 시인이었다. 같은 시기의 강릉사범학교에는 시인 황금찬 선생님도 함께 계셨다. 최인희 시인이 오대산 월정사의 선원(禪院)에 휴양을 떠나시면 황금찬 선생님이 내

습작시를 돌보아주시곤 하였다.

　바로 그 무렵 피난지 대구에서 전국의 고3생들의 수험 준비를 돕는 월간지 『수험생(受驗生)』이 발행되고 있었는데, 이 잡지에서 매월 고등학교 학생의 시(詩)를 뽑아 마치 기성 문인처럼 대우해 주는 제도가 있었다. 광주고등학교 2학년인 박봉우(朴鳳宇), 윤삼하(尹三夏) 등의 작품이 소개되어 전국 고등학교 문학 지망생들의 부러움을 사고 있었던 시절이다. 나도 여기에 졸작 「사지(寺址)」를 응모하여 당선의 영예를 안으면서 강원도 영동지역 학생들의 부러움을 사게 되었는데, 이때의 선자(選者)가 편운 조병화 시인이었다.

　강릉사범학교 졸업을 앞둔 어느 날이었던가. 최인희 시인은 새로 출간된 『동국시집』을 자랑삼아 펼쳐 보이면서 풀쑥 한 마디를 던졌다.

　"자네, 시인이 되려거든 동국대학으로 가게."

　서정주·조지훈 등의 교수와, 이동주·최인희 등 졸업생, 그리고 이형기·이창대 등 재학생들의 작품을 동등한 자격으로 한 자리에 묶은 『동국시집』은 당 시대 대학문학의 꽃이나 다름이 없었다. 기성 시인들도 시집을 내지 못하던 각박한 시절이어서 더욱 그랬다.

　그 『동국시집』에 이름을 올리자면 당연히 동국대학교 학생이 되어야 하는데, 사범학교 학생이었던 나는 대학에 진학할 수가 없다. 수업료가 면제되는 사범학교를 졸업하면 3년 동안 무조건 교직에 봉사해야 하는 의무규정이 있었기 때문이다. "자네, 시인이 되려거든 동국대학으로 가게."라는 최인희 시인의 당부를 가슴에 안은 채 3년간의 교직생활을 마치고 마침내 대학진학을 결심하게 되었다. 물론 동국대학교의 국어국문학과에 입학 원서를 내고 입시를 치렀지만, 오랫동안 교직에 있었던 처지라 특히 수학과 영어의 답안지는 백지나 다름이 없었다. 결과는 낙방이었고, 동국대학교와의 인연도 멀어지는가 싶었는데 은사 최인희 시인도 서른여섯 아까운 나이로 세상을 떠나게 되어 나와 동국대학교와의 인연은 더 멀어지게 되었다. 그렇다고 시인이 되겠다는 꿈까지 놓을 수는 없었다.

6학년 담임이라는 혹독한 격무에 시달리면서도 습작시를 쓰는 일은 집요할 만큼 계속되었다. 기성 시단에 이름을 올리기 위해서는 여러 신문사에서 공모하는 신춘문예에 당선하는 길, 문예지『현대문학』이나『문학예술』지에 세 번 추천을 받는 길이 최선이었던 시절이다.

평소에 존경하던 청마 유치환 시인은 경주고등학교의 교장선생님이시면서『현대문학』지에 응모되는 시를 심사하고 계셨다. 나는 무슨 생각을 하였는지 습작시를『현대문학』사로 보내질 않고 경주고등학교의 교장실로 직송하곤 하였다. 청마 유치환 시인께서는 추천을 미루면서도 새로 나온 시집에 친필로 서명을 하여 보내 주시곤 할 정도로 고매한 인품이셨다. 시골 초등학교 교사의 처지로는 영광스럽기 그지없는 은혜나 다름이 없었다.

1957년 12월, 마침내 월간『현대문학』지에 청마 유치환 선생의 추천으로 시「이슬」이 발표되었다.

「이 슬」

소리 없이 흘린 눈물이나
수줍은 얼굴에 파인
보조개
아니면
가을을 우는 작은
풀벌레의 목청일 것이다.

지난 밤
달을 잉태하던 즐거움이며
별을 주워담을 바구니로
있던, 그런 시간을
조용히 밀어놓고
어느 사랑의 신처럼
힘껏 태양을 포옹한 채
가 버릴 순간을 초대하는 것이다.

풀벌레의 목청이나
갓 핀 풀잎의 보조개로 피어나
또 한 발자욱 외로움 앞에
다가선 모습일 것이다.

이 작품이 실린 『현대문학』지를 옆구리에 끼고 다니면서 마치 천하를 얻은 듯 나대던 때가 엊그제 같은데 어언 반세기를 넘어 60년 가까운 세월이 흘렀지만, 내 이름자 위에는 '시인'이 아니고 언제나 '극작가'라는 세 글자가 붙어 다닌다. 시를 포기한 일이 없는데도 시인 대접을 받지 못하는 것, 이런 일련의 일들이 동국대학교와 인연을 맺지 못한데서 비롯된 일이 아닌가 싶어 혼자 쓴 웃음을 웃을 때도 있지만, 지금 내 주위를 에워싸고 있는 동국대학교 출신의 문우들이 넘쳐나게 많은 것을 위안으로 삼을 때도 있다.

동국대학교 입시에 실패한 다음 해, 중앙대학교에 입시 원서를 냈다. 『수험생』지에 내 시를 뽑아 주신 편운 조병화 시인이 교수로 계신다는 정보가 있어서다. 엉망으로 치른 학과시험인데도 합격통지서를 받은 것이 아무리 생각해도 이상했는데, 면접시험장에서야 그 의문이 풀렸다. 면접관이셨던 문리과대학 학장이신 문학평론가 백철(白鐵) 교수께서 백년지기처럼 반가워하셨기 때문이다.

"현대문학에 추천받은 그 신봉승인가?"

"예, 그렇습니다."

"반갑군, 열심히 해."

지금은 한국문인협회에 등록된 문인들의 수가 1만 2~3천 명을 헤아린다지만 그때만 해도 서울과 지방을 통틀어 1백여 명 남짓한 시절이다. 문학평론가 백철 학장님이 신출내기 시인 한 사람에게 입학을 허가할 정도의 인간관계였다면 얼마나 아름다운 시절이던가.

가슴 설레는 대학생활이 시작되었다.

첫 수업은 '문화사'였고, 담당 교수는 경제학자 조동필 박사였다. 교수님은 두툼한 원서를 한 권 드신 채 강단에 올라서면서 20여 명의 국문학과 신입생들을 비웃음이 담긴 얼굴로 잠시 살펴보시더니 주먹만한 큰 글씨로 흑판에 적었다. 〈Challenge and Response〉. 그리고 돌아서면서 여기에 대하여 아는 게 있으면 말해 보라고 주문하였다. 20대 초반을 전쟁터에서 보낸 우리들은 꿀먹은 벙어리가 되어 교수님을 멍청히 쳐다볼 수밖에 없었다. 교수님은 다시 돌아서시더니 이번에는 대문자로 〈A STUDY OF HISTORY〉라고 적으시고 조금 전과 똑같은 어조로 이걸 아는 사람은 설명해 보라고 재차 주문을 하였다. 무지몽매한 우리들은 역시 멍청하게 앉아 있을 뿐이었다. 교수님은 다시 돌아서더니 〈A. Toynbee〉라고 적으시고 "이건 알겠지!" 약간 노기가 섞인 목소리로 물었다. 역시 우리는 아무 말도 못한 채 벙어리처럼 앉아 있었다. 그 순간 조동필 교수의 노성일갈이 터졌다.

"야, 이 자식들아 나가 죽어라!"

그리고 교수님은 강의실을 박차고 나갔다. 우리는 황당했다. 청운의 꿈은 고사하고, 비싼 등록금을 물고 대학이라는 곳에 왔는데, 첫 시간에 당한 이 수모는…, 아니 전란을 빙자하여 놀고먹은 데 대한 이 호된 응징은 비수와 같은 칼날이 되어 우리들 청춘을 난도질했다.

나는 그길로 도서관으로 달려가 사서(司書)의 일을 대행하는 여학생에게 아놀드 토인비의 『역사의 한 연구』를 보겠노라고 청했다.

한참이나 지나서 여학생은 모두 13권으로 된 축역본『역사의 한 연구』를 내 앞에 산처럼 쌓아놓는다. 난 그때 처음으로 학문이라는 것이 얼마나 무섭고 두려운 것인가를 알았다. 그러면서도 교수님에게 당한 수모를 갚아드리겠다는 오기로 책장을 뒤척이기 시작하였으나, 그 세계적인 대저가 쉽사리 머리에 들어 올 까닭이 없다.

천만다행으로 조동필 교수의 '문화사' 열강은 다음 시간부터 시작되었다. 이미 한 번 당한 처지이고, 또 책을 구경이나마 한 탓이어서 강의 내용은 금과옥조가 되어 내 가슴을 휘어잡았다. 20세기가 배출한 세계 최고의 석학 '아놀드 토인비' 교수의 역저『역사의 한 연구』중에서도 백미로 꼽히는「도전과 응전」의 내용은 당시의 나에게는 학문이 무엇이며, 문명이 무엇이며, 인생이 무엇이냐는 명제를 완전하게 새로 느끼게 하는 충격이었다.

세계의 고대문명의 4대 발상지를 말할 때면 '황하 유역의 중국문명'이 거론된다. 문제는 남쪽에 있는 비옥한 땅 양자강 유역에서는 문명이 싹트지 않았는데, 왜 하필이면 일기가 불순하고 토지가 척박한 황하의 유역에서 문명이 싹텄느냐 하는 이 불가사의를 아놀드 토인비 교수는「도전과 응전」의 논리로 풀어서 자신의 역저『역사의 한 연구』를 20세기 최고의 명저로 자리매김되게 하였다.

일기가 온화하고 땅이 비옥한 양자강 유역의 농민들에게는 '도전'해 오는 고통이 없기에 매양 편하게만 살았다. 씨만 뿌리면 농사는 저절로 되었으니까. 그러나 황하 유역에서 사는 농민들에게는 '가뭄' '홍수' '메뚜기 떼의 습격' 등 무수한 '도전'에 지혜로운 '응전'이 없고서는 살아남기가 어려워진다. 그들은 유실된 농토를 다시 분할하기 위해서 '기하학(幾何學)'의 원리를 터득해야 했고, 천문에 관한 지식이 없이는 불순한 일기를 예측하기 어려웠다. 그러므로 황하 유역의 농민들은 살아남기 위해 자연으로부터의 '도전'에 슬기롭게 '응전'하는 것으로 삶의 질을 높여갈 수가 있었다.

이 과정이 세계 고대문명의 발상으로 이어졌다는 사실을 규명한 아놀드 토인비 교수는 일약 세계의 문명비평가로도 존경을 한몸에 받게 되었다.

「도전과 응전」의 이론은 꼭 고대문명의 발상으로만 연결되는가. 아니다. '도전'과 '응전'의 원리는 모든 분야의 인간들에게도 고르게 적용된다. 정치가에게도, 기업가에도, 그리고 우리들 예술가에게도 철저하게 적용되기에 아놀드 토인비 교수의 〈Challenge and Response〉의 논리는 내 삶의 길을 밝히는 등불이 되었고, 후일의 역사탐구에도 길잡이가 되어 마침내 역사는 '행간(行間)'을 읽어야 한다는 철리(哲理)를 일깨우게 하였다.

그해 5월, 중앙대학교의 개교 20주년을 기념하고, 본관 건물 옆에 신축된 '파이버 홀'의 낙성을 축하하는 문예작품 현상공모가 있었다. 이미 기성문단에 이름을 걸치고 있었다 해도 여기서 당선하면 학생문단의 선봉에 서게 될 것이라는 야심찬 희망을 걸었다.

「호(壺)」

흙으로 이룩해서 흙에다 묻어둘
아니면 멀리 바다에 띄워야 하는
항아리의 잘룩한 허리에
날아갈 듯이 그려진 낡은 소묘
뚜껑을 열면 되받아 소리치는 항아리고
한 이천 년을 지열에 익어
흡사 질그릇처럼 구워진 호(壺)여

옛날보다는 태초가 좋다
오늘의 이 진한 습기와 탁류보다는
차라리 맑아서 싫었을⋯⋯
진정으로 소박, 순진 따위의
말들이 싫어서 죽은
사실은 살지 못해 죽은 이를
정말 죽음처럼 다시 불살라
뼈만을 추려 담을
얄궂은 호

하늘을 치받는 시퍼런 금줄과
호의 무늬진 선이 어울려
또 하나의 묵직한 그림을 띄운다.
커다란 학으로 그려진
호 속의 학이

비단결 같은 나래를 편다
하늘을 온통 덮을 듯이.

당선이라는 행운이 돌아왔다. 편운 조병화 시인의 심사였다.

나는 그제야 정정당당 교수실로 달려가 조병화 교수님을 뵙고 5년 전에 있었던 『수험생』 때의 일을 말씀드렸다. 교수님은 파안대소로 반겨 주었다.

"아, 신봉승. 허허허, 역시 잘 뽑았나보다. 그때는 아마 「사지」라는 시였을 걸…."

그 후로도 편운 조병화 교수님은 두 번에 걸친 나와의 인연을 대단히 소중하게 간직하게 해 주셨다. 명동의 여러 주점을 돌면서 이진섭, 이봉구, 박인환, 이봉래 등 많은 선배 문인들과의 면식을 터 주었고, 때로는 혜화동에 있는 자택의 서재에서까지 양주잔을 나누는 파격의 포용도 아끼지 않았다.

1959년, 3학년이 되었을 때, 조병화 시인은 경희대학교의 전임 강사가 되어 중앙대학교를 떠났다. 나는 지체 없이 교수님을 따라 경희대 국문과로 옮겨갔다. 경희대학교의 국문학과 교수진은 그야말로 기라성 그 자체였다. 이산 김광섭(怡山 金珖燮) 교수가 시(詩)와 수필론(隨筆論)을 강의하였고, 소설가 황순원(黃順元)·주요섭(朱耀燮) 교수가 소설론(小說論)을, 희곡작가 김진수(金鎭壽) 교수가 희곡론(戱曲論)을, 조선연극사를 박노춘(朴魯春) 교수, 그리고 조병화 교수도

1956년 고향으로 찾아온 스승 조병화 시인

시론(詩論)으로 여기에 가세하였다. 고전문학 쪽도 당대의 석학들이 맡고 있었다. 방언학(方言學)에 남광우(南廣宇) 교수, 15세기 조선어에 유창돈(劉昌敦) 교수 등이라면 나에게는 이보다 더 큰 낙원은 없을 터이다. 우리나라 문학을 이끌어 가는 쟁쟁한 교수님들의 품안에서 나는 언제나 행복하였다.

하늘의 별과도 같은 교수님들의 가르침과 은혜로움으로 가득한 경희대학교의 캠퍼스는 언제나 낙원이나 다를 바가 없었다. 특히 한강 건너 흑석동(중앙대)에서 동대문 밖 휘경동(경희대)까지 따라와 준 나에 대한 조병화 교수님의 배려도 따뜻하기 그지없다.

강의가 끝나면 나는 지체 없이 극장으로 달려갔다. 시나리오의 이론에 길이 트이면서 영화는 문학 못지않게 내 마음속에 둥지를 틀었고, 스크린을 누비는 영상예술의 편린들이 차곡차곡 뇌리에 쌓여가는 나날이었다. 비토리오 데시카의 「종착역」, 캐럴 리드의 「제3의 사나이」와 「심야의 탈주」, 르네 클레망의 「금지된 장난」, 페데리코 펠리니의 「길」, 윌리엄 와일러의 「우리 생애 최고의 해」, 데이비드 린의 「아라비아의 로렌스」…. 아 이렇게 적어가자면 세계의 영화사에 이름을 남긴 명화들을 모두 거론하여야 한다. 어떤 날은 끼니도 잊은 채 단 한 편의 영화를 한 극장에서 아침부터 밤늦게까지 여섯 번이나 본 일도 있었음에랴.

극장에서의 감동은 그대로 시나리오의 형식으로 기록되곤 하였다. 시나리오의 습작이 생활의 한 방편처럼 끈질기게 이어지면서 다른 모든 일을 접게까지 하였어도, 그렇게까지 하여 완성된 시나

대학 졸업 사진

리오를 보여드리고 첨삭을 지도받을 수 있는 영화감독은 물론 시나리오작가들과의 지면도 없는 처지라 무작정 신춘문예에 응모하는 것이 최선의 길이기도 하였다.

조선일보의 신춘문예 시나리오 부문에 응모한 첫 번째 작품은 김지헌(金志軒)의 당선작 「종점에 핀 미소」에 밀려 고배를 들었고, 1년을 기다렸다가 다시 도전한 작품은 김문엽(金汶燁)의 당선작 「부두에 핀 어린 별」에 밀려 다시 낙선의 고배를 마셨다. 그러나 처음 써본 두 편의 시나리오가 모두 최종선(最終選)에 이르렀다는 사실 하나만으로도 나는 만족하였다. 그리고 얼마 후, 내 오리지널 시나리오 「옛 동산에 올라」가 활자화되어 경희대학교의 교지 『고황(高凰)』에 실렸다. 문학의 길에 들어섰던 동료들은 물론 희곡작가 김진수 교수까지도 놀라움을 감추지 못하였으나, 영화가 대중예술로 비하되면서 순수예술의 반열에 오르지 못하던 시절이어서 잠깐 동안 화제가 되었을 뿐이다.

새로운 길, 충격의 〈D·P·E〉점

살아가는 일은 모두가 타인과 맺어지면서 시작되는 신기루와 같은 인연에서 시작된다. 지친 걸음으로 미지의 산모퉁이에 도달하면 앞길을 장담할 수가 없다. 그런 답답함도 이미 만났거나, 혹은 새롭게 만나게 되는 인연들에 의해 무사한 노정으로 변해가는 것이 우리네 사람들의 상정이듯, 나는 고단한 걸음으로 산모퉁이에 이르면 언제나 먼저 와 있던 선배나 스승이 손을 잡아주는 행운을 맛보곤 하였다.

"왜 이제야 오지, 기다리고 있었는데……."

그런 행운은 미지로 가는 길을 언제나 풍요롭게 가꾸어 주곤 하였다. 피난지 울산군 남목리에서 만났던 이경숙 선생과의 인연이 내가 문학의 길로 들어서는 사랑의 징검다리였다면, 폐허가 된 고향으로 돌아와 최인희 선생의 문하로 들어서게 된 것은 내 문필생활이 시작되는 전환점이나 다름이 없는 인연이다.

강릉사범학교의 2학년으로 편입한 나는 또 한 번 미지의 세계와 맞닥뜨리게 되었다. 집을 나서서 학교에 가자면 내 영혼의 고향과도 같은 강릉극장 앞을 지나야 한다. 극장 출입으로 수많은 수모와 고초를 겪고서도 그 안에 내 꿈이 있을지도 모른다는 막연한 생각은 언제나 살아서 꿈틀거렸다. 바로 그 건너 편 길가에 정말로 또 하나의 미지의 세계가 나를 기다리고 있을 줄이야. 그때까지만 해도 들어 본 일도 본 일도 없는 생소하기 그지없는 〈D · P · E〉이라는 사진점이 문을 열었기 때문이다.

사진에 관련된 일이라면 모두 사진관에서 관장하던 시절에 별로 크지도 않는 공간의 〈D · P · E〉 점이 사진에 관한 모든 일을 대행하다니 도무지 믿을 수가 없다. 나중에야 알게 된 일이지만 필름의 현상(現像)을 의미하는 Developing, 인화(印畵)를 뜻하는 Printing, 확대(擴大)를 의미하는 Enlarging의 대문자를 딴 사진점이라는 뜻이며, 그 세 가지 서비스를 모두 대행한다고 한다. 그때는 아직 35밀리 카메라가 대중화되질 않아서 전문가가 아니면 '확대'라는 개념이 생소하였던 시절이기도 하였다.

크지 않는 〈D · P · E〉 점의 진열장에는 전지(全紙) 크기의 대형 사진이 세 장 걸려 있었다. 실물대의 UN군 사령관 리지웨이 장군의 사진은 가슴에 수류탄을 매단 모습이었고, 그 곁에는 미8군 사령관인 알몬드 소장과, 1950년 12월 24일의 흥남부두를 찍은 군중 사진이 걸려 있는데 사실을 방불케 하는 생동감을 뿜어내고 있었다. 그 흡인력이 얼마나 강하였는지 나는 학교를 오가면서 며칠을 계속하여 장시간 동안 그 자리에 선 채 움직이질 못했다. 중학생 때 사진을 찍고 만드는 일에 미쳐서 학업까지 소홀히 하였지만, 이 같이 사실감 넘치는 대형 사진은 아직 본 일이 없었기 때문이다.

"학생, 들어와서 보지 앙이켔음…?"

난생 처음 들어보는 진한 함경도 사투리에 이끌려 〈D · P · E〉점 안으로 들어가자 사진점의 주인인 이 선생은 생면부지의 학생에게 천천히 보라면서 두툼한 앨범 세 권을 내밀었다. 나는 그 앨범에서 눈을 뗄 수가 없었다. 생사를 넘나드는 흥남부두의 참상이 그대로 드러나는 생동감 넘치는 기록사진이여서다. 그리고 또 얼마의 시간이 흐르면서 사진관 주인인 이 선생은 진한 함경도 사투리로 사진설명을 해 주시는데 영화나 소설보다도 더 실감나는 스토리를 담고 있었다.

그 날을 인연으로 나는 카메라 '마미야 식스'를 다시 둘러메고 이 선생의 〈D · P · E〉 점을 내 집처럼 드나들게 되었고, 마침내 이 선생은 현상실의 모든 기자재들까지도 자유롭게 쓰게 해 주었다. 고등학교 학생에게는 파격의 예우나 다름이 없다.

남북이 분단되고, 동족상잔의 비극을 온몸으로 체험했으면서도 북쪽의 사정에 관심을 두지 못했던 것은 사고영역이 좁고, 국가의 관심사가 무엇인지에 대한 소홀함이 아니고 무엇인가. 이 선생은

이 같은 내 철없음을 뚫어지게 살피고 있었던 모양으로 되도록 진지하게 남북 간의 여러 문제를 입에 담곤 하였다.

"함흥학생사건이란 말을 들어 본 일이 있음…?"

얼굴을 빨갛게 물들이며 민망해 하는 나를 위해 이 선생은 눈에 본 듯이 그때의 일을 입에 담아 주었고, 이 선생의 아우 두 분은 사건의 당사자여서 더욱 짜임새 있는 보충설명으로 함흥학생사건의 진상을 눈에 본 듯이 재현해 주었는데 마치 한 편의 영화와 같은 스토리텔링에 갈등과 위기까지 설정된 듯하였다.

함흥학생사건의 전말을 알게 되고, 흥남철수의 참담함을 알게 되면서 나는 얼핏 그때의 사정을 소재로 한 시나리오를 한 편 써보고 싶다는 생각에 젖게 되었다. 내 인생을 새롭게 열게 되는 이른바 시나리오에 대한 관심의 싹틈이었다. 시골 극장에서 영화를 상영하기 위해서는 반드시 녹음대본(錄音臺本)이 함께 온다는 사실을 알게 된 것은 하늘의 계시나 다름이 없다. 나는 지체 없이 강릉극장의 영사기사에게 부탁하여 문제의 녹음대본을 입수하여 읽게 되었다. 미농괘지에 먹지를 깔고 육필로 쓴 녹음대본은 읽기도 어려웠지만, 가끔 섞여 나오는 'O · L'이나 'F · I'와 같은 부호가 무엇을 뜻하는지 알 수가 없어 제대로 읽기조차도 어려운 지경이었다. 생각다 못해 영어선생님을 찾아가 'F · I'가 무슨 뜻인지를 물었던 기억도 있다. 선생님은 이리저리 궁리를 하더니 '아마도 퍼스트 인플레이션의 약자일 것'이라고 알려주었다. 이 또한 나중에 안 일이지만 '화면이 점점 밝아진다는 용명(溶明)'의 약자였다.

주변 사정이 이와 같다면 시나리오에 접근하는 일은 불가능할 수밖에 없다. 그러나 그 꿈을 쉽사리 포기할 수는 없었다. 어려서 그림연극을 만들었던 일, 중학교에 다니면서는 위험을 무릅쓰고 극장 출입을 하지 않았던가. 게다가 언제나 카메라를 메고 다니면서 피사체의 앵글(각도)을 궁리하는 일도 엄격히 따지면 영화작가의 소임이었음에랴.

마침내 1953년 2월, 나는 학업성적이 뛰어나고, 지도력을 갖춘 학생으로 평가받으면서 강릉사범학교를 우수한 성적으로 졸업하게 되었다. 학교에서는 졸업생을 대표하여 답사(答辭)를 하라 하였다. 시인되기를 소망하는 문학청년이었어도 답사를 쓰는 일은 쉽지가 않았다. 졸업식 날 아침, 최인희 시인이 나를 불렀다.

"자네가 졸업을 하는데…, 뭔가 선물을 해야 하겠는데 마땅한 것이 없어 답사를 썼네. 이걸 읽게."

그리고는 답사가 적힌 두루마리를 주셨다. 전쟁의 와중이라 화선지를 구하기 어려웠을 것인데도 선생님은 백옥 같은 화선지에 유창할 정도의 멋진 붓글씨로 된 두루마리를 주셨다. 나는 졸업식장에서 선생님이 주신 답사를 읽으면서 참으로 많은 눈물을 흘렸던 기억이 지금도 생생하다.

나의 초임지는 강원도 명주군(지금은 강릉시) 옥계면 현내리에 위치한 옥계초등학교였다. 내 아버님, 숙부님, 막내 고모님 등을 비롯한 수많은 대소가의 어른들이 배우고 졸업한 학교라면 이만저만한 인연이 아니었기에 부임인사가 끝나기 무섭게 특히 여성 학부형들은 "아이고야 내가 업어서 키운 봉승이가 선생님으로 오시다니…" 자칫 교권이 무너질 정도의 질펀한 인사가 교환되는 의미 깊은 초임지이기도 했다.

나는 내가 태어나서 자란 대밭에 둘러싸인 기와집, 할아버지가 천자문을 깨우쳐 주시던 꿈결 같은 그때의 사랑방에 하숙을 정했다. 남들이 약관이라고 말하는 나의 스무 살 새싹은 깊은 의미를 새기면서 돋아나기 시작하였어도 끝없이 이어지는 시련을 동반할 수밖에 없었다.

일인당 국민소득(GNP)이 50달러 정도를 오르내리는 세계에서 가장 헐벗고 가난한 나라 대한민국을 휩쓸고 지나간 동족상잔의 상처(아직 끝나지 않았지만)는 상상을 초월하는 끔찍한 지경이라, 남벌로 푸른 산을 붉은 흙더미로 변하게 하는 등 국토는 말할 것도 없고 사람들의 육신까지를 피폐하게 하였다.

세계의 유수한 선진국 사람들은 "굶어서 죽어가는 한국의 전쟁고아들을 살리자!"는 구호를 외치면서 구호물품을 보내 주던 시절이라면 지금과 같이 풍요로운 시대를 사는 젊은 독자들이 짐작이나 할 수 있을지 의문이지만, 어차피 한 번은 진지하게 살펴보아야 할 우리의 지난날이다.

내가 맡은 옥계초등학교의 6학년 2반의 학생 수는 남녀 모두를 합쳐 68명이었고, 한두 사람을 뺀 거의 모두가 영양실조에 시달리고 있었다. 남자 아이들의 머리에는 마치 기계충과도 같이 동그랗게 머리카락이 빠진 버짐이 누구에게나 있었고, 입고 있는 옷은 때 묻고 해어져서 남루하기 그지없었다. 미국에서 보내 준 옷(구호물자)은 그쪽 어른들이 입던 옷이어서 우리 아이들에게는 맞질 않았다. 소매는 네댓 번을 걷어 올려야 손이 보일 정도였고, 옷의 끝자락은 외투처럼 땅바닥에 끌렸어도 추위를 면할 수 있다면 그나마 다행이 아니랴. 구호물자에는 노란 우유가루[粉乳]도 있었다. 나는 유리컵에 그 우유가루 몇 스푼 타서 아이들에게 나누어 먹이곤 하였다. 요즘 말로는 급식인 셈이다.

그 시절 농촌 사람들의 생각도 한번은 짚어두어야 한다. 4·19 학생의거가 민주화운동의 효시라면 그보다 7년 전의 농촌민도(農村民度)는 어떠하였는가. 국회의원 선거철을 맞으면 돈 봉투나 고무신짝이 나돌고, 막걸리 사발도 난무하게 마련이다. 그리고 촌로(村老)들은 면사무소나 지도층 인사들의 지시를 받거나 기다리는 것이 당시의 풍속이다. 그럴 무렵 출근길을 재촉하며 논두렁을 빠르게 걷노라면 논에서 일하던 노인들이 잠시 허리를 펴고 큰 소리로 묻는다.

"신 선생, 이번에는 몇 번(기호)을 찍어야 하우?"

"그야 아저씨가 찍고 싶은 사람을 찍으셔야지요."

"아니야, 위에서 찍으라는 사람을 찍어야 한다니까…."

결단코 말하거니와 웃어넘길 일이 아니다. 이승만 정권이 주도하던 자유당 시절의 시골 선거는 윗선의 지시로 치러졌다. 어느 대선에서는 여당의 부통령 후보가 철기 이범석 장군이었으나, 투표

날을 앞두고 함태영으로 바뀌었다는 중앙당의 전화 한 통으로 아무 착오도 잡음도 없이 함태영이 부통령으로 당선되던 시절이다. 소위 중앙당의 전화 한 통화로 모든 지방이 일사불란하게 움직였던 상의하달의 시절을 민주주의 시대라고 말할 수가 있을까.

일본제국 식민지 시대의 강압적인 속박에서 벗어났다고 하더라도, 대한민국의 헌법에 민주공화국임을 문자로 밝혀놓았다고 하더라도, 일제 대신 이승만이 주도하는 대한민국의 사정은 무지몽매함에서 벗어나지 못하는 일인 천하였고, 그를 따르고 받드는 사이비 지식인들이 아첨이 난무하는 세상이었다. 이승만 대통령이 방귀를 뀌면 국방부장관이 "각하, 시원하시겠습니다."라고 말한 것은 드라마의 대사가 아니라 실제로 있었던 일임에랴.

물론 5 · 16 이후의 일이지만 영국의 『더 타임스』 기자가 "한국에서 민주주의를 기대하는 것은 쓰레기통에서 장미가 피기를 기다리는 것과 같다."고 말할 정도로 당시의 우리 가슴의 정곡을 찌르는 칼날과 같은 질책이다. 그런 터무니없는 시절인데도 학교교육은 대단히 건전하게 진행되고 있었다. 특히 국사교육이 그러하였다. 초등학교 5학년 어린이들은 「우리나라 발달(상)」이라는 국사교과서로 전 학년 동안 국사를 배웠고, 6학년으로 진급하면 다시 「우리나라 발달(하)」로 더 구체적으로 국사를 익혔다. 중학교 입시에도 국사과목이 따로 독립되어 있었기에 교사도 학생들도 국사과목을 소홀히 할 수가 없었다. 그때의 초등학교 국사교과서 「우리나라 발달(상 · 하)」은 역사학자 황희돈 박사가 저술한 것으로 지금도 나는 발군의 국사교과서라고 굳게 믿고 있는 명저이기도 했다.

사회 여건이 이러한데도 이른바 민주화 열풍은 이곳저곳에 불어 닥쳤다. 각 학교 단위로 치러지던 입학시험이 '연합고사'라는 방식으로 바뀌면서 그 결과가 학교와 교사를 평가하는 기준으로 악용되기 시작하였다. 교사로 발령된 첫해에 6학년을 맡아야 했던 나로서는 정말로 감당하기 어려웠다. 수업은 열심히 하였지만 요령 부족이라 참담한 실패를 자초하고야 말았다.

그러나 구태의연한 수업방식을 개선하고, 학생 하나하나의 개성을 배려한 수업방식을 도입하였고, 어린이 글짓기 지도에 관한 연구발표 등의 성과를 인정받아 바로 다음 해(1954)에 내가 7년 동안이나 다니면서 온갖 말썽을 피우던 모교인 강릉초등학교로 영전되었고, 다시 6학년을 담임하게 되었으니 문자 그대로 금의환향이 아니고 무엇이랴.

집에서 학교로 출근하기 위해서는 내게 사진술을 가르쳐 준 이 선생의 〈D·P·E〉 점을 지나가야 하고, 퇴근하는 길에 다시 들르게 되면서 카메라맨 이 선생과 그분의 아우들이 체험한 '함흥학생 사건'의 내막을 더욱 자세하게 알게 되면서 영화적인 소재에 대한 매력과 실감이 현실문제로 등장하기 시작하였다. 이젠 학생이 아닌 성인이다. 의지만 있으면 어떤 어려움도 극복할 수가 있어야 한다. 그런 결단으로 주말을 이용하여 서울을 오르내렸다. 일본 서적을 전문으로 취급하는 고서점을 뒤져서 영화나 시나리오에 관한 이론서를 구입하여야 했기 때문이다.

궁하면 통한다는 속언이 있다. 아무것도 모르는 백면서생이 찾아 낸 최초의 시나리오에 관한 이론서가 당 시대 최고의 이론서였다면 이만 저만한 행운이 아니다. 노타 고오고(野田高梧)의 『시나리오 구조론(構造論)』과 신토오 가테토(新藤兼人)의 『시나리오의 구성(構成)』, 이 두 권이 나를 시나리오작가로 인도하는 결정본이 되었고, 후일 내가 대학의 강단에서 〈시나리오 문학론〉을 강의하는 원천이었으며, 또 내 저작인 『시나리오의 기법(技法)』, 『TV드라마 · 시나리오 작법』의 논리적인 토대가 되었을 정도의 그 방면의 결정본이다. 물론 위 두 책을 달달 욀 정도로 읽고 또 읽으면서 시나리오의 구조와 영화 메커니즘에 대해 눈뜨기 시작하였다.

시나리오의 이론적인 기초가 다져지면서 나는 알게 모르게 시나리오의 습작에 매달리게 되었다. 극장에서 상영되는 모든 영화의 스토리를 분석하면서 이른바 〈36시추에이션〉이라는 극한의 구조를 살피는 안목도 갖추어 나갔다. 그렇다고 시를 쓰는 일 또한 소홀히 할 수가 없었다.

데뷔작, 「두고 온 산하」와 300만 환의 상금

    역사란 격랑에 휩쓸리는 강물과 같다는 말이 실감날 때가 있다. 우리가 경험한 해방 전후사는 말 그대로 격랑에 휩쓸린 강물이나 다름이 없다. 미국과 소련의 궁리에 맡겨진 채 양대 강국의 전후 처리에 희생되는 와중에서도 독재정권의 발호는 민생을 아랑곳하지를 않았다.

    1945년, 조국이 일제의 사슬에서 벗어나면서 우남 이승만 박사의 인기는 폭발적이었다. 참으로 오랜 세월 동안의 망명생활을 끝내고 꿈에 그리던 조국으로 돌아올 때는 국부(國父)의 예우를 받았고, 그가 초대 대통령이 된다는 사실에 반기를 든 사람은 별로 없을 만큼 그의 지도력은 발휘되었다. 프린스턴대학에서 학부를 마친 이승만은 하버드대학에서 석사학위를, 그리고 명문 컬럼비아대학에서 철학 박사학위를 취득한 엘리트이자 거인인 이승만은 주한 미군사령관 하지 중장까지 어린 학생 다루듯 하는 외교역량을 발휘하였고, 여기에 국민적 여망까지를 묶어서 대한민국의 초대 대통령으로 취임하기까지 아무 거리낌이 없을 정도였다.

이승만 초대 대통령의 정치적인 수완과는 별도로 동강난 국토와 남북으로 갈라진 채 첨예하게 대립된 두 사상 간의 갈등은 2차 세계대전의 후유증으로 작용되면서 마침내 미국과 소련의 대리전 양상으로 불타오르게 된다.

1950년 6월 25일, 미명에 울리기 시작한 총성은 전대미문의 동족상잔의 비극으로 이어지는 와중에서 초대 대통령 이승만의 외교역량이 다시 발휘되면서 UN군의 참전을 이끌어 내는 것을 계기로 북진통일을 주장하는 등 독단적인 카리스마가 거세지기 시작한다. 거제도 포로수용소의 문을 열고 친 서방 반공포로들의 석방은 세계를 경악하게 했던 것도 한미방위조약을 체결하려는 그의 정치적 결단이었다.

북진통일이라는 국민적인 열망을 등에 업은 우남 이승만이 임시 수도 부산에 계엄령을 선포하며 버스에 탄 국회의원을 납치 감금하여 헌법을 뜯어고치면서까지 전시 중의 대한민국을 손아귀에 움켜쥐고 2,3대 대통령을 연임하게 되는 과정은 당시로는 얼마간의 반대가 있었다고는 해도 시대의 흐름으로 받아들일 정도라, 그를 따르는 아첨배들의 집단(자유당)에 의해 영구집권의 음모가 요동

치기 시작한다. 부산에서의 정치파동을 겪으면서 사사오입 개헌 이후, 문자 그대로 이승만 독재정권의 기승이 절정에 이르게 된다. 마침내 대통령 이승만의 80세 생일을 기념하기 위해 서울 한복판인 탑골공원에 조각가 윤효중의 작품으로 거대한 동상이 세워지기까지 하였다.

1960년의 제4대 정·부통령 선거(3·15 부정선거)로 이승만 박사는 다시 대통령으로 당선이 되었으나, 부정선거에 항의하는 대대적인 학생 시위가 일어나던 중, 마산에서 최루탄에 맞아 목숨을 잃은 김주열 군의 시신이 바다 위로 떠오르자 학생들의 시위는 전국으로 확산되었다. 4월 18일, 서울에서는 자유당 정권의 사주를 받은 깡패집단이 고려대 학생들의 시위대를 기습하여 테러를 감행하는 만행이 저질러지자 이에 분노한 학생들의 시위는 절정을 향해 치닫게 되었고, 수많은 시민들도 이에 가세하게 된다.

급기야 4월 19일, 약 3만 명의 대학생과 고등학교 학생들이 거리로 뛰쳐나왔고, 그 가운데 수천 명이 경무대(대통령 관저)로 향해 돌진하였다. 경찰이 데모대를 향해 발포를 시작하자 분노한 학생들의 시위는 더욱 더 하늘을 찌르게 된다. 사상자가 속출할 수밖에 없었다. 안타깝게도 서울에서만 130여 명의 젊은이들이 목숨을 잃었고, 1천여 명의 부상자가 발생하였다.

국부의 예우를 받던 건국대통령 이승만 박사는 "국민이 원한다면 대통령의 자리에서 물러나겠다."는 유명한 말을 남기고 이화장으로 물러갔다가 임시로 수립된 과도정부의 내각수반 허정의 도움으로 하와이로 망명을 함으로써 탑골공원에 세워졌던 국부이거나 건국대통령의 동상은 4·19를 주도한 젊은이들에 의해 무참하게 쓰러지고 말았다. 비정한 흐름인 것 같아도 역사의 준엄함이라고 새겨두어야 할 대목이다.

경찰의 발포로 희생된 어린 학생들의 영혼을 달래기 위해 '국립 4·19민주묘지(國立四一九民主墓地)'가 서울 강북구 수유동에 조성되었다. 지금도 4월 19일이 되면 희생자들의 유족들은 눈물을 뿌리면서 그날의 발포로 희생된 앳된 자식과 형제들의 이름을 호곡하고 있다. 뿐만이 아니라 필자와 같은 연대의 사람들은 그 희생자가 모두 학우(學友)들이나 다름이 없어서 그날의 분노가 생생하게 되살아나곤 한다.

4·19가 덮치고 지나간 바람은 명실상부한 민주주의의 싹을 틔우는 참신한 바람이었다. 젊은 시인인 「휴전선」의 박봉우, 「껍데기는 가라」의 신동엽 등은 온몸으로 자유와 민주주의를 그리고 독재자의 총탄으로 희생된 어린 학생들의 영혼을 피눈물과 노여움으로 노래하였다. 그것은 보다 새롭게 다가서는 정의로운 사회를 열망하는 절규이기도 하였다.

박봉우의 절규는 화제의 시집 『4월의 화요일』에 고스란히 담겨졌고, 그 시집의 끝자락에는 그와 더불어 시대의 아픔을 같이 한 젊은 문인들의 간절한 소회가 함께 담겨 있다. 시인 박봉우는 새롭게 찾아든 환희의 시대를 걷잡지 못했다. 그는 조선호텔의 담장에 오줌 줄기를 갈기면서 "경무대(청와대)가 우리 집이다!"라고 고래고래 소리치면서 새로이 전개될 정의로운 시대를 피를 토하듯 외치다가 청량리 정신병원으로 실려 가게 된다.

경향신문사의 부사장이던 최영해 선생이 자신의 명함 뒷면에 박봉우 시인이 청량리 뇌병원에 입원하였음을 내게 알려주었다. 내가 근무하는 국립극장과 경향신문사(소공동 소재)가 멀지 않은 탓도 있었고, 또 나와 박봉우와의 친분 관계를 헤아린 탓으로 짐작된다.

최영해 부사장의 명함을 받아든 나는 앞뒤를 생각할 겨를도 없이 청량리 뇌병원으로 달려갔다. 그 시절은 '정신질환'이라는 말보다 '미쳤다'는 말이 아무렇지 않게 상용되던 때라 눈앞이 캄캄해질 수밖에 없다. 「휴전선」의 시인 박봉우가 미쳤다는 게 어디 말이 되는가.

청량리 뇌병원의 원장님은 수필가로서도 명망을 떨치고 있는 최신해 박사(최영해 부사장의 실형)다. 물론 이미 안면은 트고 있던 처지라 최신해 박사님은 아무 말 없이 박봉우가 있는 곳으로 친히 안내해 주었다. 철창으로 된 출입문 앞에 이르렀을 때 박봉우 시인의 모습이 보였다. 박봉우 시인은 우리에게로 다가서면서 히죽히죽 웃으면서 경무대가 우리 집인데 빨리 가야한다는 말만 되풀이하였다. 한 시대의 희망이 쓰러져가는 참담한 순간이 아닐 수가 없었다.

열정의 화신 박봉우는 정신병원에 입 퇴원을 거듭하다가 전주시장의 도움으로 그곳 시립도서관의 사서(司書)의 월급으로 겨우겨우 연명하면서 가끔 서울나들이를 하였다.

그런 어느 날이었던가. 박봉우는 슬하의 장성한 삼남매를 거느리고 마포에 있는 내 연구실로 찾아온 일이 있다. 그 삼남매의 이름을 '조국' '통일' '하나'라고 지을 정도라면 박봉우 시인의 조국 사랑을 알고도 남는다. 그때 박봉우 시인은 히죽히죽 웃으며 말했다.

"아버지가 죽으면 모든 일을 이 아저씨의 도움을 받아라."

말을 마친 박봉우 시인은 티 없이 맑은 웃음을 활짝 웃어보였다. 이 만남이 박봉우 시인과의 마지막 만남이었으나 정작 그가 전주에서 타계하였다는 소식은 서울까지 전해지질 않았던 탓에 그가 마지막 가는 길을 배웅하지 못한 아쉬움은 지금도 생생하게 되살아나곤 한다.

그리고 또 얼마의 세월이 흘렀던가. 압구정동 현대백화점 주차장에 자동차를 세우려는데 유난히도 친절한 주차 도우미를 만났다.

"신 선생님, 박봉우 시인의 둘째입니다."

아, 나는 잠시 눈시울을 적시었을 뿐 아무 말도 하지를 못했다.

세월은 정겨움 넘쳐나는 아름다움도, 가슴에 심어진 회한까지도 함께 아우르면서 흘러간다. 피안에 서서 아무리 소리쳐도 대답 없이 흘러가면서도 한 가닥 추억거리를 되새기게 하는 대범함이 얼마나 고마운 노릇인지 모르겠다.

자유란 무엇인가. 학생들의 피 흘린 대가로 쟁취한 자유였어도 혁명을 주도한 어린 학생들에게는 새로운 정부를 세워서 나라를 다스리고 경영할만한 경험도, 능력도 없다. 따라서 어부지리로 수권 정당이 된 민주당은 신·구파로 갈라지면서 파벌싸움에 안간힘을 쓰더니 내각책임제로 개헌을 하고서도 신파가 총리를 차지하고 구파가 대통령을 차지하는 등 볼썽사나운 일들이 계속되었다.

내각책임제 하에서는 총리가 모든 실권을 장악하고 집행하지만, 첫 내각총리대신 격인 국무총리로 취임한 장면(張勉) 박사는 미국에서 공부한 마음 여린 분이라, 민주당 신·구파의 갈등조차도 수습하지 못하였다. 그런 장면에게 나라 전체를 아우르는 지도력이 발휘될 까닭이 없다. 그러자니 민주주의와 자유방임을 요구하는 현실의 여건에 속수무책일 수밖에 없었다. 자유는 속박되어서 아니 되고, 오직 장려되어야 한다는 개념으로 자리잡힌 서울 거리는 각종 시위대의 궐기로 영일이 없었다. 하루에도 2백여 건이 넘는 집회가 열리어도 경찰은 이를 단속하지 않는 것이 민주주의를 지키는 본분처럼 뒷짐을 지고 바라보기만 한다.

지금은 아무도 믿으려 하지 않겠지만, 당시 서울의 광화문대로, 종로, 을지로 등의 간선도로에는 자동차 대신 우마차가 활보하였다. 수세식 변소가 없었던 시절이라 집집마다 넘쳐나는 인분의 처리를 그 우마차들이 도맡아 실어 날랐다면 도성거리가 온통 인분 냄새로 진동하는 것은 조금도 이상한 일이 아니다.

마침내 그 우마차들은 어이없게도 우마차의 전용도로를 만들어 달라면서 시위에 나섰다. 4백여 대의 우마차가 광화문대로에서 청와대로 가는 효자동까지 이어지는 진풍경이 연출되기에 이른다. 마음대로 하는 것이 민주주의고, 정부나 경찰은 이를 제약하거나 통제하지 않는 것이 진정한 민주주의라는 식으로 왜곡되기에 이르자, 사람들은 뭔가 새로운 전기가 마련되더라도 날로 더해지는 혼란에 철퇴가 내려지기를 기대하기에 이른다.

바로 이 혼란의 시기가 늦깎이 대학생인 나의 졸업학기다. 대학을 졸업하기 전에 내가 가고자 하는 진로를 확실하게 해 두고 싶었으나, 아직은 완결된 결과가 없어 얼마간 초조한 나날을 보내고 있을 때, 마침내 나를 위해 기획된 듯한 큰 이벤트가 공시되었다.

11월 초순, 국방부 정훈국에서 거금 300만 환을 현상금으로 내걸고 오리지널 시나리오를 모집한다는 공고를 냈다. 상금 300만 환이라는 파격의 액수보다는 '어떠한 대규모의 전투 장면이나, 그에 버금가는 몹신(mob scene;대 군중 장면)이 있어도 무방하다'는 부칙이 내 가슴을 두근거리게 하였다. 1950년 12월 24일에 있었던 흥남부두에서의 1 · 4 후퇴의 광경이 뇌리를 스쳤기 때문이다.

나는 지체 없이 고향 강릉으로 달려갔다. 예의 〈D · P · E〉 점의 이 선생 형제들의 협력이나 증언이 없이는 이미 들어서 알고 있었던 함흥학생운동이나 1 · 4 후퇴의 진상을 그려낼 수가 없겠다는 생각이 들어서다. 이 선생 형제들도 적극적으로 내 뜻에 참여해 주었으나, 함흥이라는 도시에 가본 일이 없는 나로서는 장면(장소)의 설정이 난감하기만 하였고, 내가 경험하지 않았던 함흥학생사건 등도 모두가 생소하기만 하였다.

일단 사건이 진행되는 함흥 일원의 지도를 그리기로 하였다. 이 선생의 형제들은 함흥 일원의 지도를 세세하게 그려가면서 사건의 개요를 설명하는 것은 물론, 픽션[虛構]의 인물까지도 만들어 주는 실로 다양한 협력을 아끼질 않았다.

　오랜 토론 끝에 여자 주인공은 함흥에 주둔한 소련군 사령관의 딸인 〈쏘냐〉로 정하고, 그녀를 에워싼 함흥고보의 남학생에는 공산주의를 신봉하는 〈노신〉과 민주주의를 신봉하는 〈진수〉와의 삼각관계를 중심으로 함흥학생사건을 박진감 넘치게 설정하고(실제로 있었던 대로), 거사의 실패로 죽음에 몰린 〈진수〉가 구사일생으로 남쪽으로 탈출하였다가 국군장교가 되어 다시 고향으로 진격했을 때 〈노신〉의 아내가 되어 있는 〈쏘냐〉와 극적으로 재회하면서 〈노신〉과의 갈등이 절정에 이르면서 생사를 넘나들게 되는 중에서 1·4 후퇴의 대열에 합류하게 된다는 멜로드라마의 시놉시스가 완성되었다.

　나는 세세하게 그려진 함흥 근교와 도심의 지도를 살피면서 생동감 넘치는 시나리오를 써 내려갔다. 물론 함흥지방의 사투리까지 살아서 꿈틀거리는 대사를 되도록 정확하게 구사하자면 하나에서 열까지 이 선생 형제들의 자세한 조언과 편달이 없이는 불가능한 일이다.

　마침내 시나리오는 완성되었으나 타이틀이 문제였다. 남북으로 분단된 조국의 비극을, 그것도 고향을 북쪽에 두고 천신만고 끝에 남쪽으로 떠나 온 사람들, 그리고 고향으로 돌아가야 하는 그들의 원념이 담긴 제목을 달고 싶었다. 그렇게 떠올린 제목이「두고 온 산하(山河)」였다. 그 두고 온 고향산천으로 다시 돌아가야 하는 사람들의 피맺힌 외침을 담아낸 시나리오에 잘 어울리는 제목이었다.

완성된 시나리오 「두고 온 산하」를 국방부 정훈국에 우송하고서야 비로소 나는 홀가분한 마음으로 만삭의 아내 곁으로 돌아올 수가 있었다.

지난 해 12월 10일 나는 친구의 동생(南玉珤)을 아내로 맞이했어도 남들과 같은 신혼의 재미를 누리지 못했다. 늦깎이 대학생의 처지라 대부분의 나날을 떨어져 있어야 하였고, '문학'이다, '영화'다 하여 사사로운 일에 마음을 둘 겨를이 없었기 때문이다. 낮에는 극장을 일터로 삼았고, 밤이면 새벽까지 원고를 써야했던 고통의 나날을 신혼의 아내는 용케도 너그럽게 포용해 주었다. 12월 23일, 마침내 첫 딸 소영(小英)이가 태어나면서 힘들었던 한 해를 마무리할 수가 있었다.

대망의 1961년이 밝았다. 문자 그대로 대망의 새해인 것은 29세의 나이로 대학을 졸업하게 되는 해였고, 공모에 응한 시나리오의 당선작이 발표되는 해이기 때문이다. 2월 26일에 경희대학교의 졸업식이 거행되었다. 조금은 어색하지만 검은 색 가운을 입고 사각모를 쓴 모습으로 많은 교수님들의 격려와 축하를 받으면서도 오직 마음만은 사흘 뒤인 3월 1일에 발표될 「두고 온 산하」의 결과에만 쏠려있었다. 뭔가 새로운 계기가 마련될 것만 같은 실낱같은 기대감과 낙선이라는 좌절감이 팽팽하게 맞서는 긴장감의 연속이었다.

마침내 3월 1일, 경향신문에 그 결과를 알리는 대문짝만한 광고가 실렸다. 당선작 「두고 온 산하」, '신봉승 작'이라는 활자가 주먹만하게 보였다. 태어나서 처음으로 느끼는, 그야말로 가슴이 터질

上- 1959년 결혼할 무렵의 가족사진
下- 1978년 3남매 성장기의 가족사진

듯한 충격을 동반하였다. 상금 3백만 환은 물론 단군 이래 최고의 현상금이었고, 지금의 화폐가치로는 족히 5-6억 원에 해당하는 거금이었다. 당시 신당동에 있는 ㅁ자로 된 한옥(韓屋) 한 채 값이 그 정도였기 때문이다.

시상식은 국방부 정훈국의 대강당에서 엄숙하게 거행되었다. 이날 나는 비로소 심사에 임한 영화감독 전창근(全昌根) 선생, 시나리오작가 이청기(李淸基) 선생, 방송작가 한운사(韓雲史) 선생, 소설가 선우휘(鮮于煇) 선생 등 실로 기라성과도 같은 선배 문인 작가들과 초대면을 하였다.

"그래 함흥에서는 언제 나왔는가?"

전창근 선생이 내게 물었다.

"전 아직 함흥에 가본 일이 없습니다."

나의 대답에 심사위원들은 경악을 감추지 못하였다.

"무슨 소린가. 함흥의 지리가 너무도 정확하고, 그 지방 사투리도 실감났어."

"정확한 지도를 그려놓고 썼습니다."

"놀랍군. 그 정신 버리면 안 되네."

특히 전창근 감독님의 힘찬 격려와 찬사를 들으면서 나는 거금 3백만 환을 챙겨들었다.

이 엄청난 상금을 어떻게 써야 하는가. 고향출신의 어느 선배 한 분은 일단 집을 한 채 사두는 것이 좋겠다고 조언하였으나, 당시의 내게는 어울리지 않는 조언이라는 생각이 들었다. 이같이 화

1962년 | 122분 | 감독 이강천 | 각본 신봉승 | 출연 김진규, 김지미 | 제작 국방부정훈국

려한 데뷔를 했으면 시나리오를 써달라는 청탁이 줄을 이을 것이라는 확신이 들어서다.

나는 우선 미도파백화점 건너편에 있는 스리세븐(777)이라는 카메라점으로 달려가 당시 최고급 카메라인 'Leica M3'에 200밀리 망원렌즈, 38밀리 광각렌즈와 삼각대까지 일습을 마련하는 것으로 어려서부터의 희망이었던 카메라에 대한 소원을 풀었다. 그리고는 을지로 네거리에 있었던 양복점 미림나사(美林羅紗) 앞을 서성거리면서 그 앞을 지나가는 친구들을 기다렸다.

"야, 양복 한 벌 맞추고 가라."

말이 되는가. 이 말도 되지 않는 일을 계속하면서 20대의 시인, 영화평론가들에게 새 양복을 한 벌씩 맞추어 입혔고, 밤이 되기를 기다렸다가 이름난 요정에서 술판을 벌이곤 하였다. 경희대학교의 전 은사님과 동기생들을 불러 모아 질펀하게 마셨고, 낮밤을 가리지 않고 명동에 나가서는 무수한 영화인들과 술잔을 돌리면서 안면을 텄다.

그때의 솔직한 심정으로는 하루 속히 전업(專業)작가가 되어 시나리오 작단의 선봉이 되고 싶었고, 단군 이래의 화려한 데뷔가 그 길을 보장해 줄 것이라고 믿었던 터이지만 세상일은 뜻과 같지를 않았다. 거창했던 상금을 반쯤 탕진하고서야 허황했던 꿈에서 깨어났다. 아무도 나에게 시나리오를 써 달라고 부탁하지 않았고, 어느 영화사에서도 나를 필요로 하지를 않았기 때문이다.

낙향을 서두를 수밖에 없다. 고향으로 돌아가면 언제라도 교직에 복직할 수 있는 길이 트여져 있어서다. 강릉시 교육청의 윤억수 교육장님은 내게 학교를 선택할 수 있는 기회까지 배려해 주시지를 않았던가. 사회로부터 인정받은 재능을 아이들을 위해 써 달라는 간곡한 당부일 것이라는 생각이 들기도 하였으나, 그렇게 다시 시작한 교직생활은 지루하기만 하였다.

아무도 시나리오를 쓰라고 하지 않았다

무질서나 다름이 없는 민주주의보다는 다소의 불편을 감내하더라도 법도가 살아있는 사회에서 살기를 희망한다면, 그것은 이율배반이나 다름이 없다.

5 · 16 군사 쿠데타는 이 같은 이율배반적인 사회여건을 등에 업은 독버섯에 비유되기도 한다. 합법적인 헌정질서(憲政秩序)의 파괴는 어떤 경우에도 정당화 될 수가 없기 때문이다. 그럼에도 박정희 소장이 이끄는 혁명군의 수뇌가 시청 앞 광장에 모습을 드러냈을 때, 많은 사람들이 '올 것이 왔구나…'라고 자탄하였고, 심지어 일부 언론에서까지 '무능한 민주당 정부가 불러들인 재앙'쯤으로 표현한 것은 참으로 곱씹어 볼만한 대목이 아닐 수 없다.

쿠데타의 주체들은 이른바 〈혁명공약〉이라는 대국민공약을 제시하는 것으로 자신들의 정체를 드러냈다.

〈혁명공약〉

1. 반공을 국시의 제일의(第一義)로 삼고 지금까지 형식적이고 구호에만 그친 반공태세를 재정비 강화한다.
2. 유엔헌장을 준수하고 국제협약을 충실히 이행할 것이며 미국을 위시한 자유 우방과의 유대를 더욱 공고히 한다.
3. 이 나라 사회의 모든 부패와 구악을 일소하고 퇴폐한 국민도의와 민족정기를 바로잡기 위해 청신한 기풍을 진작시킨다.
4. 절망과 기아선상에서 허덕이는 민생고를 시급히 해결하고 국가 자주경제 재건에 총력을 경주한다.
5. 민족의 숙원인 국토통일을 위해 공산주의와 대결할 수 있는 실력배양에 전력을 집중한다.
6. 이와 같은 우리의 과업이 성취되면 참신하고도 양심적인 정치인들에게 언제든지 정권을 이양하고 우리들은 본연의 임무에 복귀할 준비를 갖춘다.

민주당 정권의 무능함에 실망하였던 처지라 위안이 될 만한 구절들이 눈에 띄고, 특히 소임을 마치면 군으로 돌아가겠다는 약속을 믿으면서 그들의 양심을 신뢰하였던 기대는 곧 산산조각나기 시작하였다. 박정희 소장은 군 본연의 임무로 돌아가기는커녕 현실 정치권력에 맛들이면서 정치참여를 선언하고, 체육관 선거라는 전대미문의 방법으로 대통령의 자리에 오른다.

그리고 민족중흥의 기치를 내걸면서 중화학공업의 육성, 새마을운동 등으로 농촌개혁을 이루어 나가면서 국민들에게는 '우리도 할 수 있다'는 자신감을 심어주게 된다. 여기에 열광하는 새로운 세력들은 군부독재까지를 수용하는 정치집단으로 변신하였고, 급기야 다시 헌정을 중단해서라도 영구집권을 획책하는 유신정권의 탄생을 불러들이게 된다.

역사는 언제나 준엄하게 흐른다. 소위 지도자라고 지칭되는 사람들에게는 어떤 경우에도 공헌(貢獻)과 과실(過失)이 있게 마련이다. 그러나 사람들은 이루어 놓은 공헌이 크면 '과실'이 상쇄되는 것으로 착각한다. 위험하기 그지없는 사고가 아닐 수 없다. 아무리 거대한 업적을 이루었다 하더라도 하찮은 과실 하나와도 상쇄되지 않는 것이 역사의 준엄함이다. 특히 독재로 이루어 놓은 선정(善政)과 공헌은 어떤 경우에도 그보다 더 작은 과실과도 상쇄되지를 않는다.

아흔아홉 가지 선정(善政)도 한 가지 악정(惡政)을 상쇄하지 못한다!

5 · 16 군사 쿠데타는 모든 구악을 일소한다는 명분을 내걸면서 공직에 있는 사람들의 숨통을 조이기 시작하였다. 그것은 또 지금까지 유지되어 온 기존 가치체계를 일시에 무너뜨리는 일대변혁의

바람이기도 하였다. 학교라 하여 다를 것이 없다. 명령체계가 강력해지면서 교사들의 활동도 위축되기 시작하였다.

시나리오「두고 온 산하」의 당선과 함께 자유분방함을 맛보았던 나로서는 그런 속박과 구속이 마음에 들 까닭이 없었다. 교직을 떠나 전업작가의 길을 가야하는가를 심각하게 고민하던 중에 뜻밖의 유혹이 있었다. 새로 KBS 강릉방송국장으로 취임한 박영선(朴泳善) 국장으로부터 받은 전화 한 통이 내 인생을 송두리째 바꿔놓는 계기가 될 줄을 어찌 짐작이나 하였던가.

"신 선생과 같은 전도유망한 작가가 교직에만 머문대서야 말이 되는가. 방송국에는 당신의 취향에 맞는 일이 얼마든지 있다는 사실을 경험해 보지 않겠는가!"

눈앞에 광명천지가 열리고 있다는 확신이 들 정도의 충격을 동반한 유혹이었다. 나는 그 미지의 벌판으로 달려 나가고 싶었다. 아니 파도가 휘몰아치는 험한 바다에 가랑잎과도 같은 조각배를 띄워서라도 새로운 세계를 경험하고 싶은 열망이 일었다. 누군가가 나를 기다리고 있다가 손을 잡아 줄지도 모른다는 실오리 같은 기대가 정든 교직을 떠나 방송국의 촉탁직으로 자리를 옮기게 하였다.

만남과 인연은 삶의 방향은 물론, 때로는 삶의 질까지를 바꾸는 전기를 마련하기도 한다. 미지의 산모퉁이 이르면 먼저 와 있던 선배나 스승이 손을 잡아 다독이며 "왜 이제야 오느냐."며 앞장을 서 주었던 은혜로운 분들이 있었음은 앞에서도 적은 바가 있다. 박영선 국장과의 만남은 내 몸속에서 꿈틀거리는 끼(氣)를 개발하면서 자극하는 컨설팅이나 다름이 없었다.

"라디오 다큐멘터리부터 시작합시다."

내 고향 강릉은 대현 율곡 선생과 그 자친인 사임당 신씨의 자애로움과 예술혼이 넘쳐나고, 동양삼국에서 으뜸가는 여류시인 난설헌(蘭雪軒) 허초희(許楚姬)와 우리나라 저항문학의 효시인 교산(蛟山) 허균(許筠) 남매가 태어난 유서 깊은 고장이라 예로부터 문향(文鄕)으로 일컬어져 왔고, 송강 정철의 「관동별곡(關東別曲)」에도 이 지역의 풍광이 눈에 보이듯 잘 그려져 있어 수많은 시문(詩文)들의 바탕이 되었던 아름다운 고장이다.

박영선 국장은 이 같은 지역의 특성을 살리는 라디오다큐멘터리를 만들어 보자고 하면서 내게 그 집필은 물론 프로듀서의 임무까지를 맡겼고, 아울러 인터뷰어의 소임과 내레이터의 역할까지를 수행하게 하였다. 신인 시나리오작가이자 시인이라는 자부심이 있었다고 하더라도 소리만으로 구성되는 라디오다큐멘터리의 집필과 제작은 소경이 코끼리 다리를 만지는 일과 다름이 없을 정도로 나와는 무관한 장르이다. 도대체 어디서부터 시작해야 하는가. 그것을 가르쳐 주는 사람도 없다. 그렇다고 물러설 수도 없는 절체절명의 순간이 초침이 돌듯 다가오고 있다.

일단 관용차를 타고 취재에 임하는 PD(프로듀서)로 변신해 본다. 내가 이용하는 차가 방송국의 자동차이고 보면 경찰관까지 나와서 경례를 하고 또 모든 편의를 보아주는 것이 당시의 관례다. 공적인 임무가 작가가 갖추어야 하는 기초적인 교양의 축적을 자극하는 것이라면 가슴을 두근거리게 하는 큰 보람이 아닐 수 없다. 오래전에 책에서 읽었던 '시나리오는 발로 쓰라'는 구절이 절절할 정도로 가슴에 와 고동치곤 하였다.

오대산의 월정사와 상원사, 강릉의 보현사, 설악산의 신흥사, 양양의 낙산사 등 고찰에 담긴 역사와 일화를 소개하면서 스님들과의 인터뷰를 섞어가는 프로그램이 완성되었다. 명승고적의 현황을 역사적인 기록을 바탕으로 음악과 효과음까지 삽입한 프로그램은 아직 자체 제작에 익숙하지 못하였던 지방방송국의 활로를 찾는 데 크게 일조하였다. 게다가 지방방송국에서 자체 제작한 프로그램을 심사하여 전국방송으로 다시 송출하는 서울중앙방송국의 정책시스템에 강릉방송국의 라디오다큐멘터리가 단골로 뽑히게 되자, 의욕이 넘쳐나는 박영선 국장은 또 새로운 프로그램의 개발에 박차를 가한다.

그 두 번째 시도가 지역의 중 고등학교 학생들이 참여하는 퀴즈 프로그램을 제작하여 방송하자는 기획이다. 출제는 물론 MC의 소임까지를 내가 맡게 되자 기존의 아나운서들의 반발이 파업 직전까지 치달아 오른다. 박영선 국장은 약간 서툴러도 신선감을 택하겠다면서 기획에서 제작에 이르는 모든 과정을 내게 일임할 정도로 완강하였다. 나는 스튜디오에서 제작되는 규격품보다 현장감을 살리기 위해서라도 해당 학교를 방문하여 제작하기로 하였다. 생각해 보면 안다. MBC-TV의 간판프로그램과도 같았던 차인태 아나운서의 「장학퀴즈」보다 무려 15년이나 앞선 이 대장정은 해당 학교나 지역 학생들의 열광적인 환영을 받으면서 강릉방송국의 간판 프로그램으로 자리 잡아가게 되었다.

내 몸 어딘가에 넘쳐나는 끼가 꿈틀거리고 있었음은 분명하지만 그것이 누구로부터 물려받은 것인지는 알 길이 없다. 앞으로도 적어가겠지만 아무리 생소한 일이라도 일단 시작하면 힘들이지 않고 성취하는 힘의 원천은 어디에서 기인되는 것일까. 남들에게는 어렵게 보이는 일이었어도 내게 맡겨지면 어렵지 않게 성사되는 희열을 수없이 경험하면서도 내색할 수가 없었을 뿐이다.

'내친김'이라는 속언이 있다. 박영선 국장은 여러 프로그램이 성공하는 여세를 몰아 강릉방송국의 전속 경음악단을 발족하면서 서울에 있는 신인가수들을 불러 내렸다. 그리고 휴전선 155마일에 배치된 육군부대를 방문하는 대대적인 위문공연을 하겠다고 선언하였다.

"신 선생이 사회를 맡아주면 좋겠어요."

나는 완강히 사양하였다. 명색이 순수문학을 내세우면서 시인과 시나리오작가로 행세를 하는 판국에 '악극단'의 사회자가 되어 대중들 앞에 선다는 것이 무척이나 곤혹스럽고 또 자존심 상하는 일이기 때문이었지만 박영선 국장의 설득은 집요하였다.

"신인작가의 프라이드를 지키면서 공연을 진행하는 방법이 얼마든지 있을 것으로 알아요. 품위 있는 공연이 되도록 신 선생이 잘 이끌어 가면 될 일이 아닙니까."

나는 박영선 국장의 끈질긴 설득을 뿌리치지 못하고 일선장병들의 위문공연에 나서기 위한 준비에 임하게 되었다. 방문하게 될 사단의 연혁도 조사하여야 했고, 신인가수들이 부르게 될 대중가요에 담겨진 에피소드도 살펴야 했다. 그렇게 작성된 원고의 분량도 만만치 않다. 그것을 모두 외워야하는 것은 기본이고, 또 현장의 사정에 따라 멘트의 내용을 즉흥적으로 바꾸어야 하는 기지도 필요하였기에 악단과 가수들과 함께 종일을 연습에 임할 때도 있었다.

마침내 끼의 주머니가 터지고

　마침내 휴전선 155마일을 누벼야 하는 위문공연이 시작되었다. 젊은 병사들의 환호와 열광은 말로 표현하기 어려울 정도로 터져 올랐다. 내게는 초등학교 교사 시절 이후 처음으로 경험하게 되는 대중들과의 직접적인 교감이자 소통이었기에 가슴으로 전해지는 감흥과 열기는 이만저만 큰 것이 아니었다. 열광하는 젊은 장병들에게 무엇으로 보답해야 하는가. 공연이 거듭되면서 몸속에 잠재되어 있었던 또 다른 끼가 발동되기 시작하였다. 그 열광에 화답하기 위해서는 즉흥적인 콩트가 삽입될 때도 있었고, 악극단의 전문 사회자로 이름을 날리던 구봉서나 후라이보이 곽규석의 흉내까지 내는 지경에 이르면서 위문공연은 절정을 향해 치닫기 시작하였다. 바로 그 무렵에 실로 난감한 지경과 맞닥뜨리게 되었다.

육군 제6사단의 사단본부 장병들을 위한 공연을 하는 도중에 무대 뒤에 면회를 청하는 장교가 있다는 통고를 받으면서 지정된 장소에 갔다가 나는 소스라칠 정도로 몸을 굳히고 말았다. 학훈단에 소속되었던 대학 동기생이 육군 중위 계급장이 달린 군모를 쓰고서 있었기 때문이다. 설혹 예견하고 있었던 일일 수는 있어도 순간적으로 떠오르는 수치심을 가늠할 수가 없을 정도다. 아니나 다를까, 김 중위는 눈물까지 글썽해진 눈으로 묻는다.

"신 형, 어쩌다가 악극단…."

사회자로 전락하였느냐고 묻고 싶으면서도 말을 이어가지 못하는 것이 완연하다. 그는 또 그렇다고 치더라도 내 평생에 이같이 수치감에 사무쳤던 일은 아직 없다. 심경을 가다듬고 그게 아니라고 말해야 하는데, 다음 순서 때문에 무대로 다시 올라가야 한단다. 서둘러 다음 순서를 진행하고 다시 내려왔을 때 김 중위는 돌아가고 없었다. 그때 나는 견딜 수 없는 수치감에 몸을 떨었다. 그리고 오랜 시일이 지날 때까지 그날의 수치감이 내 의식 속을 떠나지 않았다. 김 중위를 매개로 그런 풍문이 번져갈까 두려웠기 때문이다. 그 후에도 나는 상당 기간 동안 6사단에서 있었던 김 중위와의 일로 심란함에서 헤어나지를 못했다. 내 몸 안에 남다른 소심함이 있음을 알게 된 것도 이때의 일이다.

바다가 아무리 용트림쳐도 뱃길까지 막지는 못한다. 산과도 같은 큰 배는 첨단의 기술로 뱃길을 열어가지만, 아무 설비도 없는 조각배도 물길을 헤칠 수가 있다. 나는 강릉방송국에서의 일상을 나의 새로운 도약을 위한 발판으로 삼으면서 심기일전의 나날을 보내게 되었다. 역시 박영선 국장의 열정과 수완으로 우리나라 음악PD의 원조나 다름이 없는 도상보(都相輔)가 합류하였고, 소극장 운동에 앞장섰던 이정실(李正實)까지 함께 어울리게 되면서 강릉방송국의 인적구성은 서울 본사의 제작부에 못지않을 정도의 수준을 갖추게 되었다. 나는 그들 선배의 도움에 힘입어 영화와 방송 그리고 고전음악에 대한 관심의 폭을 넓혀갈 수가 있었다.

일본어로 된 영화잡지 『시나리오』, 『키네마 순보(旬報)』, 『영화평론』도 이 무렵부터 애독하게 되었다. 극장에서 상영되는 영화나 악극을 가리지 않고 섭렵하게 되면서 그것들의 극적구성을 살피는 안목도 높여갈 수도 있었다. 영화나 무대에서 상영되는 공연물의 결함이 눈에 들어오기 시작한 것도 이 무렵이다. 그 결함을 문자로 적으면 영화평론이 된다.

일찍이 『현대문학』지의 주간 조연현 선생께서 "신 형, 문학평론을 겸해 보는 것이 어때요?"라고 권유하신 덕분에 나는 「현대시의 생성과 이해」라는 평론을 『현대문학』지에 발표했었기에 그 분야가 별로 생소하지는 않다. 그러므로 영화를 본 소감을 평론의 형식을 빌어서 써 보는 것도 생소한 일일 수가 없다.

이 무렵을 전후한 내 모습을 영화평론가 김종원은 다음과 같이 회고하였다.

내가 신봉승 선생을 처음 만난 것은 4·19 학생혁명의 소용돌이 속에서 민주당 정부가 들어서고 안정을 찾아가던 1960년 가을 무렵이었다. 그런데 신 선생과의 인연의 고리는 영화에서도 이어지고 있었다. 1960년 1월 초순이었다. 1년 전부터 발간중인 격월간 영화전문지『시나리오 문예』의 연재원고(작품연구) 2회분을 전달하기 위해 사무실을 방문했을 때, 뒷날 시나리오작가가 된 최인수 편집장이 독자가 투고한 것이라며 한 편의 원고를 보여 주었다. 「작가의 정신과 모럴」이라는 평론이었다. 신취영(辛翠影)이라는 독자가 쓴 것인데 읽어보니 보통 글이 아니었다. 당시 우리나라 대표적인 감독의 근작에 대해 언급한 것으로 매우 비판적인 내용을 담고 있었다.

　김기영의 역작으로 꼽히는 「10대의 반항」(1959)에 대해 작품이 갖는 사상이 지극히 피상적이라고 전제한 뒤 전쟁을 겪고 난 민족에게는 보다 흐뭇한 시정신이 요구된다고 주문하고, 유현목 감독의 「구름은 흘러도」(1959)에는 관찰의 소홀함을 들어 비판했다. 즉 영화의 배경에 서 있는 수양버들이 흔들리지도 않는데 비바람이 여주인공(말숙)의 우산을 후려갈기는 것은 어인 일이냐고 꼬집었다. 나는 이 글을 게재하기를 권했다. 결국 「작가의 정신과 모럴」은 1960년 3월『시나리오 문예』지 제5집에 '독자논단' 형식으로 발표되었다. 신취영이 보낸 「영화 '흙' 연구」도 다음 호에 빛을 보았다. 그로부터 한 달쯤 되었을까, 박스용 글(라이빌)과 지면을 장식할 컷을 넘기려『시나리오 문예』지 편집실에 들렀을 때 우편물에서 우연히 한 통의 엽서가 눈에 잡혔다. 능란한 또박 필체로 지면을 할애해 주어서 고맙다는 내용이 적혀 있었는데 인사 끝머리에 '강릉 신취영(奉承)'이라고 밝히고 있었다.

나는 놀라지 않을 수 없었다. 신취영이 신봉승? 그렇다면 문단에 이미 등단한 기성문인이 아닌가. 처음부터 본명을 밝혀 주었다면 인색하게 굳이 '독자투고'로 취급받지 않아도 되었기 때문이다. 지금도 아쉽게 생각하는 일이다.

내게는 또 새로운 변혁이 다가왔다. 역시 박영선 국장의 주선이었다.

"신 선생, 나하고 같이 서울로 가지. 여기에 두기에는 너무 아까워."

박영선 국장은 명동에 있는 중앙국립극장 총무과장으로 전임되면서 나도 함께 가기를 청했다. 촉탁사무직을 보장해 주겠다는 약속이었다. 명동은 내 대학 시절을 활기차게 이끌어 주었던 꿈의 보금자리였고, 문학을 꿈꾸던 이상의 벌판이 아니었던가. 게다가 국립극장 근처의 다방이나 대폿집에는 내 또래의 신인급 글쟁이들이 떼를 지어 몰려다닐 터이었다. 서울살이의 첫 보금자리가 명동 한복판에 있는 국립극장에서 시작된다면 꿈에 그리던 이상촌으로 돌아가는 것이나 다름이 없다. 또 명동의 다방이나 주점에는 내가 존경하는 문인 선배들, 그리고 김관식, 천상병, 박봉우, 박재삼, 김종원 등 동년배의 문인들이 막걸리를 마시면서 뜨거운 열정을 고성방가에 담아서 토하고 있을 것이 분명하다.

그래 명동으로 가자, 거기에 내 그리운 벗들이 있을 것이므로!

또 다시 새로운 인연과 만남이 시작되었다. 이른바 예술의 전당이라는 명동의 중앙국립극장도 군사혁명의 와중이라 군인출신들에 의해 장악되어 있었다. 극장장은 정훈 1기생인 이용상(李容相: 육군 대령 출신) 시인이었고, 기획과장은 육군에서 사교댄스를 제일 멋지게 춘다는 한량이면서 연극과 영화계의 마당발로 이름을 떨치는 백형기(白亨基: 육군 대위 출신) 과장이었다. 이 두 분이 내 평생의 분수령을 손을 잡아 넘게 해 줄 것이라고 어찌 짐작이나 했던가.

박영선 총무과장의 주선으로 기획과의 말단으로 배정되었으나, 다른 직원들에 비해 나이가 많았던 탓으로 국립극장의 공연홍보를 전담하게 되었다. 포스터의 디자인, 공연 리플릿의 내용과 편집을 맡으면서 색감의 조정, 활자의 크기나 모양의 조정 등 전혀 경험하지 못하였던 새로운 작업을 하면서도 어려움을 모를 정도가 아니라, 새로운 시대에 알맞은 참신한 디자인과 알찬 내용이 담긴 포스터나 리플릿은 국립극장의 새로운 출발에 큰 보탬이 된다. 많은 사람들이 내 전직이 디자인이나 편집에 관련되었을 것이라고 지레짐작하고 있을 터이지만, 나로서는 처음으로 경험하는 새 길이었다.

내 육신을 떠받치고 있는 끼의 원천은 어디에서 비롯되는 것일까. 아무리 생각해도 해답이 나오질 않는다. 앞으로도 적어가겠지만, 나는 무수한 장르를 오가면서도 눈앞에 닥친 일에 대한 교육을 받은 일이 없다. 그런데도 일을 시작하면 그대로 전문가의 수준으로 올라선다. 다만 아무리 낯선 일이라도 일단 매달리면 끝장을 보아야 한다는 집념 하나만은 남들 못지않았을 뿐이다.

군사정부는 중앙국립극장을 중심으로 무대예술을 진작 향상한다는 야심찬 계획을 세우면서 국립극단, 국립오페라단, 국립무용단, 국립국악단 등 전속단체를 새롭게 개편하는 작업에 임하면서 극장 내부의 대대적인 수리를 시작하였다. 따라서 우리 기획과의 직원들은 중앙국립극장의 새로운 출발을 위한 공연 준비 작업에만 매달리게 되었다.

그 무렵 60년대 초의 명동거리, 예술가들의 천국이나 다름이 없었다. 어찌 문학뿐이랴, 연극·미술·음악 등 각 분야를 이끌어 가는 젊은 예술가들은 밤낮을 가리지 않고 명동으로 몰려들었다. 모두가 친구이자 동지이며 한국의 예술문화를 이끌어 가는 선봉임을 자임한 예술가들이다. 지금은 한국문인협회에 등록된 문학인의 수가 1만 명을 넘어서고 있지만, 그때는 서울과 지방의 문학인 수를 통틀어도 1백여 명 남짓한 시절이라 언제 어디에서 만나도 곧 그 자리에서 친구가 되고 동지가 되던 시절이다. 더구나 명동에서 마주치는 면면들의 친근감이란 동기간도 부러워 할 지경이던 시절이다.

유네스코 건물이 뒤쪽에 있는 '갈채다방'에는 김동리·황순원·서정주·조연현·손소희·박기원·박재삼 등 한국문협 쪽의 주축들로 가득하였고, 국립극장 다음 골목에 있는 '동방살롱'에는 백철·김광섭·이헌구·조병화·이봉래 등 이른바 자유문협의 인사들로 가득하였다. '청동다방'에는 공초 오상순 선생의 담배연기가 자욱한 가운데 김종원·이근배 시인의 모습이 자주 보였고, 지금은 원로배우가 된 최불암(당시는 중학생)의 어머님이 경영하시던 대폿집 '은성'에는 소설가 이봉구 선생이 언제나 벽화처럼 앉아 있었다. 무수한 예술가들이 드나들면서 쉬어가는 낙원과도 같은 곳이지만, 가끔 황순원 선생이 평안도 사투리로 노래하는 '피양 던거당…' 하는 소리에 폭소가 터질 때도 있었다.

또 다른 골목길로 들어서면 천하의 괴짜이자 대한민국 시인으로 자처하던 김관식(金冠植)의 고성방가를 들을 수가 있었고, 그 골목을 돌아서 나오면 손을 벌리고 선 시인 천상병(千祥炳)도 만날 수가 있다. 조선호텔의 담벽에 오줌 줄기를 쏟아내면서 "경무대가 우리 집"이라고 외쳐대던 박봉우 시인도 있었고, 또 다른 골목으로 들어서면 절망에 찌든 듯한 거지들의 왕초, 시인 이현우(李賢雨: 소설가 김말봉의 아들)의 모습과도 만날 수가 있었다. 지금 생각하면 모두가 아름답고 정겨운 광경이 아닐 수가 없다.

그런 정겨움으로 해가 지고 저무는데도 문학에 대한 열정은 붉은 쇳물처럼 흘러내리면서 식을 줄을 몰랐다. 지금은 모두가 나이 들어 해당 분야에 우뚝 선 원로가 되어 후학을 이끌고 있지만, 그때는 모두가 30대 초반의 패기만만한 지성들이었다. 그들은 작품의 경향에 따라 동인회(同人會)를 구성하고, 주기적으로 만나 서로의 작품에 대한 의견을 교환하였고, 그 결과를 경쟁적으로 앤솔로

지에 담아서 간행하였다.

문덕수 · 박희진 · 박재삼 · 성찬경 · 박성룡 · 이성교 · 이경남 등은 동인지 『60년대 사화집』을 내면서 자신들의 열정을 과시하였고, 신동문 · 강민 · 권용태 · 송혁 · 김재섭 등은 동인지 『현실』에 담아 내면서 면학과 시운동을 병행하였다. 또 이형기 · 성춘복 등을 중심으로 한 시인들은 동인지 『시단』을 내면서 이에 가세하였다. 시인들만 동인지 운동에 참여한 것은 아니다.

문덕수 · 구인환 · 김윤식 · 신봉승 등 문학평론에 관여하고 있는 산문작가들은 〈에세이스트클럽〉을 조직하고 정기적으로 모여 문제 작품에 대한 격렬한 토론에 임하였고, 그 결과를 소공동에 위치한 대한상공회의소의 강당에서 심포지엄에 담을 때는 내가 진행을 맡은 좌장 노릇을 하기도 하였다.

그 1960년 무렵, 서울의 개봉영화관에서는 지금과는 달리 세계영화사에 길이 빛날 명화들이 상영되곤 했다. 페데리코 펠리니의 「길」, 르네 클레망의 「금지된 장난」 등 유려한 영상과 가슴 저미는 주제곡이 우리들의 마음을 울렁거리게 하였고, 더구나 나는 시나리오 「두고 온 산하」로 등단하여 문학과 영화를 겸업하는 신인이었기에 미구에 새로운 영상 시대가 열릴 것이라는 확신이 있었다.

그 새로운 영상 시대에 대비하기 위해서는 함께 뜻을 모을 수 있는 모임이 필요하다는 데 뜻을 같이 한 문인들은 명동 한복판에 있는 '금문다방'에서 동인회를 만들자고 발의되었고, 역시 선술집을 돌면서 마음을 모아 동인회의 이름을 '네오 드라마'로 정했다.

물론 '네오'는 전후 이탈리아 영화의 한 경향이었던 네오리얼리즘에 따온 '새로운'이란 의미였고, '필름'이라는 말보다 '드라마'라는 용어가 삽입된 것은 지금 생각해도 선견지명이 아닌가 싶기도 하다.

당시 20대 후반에서 30대 초반의 문학인들이 모여 영상문화가 전개될 미래를 내다보면서 문학과 영화의 징검다리를 자임하겠다는 발상이 얼마나 놀랍고 신선한 일인가. 그리하여 곧 불어 올 영상문화를 옳게 수용하기 위해서는 젊은 지성인들의 적극적인 참여가 있어야 한다는 것이 우리들의 열정이자 사명감이기도 했다.

우리의 선언에 동조하는 젊은 문인들은 뜻밖으로 많았고, 언론인, 영화인들까지도 큰 관심을 보였던 탓에 동인의 구성은 다양하고 다채로웠다. 시인으로 참가한 사람이 시집 『4월의 화요일』로 장안의 지가를 높이고 있던 박봉우, 시 「코카콜라」로 민족시의 한 형식을 제시했던 신기선, 시와 영화평론을 겸업하고 있던 김종원, 그리고 시인 강민·송혁·김일(김희로) 등이 참여하였고, 문학평론가 김상일, 영화감독 조운천, 언론인 최재복·김승환, 시와 시나리오를 겸업하는 필자를 포함하여 10여 명이었다.

모임은 한 달에 한 번이었어도 토론하는 내용은 자유분방하여 한 번 모일 때마다 세계를 놀라게 하는 영화가 한 편씩 만들어졌다가 지워지는 식의 열정적인 만남이었다. 그러나 곧 동인들이 직접 작품을 집필하고 그 작품을 중심으로 건설적인 의견과 비판을 내려서 서로를 격려하고 자극하기로 의기를 모으면서 그 첫 시도로 내 데뷔 시나리오 「두고 온 산하」가 도마 위에 올려지게 되었다. 동인들은 그 시나리오를 돌려가면서 읽었고, 토론하는 날은 눈물이 쏟아질 정도의 호된 질책이 있었던 것으로 기억된다.

당시 '네오 드라마' 동인회의 활동은 언론에서도 화제가 되었다.

1962년 6월호의 영화잡지 『시네 펜』을 펼쳐들면 '네오 드라마' 동인들의 활동을 한눈에 볼 수가 있다. '무대'라는 연극평의 고정란에 「부활 · 전진 · 의욕을 다짐하는 무대」라는 제목으로 드라마센터의 '햄릿'과 국립극장의 '젊음의 찬가'를 평한 고 최재복 시인의 글이 실려 있고, 필자 소개도 '네오 드라마 대표'라고 되어 있다.

또 시인 박봉우와 영화제작자 강대진은 상호 인물평을 쓰고 있는데 역시 박봉우의 소개도 '네오 드라마 동인'으로 되어 있으며, 시인 박봉우가 생각하는 영화관도 함께 실려 있다.

〈프랑스의 장곡토가 시에서 회화로, 그리하여 자기의 시세계를 영화화한 의미는 오늘날 나에게 '네오 드라마 동인'으로 참가하게 하였다.〉

패기 넘치는 글이 아닐 수 없다. 뿐만이 아니다. 영화평론에 「한국영화와 고양이의 눈」을 김상일이, 「네오 리얼리즘과 한국영화」를 김종원이, 「여정 속의 문학 · 시나리오 산책」을 필자가 쓰는 등 '네오 드라마' 동인들의 글이 대거 실려 있다.

'네오 드라마' 동인회의 활동은 2년 남짓 계속되었던 것으로 기억된다. 점차 젊은 동인들의 진로와 직장이 확보되면서 모임이 뜸해지기 시작했다. 무척도 아쉬운 노릇이었지만, 그래도 지금까지 시인 김종원과 필자는 초지일관 그토록 우리가 열망했던 영상 시대의 한가운데 서 있는 것이 무척도 자랑스럽다.

예술가들의 성정은 어떤 명분으로든 어떤 틀에 구속되는 것을 거부한다. 각자가 한두 개씩의 동인회에 이름을 올리고, 단합된 결집을 과시하면서도 개개인의 취미와 사생활에 대한 애환도 각별하게 여겼다. 내 또래의 신진문인들은 소옥양장점의 2층에 있는 '금문다방'에 낮밤을 가리지 않고 우글거렸고, 3층에 있는 '송원기원(松垣棋院: 조남철 선생이 운영하였다)'에서는 바둑을 배우는 젊은 문인들로 가득하였다. 시인 이성교 · 강민 · 천상병, 소설가 정인영 · 이문희 등은 모두 이때 바둑삼매경에 빠져들었던 탓에 시간 가는 줄을 몰랐고, '태양당구장'에서의 점심 내기 당구를 치는 것도 젊은 문인들에게는 즐거움이고도 남았다. 소설가 박영준 선생, 문학평론가 이철범, 소설가 이시철, 시인 강민 등이 기량을 겨루는 단골들이었다. 나의 잡기 수준도 괜찮은 편이어서 기력은 조남철 선생이 인정하는 8급이었고, 당구는 120점을 치는 정도여서 내기를 한다 해도 꿀리는 정도는 아니었다. 저녁 무렵이면 소설가 홍성유의 주도로 미도파백화점 건너편에 있는 명동골목의 여관에 죽치고 앉아 '섯다'나 '포커' 삼매경에 빠지기도 하였다.

영화를 만들려면 내 검열을 받아라

마침내 중앙국립극장의 내부 수리가 끝나고 말끔하게 단장된 새 모습을 드러냈다. 때를 같이하여 각 전속단체의 개편이 완료되면서 개관공연에 박차를 가하게 된다. 국립극단의 공연작품은 고 차범석 선생의 희곡 「산불」이었지만 참으로 어이없는 우여곡절이 기다리고 있을 줄이야.

공연물의 포스터를 디자인하고 리플릿을 제작하는 것이 내가 맡은 업무였지만, 일손이 부족하였던 탓으로 잠시 국립극단과의 연락 업무를 겸하게 되었다. 나는 국립극장의 청탁으로 집필된 고 차범석 선생의 희곡 「산불」의 육필원고를 연출가 이해랑 선생에게 전하면서 연출을 의뢰한다는 국립극장의 뜻도 함께 전했다. 며칠 뒤

작품을 검토한 이해랑 선생의 통보는 참으로 뜻밖이었다.

과부가 많이 나오는 작품이라 성공할 수 없다면서 연출을 맡지 않겠다고 사양하였다. 연극계의 사정을 세세히 알지 못하고 있었던 나는 「산불」의 원고를 작자인 차범석 선생에게 다시 돌려드리면서 이해랑 선생의 말씀을 가감 없이 전했다가 불같이 화를 내는 차범석 선생의 직설적인 성품을 지켜 볼 수밖에 없었다. 모든 허물이 내게 있는 것 같은 민망한 생각으로 고개를 들지 못한 채 극장으로 돌아오는 것으로 희곡 「산불」의 공연은 위기를 맞을 수밖에 없었다. 거장 이해랑 선생의 비토가 있었던 탓으로 다른 연출자를 섭외하기 조차도 마땅치 않아서다.

그로부터 열흘 남짓 지나서 실로 우연한 기회에 연출가 이진순 선생을 뵙게 되었다. 나는 아주 조심스럽게 차범석 선생의 창작희곡 「산불」을 국립극단에서 공연해야 되는데, 이해랑 선생의 비토로 인해 공연 자체가 무산될 위기에 처해 있음을 말씀 여쭈었더니 참으로 놀랄만한 반응을 보였다.

"해랑이 갸가 뭘 아네. 그 원고 개지고 오라우."

담뱃재를 재떨이에 털면서 강한 평안도 사투리로 말씀하시던 이진순 선생의 눈웃음 가득했던 표정이 지금도 눈에 선하다. 물론 악의에 담아서 한 말씀은 아닐 터이다. 나중에서야 안 일이지만 이해랑 선생과 이진순 선생은 일본대학 예술과의 동기생이다. 다만 이해랑 선생이 극단 신협의 운영 등 연극계의 중심부에서 왕성한 활동과 명성을 날리고 있었던 반면, 이진순 선생은 창극의 연출을 하면서 연극의 본줄기에서 약간 소외되어 있었던 시절이다.

우여곡절 끝에 희곡 「산불」의 연습이 시작되었다. 연습장의 분위기는 이진순 선생의 열정과 여러 출연자들의 결기가 쇳물도 녹일 것처럼 뜨겁게 달아오르면서 연극 「산불」의 완성도는 날로 구체화되어 갔다. 그리고 개막 날을 맞게 되었다.

내가 담당하는 전속단체의 공연 초일이라 다른 날에 비해 조금 일찍 출근하여 극장으로 들어섰을 때 나는 무대의 광경에 넋을 잃고 말았다. 그것은 무대가 아니라 어느 시골의 마을 한 쪽을 떠다 놓은 것으로 착각할 정도로 현실감이 살아 넘치는 무대미술의 극치를 보여 주고 있었기 때문이다.

장종선 미술의 「산불」 초연무대는 한국 공연예술의 새 지평을 여는 일대 사건이나 다름이 없다. 무대의 반을 왕대밭이 차지하게 되었는데 그것은 그림도 아니요, 가짜 대나무도 아닌 진짜 전라도 담양의 왕대를 실어다가 세워놓았다. 그 곁에 지어진 초가집은 실제로 사람이 살고 있는 집과 조금도 다름이 없어서 무대 전체가 현실감으로 충만하였다. 그 후에도 「산불」은 한국의 리얼리즘 연극의 정상으로 군림하면서 자주 무대에 올랐어도, 나는 지금까지도 초연무대의 현실감을 넘어서는 무대미술을 본 일이 없다.

또 다른 전속단체의 공연도 줄을 이었다. 국립오페라단은 장일남 작곡의 「왕자호동」을 시작으로 베르디의 「아이다」, 모차르트의 「돈 조반니」 등을 뒤이어 공연하였고, 국립무용단은 임성남의 귀국과 함께 차이코프스키의 「백조의 호수」를 공연하였다. 그리고 국립국극단은 창극 「수궁가」, 「배비장전」 등의 공연으로 명실상부한 국립극장 시대를 열어가게 되었다. 그 모든 개관공연물의 포스터나 리플릿의 제자(題字)는 서툴지만 내 글씨로 장식되었는데 지금도 자랑스럽다.

개관 공연에 부수하여 영국의 로열발레단이 내한하여 「백조의 호수」를 공연하면서 발레 예술의 진수를 보여 준 것도 국립극장 무대였고, 프랑스의 샹송가수 이베트 지로의 내한공연이 본바닥 샹송의 실체를 알리는 등 명동의 국립극장은 세종문화회관이 신축될 때까지 한국의 무대예술을 이끌어 가는 대표적인 공연장으로 우뚝 서게 되었다.

중앙국립극장의 개관 공연이 성황리에 끝나면서 극장장 이용상 시인은 본청(공보부)의 공보국장으로, 기획과장 백형기 과장은 영화과장으로 각각 영전되었다. 나에게는 앞날을 열어 주는 엄청난 행운이나 다름이 없었다. 영화의 본바닥으로 들어갈 수 있는 길이 트였기 때문이다. 말단 공무원이나 다름이 없었던 나는 용기를 내어 경복궁의 별관에 있는 공보국장실로 달려가 이용상 국장에게 승부를 걸었다.

"국장님, 국방부 정훈국에서 뽑은 시나리오작가가 아닙니까. 영화과에서 공부할 수 있도록 배려해 주십시오."

이용상 국장은 두 말 하지 않았다. 그 자리에서 수화기를 들고 백형기 영화과장에게 지시하였다.

"백 과장, 신봉승의 자리 하나 만들어 주지…."

국립극장에서 1년 이상 호흡을 맞추었던 백형기 과장인들 거절할 까닭이 없다. 나는 그날부터 바로 영화과에서 근무하게 되었다.

한국에서 만들어지는 모든 영화의 제작을 관장하고, 한국에서 상영되는 모든 외국영화를 심의하여 허가하는 막강한 권한이 있는 영화과에서의 근무는 가슴을 설레게 하는 일이고도 남았다. 거기서 이루어지는 모든 업무가 내 시나리오를 살찌게 하는 기초가 될 것임은 자명한 이치일 것이기 때문이다.

공보부 영화과에서 내가 맡은 업무는 새로 제작되는 영화의 시나리오를 심의하는 일이다. 당시는 한국에서 제작되는 모든 영화의 시나리오는 사전 심의(말은 심의지만 사실은 검열이었다)를 받아야 하였고, 비속한 다이얼로그나 음란한 화면으로 촬영될 위험이 있는 장면은 사전 심의에서 삭제되었다. 그렇게 삭제된 장면은 어떠한 경우에도 촬영이 될 수가 없다. 만에 하나라도 이를 위반한다면 영화를 제작하는 제작회사가 책임을 져야 하는 까닭으로 반발할 수도 없는 문자 그대로 군사독재 시절이다.

다른 말로 바꾸어 설명하면 한국에서 제작되는 모든 영화의 시나리오는 내 심의를 거치지 아니하고는 제작될 수가 없다. 내가 아니 되겠다고 빨간색 오일펜슬로 줄을 긋고 '불가(不可)'하다고 적으면 그것이 법이나 다름이 없었던 시절이다. 당시 한국영화의 연간 제작 편수는 약 150여 편, 따라서 내가 읽고 심의해야 할 시나리오는 연간 대충 2백여 편을 상회하였다. 시나리오작가로 대성하기를 희망하는 신인작가가 1년에 제작되는 모든 한국영화의 시나리오를 월급을 받으면서 정독해야 하는 업무는 하늘이 내려준 행운이나 다름이 없다.

나는 출근과 동시에 시나리오를 읽는 일로 업무를 시작하지만, 작가의 눈으로 살피는 일이라 때로는 대범하기도 하지만, 또 때로는 정밀하기 그지없다. 게다가 읽는 속도가 이만저만 빠른 게 아니다. 읽은 시나리오와 내용을 점검한 결과를 적은 결재서류를 올리면 계장이나 과장은 이상한 얼굴로 날 쳐다보곤 하였다. 그렇게 빨리 읽고서도 온전하게 판단할 수가 있겠느냐는 불신의 시선이었다. 그러자니 계장이나 과장은 나보다 두 배 세 배의 시간을 들여 다시 점검하곤 하였다. 아무리 작가의 능력이라 하여도 말단 공무원의 업무처리라 미비한 데가 있으면 그 책임이 자신들에게 돌아온다. 계장과 과장이 재검토하는 시간이 길면 길수록 그 시간을 내 시간으로 활용할 수가 있다. 오전 중에 읽어야 할 시나리오를 읽고 나면, 하루 종일을 문학서적과 씨름을 하는 판국이면 결단코 보기 좋은 광경일 수는 없다.

"야, 신봉승. 그렇게 할 일이 없으면 검열실에나 들어가 있지 그래!"

어느 날 백형기 과장이 전 직원들 들으라는 듯 큰 소리로 말했다. 나에게 길을 터 주려는 깊은 배려가 아닐 수 없다. 영화검열의 책임자는 계장(사무관)이었지만 문건의 작성과 같은 실무 책임은 주사의 몫이어서 나와 같은 말단 직원은 영화검열실에 함부로 들어갈 수가 없다. 나에게 놀더라도 검열실에 들어가서 놀라는 백형기 과장의 배려는 내가 올린 시나리오 심의 문건에 대한 신뢰의 표시나 다름이 없다. 아침에 출근하면 새로 접수된 시나리오를 읽고, 오후 2시가 되면 자연스럽게 검열실로 들어가 영화를 보게 되었다. 내가 읽은 시나리오가 어떻게 화면으로 옮겨졌는지를 세세히 확인할 수가 있었던 경험은 천금과도 바꿀 수 없는 귀중한 재산으로 축적되어 갔다.

한국에서 만들어지는 모든 영화의 시나리오를 정독하여야 하고, 그렇게 만들어진 모든 영화를 검열실이라는 특수한 여건에서 세세하게 살펴볼 수 있는 경험은 결단코 말하지만 아무에게나 주어지는 행운일 수가 없다. 나는 그 천금보다도 귀한 행운을 누리면서 월급을 받았다.

내가 공보부 영화과에서 근무한 것은 2년이 채 못 되는 짧은 기간이었다. 그러나 그간에 읽은 시나리오가 얼추 4백여 편, 그 많은 시나리오가 어떻게 영상으로 찍혀 나왔는지를 정확하게 살펴볼 수 있었다면 나의 작가생활의 기본이 이때 마련된 것이나 다름이 없다. 시나리오의 구조라는 관점에서만 보아도 만남과 헤어짐, 헤어진 사람들이 다시 만나는 프로세스, 고부간의 갈등의 양상과 화해되는 과정, 빈부의 격차로 인한 애증의 갈등, 여러 직종의 상하관계가 빚어내는 대립과 경쟁의 종류, 기억상실이 빚어내는 비극과 화해, 적실과 소실의 자식들이 겪게 되는 비극적인 행로 등 헤아릴 수 없는 시추에이션[局面] 등이 머릿속에 차곡차곡 정리되어 갔다. 그때 내가 읽고 본 시나리오와 영화가 대충 4백 50편 정도였고, 한

편의 시나리오나 영화에 담겨진 장면이 평균 120신(장면) 정도라면 내 머릿속에서 분류된 장면의 전환은 자그마치 5만 장면(중복된 것을 포함하면)을 넘는다.

신인 시나리오작가의 머릿속에 저장된 영화적 장면전환의 예가 5만 개를 넘는다면 그것을 순열, 배합만 해도 수백 편의 시나리오는 써낼 수 있게 된다. 후일 내가 써서 영화화된 시나리오가 1백여 편을 넘어설 정도의 다작이지만, 대개가 집필기간이 10여 일 정도를 넘기지 않았던 것은 머릿속에 정리된 갖가지 시추에이션과 수만 가지 장면전환의 방법이나 법칙을 축적해 놓았던 탓이라고 지금도 굳게 믿고 있다.

한국에서 상영되는 모든 영화를 편안한 소파에 앉아서 보던 처지라 내 집처럼 드나들던 극장에 가야할 필요가 없게 되었다. 퇴근을 하면 바로 명동으로 달려 나가 고래고래 소리치면서 대폿잔을 비웠고, 비틀거리는 걸음으로 명동거리를 누비는 참으로 보람차고 의욕 넘치는 흥겨운 시간이 반복되곤 하였다.

그런 어느 날 월간 문예지 『문학예술』로 등단한 소설가 이시철이 두툼한 교정용지 묶음을 풀쑥 내밀면서 말하였다.

"신 형, 이거 좀 살펴봐 줘…."

일본의 유명한 소설가 이시사카 요지로(石坂洋次郎)가 쓴 「햇볕 쪼이는 언덕 길」을 우리나라의 풍속에 맞추어 번안(飜案)했다면서 제목은 「청춘교실」이라고 할 예정이라고 한다. 만일 영화가 될 수 있다면 개봉 시기에 맞추어 출판을 할 생각이라고 부연하였다.

시나리오를 읽고 영화를 보는 일로 소일하던 처지라 한번 해 보자고 약속하였다. 그리고 소설을 읽었다. 잔재미가 넘쳐나는 청춘소설이었다. 아직 우리나라에는 이런 장르의 소설이 없었기에 만에 하나라도 영화가 된다면 충격을 동반한 흥행작품이 되리라는 확신이 들었다.

나는 이시철이 번안한 소설 「청춘교실」의 각색에 착수하였다. 참으로 신통한 일은 시나리오작업이 너무도 순조롭게 진행된다는 사실이었다. 앞에서 말한 대로 수많은 시나리오를 읽으면서 또 영화를 보면서 알게 된 요소와 장면전환의 기교가 적절히 이용되면서 시나리오 「청춘교실」의 집필은 힘들이지 않고, 더구나 빠르게 완료되었다. 데뷔작 「두고 온 산하」를 쓸 때처럼 고통스럽지도 않았고, 국립극장에 있을 때 써서 영화가 되었던 「사랑을 주는 것」(엄심호 감독)에 비해도 아무 고통도 없었다고 할 정도로 시나리오작업은 흥겹게 끝냈다. 월급을 받으면서 수많은 시나리오를 읽었던 노하우가 현실에 반영되는 첫 징후일 것이라고 나는 믿었다.

완성된 시나리오를 읽은 소설가 이시철도 만족감을 표시해 주었다. 남은 일은 제작할 영화사를 물색하는 일이다. 영화과에 근무하고 있었던 탓으로 시나리오의 심의를 부탁하는 여러 영화사의 기획실장 혹은 제작상무들과는 모두 알고 지내는 사이다. 어느 영화사를 선정하여야 성공할 수가 있을까, 궁리의 궁리를 거듭한 끝에 한양영화공사의 제작상무 최현민(崔玄民)에게 보여 주기로 하였다. 그는 연극연출가 서항석(徐恒錫) 선생의 조연출을 할 정도로 무대예술의 정도를 걷고 있는 열정의 덩어리였다.

"한 번 읽어만 봐 주세요."

급기야 시나리오 「청춘교실」은 최현민의 손에 넘겨졌다. 물론 신인 시나리오작가 신봉승이 영화의 본바닥으로 진입하는 중차대한 기회이기도 하였다. 그리고 며칠이 지나지 않아서 최현민의 흥분한 목소리가 수화기를 울렸다.

"신 형, 그거 우리 회사에서 제작하기로 하였어요. 모든 절차는 내가 알아서 하겠으니 맡겨 놓으세요."

나는 짜릿한 흥분에 젖었다. 「두고 온 산하」가 파격의 상금으로 당선이 되었고, 그 시나리오가 이강천(李康天) 감독에 의해 영화화되어 광화문 네거리에 있었던 국제극장에서 성황리에 개봉이 되었어도 시나리오작가의 존재는 전혀 거론되지 않았던 터이다. 만에 하나라도 「청춘교실」이 무사히 제작 완료되어 흥행에 성공한다면 비로소 나도 현역 시나리오작가 군에 진입할 수가 있을 것이라는 기대는 고동치듯 가슴을 울리는 나날이었다.

나는 최현민의 연락을 다시 받고 한양영화공사로 달려갔다. 시청 앞에 있는 프레지던트호텔 자리에 당시 한양영화공사가 있었다. 나는 곧 바로 사장실로 안내되었다. 백완 사장과 영화사의 고문이었던 영화감독 김소동 선생이 기다리고 있었다. 한양영화공사는 한양대학교에 영화과가 생기면서 산학(産學) 일체라는 기치를 내세우면서 발족되었다. 한양대학교의 영화과는 영화감독 김소동 교수의 책임하에 있었던 터이어서 한양영화공사의 고문직을 겸하고 있었다.

제작상무 최현민은 혜성과 같이 나타난 신인작가라는 식으로 과장된 소개를 하면서 영화 「청춘교실」이 개봉되면 한국영화의 새로운 향배를 정할 것이라고 장담하였다. 김소동 교수도 「청춘교실」의 시나리오가 대단히 감각적이고 발랄하다는 독후감으로 후배작가를 다독여 주었다. 나는 이날 김소동 감독님을 만난 인연으로 서른두 살 된 젊은 나이로 한양대학교 영화과 학생들에게 〈시나리오작법〉을 강의하게 된다. 석사학위도 없는 신출내기 시나리오작가로는 무척도 광영된 일이어서 다른 많은 작가들에게는 선망의 대상이 되기도 하였다.

그날 나는 내 월급의 10배 정도의 각본료를 받으면서 기성작가의 반열로 들어서고 있음을 실감하였다. 최현민은 또 한 사람을 만나야 한다면서 근처의 일식집으로 안내하였다. 한 사람이 먼저 와 우리를 기다리고 있었다.

"알고 지내세요. 시나리오 「청춘교실」의 연출을 맡을 김수용(金洙容) 감독입니다."

각별한 만남이라는 말이 있다. 게다가 나의 만남은 인연이라는 동아줄로 매어져 평생의 반려가 되었음은 앞에서도 누누이 적어온 터이지만, 앞으로도 그런 인연의 고리가 나의 삶을 이끌어 주었음도 세세하게 적을 생각이다.

이날을 계기로 나와 김수용 감독은 「청춘교실」, 「저 하늘에도 슬픔이」, 「갯마을」, 「산불」, 「봄·봄」 등 수많은 문예영화를 함께 만들면서 반세기를 넘어서는 우의와 존경을 나누고 있고, 그때로부터 50여 년의 세월이 흐른 지금은 대한민국 예술원의 같은 분과에 소속되어 아름다운 만남과 그 인연을 돈독히 이어가고 있다.

「청춘교실」, 신성일·엄앵란의 커플을 만들고

마침내 「청춘교실」의 시나리오가 제작신고에 접수되었다. 나는
내 작품을 심의하는 것이 좀 쑥스럽기는 하였어도 심의서류에 '저
촉사항 없음'이라 적어서 결재를 올렸다. 화제가 만발할 수밖에 없
다. 심의를 담당하고 있었던 작가(직원)의 작품이라, 의도적일 만큼
저촉사항을 아슬아슬하게 피하고 있어서다. 주무 담당과 계장도
두 눈을 부릅뜨고 검토를 거듭하였어도 큰 하자 없이 내가 올린 서
류대로 결재가 되었다.

제작은 빠르게 진척되어 조선일보사에서 경영하던 태평로 소재
의 아카데미극장에 간판이 올라가면서 대망의 「청춘교실」은 검열
을 신청하게 되었다. 영화과에 근무하는 직원의 작품이었던 탓으

1963년 | 110분 | 감독 김수용 | 각본 신봉승, 이시철 | 출연 신성일, 엄앵란 | 제작 한양영화사

로 백형기 과장은 물론 윤치호, 최학수 사무관까지 검열에 임해야할 정도로 관심사였다. 신성일·엄앵란 콤비의 탄생을 예고하는「청춘교실」은 또한 〈청춘물〉이라는 새로운 장르를 개척했다고 할정도로 발랄하고 산뜻한 영화였고, 김수용 감독의 연출력은 아슬아슬하게 가위질(검열)을 피해갈 정도로 절묘하였다. 검열 담당관에게는 고개를 갸웃거릴 정도의 고민거리를 안겨다 준 분위기였다.

"그냥 내줘라. 신봉승이 사표내기 전에…, 허허허."

백형기 과장이 너털웃음이 담긴 선언으로 「청춘교실」의 검열은무삭제로 결정이 되었다. 영화는 성공이 예감될 정도로 탄탄하면서도 경쾌하였고, 흥행에 성공하면 내가 영화과를 그만둘 것이라는 예견까지 하는 의미 있는 선언이었다. 백형기 과장의 예견은 적중하였다. 「청춘교실」을 개봉한 아카데미극장은 연일 만원으로 터져나가면서 근 한 달 동안 10만여 명의 젊은 관객을 동원하는 대성황을 이루었음은 물론, 이를 계기로 이 땅에 처음으로 〈청춘물〉영화라는 말을 쓰게 되었고, 신성일·엄앵란 콤비가 출연하는 영화는 반드시 성공한다는 신화를 만들면서 극동영화사에서도 김기덕 감독에 의해 같은 원작자의 작품인 「가정교사」를 제작하여 공전의 성공을 거뒀다.

화제작 「청춘교실」의 성공은 우리나라 영화산업의 새로운 길을열었고, 따라서 청춘영화의 붐이 조성되면서 신성일·엄앵란 콤비가 출연하는 청춘영화가 한국영화의 대종을 이루게 되었다. 당연한 현상으로 청춘영화 제작에 시동을 걸었던 나에게도 큰 변화가 밀어닥쳤다.

"신 형, 우리 영화사의 작가실장으로 오는 게 어때요…?"

백형기 과장의 예견대로 최현민의 꼬드김이 시작되었다. 때로는 전화로, 때로는 김수용 감독과 동석한 술자리에서의 설득은 일방적일 만큼 진지하고 강력하였다. 나는 공직에 몸담고 있으면서도 승진을 희망하거나 거기에 오래 머물 것이라는 생각은 추호도 한 일이 없다. 게다가 시나리오의 집필을 위해서는 현장을 조사하면서 취재하는 것이 절반인 처지라 공직에 매인 처지로는 자유로운 집필이 어렵다는 사실은 충분히 인지하고 있었던 터이기도 했다.

"내 그럴 줄 알았지. 말릴 처지도 못되고….”

알게 모르게 나의 성장을 지원했던 백형기 과장의 배려로 2, 3년 남짓하였던 국립극장 기획과와 공보부 영화과에서의 보람과 행운을 잡을 수가 있었고, 최현민의 강권으로 인해 당시 한국영화계의 메이저 컴퍼니와 다름이 없었던 한양영화공사의 작가실장이라는 직함으로 전업작가의 길을 열게 되었다.

작가실장이라고 하여도 거느린 직원은 달랑 두 사람, 모두가 작가를 지망하는 한양대학교의 대학원 학생들이었다. 작가실에서 하는 일은 한양영화공사에서 제작되는 모든 영화의 시나리오의 잔손질[潤色]을 하는 일이었다. 영화로 성립될 수 있는 모든 시추에이션과 장면전환의 방법과 법칙을 이해하고 있었던 탓으로 완성되어 있는 시나리오의 미비점을 찾아서 고치(윤색)는 일은 어렵지가 않았으나, 월급을 받고 있었던 탓으로 따로 시나리오를 손질하는 데 대한 보상은 없었다. 그 대신 내 개인의 작품을 집필하는 일에 대한 채근은 녹록하지가 않았다. 「청춘교실」에 버금가는 이른바 흥행이 될 시나리오를 써 줄 채근하는 분위기는 몸으로 느낄 정도의 올가미가 되어 나를 괴롭혔다.

한양영화공사의 작가실에서의 첫 구상은 시나리오 「맨발의 청춘」이었다. 신분이 고귀한 가문의 고명딸과 보잘 것 없는 양아치의 지고한 사랑을 그리는 플롯(plot)은 프랑스의 소설가 알렉상드르 뒤마의 명작소설 『춘희(椿姬)』의 플롯을 상상하게 하고, 거기에 신성일·엄앵란 콤비의 포커스에 맞추어 전후 한국의 각박한 실정에 맞는 젊은이의 애틋하고 비극적인 사랑을 리메이크해 보겠다는 야심찬 기획이었다. 제작을 담당할 최현민은 오페라 「라 트라비아타」가 연상된다면서 적극적인 찬성과 동시에 한양영화공사의 차기작으로 결정하겠다고 약속하였는데 참으로 어이없는 해프닝이 벌어지고 말았다.

지금은 원로배우가 된 신성일이 중앙일보에 기고한 「남기고 싶은 이야기(32회분)」에 스스로 고백한 대목을 읽어보면 당시의 사정이 잘 그려져 있다.

어느 날 '청춘교실'로 인연을 맺은 한양영화사의 최모 기획실장이 나와 엄앵란을 불러 식사를 사며 다음 작품에 대한 구상을 들려주었다. 훗날 '맨발의 청춘'이 된 기획이었다.

"일본에서 히트한 작품이 있어. 남자는 뒷골목 젊은이고,

여자는 대사의 딸이지. 결국 두 사람의 자살로 끝나는 작품이야. 딱 둘이서 하면 되겠다."

일본 원작의 제목은 '맨발의 청춘'이 아니었다. '맨발의 청춘'은 최 실장이 즉흥적으로 붙인 것이었다. 선배 격인 그는 개인 생각을 들려준 것일 뿐, 이 작품을 회사에 정식 제안하진 않은 것 같았다. 나와 엄앵란은 이미 여러 영화에서 호흡을 맞춰 각 영화사의 분위기를 훤히 꿰뚫고 있었다. '가정교사'로 극동흥업, '청춘교실'로 한양영화사의 분위기를 비교할 수 있었다.

나는 이 작품을 더 잘 만들 수 있는 곳은 극동흥업이라고 생각했다. 한양영화사는 규모만 클 뿐, 작품을 알차게 만드는 시스템이 부족했다. 극동흥업은 김기덕이란 유망 감독을 전속으로 두고 있었다.

이 생각을 엄앵란에게 이야기했더니, 그도 같은 의견이었다. 우리는 그 기획을 극동흥업에 넘기기로 했다. '맨발의 청춘'이란 기획에 깜짝 놀란 극동흥업의 차태진 사장은 우리 말을 대번에 알아들었다. 곧바로 '가정교사'를 각색한 서윤성 작가를 중심으로 대본 입수작업이 이루어졌다. 〈중략〉

만약 '맨발의 청춘'이 한양영화사로 갔으면 어떻게 됐을까. 돌아보면 내 인생의 분수령이었다. 나름대로 성공한 스파이 작전이었다.

오래된 기억이라 정확치 않은 대목이 있다고 하더라도 한양영화공사의 야심찬 기획이 신성일·엄앵란에 의해 극동영화사로 흘러들어간 정황은 50여 년의 세월이 지나서야 밝혀진 셈이다.

「맨발의 청춘」이라는 제목은 당시의 사회상을 상징하는 참 좋은 제목이다. 그런 제목을 도난당한 데 대한 분통은 좀처럼 가라앉질 않았다. 그러나 최현민은 또 다음 작품을 채근하였다. 새로 일기 시작한 청춘영화의 기틀을 세우기 위해서도 신성일·엄앵란의 콤비가 필요하다는 사회적인 여망을 무시할 수 없다는 취지였다. 나로서도 「청춘교실」 이후의 세계를 열어가야 하는 절박한 심정을 헤쳐 나가지 않을 수가 없었다.

1963년은 '말띠'로 태어난(壬午: 1942년생) 아가씨들이 대학의 4학년이나 3학년이던 해였고, 졸업을 하면 곧 결혼을 해야 할 처지인 혼인 적령기를 맞고 있다. 지금은 누구도 믿지를 않겠지만 그때만 하여도 말띠의 사주로 태어나면 팔자가 드세다하여 혼기를 놓치는 경우가 종종 있었던 호랑이 담배피던 시절이다. 그런 성질 사나운 말띠 여대생을 금남의 집인 여자대학의 기숙사에 몰아넣고, 사감 선생님의 혹독한 감시에서 벗어나기 위한 발버둥 같은 아이러니를 코믹하게 담아낸다면 일본식 청춘물이 아닌 우리식 젊은이들의 얘기가 되고도 남는다. 게다가 말띠 여대생의 수가 서울에만 5천여 명에 이른다는 조사도 나와 있다. 그녀들의 부모형제들까지를 가산하면 얼추 20만 명을 육박할 것으로 계산되었기에 그 중의 반수만 극장으로 끌어들인다면 10만 명의 관객을 동원할 수가 있다.

한양영화공사는 서둘러 1964년 1월 1일에 개봉하는 아카데미극장의 신정프로그램으로 결정하였다. 시나리오를 쓰고, 촬영, 녹음까지 포함하면 3개월 정도의 시간밖에 없는 절체절명의 사정이었다. 아무리 촉박한 시간이어도 시나리오의 작업을 소홀히 할 수는 없다. 나는 신성일, 엄앵란과 함께 최지희, 방성자, 남미리, 최난경 등 모든 청춘스타를 총동원하기로 하였고, 팝송가수 남성훈까지 동참하게 하고 싶었다.

말띠 여대생으로 등장하는 다섯 사람의 여배우를 여자대학의 기숙사에 몰아넣고, 엄격한 올드미스 사감(황정순) 선생의 철저한 감시를 받게 한다면 기상천외의 사건들이 벌어질 수가 있다. 남자대학생으로 등장하는 신성일은 극장의 간판을 그리는 고학생으로, 남성훈은 카바레에서 팝송을 부르는 고학생으로 설정을 하였다. 모두가 촬영장소를 쉽게 확보하고, 제작비를 절감해야 하는 불가피했던 조처이기도 하였다.

여자대학교의 기숙사는 금남의 집이어서 나는 처음부터 취재의 장벽에 가로막혀 있었는데, 여류소설가 송숙영이 내가 필요로 하는 여자대학교 기숙사의 에피소드를 많이 알려 준 것이 큰 도움이 되었다.

현장 취재의 묘미를 터득하고 있었던 나는 말띠 여대생 다섯 사람의 성격은 실제의 사주를 받아서 설정하기로 하였다. 정릉동에 있는 사주쟁이 노인을 찾아가 말띠를 타고난 아가씨들의 실제의 사주를 뽑아 줄 것을 청했다. 노인은 말띠 중에서도 팔자가 사나운

1963년 | 감독 이형표 | 각본 신봉승 | 출연 신성일, 엄앵란 | 제작 한양영화사

경우를 골라 생년월일과 해당되는 〈괘(卦)〉를 구체적으로 알려주었다. 결국 영화 「말띠 여대생」에 등장하는 여대생들에게는 실제의 사주가 주어지면서 그에 합당한 성격과 스토리가 부여되기에 이른다.

백미혜: 통탑강산하여 과구재물하면 40에 가서 평안이 있도다. 임즉유요, 출타심안이라… 집안에 들어서면 마음고생을 면키 어려우니 타향을 떠돌아다니며 널리 재물을 구해야 잘 살겠고… (엄앵란 분)

남수인: (이는 팔통사주라 하여 말해, 말달, 말낮, 말시에 태어났다) 이런 게 바로 팔통사주라고, 네 기둥이 모두 천복이지… 황금 허리띠를 두르고 말을 몰아 남북으로 달리면 안 되는 일이 없을 게고, 남자로 태어나면 임금이 될 괘라… (남미리 분)

최숙자: 초년고생이 말년이면 귀한 몸이 될 것이고, 금슬이 쌍화하여 여러 남편을 거느리니 이 아니 좋을까. 이건 외입쟁이가 될 괘라… (최지희 분)

이와 같은 사주의 해설은 사주쟁이(김희갑)로 하여금 영화의 도입부에 등장하게 하였고, 더구나 실제의 촬영은 이화여대의 교문 앞에 자리를 편 사주쟁이 영감이 여대생들의 사주를 살펴 주면서 '따다당' 하는 베토벤의 교향곡 〈운명〉의 첫 소절을 울리게 하는 설정으로 극장 안을 포복절도하게 할 정도의 열기와 흥분으로 몰아간다. 더구나 말띠 사주를 타고난 여대생들이 펼치는 종횡무진, 기상천외의 행각들을 빠른 템포로 끌고 가는 이형표(李亨杓) 감독의 연출력에 힘입어 아카데미극장 앞은 여대생들의 집회소와 같이 득실거렸고, 그녀들을 구경하기 위한 남자대학생들의 행렬들도 끝없이 이어지게 되면서 동원된 관객의 수도 11만 명을 넘어서는 대히트작으로 우뚝 선다. 이로써 신성일과 엄앵란은 이른바 〈청춘영화〉의 부동의 히어로가 되어 국민적인 사랑을 받는 청춘스타가 되었고, 실제로 두 사람이 부부로 맺어지는 계기를 마련하게 된다.

이형표 감독은 한국의 영화감독 중에서 가장 지식인으로 평가된다. 서울대학의 사범대학에서 공부하고, 미 USIS에서 오래 근무한 탓에 유창한 영어를 구사할 수가 있으며, 서양화에도 일가견이 있어 좋은 그림을 많이 그렸고, 또 고급 오디오세트를 손수 조립하여 클래식 음악을 감상할 정도의 인텔리였으면서도 영화에 대한 관점은 언제나 담백하였다. 영화란 억지로 예술적인 색칠을 할 필요가 없다는 게 그의 지론이었다.

일본영화를 번안한 사이비 청춘물이 아닌 한국의 여자대학 기숙사를 메인무대로 펼쳐지는 살아 있는 토종 청춘영화 「말띠 여대생」이 개봉한 아카데미극장은 명실상부한 청춘영화 전용관으로 자리 잡아가게 되었다.

「갯마을」, 문예영화의 고전이 되다

   젊은 관객들을 열광하게 한 「청춘교실」, 「말띠 여대생」의 연이은 성공은 나를 청춘영화의 전문작가, 선두주자의 반열로 급하게 밀어 올렸다. 신성일과 엄앵란을 주연으로 하는 오리지널 시나리오의 청탁이 홍수처럼 밀려오는 지경이 되면서 한양영화공사의 작가 실장이라는 직함이 거추장스러워지기 시작하였다. 이젠 모든 속박에서 벗어나 전업작가의 길을 가지 않고서는 밀려드는 시나리오의 청탁을 감당할 길이 없었기에 한양영화공사와의 결별을 선언할 수밖에 없었다.

   거친 물결로 일렁이는 망망대해로 떠나가는 작은 배에 돛을 올린 격이지만 그 항해가 순탄하리란 보장은 어디에도 없다. 다만 문공부 영화과에서 체험하고 터득한 시나리오와 영화에 관한 나만의 논리적 근거의 축적, 그리고 한양영화공사에서의 현장체험이 돛이 되고 닻이 될 것이라는 기대 하나로 전업작가라는 모험의 길로 들어서게 되었다.

때를 같이하여 한양영화공사의 제작상무 최현민의 위상도 달라지기 시작하였다. 이른바 본격적인 프로듀서 시스템의 시대가 그에 의해 열리고 있었기 때문이다. 이 무렵의 한국영화는 이른바 지방흥행사를 상대로 하는 입도선매식 도급제작으로 능력 있는 제작자는 자신의 자금이 아닌 지방흥행사의 도움으로 영화를 제작할 수가 있었고, 그러자니 중년의 여성 관객들을 대상으로 하는 신파조의 멜로드라마나 구봉서, 배삼룡, 서영춘, 양훈, 양석천 등의 희극배우를 동원하여 엎치락뒤치락하는 슬랩스틱 코미디 영화가 양산될 수밖에 없었다. 이 같은 구태의연한 판도에 청춘영화의 등장은 새로운 장르의 영화, 더 넓게 보면 이제까지 생소하기만 하였던 예술영화도 시장을 열어갈 수 있는 새로운 판이 짜여질 기미가 보이기 시작하였다면, 당연히 이러한 시대를 이끌어 갈 수 있는 능력 있는 프로듀서가 있어야 하지를 않겠는가.

영화의 전 제작과정을 논리적인 두뇌와 영상미학의 가치를 앞세우는 이른바 본격적인 프로듀서 시스템을 구축하기 위해서는 흥행몰이에만 급급하기보다 세계의 영화와 경쟁을 할 수 있는 용기와 사고가 필요하고, 아울러 그것을 실행할 수 있는 새로운 인재가 필요하게 된 셈이다.

한양영화공사를 뛰쳐나온 최현민은 을지로3가의 대로변 건물에 제작사무실을 열고 〈최현민 프로덕션〉이라는 간판을 내걸었다. 거기에 또 한 사람의 전문 프로듀서가 가세하였다. 오랜 세월 동안 서울신문과 동아일보의 문화부에서 영화를 담당하는 민완 기자로 활동하던 호현찬 기자가 신문사와 결별하고 프로듀서 시스템 구축에 일익을 담당하겠다고 선언하였다. 호현찬 기자는 이미 유현목 감독의 영화 「아낌없이 주련다」에 투자하고 참여한 경험도 있다.

호현찬 역시 자신의 이름을 딴 프로덕션의 창립을 선언하고 그 첫 작품이 될 만한 소재를 천거해 줄 것을 내게 부탁해 왔다. 나는 주저없이 오영수 원작의 단편소설 「갯마을」을 추천하였다.

내가 「갯마을」을 바닷가 여성들의 운명과 애환 그리고 정서를 담은 절호의 영화적 소재라고 생각한 것은 시나리오 문학에 관심을 갖기 시작한 무렵의 일이다. 또 그 소설은 내가 각색해야 한다는 강박관념 때문에 이미 원작자 오영수 선생으로부터 영화화를 승인하는 원작권까지 확보해 놓고 감독을 물색하던 중에 「청춘교실」로 인연을 맺은 김수용 감독과 의기가 투합하게 되었다. 그러나 어느 영화사도 이 기획에 응하려 하지 않았다. 어이없는 일이지만 당시 우리나라의 영화제작 풍토에는 제작을 기피하는 세 가지 징크스가 있었다. 과부가 많이 나오는 영화, 우산이 자주 나오는(비 오는 날이 많은) 영화, 고양이가 나오는 소재가 여기에 해당된다.

「갯마을」은 바닷가 과부(그것도 청상)가 무더기로 나오는 시추에이션이라 기피대상 중에서도 상위에 꼽히는 소재나 다름이 없다. 그러나 영화를 사랑하는 양식 있는 프로듀서에게는 그야말로 징크스에 불과하다. 게다가 신상옥 감독에 의해 만들어진 「사랑방 손님과 어머니」, 「과부」, 「벙어리 삼룡」 등의 문학작품을 영화화한 작품들이 우수영화의 반열에 들어서면서 관객들의 호응을 받고 있던 시절이라 신문사 출신 영화평론가답게 호현찬 프로듀서는 「갯마을」의 제작을 선언하고 내게 시나리오를 써 줄 것을 의뢰하였다.

1965년 7월 30일, 나는 부산행 열차를 타고 경상남도 동래군 일광면 이천리(당시의 행정구역)로 달려갔다. 바로 거기가 원작자 오영수 선생이 일제가 강행한 징용을 피해 숨어 있으면서 단편소설 「갯마을」을 썼던 고장이기 때문이다. 당시 서울서 부산까지는 기차로 장장 여덟 시간을 달려야 하였고, 다시 기차로 30분을 북상하면 아름답기 그지없는 갯마을인 이천리에 당도하지만 서울을 떠나 이천리까지의 노정은 무척도 멀고 또 지루하였다.

파도 소리가 출렁이는 바닷가의 아주 작은 주막집 주인 할머니는 이미 20년 전에 남편과 아들, 그리고 사위를 풍랑으로 잃었으면서도 바다를 떠나지 못하는 원념(怨念)으로 가득하면서도 달관의 경지에 들어선 듯한 주름살 많은 노파였다.

"떠날 수가 없는 기라…, 저놈의 파도 소리를 듣지 않고서는 단하루도 살 수 없는 것을 우야면 좋겠노…."

소주잔을 비우면서 툭 던진 이 한 마디가 영화 「갯마을」의 주제가 될 수밖에 없었지만, 더 놀라운 것은 이 노파가 징용을 피해 스며들어온 청년 소설가 오영수에게 「갯마을」의 소재를 제공하였던 그 노파라면 얼마나 행운의 만남인가.

나는 미지의 산모퉁이를 돌 때마다 따뜻하게 내 손을 잡아주면서 "어디서 뭘 하다가 인제야 오는가."라고 반기는 수많은 인연과의 경험을 앞에서도 적었던 터이지만 또 하나의 기적 같은 만남이 기다리고 있을 줄은 짐작도 못한 일이다.

원작인 단편소설 「갯마을」은 2백자 원고지 70장 정도의 짧은 소설이라 완전히 해체하고 재구성하지 않고서는 바닷가 갯마을에 산재한 민속적인 분위기, 그리고 남편들을 잃은 과부들이 집단으로 살면서 분출하는 원념과 성욕들을 파헤칠 길이 없다.

노파는 마을의 굿을 주도하는 젊은 부부 무당을 소개해 주었는데 중년의 여성 무녀는 얼굴에 천연두 자국이 선명한 곰보무당이었다. 그 순간 내 가슴은 콩 튀듯 다시 두근거렸다.

내 고향 강릉의 단오제는 전국 규모의 이름 있는 민속축제다. 지금은 유네스코에서 주도하는 세계 민속유산으로 지정되어 있을 정도니까. 강릉단오제의 핵은 굿이지만 굿판을 주도하는 무녀들은 대개가 남도 출신이다. 내가 중학생일 때 열아홉 살 난 어린 곰보무당이 굿당을 휘어잡아 그 영험함을 크게 떨쳐 화제가 되었던 일이 있었다.

나는 지금 내 앞에 있는 곰보무당이 그녀일 것으로 직감하였고, 그녀 또한 그 사실을 기쁘게 수긍하여 준다.

원주 吳永壽 原作小說 映畵化
傳統과 抒情이 깃든 韓國的 映像美學

갯마을

製作:大洋映畵社 原作:吳永壽 監督:金洙容
主演:申榮均, 高銀兒, 黃貞順

1965년 | 91분 | 감독 김수용 | 각본 신봉승 | 출연 신영균, 고은아 | 제작 대양영화주식회사

"아이고 마, 우야면 좋노. 신령님이 보내신갑다."

그녀와의 20년 만의 해후는 시나리오 「갯마을」의 고증을 겸한 길잡이가 되어 줄 정도의 인연으로 격상된다. 풍랑으로 잃은 지아비를 그리는 바닷가의 젊은 과부들에게는 용한 무당이 의지처가 될 수밖에 없다. 곰보무당은 갯마을에서 홀로 사는 과부들의 애틋하고 눈물겨운 사정들을 속속들이 알고 있는 것은 그래서 당연하다. 취재가 본격화되면서 단편소설 「갯마을」은 완전히 해체하여 다시 구성하지 않고서는 영화가 되기 어렵다는 판단에 확신이 실리기 시작하였다. 물론 원작자 오영수 선생의 큰 반발이 있을 것임도 각오하지 않으면 안 된다. (실제로 영화가 완성된 후 호된 꾸지람이 있었다.)

풍랑으로 남편을 잃은 청상과부들은 바닷가 모래밭에 나와 노래를 부르면서 적막함을 달랜다. 그때 부르는 〈과부타령〉은 절절하기 한량없다. 곰보무당은 그런 분위기를 처량할 정도로 실연해 주기도 한다. 형식은 월령가(月令歌)지만 지면 관계로 몇 가지만 인용해 둔다.

> 3월이라 삼진날에 강남 갔던 옛 제비도 새집 찾아왔노라, 지지배배하건마는 우리 님은 어딜 가고 집 찾아 올줄 모르는가.
> 백분청로에 빚은 떡이 쫄깃쫄깃 맛있지만 임 없는 빈방에 혼자 먹기 목이 메네.
> 집집마다 불을 끄고 자손 바람도 하건마는 우리 님은 어딜 갔나 하늘을 봐야 별을 따지.

이 절절한 가사에 '에헤야 데야 샛바람 치거든 밀물에 돌아오소'라는 후렴구가 가미되면 절창이 되고도 남는다.

결국 원작소설인 「갯마을」은 해체되어 재구성 될 수밖에 없었다. 현지에서 취재한 내용이 소설보다 더 절실하고 호소력이 있었기 때문이다. 그렇다고 작품 자체를 다시 문자(소설)로 정립할 시간적인 여유가 없다. 시나리오로 고쳐 쓰는 유효한 방법은 없을까. 궁하면 통한다는 속설이 있다. 나는 용감하게도 내 나름의 독창적인 집필 방법을 창안하였다. 시나리오 전체를 정밀하게 구성하여 처음부터 순서대로 써가는 것이 아니라, 영화에 필요한 핵심적인 시추에이션을 쓰고 싶은 순서대로 따로따로 써 두었다가 나중에 그것들을 순서대로 모아서 대단원을 구성하리라는 놀라운 착상이다.

무속(巫俗)에 관한 것은 시체 없는 장례식으로 설정하여 집필하고, 또 다른 청상들이 돌아오지 않은 지아비를 그리며 밤바다를 향하여 '과부타령'을 부르는 에로틱하고 애틋한 장면, 돌아오지 않은 지아비를 그리다 못해 목각으로 된 남근을 가슴에 안고 바다로 들어가면서 숨지는 애련한 청상의 모습, 여주인공 해순과 뜨내기 어부 성칠과의 연정을 바라보기만 하는 시어머니, 여기에 시동생의 질투가 끼어들면서 차라리 멀리 떠나가고 절규하는 긴장감이 고조되면서 해순과 성칠이 산판으로 떠나는 것으로 원작에 그려진 징용문제를 대체하고, 성칠이 절벽에서 낙상하여 세상을 떠나면서 파도 소리가 그리워 떠났던 갯마을로 다시 돌아오는 해순의 삶 등을 실제의 갯마을과 똑 같은 초가집, 돌각담길, 선창가, 굿당에서 벌어지는 모든 시추에이션과 장면들을 취재 순으로 따로따로 집필하기로 하였다. 그렇게 씌어진 토막(장면별) 원고를 온 방바닥에 펼쳐놓는다. 그리고 그 장면들을 영화의 순서대로 다시 간추려서 하나하나 몽타주(편집)하듯 순서를 정하면서 초고를 완성하는 방법은 전인미답의 작법이나 다름이 없어도 결과는 대성공이어서 시나리오 「갯마을」은 영화화 이전에 읽을거리로서도 손색이 없는 작품으로 완성되었다. 지금도 대학입시인 수능시험의 국어과목 문제로 나올 정도로 고전 시나리오의 정본처럼 되어 있다.

실제로 영화의 제작에 착수해야 할 프로듀서 호현찬과 연출에 임할 김수용 감독도 모두 종전과 다른 방법으로 씌어진 시나리오에 만족과 찬사를 거듭하면서 촬영현장이 될 일광면 이천리를 면밀히 검증(헌팅)하고 돌아와서 내게 풀쑥 던졌던 말이 아직도 뇌리에 생생하게 살아있다.

"여보, 신 형. 시나리오와 똑 같은 마을이 있었어요."

허허허. 시나리오는 발로 써라. 모든 시나리오 작법에 명시된 이 금언과 같은 가르침은 반드시 지켜져야 할 법도라고 나는 지금도 굳건히 믿고, 또 후학들에게 그렇게 가르치고 있다.

이렇게 제작된 영화 「갯마을」은 뜻있는 영화인들의 축복을 받으면서 명보극장에서 개봉되었다.

영화평론가 이영일은 단편소설 「갯마을」이 시나리오로 다시 탄생되는 과정을 다음과 같이 정리하는 논문을 쓰기도 하였다.

오영수의 단편소설을 각색한 「갯마을」(김수용 감독, ⑥)은 경상 남도 이천(원작자 오영수가 징용을 피해 숨어있던 곳)에서 재구성한 오리 지널리티가 살아있는 시나리오다. 거기에는 원작에서 취급하 지 않았던 시체가 없는 바닷가의 장례식, 그 장례식을 주도하 는 무당들의 굿거리, 과부타령 등 바닷가에서 사는 사람들의 정한(情恨)과 샤먼을 정확하게 구사하여 갈채를 받았다.

S# 48·축항
큼직한 배가 한 척 매어져 있다.
성철이와 낯익은 어부들은 이미 배를 탔다. 성철은 맥없이 난간에 앉아 있다.
무녀가 횃대[旗]를 들고 온다.
횃대에는 〈남무대성 일로왕보살〉이라는 글씨가 쓰인 한지가 바람 에 날리고 있다.
그 뒤에 장고와 징을 든 사나이들이 따르고….

S# 49·골목
골목을 빠져나오는 해순이와 어머니.
종이에 싼 식기(食器)를 든 해순의 발걸음이 조심스럽다.

S# 50·다시 축항
배에 오르는 무녀 일행.
잠시 후 어머니와 해순이도 오른다.
배는 미끄러지듯 떠난다.
무녀는 들고 있던 횃대를 뱃머리에다 세운다.

S# 51·배(위)
무녀는 식기(註-혼백(魂帛)이 아니고 용왕식기임)를 두 손에 들고 주문을 외기 시작한다.
해순은 애처롭게 울고,

어머니는 해순을 따뜻하게 감싼다.

상수는 노를 젓고,

성칠은 울고 있는 형수(해순)에게 애처로운 시선을 보낸다.

무녀 : (펄떡펄떡 뛰며) 동해는 강 용왕님네 … 남해는 광이왕 용왕
님 … 서해는 강패왕 용왕님 … 북해는 각흥왕 용왕님, 물밑에 용
녀각시 용왕 … 물 위에 주체당 용왕니이임 … 박씨 영가에서 용
왕님 전에 허참받으러 왔습니다….”

하며, 들고 있던 식기를 바다에 던진다.

어머니와 해순이는 절을 하며 빈다.

무녀는 뱃머리에 꽂혀 있는 횃대를 뽑아서 가운데다 세우고, 그
앞에 앉으며 다시 주문을 토해낸다.

무녀 : “법성계를 외우시면 물에 빠진 수중고혼도 육로로 환생하
나이다. 법성원은 무인상, 제물보는 본래중 무여무성 절일체 등지
소집 부여성 … 직승심경 민요경 … (해순일 보며) 어서 불러라! 어서
불러. 수중고혼 외롭단다….”

해순은 혼백 식기를 무녀에게 준다.

무녀는 식기를 맨 긴 줄을 물에 던진다.

식기가 첨벙 물에 떨어진다.

무녀 : “(끈을 쥔 채) 경상남도 동래군 일광면 이천리 박씨 집안에 계
유생, 박성구 육로로 환생하옵소서….”

해순 : “(그만 울음을 터뜨린다) 으흐흐흐…”

어머니 : “(눈을 감고 속삭이듯) 어서 환생하옵소서….”

성칠의 표정이 짙은 설움에 잠긴다.

무녀 : “무엇들 하느냐…, 어서 불러라 수중고혼 외롭단다….”

해순과 어머니는 품속에서 성구가 입던 속옷을 꺼내들고 휘두르며
소리친다.

어머니 : “(처절하게) 성구야…, 성구야 퍼덕 올라온나…. 성구야, 퍼

덕 올라온나…."

해순 : "(애처롭게) 여보 … 여보, 퍼덕 올라오이소 …. 당신 말대로
바다에는 절대로 안 나가겠어예 … 여보 …."

성철 : "(참다못해서) 형님 … 으흐흐흐 …."

바다를 향해 크게 소리친다.

무녀 : "야들아 … 야들아 …. 수중고혼이 육로로 환생하옵신다."

하면서, 조심스럽게 줄을 잡아 올린다.
식기를 건져서 해순에게 준다. 또한 혼백을 접은 종이도 준다.
해순은 이제 죽은 남편의 시체와 다름없는 식기를 안고 단장의 오
열에 잠긴다.

해순 : "여보 … 여보 …. 다신 바다에 안 내보낼테니 그만 살아나
이소 …. 네, 여보 … 으흐흐 … 날로는 우예 살라꼬 이러십니 ….
여보 … 으 흐흐흐 …."

식기에 볼을 부비며 살아있는 성구에게 말하듯 흐느낀다.
어머니도 울고,
성철이도 운다.

원작소설에서는 전혀 언급되지 않았던 대목을 각색자 신봉
승이 현지의 무녀에게 취재하여 보완한 대목이다. 「갯마을」의
시나리오가 원작을 재구성한 창작성을 인정받게 되는 연유가
바로 여기에 있다.

『예술원 논문집』에서

영화 「갯마을」을 연출한 김수용 감독은 "나는 이 영화에 갯마을
의 바다 냄새까지 담고자 하였다."고 술회할 정도로 아름답고 품위

있는 영상이 출렁거리는 완성도 높은 문예영화로 완성하였다. 또 영화 「갯마을」은 새로운 문예영화라는 장르를 열어가는 효시가 되기도 하였다. 국내의 많은 영화제에서 여러 상을 휩쓸 듯 수상하더니 마침내 외국의 이름 있는 영화제에서도 많은 수상을 하여 한국 영화의 위상을 높이면서 이만희 감독의 「만추」와 같은 예술영화를 이끌어 내는 데 공헌하였고, 체신부에서는 영화 「갯마을」을 기념우표까지를 발행하여 한국영화의 위상을 높이기도 하였다.

눈물의 강이 된 「저 하늘에도 슬픔이」

최현민 프로덕션의 첫 작품은 이두형의 시나리오를 이만희 감독이 연출한 「시장(市場)」이었지만, 작품도 흥행도 신통치 않았다. 첫 작품의 실패가 두 번째 작품을 기획하는 데 신중을 기하게 하였어도 작품의 선택은 예상보다 빠르게 진행되었다.

1965년 12월 초순, 도서출판 신태양사에서 새로 출판된 신간을 소개하는 광고를 신문에 실었는데 『저 하늘에도 슬픔이』라는 제목이었고, 초등학교 4학년 학생인 이윤복 군이 쓴 일기로 눈물 없이는 읽을 수가 없다는 내용이었다. 나는 지체 없이 이윤복 군의 일기를 구입하여 단숨에 읽었다. 마디마디로 스며드는 소년의 가난은 우리가 살고 있는 사회현실의 모순을 고발하는 충격적인 내용이어서 영화로 완성되면 세미다큐멘터리 형식의 소설티 넘치는 영상으로 엄청난 반향을 불러일으킬 수 있겠다는 확신이 들었다. 프로듀서 최현민도 이에 적극적으로 호응하였다. 나는 지체 없이 신태양사로 달려갔다.

신태양사의 편집 주간은 소설가 유주현 선생, 편집부장은 소설가 홍성유, 편집담당은 소설가 안동림이었다. 생소할 것이 없는 문우들이라 일기의 내용과 작자인 이윤복 군에 대한 세세한 정보를 단숨에 알게 되었는데, 이미 원작권을 구입할 수 있는 방법을 묻는 영화사의 전화가 여러 번 있었다는 귀띔은 충격이 아닐 수 없었다. 원작권을 확보하지 못한다면 시나리오를 쓸 기회도 없겠지만 더구나 영화를 만들 수도 없다.

급해진 나는 쫓기는 심정으로 대구행 KAL기에 탑승하였고, 정확히 12월 12일 9시 55분에 대구공항에 내렸다. 나는 숨 돌릴 겨를도 없이 KBS 대구방송국으로 달려갔다. 나를 강릉방송국 촉탁으로 초치하여 온몸 속에서 분출하는 열혈과도 같은 끼에 생기를 불어넣어 주었고, 명동에 있는 중앙국립극장으로 인도해 주었던 잊지 못할 인연의 끈인 박영선 국장이 KBS 대구방송국의 사장으로 부임해 있었기 때문이다. 나는 이윤복 군의 일기『저 하늘에도 슬픔이』의 원작권의 확보가 대단히 시급하게 되었음과 이에 대한 적극적인 지원을 호소하였다. 박영선 국장은 모든 방법을 동원해서라도 지원을 아끼지 않겠노라고 약속해 주었다.

나는 천군만마를 얻은 듯한 희열을 안고 이윤복 군이 다니는 명

덕초등학교로 달려가 이 군의 담임이자 지도교사인 김동식 선생의 면회를 청했다.

김동식 선생은 교실 밖에 나를 세워둔 채 무려 40분을 기다리게 하고서야 얼굴을 내밀었다.

"오래 기다렸지예. 지는 어떤 사람이 찾아와도 아이들이 있을 땐 만나지 않아예."

게다가 이윤복 군의 일기 『저 하늘에도 슬픔이』의 원작권을 사겠다고 찾아온 영화사가 무려 아홉 곳이나 된다면서 그들에게 시달림을 당하고 있었음을 짜증을 섞어 토로하면서 나 또한 기피하고 싶다고 또렷이 밝히고 나선다.

"그 점은 염려마세요. 나도 가난한 지역에서 초등학교 교사로 일했던 경험이 있습니다. 나는 이윤복 군을 만나서 그간의 노고를 격려하고 싶고, 그 작품을 시나리오로 쓰고 싶은 작가일 뿐이지 영화사에서 일하는 사람은 아닙니다."

내가 초등학교 교사였다는 말에 동지애를 느꼈는지 김동식 선생은 그제야 안색이 밝아지기 시작하면서 교실 안으로 인도하였고, 바로 거기에 주인공인 이윤복 군이 있었다. 나는 초등학교 교사 시절로 돌아간 듯 애틋한 심정이 되어 이윤복 군을 다독이자 나도 몰래 눈물이 콸콸 쏟아지는 것을 참아낼 도리가 없었다. 내 진솔한 모습에 감동한 듯 김동식 선생은 모든 협력을 아끼지 않겠노라고 약속해 주었고, 우리는 곧 의기가 투합하여 근처의 일식집으로 자리를 옮겼다.

김동식 선생은 대구의 페스탈로치라는 별명에 걸맞게 주머니에는 언제, 어디서나 아이들의 머리를 깎을 수 있도록 바리캉을 지니고 다니면서도 실정법을 위반하지 않기 위해 이발사 자격증까지 소지하고 있었고, 박봉을 쪼개어 근희원(勤希院)이라는 장학회를 만들어서 가난한 학생들의 학비를 보조하고 있었으며, 유도 3단의 건장한 체격의 소유자였다.

"일기에 적힌 것은 실제의 반도 안 되는 기라예. 게다가 윤복의 아버지(李正熙)를 만나서 얘기를 들으시면 분통이 터질낍니더."

나는 며칠을 더 대구에서 머물며 이윤복 군이 다니던 골목길, 껌을 팔던 다방, 고아원 가는 길, 공동묘지를 가로지르던 길, 그리고 일기에 나오는 모든 장소를 확인하면서 시나리오의 구성을 머릿속에 담아갔다. 그와 같은 모든 과정을 확인한 김동식 선생은 감동한 목소리로 원작권의 양도를 약속해 주면서 이윤복 군의 아버지 이정희 씨를 만나게 해 주었다.

이정희 씨가 입고 있는 흰 Y셔츠는 검정색이나 다름이 없었고, 온몸에서 악취가 풍겨서 가까이 있기가 거북할 정도였다. 게다가 대사회적인 불만은 도를 넘어서는 소외계층의 표준과도 같았다.

"사회가 지를 버렸임더…, 마, 술을 안 묵으면 견딜 수가 없는기라예. 대구처럼 더운 곳에서 동네 사람 모르게 퍼다 놓은 냉수를 일주일 동안만 묵어보이소. 물이 썩는 냄새가 납니더…."

동네 사람들은 너무도 가난하게 사는 이윤복의 가족들에게 동네 공동우물도 쓰지 못하게 하였다. 불결하다는 이유에서다. 결국 가난은 이정희 씨의 가족들을 고립하게 하였고, 이정희 씨의 아내를 가출하게 하였으며, 어린 삼남매를 거리로 내몰았다. 아무리 '나라님'도 가난 앞에서는 속수무책이라는 말이 있다 해도, 이윤복 군의 가족이 겪었던 가난은 비정하기 그지없는 사회여건이 빚어낸 참극이라는 확신을 얻게 되었다. 따라서 시나리오를 집필함에도 이윤복 군의 동심(童心)만에 의지할 것이 아니라 비정한 사회가 빚어낸 재앙으로 그려 가리라 다짐하였다.

그러기 위해서는 「갯마을」을 집필할 때처럼 현장감을 살리는 시추에이션과 장면을 따로따로 쓴 다음 통일된 시나리오로 몽타주(편집)하는 것이 최선일 수밖에 없다. 나는 촌각을 다투는 심정으로 서울로 돌아가질 않고 대구 현지에서 시나리오 작업에 돌입하였다.

이윤복 군이 드나들던 다방 장면을 일기에 따라 재구성하고, 어린 삼남매의 굶주림은 단칸방에 모았으며, 그들을 외면하는 사회여건과 김동식 선생의 봉사활동, 무위도식에 불만만 쌓이는 아버지 이정희 씨의 사회적인 적대인식, 때로는 집나간 어머님을 그리는 윤복이지만 그 어머니를 대신해야 하는 소년가장의 사투…, 고아원으로 잡혀가던 길에서의 탈출, 공동묘지의 을씨년스러운 내리막길 등 나는 모든 현장을 답사하면서 일기에 적힌 내용을 꼼꼼히 확인하였다.

집필의 시작과 방법은 전작 「갯마을」과 다름이 없었다. 각 시추에이션과 모든 장면을 장면별로 대구 현장에서 쓰고, 서울에 돌아와서는 다시 전체적인 구성 방향에 따라 몽타주 형식을 빌려 이미 써놓은 각 장면을 취합하는 방식을 택하였다. 그리고 다음과 같은 각색소감을 적었다.

가끔 천재소리를 듣는 소년소녀들이 일기를 발표하여서 세상을 놀라게 하는 경우가 있다. 『안네의 일기』, 『구름은 흘러도』가 그렇다. 그런데 이번에는 이윤복(11세)이라는 소년의 일기인 『저 하늘에도 슬픔이』가 장기간에 걸친 베스트셀러가 되어 화제가 되고 있다. 나는 이 군의 일기를 각색하면서 가난과 동심에 주안점을 두지는 않았다. 우리 주변에는 이 군보다 몇 배 더 비참하고 가난한 소년들이나 어른들이 있어 별로 뼈아픈 사실이 되지 못하기 때문이다. 동심(童心)도 그렇다. 가난하건 부유하건 동심은 동심대로 깨끗하게 마련이기 때문이다. 그러기에 그토록 가난하기만 하였던 우리의 현실을 직시하는 데 주안점을 두었다. 공범의식으로 가득한 우리들의 현실이 언제쯤 밝고 깨끗해질 것인지…, 바로 그러한 염원을 담아보고자 하였을 뿐, 고발 따위는 조금도 염두에 두지를 않았다.

김수용 감독에 의해 완성된 영화 「저 하늘에도 슬픔이」는 세미다큐멘터리 영화의 귀감과도 같은 완성도 높은 영상으로 전국을 눈물바다로 만드는 데 부족함이 없었다. 당시 세종로 네거리에 있던 국제극장(지금의 동화빌딩)으로 몰려 든 관객 수만도 29만여 명, 서울의 인구가 3백만 명임을 감안하면 10분의 1에 버금가는 시민들을 한 극장으로 불러낸 흥행대박이고, 여성 관객들은 얼마나 눈물

1965년 | 감독 김수용 | 각본 신봉승 | 출연 신영균, 김천만 | 제작사 신필름

을 흘렸는지 인조 눈썹인 마스카라가 흘러내려서 볼때기 가운데 붙어있는 광경도 눈에 띌 정도였다. 또 서울만이 아니다. 전국 방방곡곡의 영화관은 한결같이 눈물바다를 이룰 정도의 화제를 불러 일으켰다. 지금도 나를 만나는 중년의 여성들은 그때의 감회를 입에 담는 사람들이 많을 정도라면 그 충격의 흥행을 알만하지 않겠는가.

극영화 「갯마을」과 「저 하늘에도 슬픔이」가 좋은 영화, 성공한 영화로 인증되면서 나의 주가도 천정부지로 치솟아 올랐다. 청탁이 되는 작품도 대개는 문학작품을 영화화하자는 것이었고, 순수 문학이라는 울타리에서 벗어나기가 싫었던 나에게는 실로 행운의 길이 아닐 수가 없었다.

차범석 원작의 「산불」, 김유정 원작의 「봄·봄」, 황순원 원작의 「독 짓는 늙은이」, 김동리 원작의 「무녀도」, 「을화」, 선우휘 원작의 「불꽃」, 이상 원작의 「날개」, 장덕조 원작의 「지하여자대학」, 이호철 원작의 「서울은 만원이다」, 박지원 원작의 「양반전」, 이렇게 적어가자면 끝이 없겠지만 30대의 신인작가는 자신도 모르는 새 중견작가의 반열에 들어서 있었다.

라디오드라마의 시대가 열리면서

토론토대학의 교수이자 저명한 저술가로도 이름을 떨치던 마셜 매클루언(Marshall McLuhan: 1911-1980)은 새로운 시대를 열어갈 매체와 매체의 의미를 선구적이며 구체적으로 제시하여 세계적인 화제를 불러 모았다. 매클루언이 주장하는 "매체는 곧 메시지이다(The medium is the message)"라는 독창적인 해석은 역사적으로 인간이 서로 의사를 교환하는 '수단'인 곧 매체가 인간의 행동을 결정해 왔다는 새롭고 획기적인 주장이어서 세계를 놀라게 하고도 남았다.

그의 대표적인 저서『미디어의 이해(Understanding Media: Extensions of Man)』와 또 다른 책에서 밝힌 매클루언의 기본 전제는 말, 인쇄물, 예술, 라디오, 전화, TV 등의 매체는 인간이 그의 힘과 속도를 증가시키는 기능을 담당한다고 하였고, 또 '뜨거움과 차가움(hot and cool)'이라는 단어로 특정매체가 인간의 의미 작용에 미치는 영향을 구체적으로 기술하였다. 그의 주장은 TV는 차가운 매체이며 라디오는 뜨거운 매체라고 정의하면서 그 효용의 범위를 대단히 구체적으로 예시하였다. 그는 또 오늘날 매체가 뉴스를 전 세계 어디에나 신속하게 전달하고, 서로의 경험을 공유하게 됨에 따라 세계는 하나의 공동체가 된다는 의미로 '지구촌(global village)'이라는 새로운 개념도 제시하였다.

따라서 매클루언은 방송이 우리들의 삶에 어떤 영향을 주었고 세상을 어떻게 변화시키고 있는가를 가장 예리하게 분석한 20세기 전자 시대의 충격적인 예언자나 다름이 없다. 또 매클루언은 현대의 통신미디어 특히 TV 매체의 빠른 속도와 깊은 침투력은 세계를 좁게 만들어 하나의 촌락으로 바꾸어 놓을 것이라고 예단이기도 하였다.

이 같은 마셜 매클루언의 미디어에 관한 새로운 이론은 전파 시대의 미개지나 다름이 없었던 우리나라의 여러 세미나에서 혹은 심포지엄에서도 화두로 등장하기 시작하였다. 그 열띤 토론은 알게 모르게 전파(TV) 시대가 눈앞에 다가와 있음을 예고하고 있음이나 다름이 없었다.

이 무렵의 한국방송은 달랑 KBS 라디오 하나뿐이었다. 정보의 교환이나 공유라는 개념은 고사하고, 오락과의 접촉도 KBS 라디오방송에 의지할 수밖에 없었지만, 자체적으로 라디오를 만들 수 있는 기술조차 없었던 탓으로 라디오의 보급률이라는 것도 입에 담기 민망한 참으로 한심한 시절이었다. 그러나 시대의 요청을 거부할 수는 없었기에 마침내 우리에게도 민간방송(상업방송) 시대의 막을 올리게 되었다.

1961년 여름, 항도 부산에서 우리나라 최초의 민간상업방송인 문화방송주식회사가 발족, 개국되면서 이른바 CM송이라는 생소하기 그지없는 선전노래가 담긴 전파를 발사하는 것으로 이 땅에 낯설기 그지없었던 민간상업방송을 시작하였고, 이어 1961년 12월에 호출부호 HLKV로 서울에서도 상업방송의 전파를 송출하기 시작하였다. 그리고 12월 31일, 박정희 대통령은 큰 인심이나 쓰듯 KBS-TV의 개국을 선언하였고, 동시에 영상전파를 발사하기 시작하였다. 그러나 TV 또한 라디오나 마찬가지로 수신기의 보급률이 저조하여 TV가 있는 집에 온 동네사람들이 다 모여들 정도로 난리 법석과도 같은 곤혹을 치르면서도 차근차근 새로운 미디어 시대로 접근하는 계기를 마련하게 되었다.

3년 뒤인 1964년에 동양방송(TBC-TV)이 개국하였고, 1969년에는 MBC-TV가 개국되는 것으로 명실상부한 영상전파 시대로 들어서게 되었지만, 전파 시대의 초창기 사정이란 그야말로 수공업적인 방법으로 생방송을 해야 하는 열악한 환경이었다.

방송되는 TV드라마는 모두가 스튜디오 제작이라 세트는 한정되어야 하고, 방송 도중인데도 응접실의 벽이 흔들리는가 하면, 출연한 탤런트들이 대사를 깜박 잊어버리면 드라마는 그만큼 짧아져야 한다. 더욱 더 심각한 것은 능란하게 영상의 변화를 이끌어 가야 할 능력 있는 작가가 부족하다는 점이었다. 라디오드라마는 시각이 아니라 청각에 호소하는 까닭으로 어떤 장소를 설정하여도 아무 하자가 없지만, 텔레비전드라마는 한정된 세트 안에서 스토리가 전개되어야 한다. 시나리오작가가 라디오드라마나 TV드라마의 집필에 참여할 수밖에 없었던 것은 이같이 열악한 방송환경 때문이기도 하였다.

"신 형, 라디오드라마 한번 써 보지."

새로 개국한 문화방송주식회사(MBC-RADIO)는 지금의 인사동 네거리에 있는 가구점 2층에 세들어 있었고, 연예과장은 익히 알고 지내는 차범석 선생, 그리고 희곡작가 김포천이 연출을 겸한 PD였다. 그는 한국일보의 신춘문예 희곡으로 등단한 동갑내기 글쟁이어서 명동 시절에는 함께 어울려 다니던 처지라 거절할 명분도 없었지만, 아무 오락도 없었던 시절이라 그때의 방송드라마의 인기는 하늘을 찌를 정도였으니까 구태여 거절할 까닭도 없다. 아니 대단히 매력 있는 청탁이기도 했지만, 선뜻 대답할 수 없었던 것은 그때까지 나는 방송드라마를 단 한 번도 들어 본 일이 없었기 때문이다.

순수문학을 한다는 자부심 때문이기도 하였지만, 눈만 뜨면 시나리오에 매달려야 할 처지여서 그 유명한 조남사 선생의 「청실홍실」도, 한운사 선생의 「현해탄은 알고 있다」도, 이서구 선생의 「장희빈」까지도 들어 본 일이 없다. 새로운 미디어라는 전파문화에 매달리고 싶어도 그 분야에 대해 아는 것이 전혀 없었고 게다가 집에는 아직 라디오도 없었던 시절임에랴.

나는 어떤 새로운 일에 도전할 때면 늘 그 방면의 이론적인 근거를 먼저 살피는 것이 습관처럼 되어 있다. 영화공부가 그랬고 시나리오공부도 물론 그랬다. 아마도 문학평론이라는 분야를 넘나들면서 터득한 나름대로의 정신무장의 방식이 아니었나 싶기도 하지만, 어느 분야에서든 내가 관여한 장르에 대한 논리적인 무장이 남달리 강했다는 점은 내가 밟아 본 여러 분야의 강점으로 작용했다는 사실을 나는 부정할 수가 없다.

내가 라디오드라마를 쓴다는 사실은 전혀 미지의 세계로 들어서는 생소한 경험이나 다름이 없다. 이 생소한 모험을 극복하기 위한 방편의 하나가 우리나라 방송드라마의 초창기를 살피면서 그 발달 과정을 알아보는 일이었다. 이러한 지식을 궁구한다하여 내가 방송드라마를 잘 쓸 것이라는 보장은 어디에도 없다. 그러나 그것을 살피고 터득한 후에 새로운 분야에 들어서는 것이 자신감을 고취할 수 있었던 내가 지금까지 경험해 온 방법이다. 그렇다면 내가 아직 한 번도 들어보지 못한 한국의 라디오드라마는 어떻게 생성된 것일까. 당시의 여건으로는 그런 사소한 역사를 살피는 일까지도 황무지로 뛰어들어야 할 정도로 답답한 노릇이었다.

우리나라 방송드라마의 역사가 1927년 봄, 경성방송국이 개국한 지 불과 3개월 뒤에 그 모습을 드러냈다면 라디오드라마가 방송의 역사와 함께 한 것이나 다름이 없다. 까닭은 너무도 자명하다. 뉴스와 가곡(창), 만담만으로는 청취자를 오래 잡아 둘 수가 없기 때문이다. 보다 흥미로운 상품의 개발이 필요하였다. 다시 말하면 보다 재미있는 스토리텔링이 필요하다는 뜻이다.

이에 부응하여 등장한 새로운 콘텐츠가 라디오드라마였던 셈이다. 그때가 마침 『인형의 집』을 쓴 노르웨이 작가 입센의 21주기를 맞은 때라, 그의 대표작인 『인형의 집』을 라디오드라마로 각색하여 방송을 하게 되었다. 일정한 스토리와 거기에 따르는 위기와 갈등이 클라이맥스로 향해 치닫는 극적묘미는 청취자를 열광하게 하였다. 방송국 제작부의 고민이 커지는 것은 당연하다. 『인형의 집』이 방송드라마가 된 것은 시스템의 승리가 아니라 특정 개인의 역량이 결집된 것이었으므로 방송드라마라는 새로운 장르가 개발된 것이 아니기 때문이다. 그러므로 톨스토이와 같은 세계적인 대문호와 관련된 행사가 있어야 그나마 카추샤나 네플류도프가 등장하는 『부활』이 라디오드라마(때로는 입체낭독)가 되는 정도였다. 물론 라디오드라마를 주업으로 하는 성우(聲優)들도 없었으므로 연극배우나 아나운서 등이 성우의 재능을 대신 발휘하는 정도여서 그들에 의한 라디오드라마가 정착되기는 어려운 열악한 시대였다.

참고로 경성방송국의 청취자(라디오의 보유 대수) 수를 살펴본다면 개국년도인 1927년에 1,440여 명에 불과했던 것이 10년 후인 1937년에는 10만 명을 돌파하는 등 급성장을 한 데는 라디오드라마와 같은 새로운 미디어의 공헌이라 하여도 과언이 아니다.

이젠 내 이야기로 들어가 보기로 하자.

이 무렵까지 내게 라디오가 없었다는 점은 이미 앞에서 적은 바와 같다. 라디오가 없으니 장안의 화제를 일으키며 히트를 거듭하던 라디오드라마 「청실홍실」, 「장희빈」, 「현해탄은 알고 있다」 등을 들은 일도 없거니와 들을 수도 없었다. 라디오드라마를 쓰라는 청탁을 받아놓고도 라디오드라마의 형식이나 형태를 모르고 있대서야 말이 되는가. 이같이 터무니없는 사정을 딱하게 여긴 아내가 아끼던 반지를 팔아서 일제 고급 라디오였던 JVC수신기를 마련해주었다.

나는 일체의 외출을 삼가고 아침부터 밤까지 라디오드라마를 듣는 일로 소일하게 되었다. 당시의 MBC 라디오방송국에서는 하루 저녁에만 다섯 편의 라디오드라마를 방송하였다. 일테면 7시 연속극, 8시 연속극, 9시 연속극, 10시 연속극, 11시 연속극 등이지만, 다음 날 오전, 오후에 걸쳐 그 모두가 재방송 되는 형편이었으므로 종일을 라디오에 매달려 있어야 할 때가 많았다.

라디오드라마의 매력이나 메커니즘을 이해하는 데는 그리 오랜 시간이 걸리지 않았다. 라디오드라마의 핵은 '소리'로 모든 것을 전달하는 것이지만, 그 소리에 따라 머릿속에는 연상되는 그림(영상)이 나타난다는 사실이다.

일테면 성우 이창환의 목소리에서는 신성일의 모습이 비쳐지고, 성우 고은정의 목소리에선 엄앵란의 동작이 떠오르고, 성우 주상현의 목소리에서는 배우 김승호나 신영균의 행동이 연상된다는 점이다. 이유는 간단하다. 당시의 우리 영화는 대개가 애프터리코딩(후시녹음)이었던 탓으로 신성일의 목소리는 성우 이창환이 대신하였고, 엄앵란의 경우는 성우 고은정이 전담하였던 탓으로 '음성'에 따른 상상적인 연상은 얼마든지 가능하였지만, 설혹 그렇지가 않다고 하더라도 스스로 상상하는 영상이 작용한다는 사실은 일단 큰 발견이 아닐 수가 없다.

그리고 또 하나, 라디오드라마는 영화나 연극과는 달리 무대라는 실상이 존재하지 않기 때문에 모든 드라마투르기(극적인 요건)는 성우의 목소리(대사)에 의해서 전달되는 까닭으로 잠시 전에 있었던 일, 혹은 십 년 전에 있었던 일까지도 성우의 목소리(대사)에 담아야 한다. 그러므로 라디오드라마의 모든 승부처는 대사의 내용이나 수준에 의해 결정될 수밖에 없다. 등장하는 여러 인물들의 직업이나, 성격에 따라 일관된 대화의 수준을 유지해야 하고, 그 내용이 정서를 반영하고, 또 아름답게 구사되어야만 청취자들을 만족하게 할 수 있다.

라디오드라마의 요체는 대사가 전부다. 20분짜리 드라마라면 200자 원고지 40장을 써야 하는데, 40장 모두를 대사로 채워야 한다. 우리가 일상으로 쓰는 대화에도 때로는 문학적이며 수준 높은 비유가 필요한 것과 같은 이치로 라디오드라마에서 구사되는 대사가 대부분 일상의 용어로 구사된다고 하더라도 어느 일부는 문학적 혹은 철학적으로 구사되는 구성적용어(構成的用語)가 필요하다. 바로 여기가 라디오드라마의 승부처라는 사실을 깨닫게 된 것은 큰 진전이 아닐 수 없다. 게다가 장면전환(場面轉換)이 극영화의 시나리오보다 자유스럽다는 사실이 자신감을 더하게 하였다.

라디오드라마의 청취에 매달린 지 한 달여의 시간이 흐르면서 극적인 구성, 다이얼로그, 장면전환 등 구체적인 작법을 스스로 익히게 되었다. 이제 무엇을 쓰느냐가 문제일 뿐이다. 극영화의 시나리오도 그 소재에 따라 성패가 좌우되듯 라디오드라마라 하여 다를 것이 없다. 또 소재에 대한 자진감이 없으면 스토리의 진행이 어려워진다. 더구나 매일 2백자 원고지로 40장을 써야 하고, 그 기간이 30일이면 만만한 작업일 수가 없다. 그리하여 내 첫 라디오 연속극은 월급쟁이를 소재로 하되, 내가 경험한 교사를 주인공으로 하기로 하였다. 제목도 대중성을 감안하여「월급봉투」로 정했다.

게다가 생소한 스토리를 만드느니보다 극영화의 시나리오로 준비하였던 어느 서민 부자의 교직생활을 그리는데 신식교육을 받은 아들이 교감이고, 구식교육을 받은 아버지가 같은 학교의 서예교사로 근무하면서 벌어지는 부자간의 우애와 갈등을 그린 내용이다.

"됐어. 바로 제작으로 들어가겠는데, 우선 주제가 가사부터 써줘야겠어. 급해."

주제가? 아, 그러고 보니 라디오드라마를 시작하기 전에 반드시 유명가수들이 주제가를 부르는 관례가 있었질 않았던가. 시를 써서 문단에 나온 처지면서 드라마의 주제가 가사를 쓰는 일은 또 다른 고통거리나 다름이 없었다. 며칠을 끙끙거려서 소위 주제가의 가사를 만들었다.

가불하는 재미로 출근하다가
월급날은 남몰래 쓸쓸해진다
이것저것 제하면 남는 건
남는 건 빈 봉투
한숨으로 봉투 속을 채워나 볼까.

이런 단출한 가사가 작곡가 김호길 선생의 차차차 멜로디에 실려 인기가수 최희준의 경쾌한 노래로 전파를 타면서 내 첫 라디오 드라마 「월급봉투」는 공전의 청취율을 보이면서 영화화되기까지 하였다. 후일담이지만 노래 「월급봉투」는 금지곡으로 묶여 얼마 동안 들을 수가 없었던 시절도 있었는데, 그 연유는 이렇다.

대남방송에 열을 올리던 북한 평양방송의 정규 프로그램에 「남반부 공무원 여러분」이라는 것이 있었는데, 그쪽 아나운서가 "남반부 공무원 여러분" 하고 입을 열면 바로 "가불하는 재미로 출근하다가…"라는 최희준의 노래가 흘러나왔다 하여 인기절정을 누리던 대중가요 「월급봉투」가 금지곡이 되었다면 당시의 남북관계를 살피는 시각이 얼마나 경색되어 있었는지를 알 수가 있다.

친구 좋다는 얘기는 남의 얘기가 아니라 나에게도 자주 적용되었다. 「월급봉투」를 제작, 연출한 PD 김포천은 내친김이라는 듯 다시 한 번 도전해 보자고 한다. 전파매체의 위력을 실감한 나에게는 새로운 길을 열어가는 것이나 다름이 없다. 이젠 소재에 대한 고민도 대수로울 것이 못된다. 쓰고 싶은 것을 쓰면 되기 때문이다. 신

「월급봉투」를 제작, 연출한 PD 김포천

성일과 엄앵란이 이끌어 가는 이른바 청춘영화의 붐도 사그라들지 않고 있다. 그런 시류에 맞추어 청춘남녀의 애틋한 러브스토리를 그리면서 타이틀은 「타인들」이라 하였다. 가수 문주란이 지금도 그 주제곡인 「타인들」을 부를 정도로 드라마는 낙양의 진가를 올렸고 드라마가 끝나면서 곧 영화가 되었다.

시나리오를 쓰는 작가가 라디오드라마까지 휩쓸게 되면서 MBC가 아닌 KBS 라디오, TBC 라디오(동양방송), DBS(동아방송)에서도 유혹의 손길이 다가왔다. MBC 라디오의 가청지역이 서울과 부산인데 비해 KBS 라디오는 전국을 커버한다. 드라마작가 신봉승이라는 이름을 전국에 알린다는 차원에서라도 응하지 않을 수가 없다. 그 첫 작품이 「회전의자」다.

> 빙글빙글 도는 의자 회전의자야
> 임자가 따로 있나 앉으면 주인이지…

이렇게 시작되는 가수 김용만이 부르는 주제가가 젊은이들의 출세욕을 자극하면서 이 작품 또한 공전의 청취율을 기록하였고, 방송이 끝나자 지체 없이 신성일·엄앵란이 주연하는 청춘영화로 제작되어 전국의 극장가를 다시 한 번 휩쓸었다. 이 같은 현상이 다음 작품인 「내 마음 한없이」, 「심술각하」, 「모정의 세월」 등으로 이어지자 뜻밖의 부작용이 일기 시작하였다.

"모난 돌이 정을 맞는다."고 했던가. 라디오드라마를 전업으로 쓰는 젊은 작가들이 알게 모르게 나에 대한 모략과 배척을 시작하였다. 길에서 만나면 외면하기가 일쑤였고, 방송국의 중간 간부들에게는 있지도 않은 일을 고자질하여 사람의 품위를 손상하게 하는 등 견디기 힘든 저질의 따돌림이어서 감내하기가 어려웠다. 그렇다고 라디오드라마의 집필을 거부할 일도 아니어서 혼자서 끙끙거리는 스트레스만 쌓이는 나날이 계속되어 간다.

그 힘든 나날을 수습해 준 것이 대학 강단에서의 부름이었다.

한양영화공사의 작가실에서 인연을 맺은 영화감독 김소동 교수가 자신의 책임 하에서 운영되고 있는 한양대학교의 영화과 학생들에게 〈시나리오 작법〉을 강의해 줄 것을 요청하였다. 내게는 참으로 영광되고 분에 넘치는 일이었지만 선뜻 응할 수가 없었다.

생각해 보면 안다. 얼마 전까지도 초등학교의 교사였고, 설혹 대학은 나왔다고 하더라도 대학원 문턱에도 가보지 못하였으니 석사학위 같은 것도 있을 까닭이 없다. 게다가 33세의 젊은 나이었음에랴. 이 같은 사정이 담긴 내 간곡한 사양을 김소동 교수는 한 마디로 묵살하고 나선다.

"무슨 거창한 강의를 하라는 게 아니야. 신 교수의 경험담만 전해 주면 된다니까."

아, '신 교수'. 난생 처음 들어보는 그야말로 가슴 두근거리는 유혹을 나는 뿌리칠 수가 없었고, 또 그것은 내 삶과 함께한 학교와의 새로운 인연이 시작되는 소중한 순간이기도 하였다.

한 가지 새로운 일에 부닥치면 나는 생사를 걸고라도 그 새로운 일에 대한 논리적인 기초를 다지는 일에 완벽을 기해야 직성이 풀리는 승부욕이 있음은 앞에서 거론한 대로다. 우선 서둘러야 하는 것이 시나리오 작법의 관련된 여러 이론서를 구하여 읽고 분석하는 일이 급했다. 앞에서도 언급한 일이 있듯 내게는 이미 일어(日語)로 된 시나리오의 이론서가 꽤 있었다. 거기에 남가주대학의 시나리오 이론가이자 작가인 클라라 베런저 여사의 『시나리오 작법』을 비롯한 또 다른 이론서를 가미하여 한국의 대학생들에게 필요한 이론, 그리고 내가 시나리오를 쓰면서 겪었던 쓰라린 경험들을 되살리면서 우리 실정에 맞는 뼈대로 강의안을 세워나가기로 했다.

그리고 무엇보다도 획기적인 개선은 내 강의에 인용되는 모든 영화는 한국영화를 모델로 하기로 정했다. 이유는 간단하다. 그때만 해도 우리나라의 여러 사정이 잘 만들어진 외국영화를 볼 기회가 없었기 때문이다.

세계에서 가장 가난한 나라, 게다가 남북으로 갈려 있었던 탓으로 공산권에서 만들어진 영화는 아무리 우수하여도 수입할 수가 없다. 설혹 미국이나 프랑스와 같은 자유 진영에서 만들어진 영화라 하더라도 과도한 섹스 행위가 묘사되었다든가, 정부를 전복하려는 내용, 반정부 행위가 노골적으로 묘사된 영화…, 더구나 일본영화는 수입이 금지되어 있던 시절이다. 결국 영화를 공부하는 학생들은 구경도 할 수 없는 외국영화의 장면이나, 일본영화의 대사를 살펴야 한다. 이 같은 모순을 해결하기 위해서는 내가 쓴 교재에 인용되는 영화는 모두 한국영화를 중심으로 하자 않을 수가 없었다.

드디어 강의가 시작되었다. 한국영화를 중심으로 세계영화의 생성과 발전을 살피고, 실제로 시나리오를 쓰고 있는 젊은 작가의 체험을 바탕으로 한 살아있는 강의라 강의실에는 생동감이 넘쳤고, 학생들의 호응도 만만치 않았다. 게다가 약간의 언변까지 갖추었던 탓으로 재미있는 강의, 유익한 강의로 평가되면서 한 학기를 넘기고, 또 1년을 훌쩍 넘기게 되었다.

시인이자 영화평론가 이영일이 주간하는 『영화예술』지에 내 강의노트가 연재되기에 이르자 화제는 더욱 만발하였고, 마침내 시인 문덕수가 주간으로 있는 조광출판사에서 단행본으로 출판을 하겠다고 나섰다. 생각해 보면 안다. 한국을 대표하는 시인이나 소설가가 아니고서는 자신의 저서를 가질 수가 없었던 그야말로 출판시장이 열악했던 시절임에랴.

1966년, 마침내 내 생애 첫 저서 『시나리오의 기법』이 출간되었다. 하늘을 얻은 것만큼이나 신바람이 솟아나는 기쁨이다. 그동안 여러모로 신세를 졌던 선배나 동료들에게 서명하여 우송을 하는 일도 신명이 났다. 책을 받은 동료들이 출판기념회를 해야 한다면서 부축이고 나선다. 이 또한 마다할 일이 아닌 신바람의 연속이다.

당시 서울에서 출판기념회를 할 수 있는 공간은 무교동에 자리한 '호수그릴'밖에 없다. 문학계의 원로와 선배·동료, 그리고 인연을 맺었던 영화감독, 원로배우들이 대거 참석한 호화롭기 그지없는 출판기념회가 영화평론가 이영일의 사회로 성대하게 막을 올렸고, 소설가 김동리, 배우 김승호 선생 등이 따뜻하고 분에 넘치는 축사를 해 주셨다. 내게는 참으로 감격스러웠던 날이었다. 어언 반세기 전의 일이지만, 그때 찍은 낡은 흑백사진에 담긴 유명 인사들은 거의 모두가 지금은 우리와 다른 세상으로 떠나가고 없다. 인생무상을 절감하지 않을 수가 없다.

첫 저서 『시나리오의 기법』은 호평리에 발매되면서 채 1년도 되지를 않아서 재판을 찍게 되었고, 젊은 작가지망생들에게는 필독서로 자리매김 되면서 이번에는 동국대학교 영화과에서 강의를 요청해 왔다. 거절할 까닭이 없다. 젊은 나이로 두 대학의 영화과를 오가는 인기강사의 반열에 오르면서도 이른바 문예영화의 고전으로 평가되는 차범석 원작의 「산불」, 이호철 원작의 「서울은 만원이다」 등을 각색하였고, 오리지널 시나리오 「조용한 이별」 등 다작의 열정도 고스란히 이어지는 참으로 보람찬 나날을 보내고 있을 때 거절할 수 없는 강의요청을 다시 하나 받게 되었다.

편운 조병화 시인이 경희대학교의 문리대 학장으로 취임하시면서 예의 그 다정한 반말로 명령하였다.

"야, 봉승아. 남의 대학만 떠돌아다니지 말고 이젠 네 후배들에게도 극작의 길을 열어 주어야 할 것이 아니냐."

경희대학교에는 연극영화학과가 없으니 국문학과 3학년 학생들에게 〈희곡문학론〉을 강의하라는 강명이다. 편운 조병화 시인의 분부라면 거역할 수도 없다. 나는 '희곡론(戲曲論)'을 다시 공부하면서 모교의 강의에 임했다. 모교의 후배들과의 만남은 강의실에서 뿐만이 아니라 교문 밖 대폿집에서 술잔을 기울여야 하는 경우도 많았으나, 그 모든 과정이 학문 혹은 순수문학으로 연결되는 경우가 많아서 마치 아늑한 고향으로 돌아온 듯하여 마음 편하고 신나는 날이 많았다.

대학에서의 강의는 내 성장에 여러모로 도움을 주었다. 특히 내 자신에 대한 성찰을 독려하는 것으로 정신적인 안정을 마련해 주었고, 내 작품의 분위기가 아카데믹한 학문적인 배경에서 시작된다는 점에 자부심을 갖기도 하였다. 또 그것은 대중작가니 딴따라니 하는 주변의 시선을 헤쳐 나가는 데도 큰 자부심이 되었다.

동해대학교 연극영화과의 초빙교수, 관동대학교 국어국문학과의 겸임교수를 거치면서 급기야 추계영상문예대학원의 개교와 함께 대우교수로 초빙되어 다른 교수들은 모두 정년퇴임(65세)을 하는데도 나는 77세를 넘기면서도 석좌교수의 영예까지를 누렸다.

이젠 사랑하는 제자들에 의해 내가 강단에서 했던 체험적 작가론이나, 극적 시추에이션의 전개, 혹은 구성(構成)의 요건 등이 잘 전수되고 있다는 소식 혹은 결과에 접하면서 굳은 땅에 씨를 뿌리면서 싹이 트고 꽃이 피기를 염원했던 일들이 그 아련한 추억이 되어 흘러가고 있을 따름이다.

「팔도강산」 좋을시고

공보부 영화과가 있는 건물 바로 건너편에 국립영화제작소가 있다. 국가의 여러 사정을 국민들에게 알리기 위한 방법으로는 영화보다 더 좋은 매체가 없다. 당시 모든 극장에서는 본 영화 상영에 앞서 10분 정도의 뉴스영화가 상영되었고, 곧 이어 20분짜리 문화영화를 틀어주는 것이 관례(정부의 지시)이던 시절이다. 문화영화의 내용은 대개가 정부 정책의 홍보가 주류를 이루고 있다. 더구나 새마을운동이 궤도에 오르고, 중화학공업의 진흥을 국책으로 내걸던 시점이어서 홍보효과의 극대화가 절실하였던 시절이 아니던가. 그 뉴스 필름과 문화영화를 제작하는 곳이 국립영화제작소였기에 그 조직은 선진화 되어 있었고, 촬영 조명 편집에 필요한 기재들은 최신을 자랑하는 첨단 기기들이었다.

비록 말단이지만 영화과에서 근무하고 있었던 탓에 나는 시간이 나면 국립영화제작소로 건너가 작업현장을 살피면서 영화 메커니즘을 이해하는 일에 노력을 더하던 시절이라. 백형기 영화과장은 그런 나에게 국립영화제작소로 옮겨가고 싶으면 언제든지 말하라고 할 정도로 나에 대한 배려가 지극하였으나, 영화감독이 아닌 시나리오작가를 지망하고 있었던 탓에 구태여 자리를 옮길 것까지는 없었다.

다만 부러웠던 것은 국립영화제작소의 감독들은 다 같은 공무원 신분이면서 최신 카메라를 돌리고 있었고, 그때까지만 해도 금값에 버금간다는 컬러필름을 자유롭게 쓰는 등 선택받은 사람들이어서 선망의 대상이기는 했다.

키가 훤칠하고 영어회화에 능통한 배석인 감독, 이미 아시아영화제에서 다큐멘터리 감독상을 수상한 바 있는 양종해 감독, 이들 두 감독보다 약간 뒷세대인 강대철 감독 등으로 대표되는 제작진 용도 만만치 않다. 나는 비록 구경꾼이지만 이들 세 사람의 감독들과 함께 어울리며 영화 메커니즘을 익히며, 제작 현장의 분위기를 만끽할 수 있는 것이 늘 즐겁기만 하였다. 또 퇴근 후에도 이들과 어울리는 경우가 많아지면서 돈독한 우정도 쌓여가게 되었고, 영화과를 물러난 다음에도 이들과의 만남은 아름답게 유지되었다.

1967년이면 라디오드라마를 쓰랴, 시나리오를 쓰랴, 정말로 눈코 뜰 사이 없이 바쁘게 돌아가던 시절이다. 국립영화제작소의 치프 감독이나 다름이 없는 배석인 감독이 급히 만나자는 전언을 보내 왔다. 옛정이 다시 살아나는 기쁨을 안고 달려갔다. 그는 이미 프린트가 된 시나리오 한 권을 주면서 개작해야 할 곳을 지적해 달라고 한다. 작가의 이름은 서근배로 되어 있다.

소설가 서근배는 내가 강릉에서 교직에 몸담고 있을 때 강릉상업고등학교의 국어교사로 있었던 분이어서 너무도 잘 아는 사이지만 그가 시나리오를 쓴다는 사실, 또 관심을 가지고 있다는 얘기는 들어 본 일이 없다. 사실이 그와 같다면 내게 넘겨진 시나리오가 뼈대나 격식을 갖추었을 리 만무하다.

아니나 다를까, 프린트된 시나리오는 중편소설과 같은 구조에 대사가 조금 많다고 느껴질 뿐, 시나리오로서는 성립될 수 없는 문건이었다. 나는 서근배 작가와 잘 아는 사이임을 전제로 전체를 다시 고쳐 쓰지 않고서는 영화가 될 수 없겠노라는 의견을 제시하였다. 배석인 감독도 극영화를 연출해 본 경험이 없었던 터이라 내 의견에 구원을 얻은 사람처럼 동감하면서 내게 다시 써 줄 것을 부탁하였다.

나는 소설가 서근배의 작품과 전혀 상관이 없는 다른 작품으로 재구성하여 쓰되, 주인공인 노부부가 한약국을 운영하는 소시민이며, 딸을 찾아 팔도를 여행하는 시추에이션만 살리겠노라고 제언하였다. '크랭크인'이 다급해진 처지였던 배석인 감독은 모든 것을 내게 맡긴다면서 전혀 다른 작품이 되어도 상관하지 않겠노라고 선언한다.

화제의 영화 「팔도강산」의 시나리오는 이 같은 우여곡절을 겪으면서 내게 맡겨진다. 이미 '크랭크인'이 다급해져 있던 배석인 감독은 촬영 스케줄에만 맞출 수 있다면 모든 것은 내게 위임하겠노라면서 다급해 할 뿐이다. 게다가 국가 기관에서 천문학적인 제작비를 투입하면서 극영화를 제작하겠다는 것은 정부정책을 효율적으로 국민들에게 알리겠다는 고도의 홍보효과를 노리고 있음이나 다름이 없다.

1967년 무렵의 우리 실정은 중화학공업을 이루겠다는 집념, 새마을운동으로 우리도 잘살아 보겠다는 의지만 높이고 있을 뿐, 세계 최빈국의 불명예를 안고 있던 시절이다. 천신만고 끝에 경부고속도로가 개통되었어도 달리는 자동차가 없어 미국의 그레이하운드 버스를 빌려다가 달리게 할 정도였고, 영화의 화면에 담을 수 있는 공장이라는 것도 충주 비료, 삼척 시멘트 공장 정도가 있었으며, 고층빌딩이라야 5층짜리 신세계백화점과 화신백화점이 전부였을 정도면 영화에 담을 만한 산업시설 또한 있을 까닭이 없다. 다만 우리 손으로 이루어낸 서해안 간척지 정도가 대견스러울 정도다.

그런 형편이면서도 농업국에서 중화학공업국으로 전환하려는 박정희 정부의 의지는 눈물겨웠다. 나는 이 불굴의 의지를 한 편의 영화에 담고자 하면서도 관제(官製)의 냄새만은 철저하게 배제하고자 하였다. 그러기 위해서는 코믹한 홈드라마가 아니면 성공하기가 어렵다. 적선동 뒷골목에서 한의원을 하는 김희갑·황정순 부부가 전국 8도에 깔려있는 딸들의 집을 찾아가면 어떨까, 또 그 사

1967년 | 110분 | 감독 배석인 | 각본 신봉승, 서근배 | 출연 김희갑, 황정순 | 제작사 연방영화

위들의 일터가 전국 각처에 깔려있는 산업체라면 국가의 기간산업을 훑어볼 수가 있다. 배석인 감독은 쌍수를 들어 환영하면서 구원을 청한다.

영화 「팔도강산」은 배석인 감독의 유머러스한 연출력에 힘입어 눈물과 폭소를 동반하는 휴먼드라마로 완성되면서 당시의 대한민국의 이름뿐인 기간산업현장을 철저하게 담아내는 데 성공한다. 그러나 국가기관에서 제작한 영화여서 영업행위나 다름이 없는 극장상영이 불가능하다는 결정이 나왔다. 그렇다고 국가예산으로 완성된 영화를 사장할 수도 없다. 궁여지책의 일환으로 상영권만을 위임하는 입찰에 부치기로 하였다. 당시 연방영화사의 사장이었던 주동진이 「팔도강산」의 흥행권을 받아서 국도극장에서 개봉하게 되었다.

어찌 짐작이나 했던가. 정부의 홍보영화라고만 여겼던 「팔도강산」은 30여만 명의 관객을 동원하면서 전국의 극장가를 뒤흔드는 화제작으로 등장하였다. 한 편의 영화가 상상을 초월하는 흥행성과를 올리면서도 완벽하게 국가정책을 국민들의 마음속에까지 전달하였다면 누구도 속편을 만들어 보고 싶은 욕심이 생기지만, 「팔도강산」이라는 타이틀의 저작권이 국립영화제작소에 있었던 탓으로 일반영화사로는 꿈도 꿀 수가 없다.

또 국립영화제작소로서도 처음으로 시도한 극영화의 제작이 뜻밖으로 호응을 받게 되자, 감독의 두 번째 서열인 양종해 감독이 속편의 제작을 선언하고 나섰다. 시나리오가 또 내게 위촉되는 것도 당연한 흐름이다.

양종해 감독이 만든 「속 팔도강산」도 전작과 같은 방법으로 국도극장에서 개봉된다. 뜨거운 반응은 조금도 식지 않고 이어진다면 3편을 만들어야겠다는 욕심이 생기는 것도 말릴 수가 없다. 국립영화제작소 서열 세 번째 감독인 강대철 감독이 「돌아온 팔도강산」이라는 타이틀로 세 번째 「팔도강산」을 만들었다. 그런데도 뜨거운 열기는 조금도 식지 않는다. 모르긴 해도 우리나라 영화사상 이 같은 붐을 이루어낸 시리즈 영화는 전례가 없었던 일로 기억이 된다. 그 뒤에도 정소영 감독에 의해 또 다른 「팔도강산」이 제작되어 공개되기도 하였다.

윤주영 공보부장관은 국가기관에서 만든 영화에서 시작된 이 엄청난 홍보성과에 대한 미련을 버릴 수가 없다. 중화학공업국으로 가겠다는 정부의 의지가, 우리도 잘 살 수 있다는 국민적 여망이 아무 거부감도 제약도 없이 국민들의 가슴으로 녹아든 이 엄청난 사실을 어떻게든 이어가고 싶은 것이 공보부가 해야 할 일일 것이리라.

윤주영 장관은 장관실로 나를 불러 의논한다. 지금까지 네 편의 「팔도강산」에 담긴 모든 에피소드를 아낌없이 KBS-TV의 화면에 담아보고 싶다면서 극본료는 통상의 세 배, 방송이 끝나면 '새마을 훈장'을 수여하겠다고 꼬득인다. 한 번 일을 시작하면 불도저와 같이 밀어붙여서 성사되게 하는 것이 윤주영 장관의 말릴 수 없는 강점이다. 나는 윤주영 장관의 승용차에 납치되듯 실려서 당시 남산

사진작가 윤주영 장관의 전시회에서

에 있었던 KBS-TV의 제작국으로 갔다.

감독기관의 우두머리이자 현직 장관이 「팔도강산」을 TV드라마로 만들겠다고 나서면 KBS-TV의 중간 간부들은 그야말로 손도 대지 않고 코를 푸는 격으로 얻는 게 많아진다. 회의라는 말은 이름뿐이고 윤주영 장관의 일방적인 지시로 타이틀은 「꽃피는 팔도강산」, 극본은 신봉승, 연출 김수동으로 정해지고, 영화에 나온 배역은 자신이 했던 역을 그냥 이어간다는 조건이며 방송은 15일 후부터 한다는 전격적인 결정으로 회의는 끝난다. 아니 장관의 독단이나 다름이 없는 진행이다.

나는 동양방송국 김덕보 사장에게 달려가 「꽃피는 팔도강산」의 극본을 쓰게 되었음을 말씀 올렸다. 동양방송국에 전속으로 묶여 있었던 처지라 사측의 허락이 없이는 다른 방송국의 극본을 쓸 수가 없었기 때문이다. 그때 김덕보 사장의 충고는 나의 작가정신을 가다듬게 하는 칼날이 되어 지금도 내 가슴 속에 경건히 자리 잡고 있다.

"신 선생 같은 전도유망한 작가가 군사정권의 하수인으로 전락하면서도 일말의 가책도 느끼지 않는가!"

아, 작가인식을 일깨우는 채찍이다. 부끄럽게도 그때까지 나는 쓰는 일에만 사생을 걸었지, 작가의식이 날서 있어야 한다는 점을 생각하지 못하고 있었다. 김덕보 사장의 힐문과도 같은 충고에 얼굴은 붉어지고, 숨이 가빠지면서 가슴이 두근거린다. 질책을 들은 것도 아닌데 쥐구멍이라도 있으면 들어가 숨고 싶어진다.

1976년 | 110분 | 감독 정소영 | 각본 신봉승, 이희우, 김동현 | 출연 윤일봉, 유지인 | 제작 태창흥업

"근성이 있는 작가가 되세요."

김덕보 사장은 신문사의 지프 한 대를 내 줄 것이니, 모든 것은 자신에게 맡기고 며칠 숨어 지내라고 한다. 나는 그 지프차에 몸이 실린 채 인천 올림프스호텔에 잠복하게 되었다.

현직 장관의 명으로 연속극 「꽃피는 팔도강산」을 쓰기로 한 작가의 행방이 묘연해진 것은 방송국을 발칵 뒤집어 놓고도 남을 대사건이다. KBS는 보도국을 동원해서까지 내 행방을 추격하고 나섰고, 아내의 친구가 내 집 전화통을 지키는 지경에까지 이르게 되자 올림프스호텔도 안전하지 못하다는 정보에 따라 나는 워커힐의 단독 빌라로 거처를 옮겼다. 고급 침대에서 잠을 자고 분에 넘치는 식사가 제공되었어도 도무지 마음이 편하질 않다. 최상현, 김수동, 임영웅 등 친구이자 KBS의 PD들에게 심려를 끼치고 있음이 죄스러워서다.

나는 숨어 지내는 상태로 연출자로 정해진 김수동 PD에게 전화를 걸었다. 설혹 다시 나타난다하여도 쓸 수가 없게 되었으니 나에 대한 미련을 버리고, 새 작가를 물색하여 제작에 들어가는 것이 순리가 아니겠느냐고. 최악이지만, 또 최선일 수밖에 없다.

새 작가로는 윤혁민이 부름을 받았고, 드라마는 빠르게 제작되어 성공리에 제1회를 방송하였다. 나는 그 첫 방송을 숨어있는 워커힐의 빌라에서 보고서야 그 다음 날 대명천지로 다시 나왔다. 참으로 어이없었던 해프닝이지만, 한 작가의 소회로는 그때 나는 한 단계 업그레이드되었다는 자위와 확신을 동시에 가질 수가 있었다.

하이 소사이어티의 언저리

내가 경험하였던 여러 인연은 아름다운 꽃망울을 터트리게 하고, 또 영양가 높은 열매를 맺어주는 씨앗이기도 하였다. 따라서 나는 악연을 경험하지 못했다. 파란으로 이어지는 만장 같은 세월이었지만 길목이 바뀌는 낯선 어귀에는 언제나 귀인(貴人)이 먼저 와 기다리고 있다가 내 손을 잡아주곤 하였기 때문이다.

라디오드라마 「타인들」을 영화로 제작한 분이 박민(朴珉, 본명 朴鳳彬) 사장이다. 영화계에 종사하는 많은 사람들이 박 사장의 능력을 평가하기보다는 그분의 험담을 부풀려서 말하곤 하였던 탓으로 박 사장의 진면목은 지금까지도 별로 알려져 있지를 않다.

박 사장이 가진 탁월한 능력은 세상을 살피는 눈이 예리하다는

「타인들」을 영화로 제작한 분이 박민 사장(가운데)

점이다. 거기에 일본의 대중문학에 대한 깊은 조예와 이해는 타의 추종을 불허할 정도다. 그분이 제작한 영화에 관여한 시나리오작가나 감독들은 관련된 작품의 스토리의 전개와 시추에이션의 배치를 평가하는 그분의 혜안에는 혀를 내두를 수밖에 없다. 특히 멜로드라마의 구조에 관해서는 완벽하게 숙지하고 있다. 일테면 서양영화의 스토리구조는 분초를 따질 정도로 정확하게 기억하고 있었고, 게다가 일본국 대중문학의 이해에서 터득된 반전(反轉)의 구조를 제시하는 순발력은 시나리오작가나 감독들의 오금을 저리게 하고도 남을 정도로 정곡을 찌르곤 하였다.

박 사장의 곁에 이름 있는 작가들이나 감독들이 오래 붙어있지 못하는 것은 그분이 엮어내는 영화의 백과사전과도 같은 지식을 감당하지 못하기 때문이라고 생각된다. 박민 사장은 내 시나리오의 구조나 흐름을 대단히 정확하게 읽어내고 반드시 그 개선책을 제시해 주는데 그냥 듣기가 민망할 정도로 정곡을 찌르곤 하는 그야말로 큰 바위와도 같은 인품이었다.

박 사장은 남들이 보기엔 나를 편애한다 할 정도로 가까이에 두면서 자신의 식견을 전수하려 하였다. 만나는 시간이 잦아지면서 술자리에 동석하는 경우도 많아진다. 위스키나 와인의 종류도 헤아리지 못하는 판국이면 매너인들 온전할 까닭이 없다. 언제나 주눅이 들어서 움츠리고 있는 나에게 조용히 충고하는 박 사장의 목소리는 하늘의 계시와 같은 것이라 하여도 과장이 아니다.

"신 형, 좋은 작품을 쓰자면 하이 소사이어티(상류사회)를 경험해야 해. 한국영화에 대폿집은 나와도 고급 사교장이 안 나오는 것은 경험한 작가가 없는 탓이 아니겠나.”

마치 비수와 같은 지적이다. 그게 어디 시나리오작가만 그렇던가, 우리나라의 순수소설에도 대중소설에도 상류사회에 걸맞은 사교장이 나오질 않는 것은 지금도 마찬가지다. 작가들이 가난을 미덕으로 삼고 있는 나라의 예술풍토라면 오직하겠는가. 나는 박 사장이 즐겨 찾는 고급 요정이나 멤버십 클럽, 혹은 사파리의 분위기를 체험하면서 내가 얼마나 촌놈인가를 절실하게 느끼곤 하였다.

그런 어느 날 박 사장이 풀쑥 말했다.

“신 형, 동남아라도 한번 다녀와. 특히 신 형에게는 새로운 견문이 필요해. 그래야 큰 작가가 되지를 않겠나.”

내게 해외여행이라니, 이게 어디 말이 되는가.

1967년 무렵의 대한민국에는 달러가 턱없이 모자랐던 탓으로 정부의 공식 업무에도 달러를 써야 할 해외에서의 일이라면 뒤로 밀려나는 판국이다. 게다가 외국에 나가기 위해서는 상대국에서 보내 준 초청장이 있어야 했다. 설혹 초청장이 있다고 하더라도 서슬이 퍼런 군사정권 하의 외무부 심의에서 통과될 수가 없다. 그런 판국이면 “이력서와 여권사진을 보내줘.”라고 강권하는 박 사장의 권유는 공허한 메아리나 다름이 없다. 그 후에도 여러 차례의 독촉을 받고서야 나는 마지못해 거기에 응했지만 그것이 성사되리라고는 일순간도 믿질 않았다.

꿈은 이루어진다고 했던가. 그리고 얼마 지나지 않아서 여권이

나왔다. 그것도 2년 기한인 복수여권(複數旅券)이었다. 그때의 여권은 한번 쓰면 그만인 단수여권이 대종을 이루던 시절인데 복수여권이라니. 가위 외교관 여권이나 다름이 없다. 이 기적 같은 일을 경험하면서도 나는 박 사장 주변의 인맥을 지금까지도 모르고 있다.

박 사장은 내가 여행하게 될 대만, 홍콩, 일본 등지에 대한 구체적인 정보와 해당지역에서 나를 안내할 사람들의 인적사항까지 빼곡히 적힌 노트 한 권을 주면서 당장이라도 떠나기를 채근한다. 외국어는 물론 해외여행에 관한 정보에도 익숙하지 못하였던 나에게는 모든 일이 첩첩산중이나 다름이 없었던 시절이다.

지금은 아무도 믿질 않겠지만 당시 해외여행 당사자가 공식적으로 소지할 수 있는 달러는 달랑 1백 달러였다. 눈 가리고 아웅해도 분수가 있지, 1백 달러로 무슨 해외여행을 하겠는가. 그나마도 은행에서 환전해 주는 것이 아니라 신세계백화점 뒷골목에 가서 암달러를 거래하는 아주머니들과 은밀한 거래를 해야 한다. 그렇게 하고서도 비공식적인 경비는 세관이나 수사관에게 발각되지 않도록 양말 밑에 감추어야 할 정도로 내 조국 대한민국은 달러가 부족한 최 후진, 최 빈곤국이었다. 구태여 당시의 국민소득(GNP)을 입에 담자면 70달러 남짓 될까 말까한 딱한 시절이었음에랴.

사생결단이란 말이 있지만 떠날 수밖에 없다. 서울에서 강릉을 내왕하는 쌍발 프로펠러 여객기를 타 본 것이 전부인 나에게 캐세이패시픽의 대형 여객기는 궁전이나 다름이 없다. 게다가 지금과 같이 만석이 아닌 텅텅 빈 좌석이어서 미녀 스튜어디스의 서빙은 1대 1일

정도로 자상하고 또 친절하여 마치 천국에 온 것과도 같았다.

　대만의 수도 타이페이(台北)에서의 첫 인상은 자유로운 도시라는 생각이 들 정도로 온 거리, 그리고 오가는 사람들의 모습에 활기가 넘치고 있었다. 무엇보다도 양담배를 자유롭게 팔고 또 피울 수 있다는 게 신기할 정도였다. 그 무렵 내 조국 대한민국에서 양담배를 피우다가 적발되면 벌금을 물든가 파출소로 끌려가던 시절이다. 온갖 규제에 시달리던 군사정권 하의 핍박에서 벗어나는 기분으로 대표적인 양담배 '럭키 스트라이크'를 사서 한 개비 꼬나물고 길게 연기를 내뿜어도 잡아가는 사람이 없다. 과연 내 나라가 아닌 외국임을 느끼는 첫 순간이기도 했다.

　게다가 거리의 전파상에서 흘러나오는 노래가 일본인 가수가 부르는 유행가(演歌)라는 사실이 날 더욱 소스라치게 하였다. 한국이 일본제국의 식민치하에서 신음한 세월이 36년인 데 비해 대만이 일제치하의 식민지로 있었던 세월은 무려 90년이 넘는다. 겨우 36년을 시달린 한국에서는 일본의 대중문화를 죄악시하며 거론하지도 못하는데, 90년 이상을 시달린 대만에서 일본의 대중문화를 완전 개방하고 있다는 사실에 온갖 규제에 시달리면서도 그것을 당연한 것으로 받아들였던 나에게는 의식의 변화를 알리는 신호탄이나 다를 것이 없다.

　대만의 여기저기를 구경하는 와중에서도 고궁박물원(故宮博物院)에서의 경험은 문명화에 대한 내 인식을 바꾸는 충격이나 다름이 없었다. 중국 본토의 장악을 겨루는 소위 국공전쟁(國共戰爭)에서 패색이 짙어진 장개석(蔣介石)이 당시 자금성(紫禁城) 뒤쪽에 있던 고궁박물원의 국보급 문화재를 몽땅 LST 네 척에 때려 싣고 대만으로 도망쳤다는 설명에 패장 장개석의 위대함을 다시 느꼈다. 그로부터 20년 뒤에 북경의 자금성을 보고 돌아 나오는 길에 진짜 고궁박물원에 들렀을 때 아무것도 없는 빈방을 둘러보면서 국가 지도자의 진면목을 보는 것 같아 가슴이 짠했던 기억도 여기에 함께 적는다.

다음 기착지인 홍콩에서 느낀 첫 소회는 고층빌딩의 아름다움이었다. 특히 야경은 빌딩을 중심으로 한 조명으로 그야말로 불야성을 이루는 도시미학의 극치나 다름이 없었다. 그때까지 내가 본 최고층 건물은 5층짜리 신세계백화점(지금 그대로)이었는데 30층짜리 초호화 빌딩의 환한 그림자가 바다에 드리워진 광경은 환상 바로 그것이었다.

홍콩을 안내하는 나의 파트너는 '다카키(高木)'라는 일본인이었고, 아시아 최대의 영화사 '란란쇼'의 조명 스탭이었다. 일본으로 가기 직전에 나의 일본어 교습을 위해 일본인과 함께 지내도록 한 박 사장의 배려가 얼마나 따뜻하고 세밀한가를 보여 주는 대목이 아닐 수 없다. 그가 안내한 곳이 홍콩 사이트에서도 이름 있는 프린스호텔이었다. 얼마 전 박정희 대통령이 머물렀던 바로 그 프린스호텔의 11층, 바다가 내려다보이는 절경의 트윈 룸이었다.

홍콩에 머무는 동안 미스터 다카키의 안내로 〈쇼부라더스〉의 세트장을 비롯하여 나의 젊음에 꿈을 심어 주었던 윌리엄 와일러

감독의 명화「모정(慕情)」의 촬영지를 둘러보면서 잊혀져가던 일본어가 조금씩 되살아나는 것이 신기하기 그지없었다. 또 구룡반도의 최북단(중국과 접경지)에 위치한 오리농장을 구경한 것이 하이라이트였다. 소위 '베이징 다크'라고 불리는 세계적인 오리 요리에 쓰이는 수십만 마리의 오리를 길러내는 오리농장의 엄청난 규모에 넋이 나갈 지경이었다.

대만에서의 5일, 그리고 홍콩에서의 5일 간이 그야말로 꿈같이 흘러가고 나는 파트너 다카키의 전송을 받으며 동경의 하네다공항으로 향했다. 아직 나리타(成田)공항이 조성되기 전이라 하네다공항은 일본국의 출입문이나 다름이 없었던 시절이다.

얼마간 일본말이 되살아나고 있었던 탓으로 일본만 해도 내 집에 왔다는 안도로 마음이 편했다. 예약된 호텔은 아카사카의 번화가에 자리 잡은 이름 있는 '뉴 재팬'으로 되어 있다. 이젠 정해진 파트너가 없어도 더듬더듬 내 볼일을 볼 수 있을 정도의 일본어 구사가 가능해졌다.

호텔의 방으로 들어와 제일 먼저 한 일이 대만과 홍콩의 여러 영화인들로부터 받은 촌지(寸志) 봉투를 정리하는 일이었다. 20여 개나 되는 봉투 안에는 달러화와 일본 엔화가 적잖게 들어있었다. 이를 정리하여 환전을 했더니 놀라지 말라, 일본 엔화로 물경 60만 엔 가까운 대금이었다. 40여 년 전의 일이다. 지금의 화폐가치로 환산하면 얼마나 될까. 대략 1500만 원 정도를 상회하지 않을까 싶다. 그렇다면 이 공짜로 생긴 대금을 무엇에 쓰고, 어떻게 써야 하나.

"신 선생은 이제 견문을 넓혀야 해. 그래야 큰 작가가 될 거야…."

박민 사장의 말이 생생하게 되살아난다. 또 박 사장의 배려로 동경 한복판에 와 있다. 길게 생각할 필요도 없다. 15일 간 일본에 체류할 수 있는 모든 시간을 일본을 일주하는 여행비용으로 쓰기로 정했다.

동경을 거점으로 오사카(大阪), 교토(京都), 나라(奈良), 시고쿠(四國), 가나자와(金澤), 니가타(新潟), 아오모리(靑森) 등을 거치는 대장정이 시작되었다. 기차를 탈 때도 있고, 비행기를 탈 때도 있다. 그런 타이트한 스케줄인데도 하루에 한 편씩의 영화를 보기로 했다. 본 영화는 그날로 노트에 영상과 스토리의 요점을 적었다. 식사할 시간조차도 아깝다. 그런 날은 막대기 소시지를 주머니에 넣고 다니면서 영화를 보면서 혹은 걸어 다니면서 먹는 일도 비일비재였다.

텃밭에 심은 푸성귀는 매일 조금씩 자란다. 같은 텃밭이라고 하여도 부지런한 농부가 소득을 더 많이 올린다. 나는 문화의 황무지나 다름이 없는 시골에서 태어나서 자랐고, 철들면서는 군사정권의 획일화 정책에 시달렸던 탓으로 생각까지도 고착화되어 가던 시절에 대만과 홍콩과 같은 지역의 고도한 문화와 자유분방한 삶을 눈여겨 살피게 되었고, 특히 일본에 머물면서는 유소년 시절에 읽었던 문화와 역사에 관한 토막상식들이 시도 때도 없이 튀어 나왔다. 게다가 일본영화에서 얻어지는 이런 저런 상식들이 차곡차곡 쌓이면서 무엇이 오늘의 일본이라는 나라를 만들 수 있었던 근원인가를 생각해 보지 않을 수가 없었다. 이것이 그때 내게 던져진 큰 명제였고, 그렇게 얻어진 것이 '근대화(近代化)'라는 단 세 글자의 화두였다.

오늘의 번영된 일본이 이루어진 근원이 명치유신(明治維新)에 있다는 사실을 어렴풋이 깨닫게 된 것은 내가 생각해도 신통하기 그지없다. 우리 한국이 지지부진, 특히 정신적으로 앞으로 나가지 못하는 것은 일본국의 명치유신과 같은 근대화 과정이 생략되었기 때문이라는 사실을 역사학자도 아닌 내가 특히 남의 도움 없이 스스로 깨닫게 되었다는 기적 같은 사실은 그로부터 40년 뒤의 신봉승의 사고(思考) 체계를 세우는 핵심으로 자라게 된다. 또 그 일은 2년간이나 유효기한이 남아 있는 여권으로 다시 일본국을 방문할 수 있는 길이 열려 있었기에 나의 노력만 헛되지 않다면 일본국 근대화 과정은 얼마든지 숙지할 수 있을 것이라는 확신도 들었다.

일본에서의 보름 동안은 나의 사고체계를 완전히 바꾸어 놓는 참으로 귀중한 시간이었다. 그것은 또 막연하나마 나의 진로를 수정해야 하는 엄청난 숙제를 안겨다 주었지만, 시나리오나 드라마를 쓰는 일이 학문이 아니었으므로 그저 벌판에 떨어진 작은 씨앗에 불과하였다. 그러나 그로부터 40년 뒤에 나는 그 씨앗의 열매를 따게 되는 희열을 맛보게 되었음에랴.

나는 귀국과 동시에 박 사장의 배려에 보답할 작품을 준비하였다. MBC 라디오에 자청하여 드라마 한 편을 쓰게 해 줄 것을 요청하였고, 그렇게 뮤지컬 가요드라마의 형식을 취한 특이한 형식의 드라마 「지금 그 사람은」을 쓰게 되었다. 한 편의 드라마에 일곱 곡의 주제가가 삽입되는 한국 초유의 뮤직드라마다. 나는 노래 〈타인들〉로 인연을 맺은 작곡가 박춘석에게 새로운 형식에 도전해 보자면서 일곱 곡의 주제가를 무료로 작곡해 줄 것을 간청하였다. 드라마의 성공이 불을 보듯 뻔한 터이라 박춘석은 쾌히 승낙하였다. 그때 드라마와 영화에 삽입되었던 멜로디인 〈지금 그 사람은〉과 〈둘이서 가는 길〉은 지금도 불려지는 명곡이 되었음에랴.

사내다움의 대명사와도 같았던 천하의 한량인 박 사장의 마지막 삶은 불행하기 그지없었다. 부나비처럼 몰려들었던 날벌레와 같은 인간들은 실익이 없어지는 그의 주위를 하나하나 떠나갔다. 나는 애써 그분의 마지막 편의를 보살펴 드리곤 하였지만 어찌 그분이 내게 열어 준 신천지의 대가를 온전하게 갚을 수가 있었던가.

다만 인연의 아름다움만이 내 가슴 속에 밝은 빛으로 남아 있을 뿐이다.

역사가 거울임을 모르는 군부독재

　강원도 진부령 정상에 '진부령 미술관'이 우뚝 서 있다. 그 진부령 미술관 관장 전석진(田錫津)은 그야말로 왕년에 이름을 날리던 극영화 제작의 프로듀서였다. 내가 공보부 영화과에 근무할 때 시나리오의 심의를 하면서 그가 제작하는 영화의 사무적인 편의를 도왔던 인연으로 그와의 50년 우정이 지금까지 이어지고 있다.

　그 전석진이 하는 일이 미술관을 운영하는 일이었으므로 화가들과의 교류가 빈번해지는 것은 당연하다. 그 영향으로 나도 화가들과 어울려서 진부령 미술관에서 개최되는 기획전에 다녀와야 하는 기회가 잦아진다. 글을 써야 하는 작가가 30여 명의 화가들과 왕복 네댓 시간 동안 같은 버스 안에서 어울리는 경험, 혹은 소주잔을 기울이면서 얻어지는 천금 같은 지식은 한 작가를 성장하게 하는 에너지가 되고도 남았다.

2012년이 저무는 어느 날, 진부령 미술관에서 전화가 걸려왔다. 사내답고 설득력이 담긴 전석진의 목소리다.

"이거 봐, 신 형. 당신이 쓴 시나리오의 리스트를 전부 뽑아 주었으면 좋겠어."

어디에 쓰려는지는 묻지 말란다. 이를 계기로 나는 비로소 내가 쓴 시나리오의 리스트를 작성하게 되었다. 무려 112편, 당사자인 내가 생각해도 한 작가의 작업량으로는 창피할 정도로 많은 분량이었지만 전석진 관장의 강청대로 그 리스트를 진부령 미술관으로 보냈다.

2013년 새해가 밝았다. 인사동 내 연구실에 두툼한 소포 뭉치가 배달되었다. 보낸 사람이 진부령 미술관의 전석진이라면 그 내용물이 궁금해지는 것은 당연하다. 소포의 포장지를 풀면서 나는 숨막히는 전율감에 젖어야 했다.

아, 그 소포뭉치에는 내가 쓴 시나리오가 영화화되면서 만들어진 선전용 포스터 70여 장이 비닐에 코팅된 채 들어 있었다. 아무리 친구의 배려라 하더라도 이게 어디 말이 되는가. 가슴이 떨리면서 눈물이 왈칵 쏟아지는 감격을 추스를 수가 없다. 더듬더듬 전화기를 찾아서 진부령 미술관과 연결한다.

"여보, 우리 집 가보를 만들어 주었어."

과장일 수가 없다. 한 집안 가장의 업적을 한눈에 살필 수 있는 자료라면 가보이고도 남는다.

"아직 못 찾은 것도 곧 찾아서 만들어 줄게."

인연의 소중함이 이보다 더 절절하고 아름다울 수가 있으랴. 독자들에게 묻노니, 그대들에게도 이런 친구가 있는가. 백 번도 천 번도 더 물어보고 싶고 더 자랑하고 싶은 게 내 본심이다.

그날 밤, 내 집 거실에 가장의 삶이 담긴 영화포스터 70여 장을 나란히 가족들에게 보였다. 비록 전체의 절반 정도의 양이지만, 평생의 고초를 곁에서 지켜 본 아내의 소회야 들어 볼 필요도 없다. 그러나 시아버지의 삶을 확연히 뒤돌아 볼 수 있는 며느리의 감회까지도 그렇다 치자. 어느새 대학생이 된 손녀의 눈앞에 전개된 할아버지 평생의 노고가 그 어린 가슴에도 비로소 확연이 새겨졌을 것이 아니겠는가. 정말 내게는 잊지 못할 순간이 만들어지는 감격이나 다름이 없다.

전석진 관장에게 보냈던 내 시나리오의 집필 리스트는 이렇다.

1961년
「두고 온 산하」

1962년
「사랑은 주는 것」

1963년
「청춘교실」「미스 김의 이중생활」「복면대군」「말띠 여대생」

1964년
「신식 할머니」「신촌 아버지와 명동 딸」「월급봉투」「학생부부」「맨발로 뛰어라」

1965년
「적자인생」「막내딸」「저 하늘에도 슬픔이」「정동대감」「갯마을」

1966년

「소금장수」「소령 강재구」「살살이 몰랐지」「하숙생」「오복문」「심술각하」
「위험한 정사」「회전의자」「생일이 없는 소년」「흑발의 청춘」「특급 결혼작전」
「스파이 제5전선」「양반전」「댁의 부인은 어떠십니까」「종점」「초련」

1967년

「여대생 사장」「조용한 이별」「팔도강산」「어느 여비서의 고백」「산불」「타인들」「비련」
「너와 나」「서울은 만원이다」「어명」「길을 묻는 여대생」「개살구도 살구냐」
「명월관 아씨」

1968년

「백야」「오대 복덕방」「청춘고백」「자주댕기」「오월생」「슬픔은 파도를 넘어」
「(속)팔도강산」「창공에 산다」「지금 그 사람은」「미니 아가씨」「이상의 날개」
「돌아온 왼손잡이」

1969년

「독 짓는 늙은이」「내 생애 단 한 번」「야성녀」「부각하」「아무리 미워도」「봄·봄」
「산울림 칠 때마다」「이대로 간다 해도」「투명인간」「250조」「팔도사위」
「동경의 왼손잡이」

1970년

「지하여자대학」「여보」「천사여 옷을 입어라」「굿바이 동경」「EXPO 70 동경작전」
「해변의 정사」「그분이 아빠라면」「동경을 울린 사나이」「미행자」
「(속)저 하늘에도 슬픔이」「할아버지는 멋쟁이」

1971년

「내일의 팔도강산」「오빠」「타이페이 삼만리」「인간 사표를 써라」「기러기 남매」
「아름다운 팔도강산」

1972년

「지프(Jeep)」「별난 장군」「쟉크를 채워라」「항구의 등불」

1973년

「어머님 용서하세요」「육군사관학교」「눈물의 웨딩드레스」「처녀사공」「수선화」
「청춘 25시」「별난 장군과 팔도부하」

1974년

「아내들의 행진」「꽃상여」「울지 않으리」「연화」「(속) 연화」

1975년

「꽃과 뱀」

1976년
「돌아온 팔도강산」 「홍길동」 「야간학교」

1978년
「비련의 홍살문」 「관세음보살」 「너의 창에 불이 꺼지고」 「세종대왕」

1979년
「을화」

1980년
「미워도 다시 한번」

1989년
「마유미」

앞에서도 잠시 적었지만, 한 시나리오작가의 작업량으로는 많다기보다 창피할 정도의 엄청난 분량이다. 그렇다고 하더라도 과장된 것이 아니라 실증이 있는 것이라면 집필의 과정 혹은 방법 등에 관해서도 대충은 적어야 할 것 같다.

서재는 있었어도 잡다한 가정사와 내객들의 습격과도 같은 방문으로 조용히 집필할 수 있는 나만의 시간을 갖기가 어려웠던 시절이라 밤을 새워 집필하는 경우가 비일비재하였다. 해가 뜨면 잠깐 눈을 부치고, 요기는 하는 둥 마는 둥 또 집필에 몰두해야 하는 지경이면 건강을 보살필 겨를도 없다. 해결책은 나와 가족들만이 아는 은밀한 집필실을 마련하는 길뿐이다.

도심과 멀리 떨어진 수유리 밖 '그린파크호텔'이 적지로 선택되었다. 산책하는 길, 오락, 운동시설이 갖추어진 특급호텔이다. 시나리오 한 편만 청탁받는 것이 아니라, 때로는 두 편, 세 편을 동시에 집필해야 할 때가 있다. 게다가 당시의 영화제작은 기획(企劃)의 전쟁이나 다름이 없었던 까닭으로 집필에 대한 독촉 또한 전쟁이나 다름이 없다. 그럴 때는 호텔 방 세 개를 동시에 쓰게 될 경우도 있다. 청탁한 영화사별로 집필실을 따로 마련해야 비즈니스가 편하기 때문이다. 믿기 어렵겠지만 믿어줘야 한다. 나는 지금 거짓말을 써서는 안 되는 글을 쓰고 있기 때문이다.

그린파크호텔에서의 작업은 순조롭고 의미도 깊었다. 집필도 자유로웠거니와 휴식하는 일도 나무랄 데가 없어서다. 거기에 또 한 가지 경사가 겹친다. 평생의 진로를 좌우하게 되는 새로운 인연이 싹텄기 때문이다.

당시 동양방송(TBC-TV)의 잘 나가던 김재형(金在衡) PD가 느닷없이 호텔로 찾아와 정중하고도 간곡하게 청했다.

"형님, 저하고 사극(史劇) 한 편 합시다."

"당신, 돌았어…!"

풀쑥 튀어나온 내 반문이다. 내가 사극을 쓰다니, 이게 어디 말이 되는가. 그때 내가 갖고 있었던 역사에 관한 지식은 학교에서 배운 교과서의 언저리, 그리고 춘원 이광수의 소설『단종애사』, 금동 김동인의『운현궁의 봄』, 월탄 박종화의『금삼의 피』, 『다정불심』을 읽은 정도가 전부다.

김재형 PD의 설득은 간곡하면서도 집요하였다. 나는 그의 요청을 뿌리치지 못한 채 동양방송국의 편성국 홍두표 부장(후일의 KBS 사장)과 마주앉게 되었다.

"신 형, 지금은 이서구(『장희빈』), 김영곤(『왕비열전』) 선생이 사극을 쓰고 있지만, 그분들이 돌아가시면 누가 사극을 써야할지 심각하게 생각해 보아야 할 때가 아닙니까."

아, 전광석화와 같이 스쳐 지나가는 충격이 있었다. 이서구, 김영곤 선생은 이미 노년기에 들어서 계시다. 어쩌면 이 땅의 TV 역사드라마의 존폐가 내 양어깨에 달려 있을지도 모른다는 생각이 나를 몸서리치게 하였기 때문이다.

"하겠습니다."

홍두표 부장은 활짝 웃는 얼굴로 기획된 내용을 일사천리로 뽑어낸다. 포맷은 15분짜리 일일연속극, 소재는 연산군의 일대기, 주연은 김세윤·고은아, 연출은 김재형, 타이틀은 「사모곡(思母曲)」, 주제가는 이미자가 부른다. 그렇다면 내게는 쓰는 일만 맡겨진 꼴이나 다름이 없다.

새로운 일에 부닥칠 때마다 내 자력으로 해결했던 자부심도 지금은 아무 소용이 없다. 연산군의 일대기가 적힌 사료(史料)가 무엇인지, 또 어디에 그런 것이 있는지조차 모르는 판국이라면 말해 무엇하랴. 어디 가서 무엇부터 해야 하나. 머릿속이 백지장처럼 하얗게 바래지는데도 대책이 없다.

궁하면 통한다고 했던가, 떠오르는 이름이 하나 있다. 고전문학에 해박한 문우이자 소설가인 안동림(安東林)을 찾아가 구원을 청하면 해결책이 제시되지 않을까. 안동림은 내 딱한 사정을 세세히 듣고서도 장난처럼 간단하게 대답한다.

"연려실기술을 읽어 보라마."

안동림은 북쪽이 고향이라 짙은 평안도 사투리를 구사한다. 평안도 사투리에 실려서 흘러나온 『연려실기술』이란 책이름을 나는 알아듣질 못했다. 부끄럽고 참담한 고백이지만 『연려실기술(燃藜室記述)』이란 책이 있는지도 몰랐을 정도로 역사에 대해 무지했던 시절이다. 생소한 정보지만 백방으로 수소문하여 『연려실기술』 국역본(國譯本) 14권을 구입하였다. 〈고전국역총서〉의 시리즈로 출판된 낯선 책이다.

차례를 살피면서 내용을 점검하다가 마침내 「연산군고사말본(燕山君故事末本)」이라는 대목을 찾아냈다. 드라마를 쓰기 위해서는 중요한 인물과 사건을 노트에 옮기면서 읽어야 한다. 그런데 이게 무슨 변인가. 그 내용이 도무지 생소하지가 않다. 생소하지 않을 뿐만이 아니라, 내가 알고 있는 연산군에 관한 내용이 고스란히 적혀 있었음에랴. 처음 접한 고전 역사서적에 적힌 내용을 내가 빠삭하게 알고 있다니 이게 어디 말이 되는가. 그리고 곧 알게 되었다. 이 나라 역사소설의 개척자요 상징이나 다름이 없는 월탄 박종화(月灘 朴鍾和)의 대표작 『금삼(錦衫)의 피』가 그대로 「연산군고사말본」이었다면 어찌되는가.

역사문학이라는 새로운 장르로 들어서야 하는 나는 배신감으로 얼룩진 또 장님이 코끼리 다리를 더듬는 격으로 원고지를 한 칸 한 칸을 메워가기 시작하였다. 그 미지의 세계를 혼자 힘으로 뚫고 가야하는 것은 문자 그대로 형극의 길이나 다름이 없었으나, 다른 한

편으로는 자긍심 넘치는 일이기도 하였다. 그리고 내 두 어깨에 중대한 책무가 실리고 있다는 사명감을 곱씹으면서 역사드라마라는 거친 물줄기를 헤집기 시작하였다.

TBC-TV의 일일연속으로 방영되는 역사드라마 「사모곡」은 높은 시청률에 힘입어 절찬리에 방영이 되었으나, 나로서는 죽을 고비를 넘길 만큼 고통스러웠던 첫 역사드라마였다. 사료를 찾는 일이 쓰는 일보다 더 어려웠던 탓으로 두 번 다시 그런 고통을 경험하고 싶질 않았기에 다시는 역사드라마를 쓰지 않겠노라고 방송국에 통고를 했다.

홍두표 부장의 설득은 다시 한 번 나를 궁지로 몰아넣었다.

"사료를 찾기가 버거우면 사실(史實)과 상관이 없는 창작사극을 쓰면 될 것이 아니요!"

그렇게 쓴 내 두 번째 역사드라마가 저 유명한 「연화」다. 시대도 인물도 스토리도 모두가 내 창작인데도 폭발적인 시청률로 장안의 화제를 모았고, 정진우 감독이 영화로 제작하면서 상·하 두 편으로 만들어야 할 정도로 풍부한 스토리를 담고 있다.

일테면 혜성처럼 등장한 역사드라마작가라는 영예를 안고 나는 그 방면의 전문작가로 변신하게 된다. 방송국에서도 그런 변화의 바람을 이용한 재빠른 기획을 시도한다. 역사드라마의 대명사로 자리 잡게 되는 〈조선 여인 5백년〉 시리즈는 그렇게 탄생되었다. 기존의 「사모곡」은 그 시리즈에 포함되지 않았으나, 제1화가 「연화」였고, 그 뒤를 이어 집필되는 「윤지경」, 「인목대비」, 「별당아씨」,

첫 사극 「사모곡」 촬영 현장

「임금님의 첫사랑」 등으로 이어지는 역사이야기는 폭발적인 시청률을 기록하면서 그 시간대는 수돗물의 사용이 전무하였다는 진기한 기록까지 남긴다. 그러나 다른 한 쪽에서는 정사(正史)의 범주를 지나치게 벗어난 야사(野史)여서 국사정신을 훼손한다는 질타가 이어지기도 하였다. 그 질타가 나로 하여금 반성과 성찰의 기회를 앞당기게 하는 영약이 된다.

정사(正史)에 도전해서라도 새로운 역사드라마의 방향을 제시해야 한다는 야심찬 다짐을 거듭하고 있으면서도 상업방송국에 전속(專屬)으로 묶여 있었던 처지로는 재미를 위주로 한 드라마를 써야 하는 이율배반에 시달릴 수밖에 없다.

사람의 두뇌에는 두 가지 생각을 동시에 굴릴 수 있는 기능이 있음을 나는 일찍이 체험으로 터득한 바가 있다. 그린파크호텔에서의 시나리오 작업은 대개가 두세 편의 시나리오를 동시에 써야 하는 과정이었지만 대과 없이 끝낼 수가 있었던 것은 기초자료가 튼실하게 준비되어 있었던 탓이다. 지금 쓰고 있는 드라마가 아무리 흥미 위주로 씌어진다 하더라도 결국은 정사의 뿌리에서 함께 자란 곁가지들이 아니겠는가.

나는 곁가지보다는 본줄기에 매달리고 싶었다. 현실적으로는 곁가지에 매달릴 수밖에 없지만, 머릿속에는 우람하게 서 있는 나무 전체와 곧은 본가지가 언제나 내 마음속에 들어와 있었다. 이 땅의 정통사극의 틀을 세우겠다는 일념으로 정사사료(正史史料)에 도전하리라는 학구적인 탐구를 함께하기로 다짐한 것도 그 때문이다.

바로 그 결기가 국보151호인 『조선왕조실록』에 도전하는 일이었다. 그러나 아직 국역(國譯)이 시작도 되지 않았던 시절이라, 모두가 한자로 된 원본에의 도전은 당연히 지지부진할 수밖에 없다.

그 열망을 앞당기게 하는 소중한 인연이 내 앞에 광명천지처럼 또다시 다가왔다. 오랫동안 몸담았던 동양방송을 떠나 MBC-TV로 전속사를 옮기면서 함께 역사드라마를 만들어갈 표재순(表在淳) PD와의 만남은 내 인생을 다시 송두리째 바꾸어 놓는 계기가 되었다. 문화방송 또한 상업방송이었으므로 시작은 『단종애사』를 기둥으로 한 「고운님 여의옵고」와 같은 익히 아는 야사적인 소재를 기둥줄거리로 삼으면서도 지금까지 소외되고 잘못 알려진 대표적인 인물인 신숙주(申叔舟)와 한명회(韓明澮)를 긍정적인 인물로 재해석하여 수양대군의 주변을 그려가게 되자 같은 야사 위주라고 하더라도 조금은 격이 높아진 역사드라마로 평가되면서 식자층을 자극하게 되었다.

기회는 준비된 사람에게 온다는 격언처럼 지금까지의 타성에서 벗어날 수 있는 결정적이 계기를 맞았다. 3·1절 특집드라마를 쓰게 된 계기가 바로 그것이다. 포맷이 90분짜리 3부작이라면 극영화의 시나리오 세 편에 해당하는 그야말로 방대한 편성이다. 주간연속극도 아닌 일일연속극에만 매달려 있던 내게는 몸속에 간직된 능력을 길어 올릴 수 있는 절호의 기회가 아닐 수 없다.

1905년 '을사늑약'으로 온 강토가 나라 잃은 설움에서 신음할 때 분연히 일어서서 조국을 위해 목숨을 던진 면암 최익현(勉庵 崔益鉉)

선생의 일대기를 간추리기로 하였다. 달콤새콤한 일일 역사드라마라는 역사의 곁가지에서 쭉쭉 뻗은 본가지로 옮겨 가는 절체절명의 기회를 놓친 대서야 말이 되는가.

천신만고 끝에 탈고한 초고를 읽어 본 표재순 PD는 가타부타 말도 없이 20여 권의 참고서적을 집으로 보내왔다.

"전부 읽기는 부담이 될 것 같아서 꼭 읽어야 할 대목만 따로 표시를 해 놓았습니다."

표재순 PD가 표시해 놓은 대목을 모두 읽고서야 내가 쓴 초고가 휴지조각임을 자각하게 되었다. 창피하고 부끄러워 고개를 들 수가 없었지만, 그래도 물어보지 않을 수가 없다. 대학에서 무엇을 전공했느냐고.

돌아온 대답은 나를 옥죄는 형구(刑具)였다. 연세대학교의 역사학과를 졸업하였고, 한국사를 전공하였으며, 지도교수가 손보기(孫寶基) 박사라면 어찌되는가. 그야말로 임자를 만난 꼴이나 다름이 없다. 그때 나는 한국사를 전공한 표재순 PD에게 다시는 약점을 잡힐 수가 없다는 다부진 각오와, 오히려 앞장서서 그를 끌면서 가야겠다는 오기가 발동하였다. 국보 『조선왕조실록』을 완독하는 일만이 오늘의 수모에서 헤어나는 길임을 다짐하고 또 다짐하였다.

무위도식은 절대금물이다. 편하게 잠을 자는 것은 비렁뱅이나 하는 짓이다. 식사하는 시간도 아껴야 한다. 나를 조여야 살아남는다. 그랬다. 정말 그랬다. 저 방대한 『조선왕조실록』에의 도전은 그렇게 시작되었고, 〈정사(正史)의 대중화(大衆化)〉라는 기치를 세울 것을 마음속에 다짐한 일도 여기서 시작되었다. 물론 훗날 나는 이런 일들을 아무 가식도 없는 솔직한 심정으로 표재순 PD에게 고백하기도 하였다.

신나고 즐거운 일에는 마가 낀다하여 '호사다마'라는 말을 즐겨 쓴다. 새로 KBS-TV의 보도국장으로 취임한 최서영이 그쪽 방송국에 역사드라마를 한 편 써 줄 것을 강청한다. 최서영 국장은 나와 초등학교 동기동창이면서 굴지의 언론사 정치부장 출신이다. 그렇다고 하더라도 전속사의 허락 없이는 옮겨 갈 수가 없는 것이 내 부담스러운 처지다. 최서영 국장은 같은 언론계 출신인 MBC-TV의 박근숙 제작상무를 설득하여 딱 한 편만 빌려 쓰기로 양해가 되었다면서 집필을 서둘잔다. 방송국 간부들의 야합으로 전속작가를 빌려 쓰는 해프닝이 벌어지게 된 셈이다.

정사사료에의 도전을 꿈꾸고 있었던 나는 태종 이방원을 중심으로 조선왕조 초기의 건국비화를 쓰겠다고 제의하였다. 조선왕조의 역사 중에서 그때만큼 박력 있고 볼륨 넘치는 시대는 없다. 제목은 내용에 걸맞게 「왕도(王道)」라 하였다. 신문기자 중에서도 정치부장 출신인 최서영 국장의 적극 찬성으로 드라마는 순조롭게 제작이 되었고 첫 전파가 발사되었다.

억수같이 쏟아지는 장맛비를 뚫고 이성계는 위화도에서의 회군을 단행한다. 이성계에 의한 역성혁명(易姓革命)이 주도면밀하게 진행되면서 이방원의 사주로 목자득국(木子得國: 이씨가 임금이 된다는 뜻)이라는 풍설이 퍼져나간다. 때로 여론은 인위적으로 만들어지기도 한다는 아이러니를 실증적으로 그리면서 이성계에 의해 주도되는 조선왕조 창업이 기정사실이 되어가는 과정이 박진감 넘치게 진행된다. 의도적인 것이 아니었다 하더라도 박정희 장군의 5·16 군사 쿠데타와도 절묘하게 겹쳐지는 대목이다.

문제가 생긴 것은 그 다음부터다. 두 번에 걸친 골육상쟁인 왕자의 난을 주도하면서 이방원은 마침내 왕위에 오른다. 그는 무소불위의 왕권을 휘둘러 많은 사람들의 생목숨을 무자비하게 앗아낸다. 바로 그 과정이 박정희 대통령의 이른바 시월유신과 겹쳐지면서 이방원 정치의 난폭함이 박정희 정치의 난폭함과 겹쳐 보이기 시작하면서 청와대 쪽의 제재가 시작된다. 처음에는 완성된 드라마의 화면을 잘라내기 시작하더니, 그 다음부터 원고의 내용을 이리저리 고치라는 압력을 가하기 시작하였다. 나는 『조선왕조실록』의 기록을 제시하면서 역사는 권력이 간섭할 수 있는 대상이 아님을 역설하였다. 그런 당연한 저항도 유신을 앞세운 군사정권의 서슬 앞에서는 무력할 수밖에 없다.

드디어 일일연속극으로 방영되던 인기드라마 「왕도」는 유신정부의 강압으로 주간연속으로 포맷이 바뀌게 된다. 이 같은 돌발적인 편성의 변화는 언론에 대한 테러나 다름이 없는데도 도하의 언론이 입 다물고 구경만 할 정도라면 지식인 사회의 몰락이라 하여도 변명할 여지가 없다. 그런 부당한 압력이 있다고 하더라도 이미 기

KBS 보도국장, 방송총국장, 코리아헤럴드 사장을 역임한 외우 최서영

록된 역사의 내용이 바뀌지는 않는다. 오히려 주간연속극의 특성상 드라마투르기는 더 강력하게 전개되기 마련이어서 시청자들에게는 전혀 손해될 일이 아니다.

유신 군사정권에 의한 간섭은 도를 더해 간다.

"서둘러 세종에게 양위하시오!"

정부가 집필중인 작가에게 요구하는 강압으로는 참으로 터무니 없는 노릇이지만, 막바지에 접어든 군사정권의 광태를 당해낼 사람은 없다. 서둘러 줄거리를 바꾸자면 드라마의 내용도 건너뛰고 뒤집혀야 한다. 쫓기듯 태종 이방원은 세자 충령대군에게 양위를 한다. 갑자기 드라마가 세월을 건너뛰자 시청자들이 설왕설래하기 시작하였지만, 이미 제도권 언론으로 낙인찍힌 신문이나 라디오의 뉴스도 꿀 먹은 벙어리가 되어 있다. 아이러니가 아닐 수 없다.

유수한 신문사의 정치부장 출신이면 시대를 읽는 시각이 두드러질 수밖에 없다. 또 그의 친구들이 청와대나 정부의 요직에 깔려 있으면서도 아무 힘이 될 수 없었던 삭막했던 시대, 막대한 제작비를 투입하면서 의욕적으로 출발한 국영방송의 대하역사드라마「왕도」가 말 그대로 용두사미로 끝나자 이 기획을 주도하였던 최서영 국장은 친구를 끌어들여 일을 저지른 것에 대해 크게 낙담하였고, 그로부터 40여 년이 지난 지금도 나를 만나면 미안해한다.

KBS-TV로 팔려가 정사사료를 중심으로 집필한 의욕작「왕도」가 참담한 실패로 돌아가자 나는 다시 내 전속사인 MBC-TV로 돌아갈 수밖에 없다. 표재순 PD는 상처받은 내 마음을 정말로 따뜻하게 위로해 주었지만, 내 입지는 이미 변해 있었다. 주로 일일연속극을 쓰는 인기작가의 반열에서 주간연속극이나 대형 특집드라마에 더 적합한 작가로 분류되어 있었기 때문이다. 일종의 성장통이라면 어떨지 모르겠다.

일테면 친정으로 돌아와 새로운 출발을 다짐하면서 쓴 6·25 특집드라마 「노병(老兵)」이 성공리에 방영이 되자, 부정선거를 철저하게 파헤쳐 보자는 취지로 선거드라마 「승자와 패자」를 쓰게 되었다. 나는 소위 선거 브로커를 자처하는 사람들을 찾아다니는 등 철저한 취재로 사실감이 넘치면서도 박진감 있는 현장 드라마로 완성을 했다. 탤런트 최불암의 리얼하면서도 열정적인 연기에 힘입어 드라마 「승자와 패자」는 우리가 겪었던 부정한 선거 행태를 낱낱이 고발하는 충격적인 화제를 제공하였다. 당시 중앙선거관리위원회에서는 감사장과 함께 보전된 모든 선거자료를 보내 주었을 정도의 화제작이 되었다.

일일연속극에 매달렸던 내가 사실에 입각한 대형 특집드라마를 쓰게 되면서 드라마를 학구적인 시각으로 궁구하는 일이 몸에 배기 시작하였다. 또 그것은 시대의 흐름이기도 하였다. 바로 그런 무렵에 쓴 또 다른 화제작이 「이심(梨心)의 비련기(悲戀記)」이다.

구한말 초대 주한 프랑스 공사로 취임한 알랭은 미모의 한국 여성과 열정적인 사랑을 나눈다. 그녀의 이름은 이심, 기생이었던 탓으로 조선의 음률에 능했고, 사군자(四君子) 정도의 기본적인 서화도 가능하였던 탓으로 벽안의 서양인 알랭의 넋을 앗아내면서 조선 여인 최초로 푸른 눈의 사내와 열애를 하게 된다. 기생 이심의 헌신적인 사랑에 감동한 프랑스 외교관 알랭은 임기를 마치고 프랑스로 돌아갈 때 그녀와 함께 갔다는 짧은 신문기사가 나와 방송국의 실무자들을 빠져들게 하였다. 그러나 그 소재가 60분짜리 5부작 대형드라마로 만들어지기 위해서는 구한말의 외교사(外交史)를 상세하게 살피지 않고서는 불가능하다.

일본국 근대화 과정인 '명치유신'을 정확하게 알고 싶었던 나로서는 조선의 근대외교사를 살필 수 있는 절호의 기회를 맞은 셈이나 다름이 없다. 나는 기생 이심의 단순한 사랑이 아니라, 복잡하게 얽힌 조선 말기의 외교사를 더듬어 살피면서 원고를 다듬었고, 알랭과 함께 프랑스에 도착한 이심의 일상은 상상을 총동원하여 드라마에 담았다. 이 원고가 채택된다면 프랑스에서의 로케이션이 필요하게 된다. 생각해 보면 엄청난 만용이지만 MBC에서는 아무 조건 없이 프랑스 로케이션을 승인하였다.

나로서는 최초의 유럽여행이지만 관광이란 엄두도 내지 못했다. 주먹구구로 쓴 원고의 내용이 현지의 사정과 전혀 맞지를 않아서다. 나는 로케이션 현장을 돌아다니면서 원고를 다시 손질해야 하는 순발력과 고달픈 일정은 되풀이하면서 무사히 로케이션을 마쳤다. 그리고 5일간 스위스, 로마 등지로 여행을 하는 즐거움을 만끽하였다.

특집드라마 「이심의 비련기」는 나에게 대한제국 말기의 외교사

연출가 표재순

를 점검하게 하는 귀중한 체험을 제공하였다. 또 그것은 일본국의 '명치유신'에 접근하는 일과도 무관하지가 않다. 한일 양국의 근대화 과정을 세세하게 점검하고 이해하는 것은 국가정체성 확립이라는 더 큰 과제에 접근할 수가 있기 때문이다.

내친걸음이라고 했던가. 알게 모르게 학구적인 탐구에 몰입하게 되면서 대학원에 진학하기로 마음먹었다. 50세를 바라보는 나이라면 만용이 되고도 남을 일이지만, 내 모교인 경희대학교 대학원의 입학전형을 치렀다. 여러 모의 인연 때문인지 합격이 허락되었고, 특히 조영식 총장님의 각별한 관심으로 졸업 때까지의 등록금도 전액 면제되는 혜택을 입었다.

공교롭게도 함께 입학한 동기생이 시인 조태일, 소설가 전상국, 김용운 등이었다. 나는 강의가 있는 화요일과 목요일은 어떤 경우에도 원고를 쓰질 않았다. 수업을 마치고 학교 주변의 대폿집에서 폭음을 하고 모든 술값을 내가 지불하는 일이 관례가 되어도 그 모든 것을 학문적인 분위기를 만들어내는 계기로 삼고자 하였다.

3학기는 길지 않았다. 즐겁고 신나기만 했던 시간을 잠깐 사이로 흘려보내고 석사학위 취득을 위한 논문을 쓰게 되었다. 논제는 「역사소설 연구」로 정했다. 그간 역사드라마를 쓰면서 겪었던 일 중에서 정사와 야사로 인한 충돌을 주제로 하여 춘원 이광수, 월탄 박종화 선생의 역사소설이 기존의 사료(史料)와 어떤 관계에 있는지를 구체적으로 실증하는 내용이다. 하늘같이 믿었던, 아니 스승과도 같았던 두 분 선생님의 소설이 정사사료와 얼마나 틀렸는지를 정사와 야사를 곁들어서 입증하는 논문이다. 심사에 임한 황순원 교수님도 또 최동호 교수님도 고개를 갸우뚱거린다. 한국문학사를 다시 써야 할 정도의 충격적인 내용을 담고 있어서다. 그러나 모두가 사실인 것을 어찌하랴.

대망의 문학석사 학위를 취득하였다 하더라도 방송작가의 위상이 달라지는 것은 아니다. 다만 보다 더 책임감 있게 작품에 임하리라는 다짐만은 충만하였다. 그런 인연들이 겹치면서 오래전에 발간되었던 내 최초의 저서인 『시나리오의 기법(技法)』을 전면적으로 개작 보완한 『TV드라마·시나리오 작법』이 고려원에서 간행되었다. 이를 계기로 대학 강단과의 인연이 더 깊은 수렁으로 다가오면서 아직은 젊은 나이로 대종상영화제의 심사위원장에 초빙되는 영광도 입었다.

선배들의 과실이 빚어낸 혼돈 속에서

역사가 문학 분야의 소설에 적용되어 다시 태어난 결과를 '역사소설'이라고 하듯, 영상예술 분야에 역사가 접목되면 사극영화 혹은 역사드라마로 분류된다. 그러나 문학이 문학적인 상상이나, 상징(象徵)에 의해 성립되는 까닭으로 역사에 기술된 내용을 필요에 의해서 취사선택하기가 편한 반면, 사극영화나 역사드라마는 형상(形像 혹은 영상)으로 묘사되고 표현되는 까닭으로 선택의 제약을 받게 되는 경우가 많을 수밖에 없다.

가령 어떤 인물에게 다섯 아들이 있다면 역사소설의 경우는 그 다섯 중에서 작품에 필요한 사람만을 골라서 쓰면 되지만, 영상예술의 경우에는 그 전체를 보여 주지 않으면 안 되는 경우가 있어

작가로 하여금 사실(史實)의 확인을 강요하게 하는 경우가 허다하다. 따라서 사극영화가 있는 곳에는 반드시 고증(考證)의 문제가 제기되는 것도 역사소설이 문자만으로 완성되는 데 비해 사극영화는 영상에 의해 표현되기 때문이다.

그러므로 작가가 쓰는 모든 소설이나 드라마가 픽션의 범주 안에 드는 것은 너무도 당연하지만, 있었던 사건, 실존했던 인물을 다룰 때는 작가에게 주어진 절대권한이나 다름이 없는 픽션도 제한을 받게 된다.

> 23일(계사) 햇무리 하였다.
> 임금이 대제학 신숙주의 처 윤씨의 병이 위독하다는 말을 듣고, 명하여 오빠 동부승지 윤자운(尹子雲)에 약을 가지고 가서 구료(救療)하게 하였더니, 갑자기 부음(訃音)을 듣고 임금이 놀라고 애도하여 급히 철선(撤膳)하게 하였다.
>
> 「세조실록」 2년 1월 23일 조

신숙주의 아내인 윤씨의 죽음을 기록한 「세조실록」의 기사다. 그러나 춘원 이광수의 『단종애사』나, 월탄 박종화의 『목매는 여자』에는 윤씨 부인이 죽지 않은 채 살아서 등장한다. 성삼문을 비롯한 이른바 사육신(死六臣)을 문초한 '병자년의 옥사'는 같은 해 6월 2일부터 시작된다. 그렇다면 신숙주의 아내 윤씨는 옥사가 있기 4개월 전에 이미 죽고 없는 사람인데도 두 소설에서는 살아있는 사람으로 등장시켜 신숙주라는 인물을 배신자로 매도한 세월이 장장

70년이라면 무책임의 극치가 아닐 수 없다.

역사소설이 창작이며 픽션이라는 것은 누구도 반론할 수 없다. 그 창작과 픽션의 영역이 죽고 없는 윤씨를 살려놓을 수는 없다. 이와 같은 잘못이 버젓이 통용되고 있었던 것은 앞에서 지적한 대로 정사와의 접촉이 어려웠던 까닭으로 야사의 기록에만 의지하였던 탓이다.

> 그의 부인은 영의정 윤자운의 누이였다. 공이 세종조의 팔학사에 참예하여 더욱이 성삼문과 가장 친밀하더니 병자년의 난에 성삼문 등의 옥사가 일어났다. 그날 밤 공이 집으로 돌아오니 중문이 환히 열려 있었으나 윤 부인은 보이지 않았다. 공이 방을 살펴본즉 부인이 홀로 다락 위에 올라가 물었더니 대답하기를 "당신이 평일에 성 학사 등과 형제와 다름없이 좋아 지내더니, 이제 성 학사 등의 옥사가 있었다 하니 당신도 반드시 그들과 함께 죽을 것이므로 통지가 있기를 기다려서 자결하기로 하였더니, 이제 당신이 살아서 돌아온 것은 생각 밖의 일이오." 하므로 그가 무연히 부끄러워서 몸둘 곳을 모르는 듯하였다.
>
> 『송와잡기(松窩雜記)』

> 그러나 「식소록」에는 정난하던 날이라 하였으나, 대체 윤씨 부인이 병자년 정월에 죽었고, 사육신의 옥사는 4월의 일이다.
>
> 『연려실기술』

위에 인용한 두 가지 사료는 모두 우리나라의 대표적 야사집인 『연려실기술』의 같은 쪽에 등재되어 있다. 여기서 우리는 같은 책에 실려 있는 서로 상반되는 사료의 잘못된 선택이 얼마나 많은 사람들의 역사인식을 혼란에 빠뜨렸는가를 알게 된다.

『송와잡기』의 내용 중에 신숙주를 매도한 예가 춘원 이광수, 월탄 박종화의 작품을 거치면서 마침내 고등학교 국어교과서에 등재된다. 그리고 수많은 어린 소년들에게 마치 사실처럼 회자되면서 정사를 아득히 멀어지게 하는 과오가 아무렇지 않게 회자되었다. 춘원, 월탄과 같은 대작가의 명성에만 의존한 탓이다. 그렇다고 하더라도 그런 과오가 장장 70년 동안을 고쳐지지 않고 이어져 온 사실이 우리나라 학자들의 무책임과도 연결되어 있음을 입증한다. 천만다행으로 뜻있는 사람들에 의해 그 기록이 잘못 되었음이 확인되어 교과서에서는 삭제되었어도, 그 후유증은 너무 커서 그로부터 40여 년의 세월이 다시 흐른 지금도 '신숙주는 배신자'라는 잘못된 역사인식에서 헤어나질 못하고 있다.

이 엄연히 잘못된 현실을 고쳐나가지 않고는 제대로 된 역사드라마작가가 될 수 없다는 반성과 의욕이 내 의식의 주변에서 떠나지 않는다. 등장하는 한 인물을 제대로 그리자면 보학(譜學)에 접근해야 한다. '보학'이란 족보에 관한 연구에 학문적인 의미를 부여한 말이다.

당시 국립도서관은 남산에 있었다. 그 5층 휴게실에 보학에 통달한 노인들이 상주하듯 모여 계셨다. 예컨대 '오리 이원익'에 관한 것을 알고 싶다고 말하면 그분의 가족사항은 물론 그 척분, 사돈에 이르는 혼맥(婚脈)까지도 일사천리로 설명된다. 말 그대로 인물사(人物史)의 보고나 다름이 없다. 게다가 헤어질 무렵이면 그분의 족보까지 찾아서 복사를 해 준다.

역사드라마를 잘 쓰기 위해서는 '인물사'에 능통해야 하는 것은 두말 할 것도 없다. 또 그분들에 관련된 보학에 능통해야 한다. 고백하거니와 나는 조선사를 공부하면서 역사학자의 도움을 받지도 않았거니와 원치도 않았다. 그들은 연도(年度)에 익숙한 것은 사실이지만 인물사의 연구를 소홀히 하고 있었기 때문이다. 그러니 도서관에서 만난 나이 드신 어른들이 내 스승이 될 수밖에 없다. 그 무렵을 전후하여 출판사 탐구당에서 『조선왕조실록』의 영인본이 출간되었다. 내게는 하늘이 내리는 은혜가 아닐 수 없어도 정확히 읽을 수 있는 능력이 없다. 한문에 대한 식견이 짧아서다. 그러나 국립도서관에 출입하는 나이 드신 어른들은 그 『조선왕조실록』을 마치 소설책을 대하듯 자유롭게 읽을 정도로 한학에 능통한 어른들이다.

그분들 중에 유독 나를 아끼고 독려하는 김영익(金榮翼)이라는 어른이 계셨다. 나는 그분을 스승으로 섬기면서 『조선왕조실록』의 완독에 도전하게 되었다. 『조선왕조실록』을 읽어가는 김영익 선생의 낭랑한 목소리는 내 젊음의 길잡이가 되었고, 또 그분의 해박한 보학은 나에게 사람을 살피는 눈을 뜨게 해 주었다. 내가 쓰는 역사드라마가 정사(正史)의 범주로 들어서면서 내 평생의 지표인 〈정사(正史)의 대중화(大衆化)〉라는 화두는 이렇게 자리 잡아가기 시작하였다.

한일 첫 합작드라마 「여인들의 타국」

　『조선왕조실록』완독의 도전은 결단코 쉬운 일도 아니거니와 단숨에 달려갈 일은 더욱 아니다. 게다가 별로 재미없는 읽을 거리여서 완급의 조절이 필요한 대장정이나 다름이 없다. 쉬어야 할 때마다 다시 일본에 다녀올 궁리가 달아오른다. 지난번의 여행처럼 맹목적이 아니라 이번부터라도 장차의 한일관계에 교량이 되어 내 뒤를 따르는 사람들의 길잡이가 되어야겠다는 은근한 다짐을 하면서 일본 쪽의 카운터파트너를 찾기로 하였다. 동년배의 시나리오 작가 중에서도 작품의 경향이 비슷하면서도 기백이 있는 인품을 선택할 수가 있다면 얼마나 다행이겠는가.

　일본에서 발행되는 월간『시나리오』,『키네마 순보』,『영화평론』

등을 샅샅이 뒤져서 근성이 있는 작가 한 사람을 찾아냈다.

시나리오작가 야마타 노부오(山田信夫)는 1932년생, 나보다 한 살 위고, 대작 「인간의 조건」을 써서 이미 필명을 날리고 있는 군계일학격인 젊은 시나리오작가였다. 만에 하나라도 그와 손을 잡고 한국과 일본의 영화를 연결하는 교량이 될 수 있다면 먼 훗날을 위해서라도 얼마나 보람 있는 일이겠는가.

일본으로 달려가기에 앞서 그에게 내 본심을 담은 신중하면서도 간곡한 편지를 보냈다. 물론 힘을 합쳐 한일관계의 미래는 물론, 아시아의 영상문화를 이끌어 가자는 조금은 거창한 내용을 담았다.

동경에 도착한 나는 벼르고 별러서 그 야마타 노부오 작가에게 전화를 걸었다가 기겁을 할 만큼 놀라운 반응을 접했다.

"북에서 오셨습니까. 남에서 오셨습니까?"

"남에서 왔습니다."

"미안한 말이지만, 지금 당장은 시간을 낼 수가 없습니다."

대체 이게 무슨 오만인가. 나는 전화를 끊으면서 분노로 몸을 떨었다. 식민지 시대에 겪었던 일본인의 멸시를 다시 받는 것과 같아서다. 그러나 나와 함께 한일 영화교류에 앞장서야 할 사람으로 지목한 대상이라면 포기할 수가 없다. 수소문 끝에 그의 문하에 입문하여 시나리오 「테스노 궁캉(哲의 軍艦)」으로 일본국 시나리오작가협회가 주관하는 공모에 당선한 한국여성이 있음을 알아냈다. 여성지 『여원(女苑)』의 동경주재원인 이인선 여사였다.

얼굴을 붉히면서 울분을 토하는 내 얘기를 들은 이 여사는 스승인 야마타 노부오의 인품이 그렇게 옹졸하지 않다면서 함께 가자고 먼저 청한다. 두드리면 열린다는 말 그대로다. 나는 이 여사와 함께 동경 외곽에 위치한 사쿠라조스이(櫻上水)로 향했다. 조금은 어색한 분위기였지만 이 여사의 덕분으로 나는 그의 집필실로 안내되었다.

아, 그도 나와 같이 온 벽면 가득히 인물관계도와 장면 분할표를 크게 그려서 붙여놓고 미구에 개봉되어 온 일본의 영화관을 뒤집어 엎을 야마자키 도요코 원작의 「화려한 일족」을 각색하고 있었다.

나에 대한 조금은 과장된 이 여사의 소개로 야마타 노부오의 경계심이 풀리는 기미가 보이자 나는 그가 쓴 작품을 소상히 거론하는 것은 물론, 일본영화계에 알려진 그의 작가의식까지 입에 담으면서 열변을 토해 갔다.

"지금은 한일관계가 여의치 않지만, 곧 양국의 영화교류가 필요하게 되고, 나아가서 양국의 영화인들이 힘을 합쳐 아시아의 영상문화를 발전하게 해야 되질 않겠는가."

야마타 노부오는 전적으로 동감한다는 반응을 보이면서도 가슴을 열어 주지는 않았다. 몹시 서운했지만 그날도 첫 전화를 끊었을 때와 같이 참담한 심정을 안고 그의 집을 나설 수밖에 없었다.

그 후, 10여 년 동안 나는 여러 차례 일본을 방문하게 되었고, 그때마다 야마타 노부오에게 전화를 걸어 그의 근작을 입에 담으면서 우리식 우정을 다짐해 보였으나, 그는 끝내 다시 만날 수 있는 기회조차도 주지 않았다. 그런 수모를 겪으면서도 나는 그와의 인연을 버릴 수가 없었다. 작품에 임하는 그의 태도와 정신이 나와 유사하다고 확신한 때문이다.

그리고 장장 10여 년의 세월이 흐른 1978년의 늦가을 밤으로 기억된다. 느닷없이 걸려 온 연극연출자 이진순 선생의 목소리는 정말로 날 놀라게 하였다.

"신 형, 야마타 노부오라는 일본인 시나리오작가를 잘 안다면서요?"

"그렇습니다만…."

"여기 프라자호텔이에요. 빨리 오세요."

마치 꿈속을 헤매듯 나는 허둥지둥 프라자호텔로 달려갔다. 짝사랑을 하듯 그리던 야마타 노부오는 바로 거기에 있었다. 그는 왈칵 나를 안아 주는 반가움을 보였다. 하기야 13여 년이라는 짧지 않은 세월을 그로 인해 헛되게 흘려보내지를 않았던가.

우리는 그날 밤을 꼬박 새우면서 술을 마셨다. 나는 야마타 노부오의 무정한 오만을 몹시 나무랐다. 그의 대답은 절묘하였다.

"그때 나는 신 선생을 KCIA의 요원으로 알았어요. 군사혁명이 진행중인 때에 일개 시나리오작가가 해외여행을 할 수 있다는 사실, 게다가 신 선생은 나의 모든 것을 일본인보다 더 정확하게 알고 있었다는 점이 날 두렵게 했거든요."

아, 그랬던가. 그까짓 오해야 아무럼은 어떤가. 오랜 세월 동안 마음에 간직하였던 우정을 아름다운 열매로 따면 될 것이 아닌가.

그날 이후, 우리는 서라벌의 고도 경주를 비롯하여 부여, 민속촌, 휴전선 전망대 등을 돌아다니면서 약간은 친북성향이었던 그에게 한국의 문화와 한국의 현실을 정확하게 이해시키면서 오랫동안 궁리하였던 내 속내를 털어놓았다.

"자, 우리의 임무가 무엇인지를 확인하기 위해서라도 오늘 당장 한일 합작영화의 기획과 제작을 추진합시다."

"당연히 그래야지요. 신 선생에게 사과하기 위해서도…."

동년배의 작가들이라 간단하게 의기가 투합되었다. 당시 야마타 노부오의 작가적인 역량은 일본의 TV방송사를 충분히 설득할 수 있는 위치에 있었고, 나 또한 한국의 방송사를 설득할 수 있는 처지였다.

그리고 1년 후, 야마타 노부오는 일본의 유수한 민간방송사인 〈요미우리 TV〉를 설득하였고, 나는 한국의 MBC-TV를 설득하여 양국 최초의 한일 합작 TV드라마의 제작을 추진하게 되었다.

임진왜란을 소재로 한 합작드라마 「여인들의 타국」이 바로 그것이다. 공동 각본을 써야 하는 것은 당연한 것이라 해도, 전인미답의 길이라 등장인물의 균등한 배분, 한국어와 일본어의 사용 빈도, 실제 제작비의 부담, 촬영장소의 선택 등의 조건을 우리 두 사람의 작가가 임의로 정하면 두 나라의 방송사는 우리를 신임하고 따라 주는 정말로 아름다운 합작드라마의 제작이 시작되었다.

한국과 일본을 오가며 촬영이 진행되는 동안, 출연한 연기자들은 말할 나위도 없고 제작과 연출, 촬영, 조명 등 기술에 임한 스태프들의 우정이 눈물겹도록 아름답게 익어가면서 「여인들의 타국」은 한일 최초의 합작드라마로 완성이 되었다.

일본에서는 〈요미우리 TV〉의 제휴사인 NTV에서 방송하기로 하였으나, 한국에서는 일본배우가 출연한다는 이유로 전두환 군사 정권의 방송부적격 판결이 내려지는 어처구니없는 사태에 우리는 책상을 치며 분노하였으나 무지한 그들을 설득할 능력이 없었다.

방송이 나가던 날, 나는 일본으로 달려가 야마타 노부오의 집 넓은 거실에서 일본 측 관계자와 함께 방송을 지켜보게 되었고, 한국의 스태프들도 일본에서 방송되는 시간에 맞추어 모두 같은 자리에 모여 VTR테이프로 ON AIR의 기분을 냈다. 장장 두 시간의 방송이 끝나자 양 팀의 관계자는 눈물을 흘리면서 국제전화로 서로의 노고를 위로하며 아름다운 우정을 나누었던 일을 나는 지금도 자랑스럽게 기억하고 있다.

오랫동안 간직하였던 서로의 소망을 스스로의 힘으로 이루어낸 야마타 노부오와 나의 우정은 한일 양국 방송계와 매스컴의 화제를 모으면서 정말로 아름답게 지속되었다. 그는 한국과 관련된 작품이면 자청하여 집필하였고, 아무리 사소한 일이라도 한국으로 달려와 내게 자문을 청하였으며, 윤시내의 〈열애〉를 들으면서 작품을 쓸 정도로 친한 작가가 되었다. 또 우리 내외가 일본을 방문하면 그는 어떤 경우에도 우리를 호텔에 묵게 하지 않고 자기의 집으로 데려가서 극진하게 예우하여 줄 정도로 인정과 의리가 넘치는 사내였다.

그는 다른 일본인에 비해 코스모포리턴 한 사고를 갖고 있었기에 편협하지가 않았다. 그러므로 한국인들조차도 입에 담기에 거북한 군사독재에 대하여도 혹독할 만큼 자유롭게 비판하곤 하였다. 그런 그의 자유주의자적인 작품성향은 제도권에 대한 비판도 서슴지 않았다.

야마타 노부오는 기회 있을 때마다 내게 주의를 환기시키곤 하였다.

"신 선생, 일본이라는 나라가 언론의 자유를 만끽하고 있는 것으로 보이지만, 아직도 미국을 비방하는 영화는 한 편도 제작된 일이 없어요. 이것은 미국의 방해가 아니라 강한 나라에 약하고, 약한 나라에 강한 일본인의 콤플렉스 때문임을 신 선생만은 알고 있어야 해요."

일본인 지식인들이 특히 한국인에게 우월감을 보이려는 판국에 그는 언제나 내게 바른 일본관을 심어주기 위해 애쓴 단 한 사람의 일본인이었다.

야마타 노부오는 나와 함께 경주의 천마총(天馬塚)을 구경하고 나오면서 눈앞을 가로막는 또 다른 왕릉을 바라보며 진지하게 물었다.

"신 선생, 저 왕릉은 왜 발굴하지 않나요?"

"발굴한다 해도 방금 보았던 천마총의 유물과 비슷한 것이 나오지 않겠습니까."

"아니지요. 확인 할 수 있는 모든 것을 확인하고서야 어설펐던 역사가 정도를 찾게 됩니다."

야마타 노부오의 대답이 너무도 진지하고 단호하여 나는 일본인 지식인의 내심을 찔러보았다.

"그것이 사실이라면…, 일본에서는 왜 천황의 무덤을 발굴하지 않나요?"

야마타 노부오는 잠시 어이없다는 시선을 보내다가 정말로 진지하게 대답했다.

"만일 천황의 무덤을 발굴하였다가, 신라나 백제라고 새겨진 유물이 나온다면 어떻게 되겠습니까. 그렇게 되면 일본의 황실뿐만이 아니라, 일본이라는 나라의 근본이 무너질 위험이 있는데도…, 신 선생 같으면 그런 위험을 무릅쓰고라도 천황의 무덤을 발굴하겠습니까."

그때 나는 야마타 노부오의 지식인다운 모습에 정말로 마음으로부터 존경의 의사를 표하였다.

일본에 관한 한 그는 진정 내 스승이었지만, 애석하게도 그는 65세를 일기로 세상을 떠났다. 그의 아내 슈미(秀美) 여사가 쓴 육필 (일본에서는 워드프로세스가 대중화 되었는데도…) 편지에는 "악성임파종에 의한 급성 출혈 때문"이라고 적혀 있었고, 이어 "망부(亡夫)는 죽는 순간까지 자신은 건강하다고 믿고 있었습니다."라는 정말로 가슴 아픈 사연으로 내게도 건강에 조심하라는 당부가 담긴 정겨운 메시지를 보내 주었다.

심수관, 조선 도공 400년의 한

애기는 잠시 다시 앞으로 올라갈 수밖에 없다.

일본인 시나리오작가 야마타 노부오가 나와의 교류를 거부하였을 때의 내 심정은 참기 어려울 정도로 참담하였고, 또 분노가 들끓어 올랐었다. 혼자서 술을 마시면서 울분을 토하기도 하였고, 때로는 낯선 동경의 거리를 무작정 걷기도 하였다.

그 무렵, 일본을 대표하는 걸출한 역사소설가인 시바 료타로(司馬遼太郞)가 쓴 역사소설 『고향을 어찌 잊으리까』를 접하게 되었다. 소설의 책장을 넘기면서 나는 상당한 흥분과 부끄러움을 함께 느꼈다. 솔직히 말해 이렇게 엄청난 애깃거리가 있었던가 하는 것이 부끄러움의 요인이었고, 이런 애기를 왜 일본인 작가가 써야 했으며, 우리나라의 작가들은 대체 뭐하고 있었을까 하는 것이 분노를 자극하는 요인이었다. 그러나 부끄러워만 할 수 없었고, 흥분만 할 수가 없었다.

적을 알아야 전쟁에서 이긴다는 고사가 있다. 나는 그 소설을 다시 읽었다. 읽고 또 읽었다. 그런 과정에서 시바 료타로라는 작가가 아무리 일본을 대표하는 걸출한 역사소설가라고 하더라도, 그가 일본인이었기에 조선인을 정확하게 묘사하기에는 부족함이 있었고, 그로 인해 소설의 내용에 잘못된 부분이 있음을 발견하게 되었다.

사실을 바로 알기 위해서는 일본으로 달려가 현장을 확인해야 한다. 그러나 TV일일연속극을 쓰고 있었던 탓으로 시간을 낼 수가 없어 초조한 마음을 견딜 길이 없었는데, 또 하나의 일본 소설을 접하게 되었다. 이와타 레이몬(岩田玲文)이 쓴 『이조도공(李朝陶工)의 말예(末裔)』라는 장편소설이다. 이 소설도 앞서 거론한 시바의 작품과 같은 시대를 다루고 있으면서 똑같은 잘못을 저지르고 있다. 이때는 흥분도 아니며, 부끄러움도 아니며, 그 소재는 오직 한국인, 한국 작가의 손에서 다시 씌어져야 한다는 오기가 발동하였다.

1977년 5월 19일, 나는 사쓰마야키(薩摩燒)의 고장으로 가는 비행기에 올랐다. 어느 때보다도 가슴이 뿌듯했던 점은 자비를 들여 해외취재에 나섰다는 사실이다. 이때까지 한국의 작가들이 자비로 해외에 취재를 떠난다는 것은 상상도 하기 어려운 시절이었기에 나에게는 큰 자부심 넘치는 두근거림도 있었다.

일본국 규슈(九州) 땅.

4백 년 전인 임진·정유년의 왜란 때 10만여 명이라는 엄청난 숫자의 조선인이 전쟁포로로 끌려와 오늘까지 살고 있다면 우리와는 아주 무관한 땅일 수가 없다. 조금 성급하게 얘기를 몰아가 본다면, 그때 왜병들에게 잡혀 온 10만여 명의 조선인 포로 가운데 약 5만여 명이 포르투갈이나 네덜란드 등에 인신매매로 팔려갔고, 나머지 5만여 명의 남녀가 이 구주 땅에서 뿌리내리면서 자손을 번창하게 하였다는 일본쪽 기록이 있다. 그 세월이 4백여 년이라면 지금의 구주인들은 거의 모두가 조선인의 피를 받고 있다 해도 큰 무리가 아니다.

이 같은 사실을 규슈대학 교육학부의 요츠모토(四本) 교수부장은 더 극명하게 말해 주었다.

"'거의'가 아니라, '모두'라고 해야 합니다."

또 내가 타고 있는 택시기사의 말은 더 흥미로웠다. 그는 까치가 날아가는 것을 보면서 "저 새 이름이 무엇인지 아느냐?"고 묻기에 "가사사기(かささぎ: 까치의 일본어)"라고 했더니 "아닙니다. 저 새는 '까치 가라스(까치 가마귀)'라고 합니다. 한국에서 온 새기 때문입니다."라고 정정을 해 주었을 정도라면 규슈 사람들의 친 한국적인 성향을 짐작하고도 남는다. 게다가 규슈지방에서 가장 높은 고원인 기리시마국립공원(霧島國立公園)의 주산을 한국악(韓國岳: 해발 1,700m)이라고 표기했을 정도다.

초행길이면서도 어쩐지 낯설지 않은, 아니 정겨운 곳으로 느껴
진다면 편안한 여행이 될 것이라는 안도와 기대를 갖게 한다.

후쿠오카(福岡) 국제공항에 내려서 잠시 쉬고 다시 일본 국내선
으로 바꾸어 타고 가고시마(鹿兒島)로 향했다. 가고시마는 일본인들
이 동양의 나폴리라고 자랑할 만큼 아름다운 항구도시다. 긴고오
만(錦江灣)의 한가운데에 떠 있는 그림같이 아름다운 사쿠라지마(櫻
島)는 그대로 활화산이라 그날도 검은 분연을 내뿜고 있었다. 종이
우산을 받쳐 들면 모래알 같은 화산재가 떨어지면서는 마치 싸락
눈을 맞을 때처럼 사각사각 하는 소리를 낸다. 두말 할 것도 없는
이국풍경이 아닐 수 없다.

승용차로 가고시마시내에서 서쪽으로 달리면서 바라보는 일본
특유의 농촌풍경은 아름답고 평온하다. 50여 분가량 달려서 이주
잉(伊集院)이라는 작은 도시를 지나자 히가시 이치키(東市來)의 아담
한 마을 풍경이 한눈에 들어온다. 거기서 5분 거리에 유노모토(湯の
元)라는 이름난 온천지역이 있다. 유황냄새가 물씬 풍기는 일본식
여관인 하루모토 소(春本莊)에 여장을 풀었다.

심수관 선생 댁에 전화를 걸어 방문할 뜻을 전했다. 와도 좋다
는 대답을 받은 다음, 그렇게 가고 싶었던(아니 가야했던) 미야마(美山)
로 달려갔다. 택시로 10분 정도의 거리다. 지금은 '미야마'라 부르
지만 이 지역의 옛 이름이 저 유명한 '나에시로가와(苗代川)', 조선인
도공들이 전쟁포로로 끌려와서 뿌리내린 유서 깊은 고장이다.

미야마로 들어서는 초입에 〈사쓰마야키의 발상지(發祥地)〉라는 커다란 선전 입간판이 서 있어 낯선 방문객의 가슴을 설레게 한다. 사쓰마야키(薩摩燒)란 일본이 세계에 내놓고 자랑하는 도자기의 이름이다. 바로 이 세계적인 명품 사쓰마야키가 전쟁포로로 잡혀온 조선인 도공들의 손에 의해서 처음 빚어졌다는 사실, 그 사실의 뿌리를 캐러 오는 나에게 〈사쓰마야키의 발상지〉라는 입간판이 주는 인상은 하나의 충격이며 흥분이고도 남았다.

거기서 나직한 언덕을 하나 넘으면 조용하고 아름다운 마을이 눈에 들어온다. 아늑한 분지로 되어 있어 인정이 넘쳐흐르는 듯한 인상, 이웃 사람들이 내 집처럼 내왕하면서 이런 얘기 저런 얘기를 속삭이고 있음직한 마을, 바로 여기가 미야마이며, 옛 '나에시로가 와'이다.

그 포근하고 따뜻한 마을의 인상이 초행인 나에게 조금도 낯설게 느껴지지 않는 것은 참으로 이상한 일이다. 다만 이국적인 풍취가 느껴진다면 직경이 10센티미터 이상인 왕대(盟宗竹)가 하늘로 치솟고 있다는 것, 그리고 건물과 담장이 일본식이라는 것, 따뜻한 지방의 관상수가 많이 있다는 점뿐이다.

심수관 선생 댁의 낡은 목조 대문을 들어서자 턱수염이 탐스러운 주인공이 반갑게 맞아준다.

"어서 오십시오."

그의 첫마디는 일본말이었다. '조선 도공 14대 심수관'이라고 새겨진 명함대로라면 당연히 한국말을 해야 하는 데도 심수관 선생은 와세다대학 정경학부 출신의 완벽한 일본인이었다. 그러면서도 그의 외모는 신기하게도 어디에다 세워놓아도 손색이 없는 한국인의 골격을 갖추고 있다.

심수관(沈壽官).

그의 피에는 단 한 방울도 일본 사람의 피가 섞이지 않았다. 비록 국적이 일본이요, 오사코 게이키치(大迫惠吉)라는 일본 이름을 쓰고 있다고 해도 그의 외모가 한국인의 모습이어야 하는 것은 지극히 당연한 일이다.

4백 년 전, 정유재란 때에 심당길(沈當吉)이 전라도 남원에서 포로가 되어 일본 땅으로 끌려온 이래, 13대 심수관에 이르기까지 일본인 여성과 결혼한 일은 단 한 번도 없었다. 다만 14대인 지금의 심수관 선생만이 일본인 여성(나쓰코: 夏子)을 아내로 맞았을 뿐이다.

처음으로 일본 땅에 잡혀온 초대는 심당길이었고, 2대가 심당수(沈堂壽), 3대가 심도길(沈陶吉), 4대가 심도원(沈陶園), 5대가 다시 심당길, 6대가 심당관(沈堂官), 7대가 심당수(沈堂壽)⋯, 이런 식으로 11대 심수장(沈壽藏)까지가 다른 이름을 쓰다가, 12대에 이르러 지금의 심수관이 굳어지면서 13대, 14대, 15대로 습명(襲名)되고 있다.

"당신의 선조들이 낯선 땅에 끌려와서 사쓰마야키라는 명품을 남길 때까지의 노고를 한국의 TV드라마로 소개하고 싶어서 왔습니다."

이렇게 방문의 목적을 밝히자, 그는 반가워하지 않았다. 몇 분

조선도공 14대 심수관

이 지난 다음에야 안 일이지만, 그는 일본의 매스컴으로부터 굉장한 시달림을 당하고 있었던 모양이다.

"아버지의 제삿날도 아닌데 아버지의 무덤 앞에서 절을 해달라는 주문을 받을 때마다 지겹다는 생각이 들었습니다."

그럴 수도 있겠다는 생각이 들었지만, 내가 쓰고자 하는 드라마는 심수관의 역은 배우가 맡게 되기 때문에 그런 번거로움은 없을 것이고, 당신의 집을 오픈 세트로 빌려주고, 가지고 있는 모든 자료를 제공해 주면 될 것이라는 내 말이 있고서야 그는 활짝 웃으며 아낌없이 협력할 것이라는 확답을 주었다.

나는 본격적인 취재를 서둘면서 그가 소장하고 있는 모든 자료와 귀중품부터 살펴보았다. 인상적인 자료로는 표류해 온 조선인 어부들과 소통하기 위한 간단한 어휘와 문장을 적은 통역교본과 자손들에게 일본어를 가르치기 위한 교본이 책으로 만들어져 있는 것이었고, 필사본으로 되어 있는 옛 소설『숙향전(淑香傳)』등도 잘 보전되어 있었다.

소장 자료를 살피고 나서 시바 료타로의 소설에 잘못 설명되어 있는 고시조(古時調)「오늘이쇼서」에 대한 설명을 해 주었다. 이 시조는 잡혀온 조선인 도공들이 제삿날에 즐겨 불렀다고 되어 있었는데, 내용이나 해석이 모두 잘못되어 있었기에『청구영언(靑丘永言)』에 수록되어 있는 원시를 제시할 수밖에 없었다.

오늘이 오늘이쇼서 매일이 오늘이쇼서

덥그디도 새디도 마르시고

새라난 매양장식에 오늘이쇼서.

심수관 선생은 놀라는 기색이 완연한 얼굴로 그 시조의 출전과 해석하는 법을 비로소 알았다고 하였다.

"시바 선생의 소설에 잘못 표현된 것은 전적으로 내 책임입니다. 시바 선생은 내 얘기만 듣고 그대로 썼을 뿐입니다."

솔직하게 말해 준다. 그때 비로소 나는 시바 료타로의 소설 『고향을 어찌 잊으리까』에 드러나는 하자가 어디에서 연유된 것인지를 알게 되었다.

책상 앞에서 할 수 있는 취재를 대충 마치고 그를 따라서 마당으로 내려서서 담장 밑 풀숲에 이르렀을 때, 나는 눈물이 왈칵 쏟아지는 충격을 맛보게 된다. 그것은 형언할 수 없는 감동이자 슬픔이었다. 풀숲에는 높이 45센티미터 정도의 두 개의 돌비석이 서 있었는데, 놀랍게도 〈반녀니〉라는 한글 비문이 새겨져 있었기 때문이다. 〈반녀니〉라면 여자의 이름이 아니던가. 〈언녀니〉와 같은 종류의 비천한 신분의 여성의 이름, 그런 이름을 가진 여자가 죽었다 하여 비석을 세우고 그 비면에 이름을 새기는 일…, 그런 일이 본국(그들이 본다면)에서라면 있을 수 있는 일이던가. 비천한 여성에 대한 파격의 예우가 아니고 무엇인가.

낯선 이국땅에서 얼마나 고생을 하고 죽었으면, 보잘 것 없는 아낙의 죽음을 이렇듯 애통하게 또 오래도록 기억하게 하였을까.
심수관 선생은 나의 눈물이 의미하는 바를 물었다. 나는 앞에 적은
바와 같은 사연을 설명해 주었다. 그는 적이 놀라면서 이 보잘 것
없는 비석에 그런 엄청난 내력이 있었느냐고 하면서 소중히 보존
하겠노라고 다짐하였다.

"얼마나 된 비석인가요?"

"아버님 말씀으로는 2백 년은 족히 되었을 것이라고 하셨습니
다."

나는 내심 드라마에 '반녀니'를 등장시키리라고 다짐하였다. 또
이때의 에피소드는 후일 주간 「아사히」에 대서특필되기도 하였다.

나는 재료 취재를 마감하면서 드라마 「타국」을 쓸 때 가장 주의
할 점이 무엇이냐고 물었다. 심수관 선생의 표정은 숙연해졌고 마
치 선조의 유언을 전하듯 진지하게 말했다.

슬픔이나 괴로움이 응결되어 있는 사람만이 무엇인가 이루
어 놓습니다. 사쓰마야키는 일본인일 수 없으면서 일본인이어
야 했던 조선인 도공들의 응결된 괴로움과 슬픔의 결정이라고
생각합니다. 언어가 통하지 않고 풍속이 다른 이국땅에서 생
존하기 위해서는 그들 나름대로의 지혜가 생기게 마련입니다.
자신들을 위해서 반발도 참을 줄 알아야 했고, 장차를 위해
서는 그들 스스로 일본인들을 도울 줄도 알았지만, 아첨이 되
지 않는 선에서 슬며시 손을 놓아 자신들의 긍지를 자위할 줄
도 알아야 했습니다. 이러한 어려움 속에서 자신들의 뜻이 이

루어지면 언제 그런 일이 있었느냐는 듯 묵묵히 일해가면서 생존의 집념만을 생각했습니다. 이와 같이 복잡 미묘한 감정이 사쓰마야키를 구워 내는 원동력이 되었습니다. 그래서 일본인과의 대항 의식만은 삼가해 주셨으면 합니다.

지금도 국경일이나 명절이 되면 일장기를 내거는 일, 세금을 잘 내는 일만은 미야마에 사는 사람들이 일본 땅에서도 으뜸으로 손꼽힌다고 하면서 그것은 4백 년을 전해져 내려오는 삶의 지혜라고 했다.

옥산신사(玉山神社)의 답사는 이번 취재 여행에서 가장 중요한 일정의 하나다. 미야마의 서편 쪽 언덕 위에 자리 잡고 있는 옥산신사의 본이름은 옥산궁(玉山宮)이다. 참으로 놀랍고 대견한 것은 남의 땅에 끌려 온 사람들이 옥산궁을 창건하고 거기에 국조(國祖) 단군의 위패를 모시고 해마다 8월 한가위 날에 제사를 지냈다는 사실이다.

그 당시(4백여 년 전) 단군의 위패를 모시고 망향제를 지내자고 발의를 할 수 있었다면, 잡혀 온 사람 가운데 상당한 지식인이 있었다는 뜻도 되지만, 만리 이역에 잡혀 온 사람들이 자신들의 앞치레도 하기 어려운 마당에 국조를 섬기면서 나라 사랑을 실천에 옮겼다는 사실이 지금의 우리에게는 큰 교훈으로 남는다.

1867년 게이오(慶應) 3년에 씌어진 「옥산궁유래기」에 〈옥산궁은 조선 개조 단군의 묘(廟)〉라고 적혀 있는 것으로 봐서도 당시의 조선인 도공들의 뜻이 일본인들에게 정확하게 전해질 만큼 당당하였음을 알 수가 있다.

다음날 아침 일찍 유노모토를 떠나 조선인 포로들의 첫 상륙지점인 구시키노(串木野)로 갔다. 지금은 아름답고 작은 어항이지만, 옛날엔 사람이 살지 않는 바닷가였단다. 구시키노의 남쪽해안을 시마비라하마(島平浜)라고 하는데 약간 검은색 모래가 깔려 있는 아름다운 해변이었다. 바로 이 자리에 조선인 포로를 실은 배가 도착했다. 조금 더 남쪽으로 내려가면, 가미노가와(神の川)의 하구가 있다. 여기도 조선인 포로를 실은 배가 도착한 곳이다.

일본 측 기록인 「사쓰마번사(薩摩藩史)」에 따르면 구시키노의 시마비라하마에 박평의(朴平意)와 그의 아들 정용(貞用)을 비롯한 43명의 남녀가 도착하였고, 조금 내려가서 가미노가와 하구에 김해(金海)를 비롯한 남녀 10명이, 그리고 구주의 남단을 돌아서 가고시마에 남녀 20명이 도착한 것으로 기록되어 있다.

특히 박평의와 김해의 사료는 그 가계까지가 정확하게 기록되어 있었다. 이들 두 사람이 당시의 일본인들이 하늘처럼 떠받들던 도공임을 입증하는 기록이 아닐 수 없다. 박평의는 조선인 최초로 묘지다이토(苗字帶刀: 성을 쓰고 칼을 차는 일)를 허가받아 마침내 쇼야(庄屋: 촌장과 같은 지위)가 되어 사족(士族: 사무라이)의 예우를 받았다는 기록이 보이는 데 반해, 심수관 선생의 선조인 심당길에 관한 기록은 눈 닦고 찾아도 없다. 바로 여기에 심수관가의 비밀이 있다고 나는 판단했다.

필시 심당길은 도공이 아니라 사옹원(司饔院)의 일을 보던 관리였는데, 도공들과 함께 잡혀 와서 그들의 정신적인 지주가 되었으나 도공이 아니고서는 살아갈 방도가 없음을 깨닫고, 박평의의 문하에 도공이 되었을 것으로 추측이 된다고 말하자, 심수관 선생은 무릎을 치면서 감동한다. 그리고 비로소 선조들의 뿌리를 알게 되었다면서 크게 기뻐하였다.

구시키노의 해변에 표류하듯 도착한 조선인 도공들이 최초로 도자기의 가마를 연 것은 도착한 다음 해인 1599년이었고, 이때에 처음으로 구워진 그릇은 검은색이었다. 물론 백토가 없었기 때문이다. 이 무렵, 이미 북쪽지방인 아리타(有田)에서는 같은 조선인 도공(이삼평을 비롯한)들에 의해 백옥 같은 백자가 생산되고 있었기 때문에 번주 시마스는 말과 병사들을 박평의 휘하에 배치하고 백토를 찾는 일에 전력을 다할 것을 독려하였다. 그러면서도 실제로 백토가 찾아진 것은 조선인 도공들이 잡혀온 지 무려 16년 후인 1614년의 일이다. 사쓰마야키의 특색은 그릇의 표면이 아주 흰색이 아니고 엷은 베이지색(상아 빛깔)인데, 이 또한 백토의 성분에서 연유된다.

현지 취재를 마치고 귀국한 지 석 달 후, MBC-TV의 일일연속극 「타국」의 제작팀은 연출자 표재순 PD의 지휘로 우리나라 텔레비전드라마 사상 최초의 해외 로케이션을 단행한다. 더구나 현대극이 아닌 역사극의 분장이 필요했기 때문에 갓, 도포, 짚신 등 온갖 잡동사니까지 가지고 가야했으므로 후쿠오카공항의 세관원들이 놀라고 신기해 한 것은 당연한 일이다.

촬영 도중 현지 지식인과 주민들의 협조는 참으로 놀라웠다. 구주 최대의 일간지인 『남일본신문』과 『서일본신문』은 우리들의 로케이션 현장을 7,8단 크기의 기사로 연일 대서특필해 주었고, 취재를 나온 시라하시 세이이치(白橋誠一) 기자는 자신의 승용차로 하루 종일 촬영팀의 기재를 운반해 주는 등의 열성을 보였다.

사쿠라지마의 화산은 예고 없이 분연을 내뿜는데, 공교롭게도 우리가 촬영을 하는 기간에는 조용하기만 하였다. 떠날 날이 가까워지는데도 분연이 오르지 않아 우리는 가고시마 TV방송국의 라이브러리에 있는 자료필름을 복사할 수밖에 없었다.

우리의 딱한 사정을 들은 보도제작부의 아리무라 히로야스(有村博康) 과장은 오전 11시에서 오후 4시까지 점심도 거르면서 그 많은 네거티브 필름을 찾아 우리에게 시사해 주었고, 우리가 필요하다는 대목을 테이프에 복사해 주었다. 이러한 친절은 우리의 상상을 초월하였다. 이점이 바로 규슈 사람들의 대부분이 조금은 한국 사람의 피를 받고 있음일 것이라고 믿어지는 대목이다.

촬영을 마치고 예고 선전용 인터뷰를 가고시마대학의 교육학부장인 요쓰모토 교수에게 청했을 때, 그는 서슴지 않고 다음과 같은 첫마디를 뱉어냈다.

일본 사람들은 도둑놈입니다. 한국 사람들에 대해서는 앞으로 몇백 년 동안 머리를 숙여 사과를 해야 합니다.

우리는 요쓰모토 교수에게 우리가 필요한 것은 그런 과격한 내용이 아님을 간곡히 설명하며 다시 해 줄 것을 청하는 작은 해프닝도 있었다.

TV드라마 「타국」을 녹화하는 수요일이면 심수관 선생은 가고시마의 명주(소주) 〈시라나미(白波)〉 큰 병을 들고 어김없이 방송국의 스튜디오를 방문하여 술잔을 돌리면서 녹화광경을 묵묵히 지켜보곤 하였다. 특히 아버지 13대가 임종을 하는 대목에서는 눈물을 흘렸다. 그리고 속삭이듯 내게 말했다.

> 사쓰마의 도토(陶土)는 한국의 흙에 비한다면 마치 모래와 같은 것입니다. 우리 선조님들은 그런 흙으로 사쓰마야키를 구워냈는데, 그 노고가 조국의 텔레비전에 소개되는 감개는 크고 벅찹니다. 이제야 우리 선조님들의 영혼이 실로 4백 년 만에 꿈에 그리던 고국에 돌아와 안식하실 겁니다. 고맙습니다.

TV 역사드라마 「타국(他國)」은 내가 역사드라마를 써야 하는 까닭, 내가 쓰는 역사드라마가 우리 국민들의 역사인식을 높일 수 있다는 자신감을 얻게 한 작품이었고, 이 작품을 계기로 나에 대한 세간의 인식이 달라지고 있음을 확연히 느낄 수가 있었다.

그때까지 일면식도 없었던 서울대학교의 이두현 교수는 조선 도공들과 관련된 일본 쪽의 귀중한 문건을 우편으로 보내 주었고, 조선일보사의 주필과 논설고문을 지내신 최석채 선생도 한일문화교류와 관련된 일본의 서적을 20여 권을 보내 주면서 "이젠 TV드라마 분야도 학술적인 교류나 교감이 가능한 시대가 열리게 되었다."며 기뻐해 주었다.

나는 고무되었다. TV드라마작가도 트로트 조의 유행가를 부르는 가수나 다름이 없는 '딴따라'로 취급되던 시절이었기에 하나의 탈출구를 발견하게 된 셈이나 다름이 없어서다. 이를 계기로 TV 역사드라마의 새로운 방향을 정립하는 일, 정통사극의 포맷을 확립하는 일이 내손에 달려있다는 자부심 또한 명예로 간직하게 되었다. 또 그것은 내 심신을 괴롭히고 제약하는 프레임(틀)을 벗어던지는 용기와 책임감을 동반하게 하였다. 따라서 방송작가도 학문적인 바탕을 이루어야 주어진 소임을 다할 수 있다는 강한 자부심까지 갖게 하였다.

풍신수길의 배때기를 갈라 소금을 채운 사연

쇠는 달았을 때 두들겨야 그릇이 된다는 말이나, 내친김이란 말은 모두가 실행을 조건으로 성립한다. 나는 표재순 PD에게 또 한 번의 모험에 동참해 줄 것을 청했다.

임진, 정유년의 왜란 때 일본 땅에 포로로 잡혀갔던 강항(姜沆) 선생이 살아서 귀국하여 선조 임금에게 보고서 형식으로 올린 『간양록(看羊錄)』을 드라마로 옮겨 보는 것이 어떻겠느냐고.

『간양록』은 제2차 세계대전이 막바지에 접어들면서 조선총독부가 분서(焚書)로 지정한 강항 선생의 문집이다. 간행되어 있는 서책을 거둬 불태우는 일은 문화를 말살하는 가장 비열하고 저급한 광태라 진시황과 같은 전대미문의 폭군들이나 저지르는 일이지만, 간악한 조선총독부는 일본민족의 치부를 들추어냈다하여 『간양록』을 불살라 버리고자 하였다. 그러나 역사란 무심히 흘러가는 것이 아니어서 『간양록』의 초간본은 오히려 일본의 내각도서관(內閣圖書館)에 보존되어 있었음에랴.

이 같은 『간양록』에 얽힌 사연을 한국사를 전공한 표재순 PD가 모를 까닭이 없다. 게다가 『간양록』을 드라마로 만든다면 「타국」과는 또 다른 맛의 한일관계를 재정비하겠다는 의욕까지 담아낼 수가 있다. 또 그것은 내 사고영역이 장족의 발전을 하고 있다는 실증이기도 했지만, TV드라마로 만들기에는 자칫 대중성이 결여될 위험이 있다. 그럼에도 한국사를 전공한 표재순 PD의 학구적 탐구열에 다시 발동이 걸리면서 우리는 또다시 전인미답의 길로 들어서게 되었다.

학문적인 내용을 드라마 타이즈하기 위해서는 대중(시청자)과의 소통이 전제되어야 한다. 그 한 방법으로 국민가수 조용필의 협력을 얻기로 하였다. 조용필의 히트곡 〈간양록〉이란 노래는 그렇게 탄생된다.

가슴 밑에서부터 쥐어짜듯 치솟아 오르는 격정의 응어리를 마디마디 풀어내는 카타르시스 때문인지, 조용필도 자신의 리사이틀 때마다 즐겨 부르게 되는 베스트 넘버가 된 곡이다.

이국땅 삼경이면 밤마다 찬 서리고
어버이 한숨 쉬는 새벽 달일세
마음은 바람 따라 고향으로 가는데
선영 뒷산의 잡초는 누가 뜯으리.
아, 피눈물로 한 줄 한 줄 '간양록'을 적으니
임 그린 뜻 바다 되어 하늘에 닿을세라.

　작사는 내가 한 것으로 되어 있지만, 실상은 대부분 수은 강항 선생의 시에서 원용된 내용이다.

　강항 선생은 세조 때의 큰 문장가였던 사숙재 강희맹(私淑齋 姜希孟)의 5대손으로 전라남도 영광군 불갑면에서 태어난 당대의 천재다. 그는 7세 때에 맹자 전질을 모두 읽었고, 27세에 문과에 급제하여 공조좌랑을 거쳐 형조좌랑이 되었을 때, 임진왜란의 참상을 체험하는 와중에서 두 사람의 형과 함께 왜장 도오토 다카도라(藤堂高虎)의 포로가 되어 일본 땅 이요주(伊豫州), 지금의 시고쿠(四國)에 히메현(愛媛縣)의 나가하마(長浜)로 끌려갔다가 곧 오즈성(大洲城)으로 옮겨지면서 치욕의 포로생활을 하게 된다.
　비록 고관대작은 아니었다 해도 조선 조정의 관원이었고, 또 주자학에 통달한 기개 있는 선비인지라 강항 선생은 미개하고 보잘 것 없는 왜국 땅에서 포로생활을 해야 하는 것이 죽기보다 싫었다. 이에 강항 선생은 여러 차례 탈출을 시도하게 되지만, 실패만을 거듭하다가 2년 뒤인 1598년에는 교토의 후시미(伏見)에 있는 번주의 별저로 이송되면서 찾아든 일본인 젊은이들에게 학문을 전수하게 된다.

강항 선생이 포로로 잡혀가 있을 때의 일본문화란 문자 그대로 한심한 지경이었다. 사기그릇을 구워내지 못한 탓에 모든 그릇은 나무나 대나무로 만들어서 썼고, 학문의 고전이랄 수 있는『사서오경』조차도 정확하게 전해지지 않았던 때라 아직 학문이라는 개념조차도 정립되어 있지를 않았다. 따라서 인쇄술 등도 초보 단계를 벗어나지 못했다. 다만 오랜 전국 시대를 겪으면서 살았던 탓에 칼이나 총포와 같은 무기를 만드는 기술만은 조선에 비길 수 없을 만큼 발달되어 있었을 뿐이다.

바로 이러한 때 강항 선생의 문하로 입문을 청한 사람이 그 고장 묘수원(妙壽院)의 '순수좌(舜首座)'라는 중이었다. 여기서 미리 밝혀두지만 바로 이 '순수좌'라는 승려가 후일 일본 주자학의 개조(開祖)가 된 '후지하라 세이카(藤原惺窩)'라면 어찌되나. 후지하라는 조선 주자학에 빠져들면서 승복을 벗어던지고 유학자로 변신하게 된다. 그는 몸소 조선 도포를 만들어 입고 서책을 대하는 것으로 조선 주자학의 진수를 온몸으로 터득하고자 하였고, 평소에도 유건(儒巾)을 쓰고 있을 만큼 명실상부한 조선 주자학의 신봉자로 자처하더니, 마침내 강항 선생이 친필로 써 준『사서오경』에 왜인들이 읽을 수 있도록 '왜훈(倭訓)'을 달아서 '일본유학'을 싹트게 하였다. 또 그것은 일본 땅에 심어지는 퇴계학(退溪學)의 싹틈이었고, 이를 바탕으로 일본유학이 정립되는 알찬 결과를 거두게 된다.

　백제 때 왕인으로부터 「천자문」을 전해 받아서 문자를 익힐 수가 있었던 일본이 이때에 이르러 강항 선생의 가르침으로 주자학을 배워서 일본유학을 싹트게 하였다면 그들의 학문적 근원이 어디에서 연유되었는지를 명백히 밝혀놓는 쾌거가 아닐 수 없다.

　그런 일본을 바라보는 강항 선생의 역사인식은 『간양록』의 전편에 녹아 흐르면서 왜인들의 참담한 생활까지 세세하게 기록하게 된다. 그 중에서도 도요토미 히데요시의 죽음을 기록한 대목에 이르러서는 일본인들의 복장을 끊게 하고도 남을 내용을 담고 있다.

　　도쿠가와(德川家康) 등은 발상(發喪)하기를 꺼려하여 이놈의 죽은 사실을 꼭 덮어두기로 하였습니다. 죽은 놈의 배때기를 갈라 그 안에다 소금을 빽빽이 처넣고 아무렇지도 않은 것같이 꾸미기 위해서 평소에 입던 관복을 그대로 입혀 나무통 속에다 담아 두었습니다.

　도요토미 히데요시의 죽은 시체의 배를 가르고 거기에다 소금을 빽빽이 처넣었다는 구절을 강조하는 것은 그럴만한 까닭이 있다. 도요토미 히데요시가 살아 있을 때 조선으로 출병하는 병사들에게 죽인 조선병사들의 코와 귀를 베어 소금에 절여오라는 명령을 내렸기 때문이다. 강항 선생은 그 명령을 이렇게 적고 있다.

사람마다 귀는 둘이요 코는 하나야! 목을 베는 대신에 조선 놈의 코를 베는 것이 옳다. 병졸한 놈이면 코 한 되씩이야! 모조리 소금에 절여서 보내도록 하라.

조선 병사들의 코를 베어서 소금에 절여 보내라고 하였으니, 죽은 그의 뱃속에 소금을 처넣게 된 것은 당연한 것이라고 강항 선생은 생각하고 있다. 지금도 일본국 교토의 번화한 거리에는 조선 병사들의 귀를 묻었다는 미미스카(耳塚: 귀무덤)가 옛 모습 그대로 있어 오가는 사람들의 마음을 상하게 한다.

일본 땅에서 포로생활에 시달리던 강항 선생은 잡혀간 지 4년만인 1600년에 꿈에 그리던 고국으로 돌아올 수가 있었다. 그가 살아서 고향 땅을 밟을 수가 있었던 것은 애제자 후지하라 세이카가 스승의 은혜에 보답하기 위해 막부(幕府)의 대장군인 도쿠가와 이에야스에게 몸소 탄원하여 허락을 받아낸 때문이다.

지금의 일본 땅 시고쿠, 에히메현 오즈(大洲)가 옛 이요(伊豫) 땅이다. 4백여 년 전, 강항 선생이 포로로 머물렀던 오즈성의 언덕에서 도보로 시내 한가운데로 내려오면 오즈시의 문화회관에 이르게 되는데, 그 광장 왼편에 강항 선생을 기리는 현창비가 우뚝하게 서 있다. 화강석으로 된 비면에는 「홍유 강항 현창비(鴻儒 姜沆 顯彰碑)」라는 비명이 새겨져 있고, 그 하단에는 검은 오석판에 강항 선생의 연보가 간략히 소개되어 있다.

이 현창비가 세워지게 된 데는 일본의 오즈시 시민들과 한국의 영광군민들이 힘을 합쳐 건립기금을 모금한 탓도 있지만, 강항 선생의 인품에 매료된 무라카미 쓰네오(村上恒夫)라는 한 일본인의 헌신적인 노력과 봉사가 있었기 때문이다.

무라카미 씨는 오즈시의 호적과에 근무하는 공무원이었는데, 실로 우연히 오즈시에서 살았던 외국인 1호가 조선 유학자 강항이라는 사실에 착안하고, 그에 대한 사료를 조사하던 중에『간양록』을 읽게 되었다. 그는『간양록』에 적힌 강항 선생의 행적을 추적하면서 강항 선생의 고향인 한국의 영광까지 다녀오는 등 그의 학문과 인품에 매료될 만큼 한일 양국의 문화교류에 열정을 쏟은 사람이다.

내가 처음 강항 선생의 현창비 앞에 섰을 때의 감회는 이루 형언할 수가 없었다. 서둘러 가까이에 있는 슈퍼마켓에서 주과를 마련하여 현창비에 분향하고 있을 때 놀랍게도 무라카미 쓰네오 씨가 헐레벌떡 달려왔다.

"강항 선생님의 현창비에 분향하시는 분이 계시다기에 달려왔습니다. 무라카미 쓰네오입니다."

이미 여러 차례 적었지만 인연이란 우연하게 시작되지만 그 결과는 상상할 수가 없다. 그는 초면인 나에게 강항 선생의 탈출로를 살펴보자고 권하면서『간양록』을 펼쳐 보인다.

판도(板島)에서 서쪽으로 십 리만큼 떨어진 곳에 한 대숲이 있었다. 그 안에 들어가 잠깐 쉬기로 했다. 웬 늙은 중 하나가

나이는 예순 살 남짓이나 될까 폭포에서 몸을 씻고 밥을 지어 햇님께 제사를 모신다. 그리고선 바위 위에 올라 이울이울 낮잠을 자는 것이었다.

강항 선생이 단신으로 탈출을 시도하다가 실패하는 과정을 적은 구절이다. 무라카미 쓰네오 씨는 천신만고 끝에 이 지점을 확인했다면서 함께 가보기를 청한다.

4백 년 전의 기록을 바탕으로 현재의 지점을 찾기란 결단코 쉬운 일일 수가 없다. 무라카미 쓰네오 씨는 핸들을 잡은 채 당시의 막막했던 기억을 입에 담는다. 듣기만 하는 내 처지로는 감동의 연속이 아닐 수가 없다.

우와시마성(宇和島城)에서 남쪽으로 7킬로미터쯤 달렸을 때 야쿠시타니(藥師谷)라는 계곡에 이르렀고, 바로 거기에 동굴과 이와토다키(岩戸瀧)라는 폭포가 있었다.

"어떻습니까. 수은 선생의 체취가 느껴지지 않습니까?"

한일관계를 전문으로 연구하는 학자가 아니면서도 사재를 털어서 숨겨진 현장을 찾아서 확인하고, 그 결과를 책으로 엮어 한일 양국 문화교류의 원류를 밝히려는 무라카미 쓰네오 씨가 뿌린 열정의 씨앗에 싹이 트고 있음을 확인하면서 일본 사람들이 좋아하는 말인 '프런티어 정신'을 다시 한 번 되새기게 되었다.

MBC-TV에서 방영된 역사드라마 「간양록」은 전작인 「타국」에 비해 시청률도 높지 않았고, 화제성도 덜한 편이었지만, 우리나라 TV 역사드라마를 학문적 수준으로 끌어올리는 역할은 충분히 하였다. 여기에 내 개인적인 소회를 적는다면 역사드라마작가에게도 학문의 길이 열리는 참으로 귀중한 체험을 한 셈이다.

이제는 내 길을 갈 수 있겠다는 실오리 같은 희망이 현실의 일로 다가와 있다는 자각이 나 자신을 고무하였다. '사쓰마야키'의 심수관 선생이나, 『간양록』을 적은 강항 선생이 걸었던 길은 그들 스스로가 개척한 노고의 소산이다. 그 두 갈래의 물길 속을 헤매고 다닌 나도 누구의 도움도 없이 내가 가야 할 길을 스스로 열어가고 있다는 자부심은 문자로 적을 수 없는 희열이나 다름이 없다.

조선인 포로들에 의해 일본문화의 근원이 싹텄다는 지역을 찾아 헤매면서 오늘의 부강한 일본을 이룩해 낸 저력이 어디에 있는지를 알게 된 것도 내 역사인식의 골격을 갖추는 데 결정적이 역할을 하게 된다. 내가 생각해도 장하고 대견한 것은 아무도 가르쳐 주지 않은 그 길을 혼자서 더듬더듬 찾아서 걸었다는 사실이다. 그것은 모험이나 다름이 없는 가시밭길이면서도 나 자신을 흡족하게 하는 영약(靈藥)과도 같은 여행이었다.

한 국가가 정체성을 확립하는 것은 근대화(近代化)의 과정을 거치지 않고서는 불가능하다. 오늘의 일본이 세계적인 산업강국으로 발돋음 할 수가 있었던 것은 〈명치유신(明治維新)〉이라는 근대화 과정이 있었기 때문인 데 반하여, 우리 대한민국이 물질적인 풍요를 누리면서도 정신적으로 미숙하기 그지없는 것은 근대화 과정이 생략되었기 때문이다. 그런 점에서 일본국 근대화의 상징인 명치유신을 이해하지 않고서는 내 조국 대한민국의 후진성을 극복하기 어렵겠다는 생각, 나는 독립운동가도 아니고 정치가도 아니다. 그렇다고 그런 일을 전문으로 연구해야 하는 학자는 더욱 아니다. 그러나 우리에게 없는 근대화 과정이 왜 일본에는 있는가를 규명해 낼 수가 있다면 드라마작가 신봉승에게 그야말로 독보적인 길이 열릴 것이라는 다짐은 내 삶의 보람으로 자리잡을 것이라는 확신을 심어주었다.

그러나 현실의 여건은 그렇지가 못했다. TV드라마를 써야 하는 일, 극영화의 시나리오를 써야 하는 살인적인 스케줄은 내 사생활까지를 송두리째 집어삼키는 연옥과도 같은 고통의 나날이 계속된다. 그러나 그 연옥에서 벗어나지 않고서는 현장을 살필 수가 없다. 그래 떠나자, 하루 이틀의 여유만 있어도 현장으로 달려가는 용단을 내리게 되었다.

젊은이들 가슴에 국가정체성을 심어라

1995년은 광복 50주년이 되는 해라고 하여 여러 가지 자축하는 행사가 있었는가 하면, 자성하는 사람들의 목소리도 아주 없지는 않았다. 그러나 그 뜨거웠던 8월을 지내놓고 보니 민족의 자존심을 회복하기 위한 이벤트라기보다 전시효과만을 노린 일과성에 불과한 관제행사였음이 여실히 드러나는 일도 있었다.

첫째는 구 조선총독부의 청사이자 국립박물관으로 쓰이는 거대한 석조건물 옥상의 돔을 들어낸 일이다. 그런 요란하고 떠들썩한 과거의 상처 드러내기식 퍼포먼스도 김영삼 대통령다운 즉흥적인 행사로 낙인찍힐 수밖에 없다. 세상 어느 천지에 국립박물관에 전시, 소장된 문화재를 그대로 둔 채 건물의 돔을 들어내는 무지가 또 있을까. 한 번 손상되면 복원할 수 없는 국보급 문화재의 처리를 어떻게 할 것인지를 분명히 한 연후에 건물의 중요 부분을 철거해야 하는 것은 삼척동자도 아는 일이다.

정부의 고위관리나 대학에서 글을 가르치는 저명한 학자들은 일제의 식민잔재를 불식하기 위해서라도 불가피한 조처라고 하였지만, 실상 우리 사회에 만연한 식민잔재는 정치하는 사람들의 주변에서 지금도 더 많은 기승을 부리고 있고, 경제하는 사람들은 그것을 치부의 수단으로 삼았으며, 학제나 커리큘럼은 말할 나위도 없고 심지어 굴지의 언론들도 편집의 틀이나 기획기사까지도 바다 건너 일본의 신문이나 유명 잡지를 복제하는 지경이지만, 구 조선총독부의 건물은 그런 일들을 지켜보는 모태와도 같은 존재나 다름이 없다.

광복 50년을 맞이하여 진실로 민족의 자존심을 회복하려 했다면, 먼저 웅장하고 아름다운 국립박물관의 설계를 범세계적으로 모집해야 하는 것이 순서일 것이며, 김영삼 정부는 그 당선작을 가려서 시상하고, 그 다음 정부는 건설에 착수하고, 또 그 다음 정부에 의해 세계에서 가장 훌륭한 국립박물관을 준공하게 하는 것이 역사의 순리이며, 그런 연후에 구 조선총독부의 청사를 헐어낸다 해도 아무 하자가 없을 것이 아니겠는가.

둘째, 꼭 광복 50주년을 기념해서가 아니지만, 경복궁의 일부 전각이 복원된 일은 기쁘기 한량없는 일이다. 임금의 집무실로 쓰이던 사정전(思政殿) 뒤에 위치한 교태전(交泰殿), 강녕전(康寧殿), 만춘

전(滿春殿), 연생전(延生殿) 등이 그 아름답고 오밀조밀한 옛 모습을 되찾으니 그나마 감지덕지해야 될 일이지만, 정작 서둘러야 할 것은 장영실의 노작이자 15세기 조선과학의 진수인 흠경각(欽敬閣)의 내부(거대한 時計)를 복원해야 할 것인데도 가타부타 아무 말이 없다. 그 또한 따지고 보면 정부와 학계의 무지와 무계획의 소산이 아니고 무엇인가.

비어있는 전각의 복원보다 살아서 움직이는 전각의 내부를 복원하는 것이 자라나는 청소년들에게 꿈을 심어주는 일이 될 것이며, 경복궁을 찾아오는 수많은 외국인 관광객들에게도 세종 시대인 15세기 조선과학을 감동과 함께 안겨다 줄 것인데도, 김영삼 정부뿐만이 아니라 그 후의 어느 정부도 국가정체성의 확립을 소홀히 하였기에 흠경각의 복원을 주장하는 내 발언은 언제나 허공을 맴돌았을 뿐이다.

우리는 역사나 역사의 현장을 관리하는 일들이 허술하기 그지없다. 정부의 고위 관리들이나 대학의 교수들이 학문이라는 편협하기 그지없는 틀에서 벗어나지 못하기 때문이다. 그러나 일본의 경우는 다르다. 그들이 역사의 현장을 완벽하게 보전하는 것은 자라나는 청소년들에게 역사인식을 심어주기 위해서다. 그런 일들이 쌓여서 국가정체성으로 이어지게 된다. 바로 이점이 나를 괴롭히지만 일본으로 달려가 현장을 살펴보면 늘 위안을 받곤 하였다.

도쿄역에서 쿄오하마(京浜)로 가는 급행열차를 탔다. 빠르게 흐르는 창 밖 풍경은 보는 둥 마는 둥 자료집을 뒤척이는 동안 어느 새 도착을 알리는 안내 방송이 들린다. 그야말로 눈 깜작할 사이에 해군기지로 이름난 요코스카(橫須賀)의 중앙역에 내려놓는다. 분비는 사람들 사이를 헤집고 역사를 나서자 걸어서 10분 거리에 '미카사(三笠)공원'이 있다는 안내판이 보인다. 여기에 미카사공원이 있다는 사실도 몰랐고, 또 미카사공원에 특별한 관심이 있었던 것은 아니지만, 개항지 우라가(浦賀)로 가는 도중이라면 들러본들 무슨 탈이 있으랴. 도랑 치고 가재도 잡는다는데….

'미카사'는 러일전쟁을 일본의 승리로 이끈 연합함대의 사령관이 탔던 기함(旗艦)의 이름이다. 군함의 이름을 따서 공원의 명칭으로 쓰는 충분한 까닭이 있다. 우리식으로 말하면 임진왜란을 승리로 이끈 이순신 장군을 기리기 위한 공원을 만들면서 '거북선공원'이라고 이름 붙이는 경우와 조금도 다름이 없어서다.

전함 미카사에는 일본군 연합함대 사령관인 해군대장 도오고 헤이하치로(東鄕平八郞)가 타고 있었고, 그의 탁월한 지휘와 작전으로 마침내 일본해군은 세계 최강을 자랑하는 러시아의 바르틱함대를 궤멸하면서 러일전쟁을 승리로 이끄는 발판을 마련한다. 그러므로 도오고 대장은 살아서 원수(元帥)로 승진한 사람이자, 또한 군신(軍神)으로 추앙받는 전쟁영웅이다. 그 도오고 사령관이 가장 존경한 인물이 충무공 이순신 장군이었다는 사실은 널리 알려져 있는 일이기도 하다.

나는 미카사공원으로 발을 들여놓으면서 '쿵' 하고 가슴이 울리

는 소리를 들어야 했다. 1945년 8월, 우리 조국이 일본제국의 식민
지하의 신음에서 벗어날 때, 나는 겨우 초등학교 6학년이자 13세
의 소년이었다. 그로부터 반세기가 넘는 세월이 흘러갔는데도 그
때 일본인 교사로부터 배웠던 갖가지 사연들이 정말로 선명하게
떠오르는 것을 어찌하랴.

세계 최강의 바르틱함대가 지구를 반 바퀴나 돌아서 조선해협을
지날 때 그 길목을 지키고 있던 도오고 사령관은 비장한 명령을 뱉
어내며 공격신호임을 알리는 Z기를 올린다. 그 비장한 명령은 다
음과 같다.

황국(皇國)의 흥폐(興廢)가 이 일전에 있다. 각자 한층 분투
노력하라!

60년 전 겨우 13세짜리 소년의 뇌리에 새겨졌던 이 글귀가 어찌
하여 한 자도 틀리지 않는 일본어로 되살아나는가. 나는 불현듯 주
위를 둘러본다. 지금의 일본인 청년들에게조차도 낯선 문장을 한
국의 늙은이가 줄줄 외고 선 꼴이 얼마나 상스럽게 보이겠는가. 그
러나 그렇게 단순하게 넘길 일이 못 된다. 어려서의 교육이 평생을
좌우한다는 사실…, 참으로 두려운 노릇이 아닐 수 없음을 실감해
보는 것도 귀한 경험임이 분명하다.

나는 그 글귀가 새겨진 도오고 사령관의 동상을 스쳐 지나는데
그의 얼굴까지가 기억에 새롭다는 사실에 다시 한 번 청소년 교육

의 중요성을 곱씹으며 기념관으로 꾸며진 전함 미카사에 올랐다.

　미카사함의 내부는 기념관으로 조성되어 있다. 도오고 사령관이 기거했던 방과 작전실, 그리고 그의 유품까지도 생생하게 전시되어 있다. 물론 당시 함께 승선했던 장병들의 유품도 잘 정리되어 있다. 더 놀라운 것은 러일전쟁 당시 바르틱함대를 궤멸하는 과정을 움직이는 미니어처로 만들어서 마치 그때의 실전을 보는 것처럼 실감 있게 꾸며 놓았다는 점이다.

　전함 미카사는 1900년 영국의 피커스 조선소에서 만들어진 배수량 1만 5천여 톤 급으로 엄청난 화력을 탑재한 당시로서는 세계 최신예 전함이다. 1904년 러일전쟁이 발발하기 직전 조선 땅 인천 앞바다에서 러시아 함선 2척을 격침시켰고, 바르틱함대와의 격전에서 올린 전과 또한 사상 유례가 없을 정도다. 바르틱함대 38척 중에서 21척을 격침시켰고, 7척을 나포하고, 6척을 무장해제했을 정도니까.

　이 기념관을 둘러보면서 느끼는 소회는 세계 최강의 바르틱함대를 궤멸했다는 일본인들이 자긍심을 자극하기에 충분하다는 생각이 들었고, 일본이라는 나라를 위기에서 구해 준 도오고 헤이하치로의 우국충정에 머리를 숙이도록 배려가 되어 있다는 점이다. 실제로도 전함 미카사의 기념관을 둘러보는 관람객들이 심심치 않게 많았는데 더러는 어린 자녀들의 손을 잡고 둘러보는 부형들의 모습도 보여서 이방인인 나를 부럽게 하였고, 바로 여기에 지금의 일본이 있다는 생각이 문득 머릿속을 스쳐지나간다.

누군가가 나그네의 목덜미를 잡아채는 듯한, 그래서 발걸음이 자꾸 무거워지는데도 구름 한 점 없는 맑은 하늘이 왜 이리도 심란한지 모르겠다. 착잡해진 심회를 추스르며 일본국 개항 1번지 우라가 항으로 발길을 돌린다. 우라가 항에는 선각자 가쓰 가이슈(勝海舟)의 용단으로 일본국 최초로 태평양 횡단에 성공하며 미국으로 건너갔던 칸린마루(咸臨丸)가 위용을 자랑하고 있을 뿐, 아무리 살펴도 페리 제독이 상륙한 지점은 보이지 않는다. 행인에게 물어본다.

"아, 페리공원을 찾으시는군요. 우라가 역에서 구리하마로 가는 버스를 타시면 10분 정도 걸릴 것으로 봅니다만…."

좌우간 친절한 사람들이다. 버스보다는 택시를 타는 게 더 편할 것 같다. 관광지의 택시기사들은 가이드를 겸하는 경우가 있어서다. 아니나 다를까, 택시기사는 자신감 넘치는 어조로 개항 1번지에서의 모든 편의를 제공하겠다고 다짐해 준다.

미국의 페리 제독이 최초로 상륙하였던 구리하마(久里浜) 항으로 이어지는 길은 주택가 한가운데를 지나야 한다. 우리식으로 표현하면 어느 시골의 작은 어촌과도 같은 인상이다.

"자, 이름도 멋진 개항교를 건너겠습니다."

개항교(開港橋), 듣고 보니 멋진 이름이다. 270여 년을 이어온 도쿠가와 바쿠후를 깨부수고 쇄국 일본을 개항으로 이끈 첫 번째 길목에 지어진 다리라면 당연히 '개항교'이어야 옳다. 도시는 깔끔해도 한적하기 그지없다. 드디어 페리공원의 초입에 자동차가 선다.

"실망하실 겁니다. 아이들 놀이터니까요…."

페리공원은 주택가 한가운데 자리 잡고 있다. 한적하다기보다 초라할 정도의 공간에 천진난만한 아이들이 재갈재갈 소리 내며 뛰놀고 있어 150여 년 전에 있었던 천지개벽의 격동은 상상하기조차도 어렵다.

1853년 7월, 미합중국 동인도함대 사령관 페리 제독이 거느린 네 척의 군함이 구리하마 항에 나타나면서 일본국을 들끓게 하였고, 마치 큰 산과도 같은 미국군함이 검다하여 당시의 일본 사람들은 쿠로부네(黑船)라고 불렀다.

태평(太平) 했던 깊은 잠을 깨운 증기선(蒸氣船)
단지 네 척뿐인데, 잠 못 이루네!

당시 일본 사람들이 뇌까렸다는 이 노래를 누가 탓하랴.

구리하마 항 왼쪽 바다로 뻗어나간 야산 언덕에 무수한 구경꾼들이 몰려들었을 게다. 저렇게 큰 배가 무슨 수로 물 위에 뜰 수가 있을까. 무엇을 연료로 쓰기에 검은 연기와 하얀 증기를 함께 뿜어내는가. 과연 일본은 무사할 수가 있을까. 노랫말에 적힌 대로 잠 못 이루는 밤이 계속되지만, 그런 와중에도 나라를 생각하는 선각자가 현장에 있었다는 사실이 일본국의 근대화를 앞당기는 근원이 된다.

한 사람은 서양 포술(砲術)을 연구하고 있던 선각의 지식인 사쿠마 소오산(佐久間象山)이었고, 또 한 사람은 그를 스승으로 섬기고 있던 스물네 살의 청년 요시타 쇼인(吉田松陰)이다. 나라가 구각을 벗어던지고 새롭게 탈바꿈하기 위해서는 호연지기에 불타는 선각의 젊은이가 있어야 한다.

"저 배를 타고 넓은 세상으로 나가 서양의 문물을 배워오지 못한다면 일본이라는 나라의 미래는 없다!"

선각자 사쿠마 소오산의 이 한 마디가 청년 요시타 쇼인의 가슴에 불을 지른다. 이 순간부터 요시타 쇼인은 서양문물을 배우겠다는 생각, 새로운 일본국의 미래를 꿈꾸면서 자신의 젊음을 불태우게 된다.

마침내 7월 14일, 페리 제독은 필모어 대통령의 친서를 전하기 위해 구리하마 항에 상륙한다. 도쿠가와 바쿠후는 미합중국 대통령의 개항을 요구하는 친서를 받고서도 확실한 대답을 못한다. 물론 해외정세를 읽을 수 있는 정보가 없었기 때문이다. 페리 제독은 내년에 다시 올 것임을 선언하고 구리하마 항을 떠난다. 1년간의 유예기간을 준 셈이다.

페리 제독이 일본 땅에 상륙하여 개항의 물길을 열었던 역사적인 자리가 '페리공원'이고, 그 공간에 격동의 시대를 상징하고 기념하는 조형물이 설치되어 있다. 닻과 사슬을 소재로 한 조형물 뒤에는 기념탑도 우뚝하다.

美合衆國水師提督伯理上陸記念碑!

기념비를 세울 때 신생 일본국의 실력자였던 이토 히로부미(伊藤博文)의 친필휘호라서 감동은 반으로 줄어들지만 '페리'를 '伯理'라고 표기한 것은 당시의 조선이나 별로 다르지 않다.

기념비 뒤쪽으로 아담한 2층 기념관이 서 있었으나, 문이 닫혀 있어 들어갈 길이 없다. 택시기사가 기념관을 관리하는 곳에 전화를 거는데, "외국에서 귀한 손님이 오셨는데 이 따위로 기념관을 관리해서는 국가의 수치가 아닌가. 당장 달려와서 사죄하라!"는 식의 듣기 민망할 정도의 꾸지람을 기관총처럼 쏘아댄다. 택시기사가 행정관리를 향해 이토록 무자비하게 쏘아대도 아무 탈이 없는 곳…, 꾸밈없는 일본, 강한 일본을 보는 것 같아 마음이 편하지 않다.

부리나케 달려 온 공무원은 몇 번이고 허리를 굽히면서 진심이 담긴 사죄를 거듭하면서 기념관의 문을 열어 준다.

"찾아오시는 분들이 많지 않아서 관리를 소홀히 하고 있었습니다. 용서해 주십시오."

기념관의 내부는 당시의 사정을 리얼하게 재현한 미니어처를 중심으로 몇 점의 사진과 문건으로 구성되어 있을 뿐, 개항을 기념할 만한 특별한 전시물을 눈에 띄지 않았다. 그렇다면 이즈반도의 최남단 시모타(下田)로 갈 수밖에 없다. 시모타는 예로부터 유형지(流刑地)로 쓰일 정도로 외지고 한적한 곳이다.

우라가의 구리하마 항에서 도쿠가와 바쿠후에 미합중국의 대통령 친서를 전하고 1년 후에 다시 오겠다고 선언했던 페리 제독은 약속대로 쿠로부네 아홉 척을 거느리고 1854년, 에토 만(요코하마)에 다시 나타난다. 다급해진 도쿠가와 바쿠후는 '미일화친조약'을 체결하고 북해도의 하코다테(函館) 항과 이즈반도 남단의 시모타 항을 개항한다. 이에 따라 시모타의 교쿠센지(玉泉寺)에 일본국 최초의 미국영사관이 설치되면서 초대 영사 하리스(Townsend Harris)와 10여 명의 미국인이 착임하였고, 경내에 31개의 별이 그려진 성조기가 펄럭이게 되면서 시모타는 명실상부한 개국 1번지의 명예를 얻게 된다. 하리스의 영사 업무를 지원하기 위해 페리함대는 약 70여 일 동안 시모타 항에 머무르고 있었다.

1년 전, 구리하마 항에서 사쿠마 소오산으로부터 외국문물의 탐구가 곧 일본이라는 나라의 미래를 열어가는 첩경임을 터득한 청년 요시타 쇼인은 한 살 아래의 가네코 시게노스케(金子重輔)와 함께 시모타로 스며든다. 물론 미국으로 밀항하기 위해서다.

마침내 3월 27일, 폭풍우가 휘몰아치는 깊은 밤 가키자키(柿崎)의 벤텐(弁天) 섬에서 작은 나무배를 얻어 타고 페리 제독이 있는 기함 포우하탄(powhatan)호를 향해 노를 저어간다. 가랑잎과도 같은 작은 배로 폭풍우를 뚫으면서 미국 군함에 오를 수 있었던 기적은 하늘의 도움이 아니고는 불가능하다.

페리 제독은 미국으로 가고 싶다는 요시타 쇼인의 간청을 받아들일 수가 없다. 수교 초기에 상대국의 국법을 무시할 수가 없었기 때문이다. 요시타 쇼인은 이대로 돌아가면 중벌을 받게 될 것이라는 사실과 타고 온 나무배도 이미 파도에 휩쓸렸을 것이므로 돌아갈 수 없음을 손짓 몸짓으로 설명하면서 미국에 데려가 줄 것을 애원한다. 페리 제독은 나라의 허락을 받아오면 언제라도 함께 가겠다고 설득하면서 자신들의 보트로 이들 두 사람을 육지로 돌려보냈다.

육지로 돌아온 스물다섯 살의 요시타 쇼인은 밀항의 실패를 당당하게 관헌에 자수한다. 두 사람은 장명사(長命寺)에 있는 한 평 반 짜리 감옥에 갇혔다가 4월 11일 죄인이 타는 함거에 실려 아마기준령을 넘어 에토(江戸)에 송치되었다가 다시 고향인 하기(萩)에 보내져서 노야마옥에 수감된다.

후일, 페리 제독은 「일본원정기(日本遠征記)」를 쓰면서 이때의 만남을 아주 감동적으로 적었다.

이 두 사람은 해외의 지식을 습득하기 위한 불타는 열정으로 죽음도 두려워하지 않았다. 이 같은 청년들을 가진 일본이라는 나라는 장래 반드시 발전할 것이다!

그렇다. 한 국가의 근대화는 시대를 읽을 줄 아는 선각의 젊은이가 있어야 성립된다. 후에 다시 적겠지만 청년 요시타 쇼인이 네 평짜리 서당을 열고 열혈과 같은 제자들을 길러냈고, 바로 그 제자들에 의해 명치유신이 성공한다.

대한제국에도 요시타 쇼인과 같은 선각의 젊은이가 있었다면 그리도 무력하게 일본국의 식민지로 전락하지는 않았을 것이리라. 한국의 요시타 쇼인은 누구인가. 그런 선각의 지식인이 있었던가.

내 뇌리에 가득 채워진 의문을 풀기 위해서는 대한제국 말기의 역사에 매달릴 수밖에 없다. 그러나 한국의 어느 역사학자도 이에 대한 관심이 없다. 그렇다면 또 혼자서 탐구해야 할 일이 아닐 수 없다. 서둘러 요시타 쇼인의 고향이자 일본국 명치유신의 발상지인 하기(萩)로 달려간 것은 그 때문이다.

　나라에도 사람처럼 시운이라는 게 있다. 좋은 지도자를 만나서 나라의 명운이 승승장구 뻗어 나갈 때는 '국운(國運)이 뻗쳤다'고 하지만, 신통치 못한 지도자를 만나서 나라의 기운이 쇠진하는 지경에 이르면 '국운이 미치지 못했다'고 탄식하는 것은 그 때문이다. 국운의 성쇠는 내정(內政)이 잘못되는 데서 기인되기도 하지만, 외부의 영향에서 기인되는 경우도 허다하다.

　19세기의 후반으로 접어들 때의 동양 3국의 사정이 그러하였다. 청나라는 1840년, 아편전쟁에서 패하면서 1842년의 '남경조약'으로 무너지기 시작하였고, 조선왕조는 1866년 대동강을 거슬러 올라온 미국 상선 제너럴셔먼호를 화공하는 것으로 서양문명과 충돌하면서도 그 실체를 깨닫질 못한 무지 때문에 국운의 쇠진을 자초하였다.

　이와 반대로 일본의 경우는 외국의 문물을 일부 수용할 줄 알았기에 선진문물과 접촉할 수 있는 행운이 있었다. 이미 17세기부터 규슈 북단에 위치한 나가사키에 들어와 있던 네덜란드의 문화가 난학(蘭學)이라는 이름으로 일본의 젊은이들에게 꿈을 심어준 것이 일본국 근대화의 씨앗이 되지를 않았던가.

서울대학교 법학전문대학원 정종섭 교수 일행과 하기 답사여행 중 간몬교 앞에서

청일전쟁을 마무리짓는 조약이 체결된 장소로도 유명한 시모노세키의 간몬교의 간(關)은 혼슈 쪽의 항구 시모노세키(下關)에서 따온 것이고, 몬(門)은 규슈 쪽의 항구 모지(門司)에서 따온 것이다.

사카모토 료마의 동상앞에서 일본의 '메이지유신'을 설명하는 필자

일본국 근대화의 정신적 기둥이나 다름이 없었던 사쿠마 소오산은 난학을 통해 서양의 포술(砲術)을 연구한 선각의 지식인답게 해외문물의 유입과 활용만이 일본국의 미래를 정할 것이라는 자신의 식견과 의지를 젊은 후학들의 가슴에 심어 주었다. 일본국 근대화의 상징인 명치유신(明治維新)의 씨앗을 뿌렸던 요시타 쇼인이나, 명치유신의 완성을 설계한 불꽃같았던 사나이 사카모토 료마(坂本龍馬)가 모두 사쿠마 소오산의 영향을 받았다는 사실이 이를 잘 말해 준다.

일본국의 근대화 과정을 추적하는 발걸음이라면 요시타 쇼인의 행적을 살피는 것이 빠른 길이고, 그러자면 그를 키워낸 고장 하기(萩)로 달려가는 일 말고는 다른 길이 없다.

네 평짜리 서당, 태풍을 부르다

분초(分秒)를 쪼개 쓴다는 말이 있다. 얼핏 지혜로운 말 같지만 실상은 죽음으로 가는 길일 수도 있다. 불행한 노릇이지만 TV드라마에 매달렸던 내 선배, 동료 작가들은 대부분 드라마를 집필하는 도중에 세상을 떠났다. 「아씨」의 임희재, 「파도」의 곽일로, 「여로」의 이남섭, 「허준」의 이은성, 「119수사대」의 유열 등이 모두 집필 도중에 세상을 떠난 작가들이다. 모두가 스트레스 때문이라고 나는 단정하지만, 내 작업량은 그분들보다 더하면 더했지 조금도 덜하지 않았음에도 마치 휘파람을 불듯 집필할 수가 있었던 것은 시간을 쪼개서라도 마시고 놀 줄 알았던 타고난 천성 때문이다.

내게는 선물로 받은 고급 호텔의 헬스클럽 멤버십이 있지만, 30

년이 넘도록 그 헬스클럽에 발을 들여놓은 일이 없다. 사람들은 그런 나에게 건강의 비결이 무엇이냐고 자주 묻는다. 거기에 무슨 비결이 있나, 하고 싶은 일을 아낌없이 해내는 것이 비결이라면 비결이다.

통산으로 치면 나는 30년이 넘도록 하루도 쉬지 않고 극영화의 시나리오나 TV드라마의 원고를 써야 하는 고달픈 세월을 등에 지고 살아왔다. 그런 죽기 살기의 와중에서도 내가 해야 할 일, 또 하고 싶은 일을 즐길 수가 있었던 것은 일종의 천성이라 하여도 지나친 말은 아니다.

대한제국은 근대화의 과정을 갖추지 못한 죄 값으로 신생 일본제국의 제물이 되었다. 또 그것은 자라나는 청소년들에게 꿈을 심어주지 못한 죄 값일 수도 있다. 나는 그 원천을 해명하는 일에 앞서 이웃나라 일본국의 근대화 과정을 정확히 숙지하고 싶었다. 그 지름길이 근대 일본국을 이루게 되는 〈명치유신〉의 사상적 배경과 실제로 뛴 젊은 주인공들의 행적을 살피는 일이다. 이 고난의 길은 결국 국가의 흥망이나 성쇠를 살피는 일이 될 수밖에 없다.

앞에서도 잠시 적었지만 나는 정치가도 아니요, 사상가도 아니다. 게다가 역사연구를 업으로 하는 학자와도 거리가 멀다. TV드라마만 열심히 쓰면 경제적인 궁핍은 겪질 않아도 되고 또 마음 편히 살 수가 있다. 그럼에도 불구하고 나는 국가 근대화의 요건을 살피는 가시밭길을 헤매면서 사는 동안 잠시의 짬이라도 나면 현장으로 달려가는 일에 익숙해져 가고 있었다. 그것이 일본 땅이었으므로 많은 사람들이 그런 나를 두고 사치와 호화로움에 젖어간다고 비아냥거렸다. 신통하게도 나는 그런 따위의 시비에 매달리면 아무 일도 할 수가 없다는 사실도 몸으로 익히고 있었던 셈이다.

부산 바로 건너편인 일본국 본토의 야마구치현(山口縣) 서쪽 바닷가에 하기시(萩市)라는 인구 4만3천 명 정도의 작은 시골 도시가 있다. 백 년 전의 지도 한 장을 들고도 옛길을 산책할 수 있을 정도로 이른바 옛 거리(城下町)가 잘 보존되어 있다. 이 작은 시골 마을에서 일본국 근대화의 상징인 명치유신이 태동되었고, 근현대 일본국 총리대신을 일곱 사람이나 배출하였다면 놀라운 일이 아닐 수 없다. 이 같은 하기시의 영광은 앞서 거론한 선각자 요시타 쇼인의 호연지기에서 출발되고 완성된다.

명치유신 이전의 야마구치현은 조슈번(長州藩)으로 불리었다. 임진왜란 때 조선에도 출병했던 번주 모리 테루모토(毛利輝元)는 죽은 도요토미 히데요시와의 의리를 지키기 위해 도쿠가와 이에야스에게 반기를 들면서 이른바 '세키가하라의 싸움(關ヶ原役)'에서 패퇴하게 된다. 권력투쟁에서 밀리면 응분의 대가를 치를 수밖에 없다. 패장 모리 테루모토는 8개국 112만 석(石)의 넓은 영지를 몰수당하고, 겨우 2개국 36만9천 석의 초라해진 몰골로 서쪽 바닷가인 지금의 하기로 쫓겨나게 되었다.

천하를 통일한 도쿠가와 바쿠후(德川幕府)에 대해 조슈번의 사무라이들은 원한을 씹을 수밖에 없다. 그 원한은 점차 복수의 염원으로 굳어간다. 새해를 맞으면 번의 핵심들이 은밀하게 모여 그 해의 포부를 입에 담게 되는 이른바 신년회가 열리게 되면 젊은 사무라이들의 결기가 분출된다.

"올해는 관동(막부)을 치셔야지요."

"아직은 때가 아니야."

이 같은 원념이 쌓이고 모여서 막부를 때려눕히는 토막(討幕)의 기세가 되어 조슈번은 명치유신의 선봉에 나서게 된다. 역사의 흐름이 얼마나 준엄한가를 명료하게 보여 주고 있음이 아니겠는가.

일본국의 근대화를 이루어낸 명치유신이 성공하는 데는 아주 중요한 표면적인 이슈가 있다. 이른바 존황토막(尊皇討幕)이라는 기치다. 유명무실해진 황실을 다시 세운다는 의미에서 '존황'과 부패한 권력기관으로 전락한 바쿠후를 때려눕힌다는 의미에서 '토막'이다. 이 네 글자, 〈존황토막〉이라는 기막힌 깃발이 있었기에 지사를 자처하는 선각의 젊은이들의 열정을 결집할 수가 있었다.

일본국 근대화의 표상인 '명치유신'을 이끈 세 개의 번이 있다. 다시 말하면 죠슈(長州), 사쓰마(薩摩), 도사(土佐)번에는 출중한 선각의 지도자가 있었다는 뜻이 된다. 그 중의 하나인 조슈번에는 요시타 쇼인이라는 아주 걸출한 선각의 젊은이가 있었기에 국가의 미래에 도전하는 새로운 인재들을 길러낼 수가 있었다.

1830년, 요시타 쇼인은 이 원념의 땅인 하기에서 태어난다. 어려서부터 천재소년의 자질을 보였던 요시타 쇼인은 번의 교육기관인 명륜관(明倫館)에서도 단연 두각을 나타낸다. 번에서는 이 천재소년의 장래를 위해 넓은 세상을 경험하게 하고, 무술을 연마하게하기 위해 에토(江戶: 지금의 도쿄)로 유학을 떠나게 한다. 바로 이 해가 우라가의 구리하마 항에 미국의 군함이 들어와 문호를 개방하라면서 미합중국 대통령의 국서를 전달하던 1853년이다.

청년 요시타 쇼인은 선각자 사쿠마 소오산의 영향을 받아 미국으로 가는 밀항을 시도했다 실패하고 고향으로 압송되어 옥에 갇히게 되지만, 번에서는 그의 재능을 아깝게 여겨 옥중에서도 학문에 몰두할 수 있는 모든 편의를 제공한다. 죄수나 옥사정을 대상으로 하는 '맹자(孟子)'의 강의가 어찌나 감동적이었던지 번에서는 그의 천재성을 다시 인정하여 방면을 결정한다.

자유의 몸이 된 요시타 쇼인은 작더라도 알찬 서당(書堂)을 열어서 고향의 젊은이들에게 새로운 일본을 이끌어 갈 호연지기를 심어주리라고 다짐한다. 그렇게 세워진 서당이 명치유신을 태동하게한 '쇼카손주쿠(松下村塾)'이다. 서당의 공부방은 다다미 여덟 장의넓이, 우리 평수로 네 평 남짓 되는 좁은 방에 19~25세의 청년 열세 명이 모여들었다. 사족으로 불리는 무사의 자제가 있는가하면, 평민이나 농민의 아들도 있었다. 신분차별만 있고, 평등이라는 개념이 없었던 시절이라면 파격의 지도이념이 아닐 수 없다.

선각자 요시타 쇼인은 주변의 눈초리는 아랑곳하지 않았다. 오직 후학들에게 '호연지기'를 심어주는 일에만 전력을 쏟았다. '호연

일본의 심장 쇼카손주쿠(松下村塾)

일본은 방의 크기를 다다미의 개수로 헤아리는데, 다다미 8장 크기의 방이라 하니, 4평 정도 되는 방이다. 이 곳에서 다카스기 신사쿠(高杉晉作), 구사카 겐즈이(久坂玄瑞), 이토 히로부미(伊藤博文) 등 메이지 유신의 주 역들이 배웠고, 메이지 유신 이후 조슈와 사쓰마가 정부를 장악하면서 쇼카손주쿠의 제자 13명 가운데 3명의 내각총리대신과 6명의 대신이 배출되었다.

정종섭 교수의 일행과 명치유신의 탄생지에서

지기'란 무엇인가. 공명하고 정대하여 누구를 만나도 꿇림이 없는 도덕적인 용기가 아니던가.

　　죽어서 불후(不朽: 영원히 이름을 남기는 일)가 되려거든 때와 장소를 가리지 말라. 나라의 대업(大業)을 이루려거든 오래 살아서 뜻을 이루라!

　얼마나 멋진 가르침인가. 글보다 뜻을 세우는 일을 가르친다. 서재에서 시를 짓는 것만으로는 뜻을 펼 수가 없다. 사나이는 모름지기 자기의 일생을 한편의 시로 이룩하는 것이 중요하다. 이 철학적 인생론은 젊은 문도들의 호연지기를 불러내는 불길이고도 남는다. 그는 또 "하늘 높이 솟아올라서 세상의 모든 소리를 들으면서 큰 눈을 떠야 할 것이다[飛耳長目]."라는 말로 젊은 인재들의 열정과 이상을 꿈틀거리게 하였고, 마침내 그들로 하여금 미래의 일본을 위해 몸과 마음을 함께 내던지게 하였다.

　　조선을 책해 인질과 조공을 바치게 하고, 북쪽으로 만주 땅을 분할하고, 남쪽으로는 대만과 필리핀 제도를 손에 넣어 점점 진취자세를 보여야 한다.

　바로 여기에 정한론(征韓論)의 실체가 있다. "조선을 책해 인질과 조공을 바치게 하고…", 읽으면 읽을수록 소름끼치게 하는 구절이다. 일본 근대화의 핵심에 '정한론'이 있고, 그의 가르침을 받은 젊은 문도들에 의해 스승의 뜻이 이루어지게 된다.

스승의 촉망을 한몸에 받았던 구사카 겐스이(久坂玄瑞)는 25세의 꽃 같은 나이로 명치유신의 현장에서 장렬한 죽음을 맞았고, 스스로 기병대(奇兵隊)를 조직하여 하기 사람들의 자긍심을 드높이 울렸던 풍운아 다카스기 신사쿠(高杉晉作)도 스승의 가르침에 따라 29세의 젊음을 마감하여 불후의 이름을 후세에 남겼다. 무사계급이 아니었던 이토 히로부미(伊藤博文), 잡병출신인 야마가타 아리토(山縣有朋) 등은 조선과 만주를 집어삼키는 이른바 '정한론'이 성사될 때까지 오래 살면서 유신정부의 총리대신으로 출세하게 된다. 뿐만이 아니다. 이노우에 카오루(井上馨) 또한 조선공사, 외무대신을 역임하면서 조선침략의 원훈이 되는 등 정말 오래 살아서 스승의 가르침을 실행하였다.

다다미 여덟 장 크기의 네 평짜리 좁은 방에서 28세의 젊은 스승이 열세 명의 청소년을 모아놓고 학문보다는 호연지기를 가꾸도록 가르친다. 그것도 겨우 2년 3개월을 가르치고, 스승인 요시타 쇼인은 혹세무민의 죄목으로 '안세이노 고쿠(安政の獄)'에 연루되어 에토로 압송되었다가 스스로 배를 가르고 죽는 중형을 받는다. 비록 스승은 불우한 삶을 마쳤다고 하더라도 그로부터 불타는 호연지기의 기세를 이어받은 그의 제자들이 '명치유신'이라는 대업을 이루어 내는 데 선봉에 섰고, 새로운 일본국 근대정부를 수립하는 데 결정적인 공헌을 하면서 아시아 제패에 앞장서게 된다. 그의 가

르침에 힘입은 쇼카손주쿠의 열세 명의 제자들 중에서 세 사람의 내각총리대신과 여섯 사람의 대신이 배출되었다. 그가 가르친 선각의 의지가 바로 그들에 의해 빛을 더하면서 조선은 그들의 식민지로 전락하였고, 만주에는 그들의 괴뢰정부가 서게 된다.

하기에서의 감동은 내 역사문학의 핵심으로 자리 잡게 되면서 한시도 내 머리에서 떠나지 않았다. 조선 강토의 어딘가에도 비록 큰뜻을 이루지는 못하였다고 하더라도 대한제국의 근대화를 위해 노고를 아끼지 않았던 선각의 지식인들이 있었을 것이리라.

그들이 누구인가, 그들은 또 어디에 있는가. 공부가 모자라면 모를 수밖에 없다. 그것은 또 수치심을 만들어내는 씨앗이 된다는 사실을 깨달으면서 나는 정신적인 성장을 거듭하였다.

유럽문명의 동진(東進)은 19세기 아시아의 문화를 발칵 뒤집어 놓을 정도의 충격을 동반하였다. 19세기 말의 동양 3국(淸朝日)은 유럽문명으로 인해 망국의 구렁텅이로 몰리게 된다. 유럽세력의 동진은 식민지의 영토를 넓혀가는 전쟁이나 다름이 없다. 영국은 인도를 식민지화하고 청나라로 향했고, 프랑스는 베트남을 다스리면서 다시 동쪽으로 향한다. 그때까지 세계의 최강국임을 자랑하던 청나라도 속수무책으로 당할 수밖에 없었다. 1840년 '아편전쟁(阿片戰爭)'에 패하면서 1842년에 체결된 남경조약(南京條約)은 그대로 망국으로 가는 길이나 다름이 없었다.

그 이웃인 조선은 1866년, 평양의 대동강으로 거슬러 올라온 미국 상선 '제너럴셔먼호'로 인해 한바탕 소동을 겪는다. 셔먼호에 타고 있는 선원은 모두 23명, 그 중의 다섯 사람이 흑인이었다.

"저 새까만 놈은 어떤 종자인고…?"

놀라지 말라. 아직 '흑인'이라는 단어가 없었던 시절이라 그 대답도 기가 막히다.

"오귀자(烏鬼子)인 줄로 아옵니다."

아무리 세상물정에 어둡기로 어찌 이런 대답이 나올 수가 있는가. 어디 그뿐인가. 셔먼호의 마스트에는 성조기가 휘날리고 있었어도 그것이 미국 국기인 줄도 몰랐고, 다른 나라의 국기를 훼손하면 어떤 보복을 당하는지를 모르는 것도 당연하다. 이런 수준에서 평양시민들은 셔먼호를 화공(火攻)으로 격침하고 승리를 자축하는 만만세를 부른다. 흥선대원군의 양이보국(攘夷保國)정책은 이 같은 판단착오에서 도를 더해간다. 모두가 국제정세에 눈뜨지 못한 비극이었다.

바로 그때의 평안감사가 『열하일기』로 당대에 이름을 떨친 정조 때의 실학자 연암 박지원(燕巖 朴趾源)의 친손자인 환재 박규수(桓齋 朴珪壽)다. 그 환재 박규수가 대한제국의 근대화, 다시 말하면 외국의 선진물물에 관심을 두었던 고위관직이라면 실학(實學)에서도 북학의 맥락이 이어져가는 실오라기와도 같은 희망이나 다름이 없다.

환재 박규수가 중국에 사신으로 갔을 때 동행한 수역(首譯: 우두머리 통역)이 오경석(吳慶錫)이었다는 사실을 찾아낸 나는 뛸 듯이 반가웠다. 사신의 수역이 되자면 물론 청나라말에 능해야 되고, 그러자면 중국에 다녀온 경험이 많아야 한다. 게다가 오경석은 금석학(金石學)에 능통한 명필이기도 하였다. 3·1 운동 때 33인 중의 한 사람이요, 한국 현대서예계의 대부로 평가되는 오세창(吳世昌)이 바로 그의 아들이다.

환재 박규수에게 있어 역관 오경석은 단순한 역관이라기보다 중국의 문명을 알리는 스승이었기에 당시 중국에 들어와 있는 서양의 문물은 물론 일본국의 근대화 과정도 어렴풋이 알고 있는 일테면 조선 제일의 지식인이나 다름이 없다. 그런 해박한 지식을 갖고 있으면서도 그의 출세 길이 열리지 않았던 것은 당시의 신분제도 때문이다. 의원(醫員: 한의사), 역관, 승려(僧侶: 중)의 세 신분은 중인(中人)에 속한다. 양반과 상민의 중간에 해당하는 중인들은 과거에 응시할 수가 없었다. 과장에 나갈 수가 없다면 벼슬길이 막혀 있음이나 다름이 없다.

젊은 금석학의 대가 오경석은 비록 벼슬길에 나갈 수가 없는 역관의 처지라 하더라도 환재 박규수에게는 근대화 사상의 스승이나 다름이 없다. 또 그에게는 같은 광통방에 사는 죽마고우 대치 유홍기(大致 劉鴻基)가 있었다. 유홍기 역시 의원의 신분이었던 까닭으로 과장에 나갈 수가 없었으나 높은 학문과 중후한 인품으로 인해 사람들은 그를 백의정승 대치 선생으로 높여서 불렀다. 유홍기의 해박한 지식은 양명학(陽明學)이 근원이었으나, 당시의 조선 사대부들은 행동을 수반하는 양명학을 수용할 만큼 대범하지를 못했다. 그

점이 대치 유홍기를 제도권 밖으로 떠돌게 하였다.

그러나 오경석은 그런 유홍기를 위해 중국에 들어온 서양문물의 실체나 다름없는 『해국도지(海國圖志)』 등과 같은 여러 귀중본을 구입하여 그에게 전했다. 그런 까닭으로 백의정승 유대치의 명성은 하늘을 찔렀고, 그의 서재인 송죽재(松竹齋)는 명실상부한 조선 근대화의 산실로 자리 잡게 된다. 이 엄연한 사실은 일본국 개화의 선구자 사쿠마 소오산과 같은 지도자가 조선에도 있었음을 확인하게 하는 중대한 단서이고도 남는다.

평안감사의 임무를 마치고 도성으로 돌아온 환재 박규수는 한성판윤, 우의정으로 승차한 고위관직의 신분임에도 광통방 유홍기의 송죽재를 출입하면서 조선 근대화의 의미와 실체를 확인하면서 자신이 아끼고 사랑하는 문도들인 박영효, 김옥균, 홍영식, 유길준 등까지 그의 문하에 들게 하여 실질적인 조선 근대화의 역군들이 되게 하였을 것으로 짐작된다. 여기에 신촌 봉원사에 승적을 둔 젊은 승려 이동인(李東仁)이 가세함으로써 반가의 젊은이들과 합세하여 조선 근대화의 기치를 들게 되었을 것으로 짐작된다.

얼마나 대견한 일인가. 학자도 아닌 일개 드라마작가의 처지로 조선 근대사의 실체를 현장답사를 통해 복원했다는 자부심은 하늘을 날 듯한 환희에 젖는 나날을 보내게 된다. 간혹 강연장에서 이 감동적인 내용을 입에 담으면 사람들은 그 내용보다 나의 집념에 더 많은 박수를 보내 주기도 하였다.

서구 열강의 힘이나 그들의 조종에 의해 보수적인 왕조가 무너지고 진보적인 근대국가로 탈바꿈하는 과정을 개항(開港)이라고 한다. 개항이 어려운 것은 기득권을 포기하지 않으려는 수구세력의 반발이 거세기 때문이다. 그러므로 동양의 여러 나라는 상당한 진통과 희생을 치르면서 개항의 길로 들어서게 된다. 중국이 그랬고, 일본이 그랬으며 또한 조선이 그랬다.

개항과 같은 근대화 과정이 있을 때면 그것을 선도하는 선각의 지식인이 있어야 성사가 되지만, 그들은 대개 선각의 씨를 뿌리기만 할뿐, 결과를 보지 못하고 목숨을 잃게 되는 경우도 또한 공통된다. 그러한 선각자들이 후대의 추앙을 받게 되는 과정을 보면 학문으로서의 역사보다는 역사소설이나 드라마의 주역으로 등장하여 이상을 꿈꾸는 청소년들의 가슴에 희망의 둥지를 틀게 되는 경우가 허다하다.

일본의 경우 걸출한 소설가 시바 료타로(司馬遼太郎)가 쓴 천하의 화제작『용마가 간다』의 작품이 있었기에 사카모토 료마와 같은 명치유신의 호걸들이 이상을 꿈꾸는 청소년들의 마음에 호연지기로 자리잡게 된다. 반대로 우리의 경우는 조선 근대화의 선각들이 역사의 표면으로 등장하지를 못했던 탓에 학문으로서의 궁구(窮究)도 소홀하였고, 소설이나 드라마의 주인공으로 그려지는 경우도 극히 드물어서 청소년들에게 선각의 지식인상이 어떤 것인지를 제시해 주지 못했다. 전자의 경우는 역사학자들이 학문에만 매달린 나머지 역사인식의 영역을 확장하지 못했기 때문이며, 후자의 경우는 작가들이 1차 사료를 살펴야 하는 번거로움을 극복하지 못한 탓이라 여겨진다.

사람들은 우리의 근대화나 개항의 과정이 외세에 의한 것이어서 그 같은 선각의 지식인들이 없었던 것으로 착각하기 쉽지만, 사실에 있어서는 역사학자들이나 소설가들이 인물사(人物史)의 탐구를 소홀히 하였던 결과일 뿐이다. 비근한 예가 되겠지만 이웃나라 일본의 경우는 그 같은 사정이 우리와는 판이하게 다르다. 그들은 자신들의 개항인 명치유신의 주역들을 의식적으로 소설화하고 드라마화하여 자라나는 청소년들에게 선각자의 고통을 꿈으로 승화시키는 노력을 게을리 하지 않았다. 이를테면 서당을 열어서 수많은 선각자를 길러낸 요시타 쇼인이나, 명치유신의 핵심인 대정봉환(大政奉還)을 설계한 사카모토 료마(坂本龍馬) 등이 바로 소설의 주인공으로 등장한 선각의 젊은이들이다. 이들의 삶이나 행적은 역사보다는 소설이나 드라마 속에서 더 구체화 된다. 이런 점에서 소설가들이 사회에 이바지하는 또 다른 길이 있음을 나는 알게 되었다.

우리의 개항과정에서도 그들과 흡사한 역할을 충실히 감당해낸 빛나는 선각자들이 있었다는 사실이 얼마나 다행스러운가. 학덕이 높아 백의정승으로 불리면서 약국을 경영하던 대치 유홍기, 중국에 드나들면서 선진문물을 구입하여 조선 땅에 접목한 역관 오경석, 봉원사에 승적을 두었던 개화승 이동인 등의 생동감 넘치는 행적은 우리나라 근대사의 백미라고 해도 손색이 없는데도 학자들의 무관심으로 표면화되지를 못했다면 한심한 노릇이 아닐 수 없다.

승려 이동인이 일본으로 밀항한 것은 조선 근대화의 시발점이나 다름이 없다. 그는 일본 교토(京都)에 위치한 히가시 혼간지(東本願寺)의 승려로 득도하면서 동경으로 진출하여 서양 외교관들과 접촉한다. 당시의 사정으로는 참으로 놀라운 일인데도 학문적인 평가를 받지 못하는 것은 우리 학계의 태만이나 다름이 없다.

　선각의 지식인이 있고, 그들에게 근대사상을 배우고 익히는 젊은이가 있다고 하더라도 생사를 넘어서는 행동과 연결되지 않으면 아무 의미가 없다. 유흥기, 오경석 등 당대의 선각들에게 좌절의 기운이 다가올 무렵, 일본으로 밀항했던 이동인은 새로운 문물이 적힌 근대서적을 가지고 귀국한다.

　김옥균, 박영효, 서광범, 유길준, 서재필 등 개화 2세대들은 이 서적을 돌려 읽으면서 비로소 살아있는 세계의 문물과 접하게 된다. 또 그것은 근대화의 실체를 깨닫게 되는 큰 힘이 되었다. 이때부터 사람들은 이들 선각의 젊은이들을 개화당(開化黨)이라고 부르기 시작했다고 서재필의 자서전에 적혀 있다면 당연히 학계의 관심사가 되어야 하지만, 어찌된 영문인지 우리나라 국사학자들은 이점에 대해서는 꿀 먹은 벙어리다. 결단코 말하거니와 국가정체성과 연결되지 않은 학문을 어찌 학문이라 하겠는가.

　개화 1세대들의 기쁨은 이만저만이 아니다. 어린 줄로만 알았던 개화 2세대들이 세계를 바라보는 눈을 뜨게 되었기 때문이다. 호사다마라고 했던가, 바로 이 무렵 이동인이 행방불명이 된다. 홀연히 없어졌으니까 행방불명이지만, 실은 수구세력들의 자객에게 암

시바 료타로 기념도서관 앞에서

살이 된 것으로 짐작된다.

　젊은 선각자들은 스승 이동인의 좌절을 딛고 갑신정변(甲申政變)을 일으키며 급진적인 개혁에 나선다. 그러나 철저한 준비 없이 시작된 혁명이 성사될 까닭이 없다. 갑신정변의 주역들이 정권을 장악한 것은 고작 사흘이다. 그러기에 역사는 '갑신정변'을 일컬어 '삼일천하'라고 적는다.

　어차피 선각자가 가는 길은 고독하게 마련이다. 약국을 경영하면서 백의정승으로 예우 받았던 당대의 선각자 유대치는 자신의 제자들에 의해 주도되었던 갑신정변의 실패를 뼈아프게 지켜보던 와중에서 잠시 몸을 숨기려 했다가 행방불명이 되었고, 오경석은 병으로 세상을 떠난다. 실로 허망한 종말이 아닐 수가 없다.

　우리의 근대사를 읽으면서 김옥균, 박영효, 홍영식, 유길준 등 젊은 선각들이 나라의 근대화를 위해 목숨을 내걸고 활동한 것으로 되어 있으나, 이들은 어디서 누구에게 개화사상을 배우고 익혔는지는 전혀 언급이 되지를 않고 있다. 이들은 태어나면서 개화사상을 몸에 익혔는가. 그럴 수가 없지를 않는가. 이들에게 나라의 근대화만이 살 길임을 가르친 백의정승 대치 유홍기의 존재를 왜 학자들은 거론하지 않는가. 일본으로 밀항하여 영국을 비롯한 강대국의 외교관과 접촉한 이동인의 행적은 왜 역사책에 등장하지를 않는가. 단언하건대 역사학자들의 역사인식이 부족해서다. 유홍기, 오경석, 이동인 등의 선각자는 당연히 교과서에 등재되어 우리의 정체성을 인식하는 기초가 되어야 하고, 그들의 꿈이 곧 청소년

들의 가슴을 밝히는 등불이 되게 하는 것이 역사학자들의 소임이
아니겠는가.

　사료가 없다는 말은 성립되지 않는다. 일개 드라마작가의 손에
들어온 귀중한 사료가 역사학자들에게 전해지지 않았을 까닭이 없
다. 그런 다양한 사료를 읽고서도 자신의 학문에 접목하지 못하는
것은 국가관이 없는 죽은 학문이나 다름이 없다. 승려 이동인의 행
적은 세계가 인정하는 공식문서에 기록되어 있는데도 우리 역사학
자들이 외면하는 행태를 나는 용서할 수가 없다.

「사토 페이퍼」를 읽었으면 이동인을 살려야 한다

1980년, 영국 외무성에서는 비공개 시효가 만료된 외교문서 「사토 페이퍼(Satow Paper)」를 공개하였다. 이 문건은 조선 말기의 외교사를 다시 써야 할 만큼 충격적인 내용을 담고 있다. 이 「사토 페이퍼」가 씌어진 시기가 1880년 무렵이면 장장 100년 만에 햇볕을 보게 된 셈이다.

문건을 적은 어니스트 사토(Ernest Satow)는 이동인이 히가시 혼간지(東本願寺)의 승려가 되어 일본에서 활동하고 있을 무렵, 주일 영국공사관의 2등 서기관으로 근무하고 있던 37세의 외교관이다. 그는 일본 근무를 마치면 조선으로 건너갈 생각이었던 모양으로 자신에게 조선어를 가르쳐 줄 개인교사를 초빙하고자 했다.

左- 20세기 초 아시아 외교사에서 필수적인 인물 사토(Sir Ernest Mason Satow)
右-이동인

조국 조선의 근대화를 위해 물불을 가리지 않던 이동인에게는 낭보가 아닐 수 없다. 이동인이 지체 없이 일본주재 영국공사관으로 달려가 2등 서기관인 어니스트 사토를 만난 날이 1880년 5월 12일이다.

"처음 뵙겠습니다. 제 이름은 아사노(朝野)라고 합니다."

"아사노라니요? 그것은 일본 이름이 아닙니까?"

"그렇지요. 그러나 나는 조선에서 왔으니까 조선야만(Korean Savage)이라는 뜻이지요."

1880년 5월이면 한미수교조약이 체결되기 2년 전의 일인데, 그러한 시기에 조선의 젊은 개화승과 영국의 직업외교관이 마주 앉아 일본어로 대화를 나누었다는 사실은 주목하고도 남을 일이다.

오늘 아침 아사노(朝野)라는 이름을 가진 조선인 승려가 찾아왔다. 그는 아사노라는 이름이 조선야만(Korean Savage)이라는 뜻이라고 재치 있게 설명하면서, 세계를 돌아보고 자기 나라 사람들을 개화시키기 위해서 비밀리에 일본에 왔노라고 말했다. 그의 일본어는 서투른 편이었지만, 우리는 서로를 충분히 이해할 수 있었다. 그는 외국의 문물이 엄청나다는 것이 거짓이 아니라는 것을 돌아가서 자신의 동포들에게 확신시키기 위해, 유럽의 건물이나 그 밖에 흥미 있는 것들을 찍은 사진들을 구입하고자 했다. 또한 영국을 방문하기를 열망하였다. 그는 자기가 서울 토박이라고 말하면서, 서울에서는 '쯔(tz)'라고 발음하지 않고 '츠(ch)'라고 발음한다고 말했다. 그는 오는 일요일에 다시 오겠다고 약속했다.

이동인과 어니스트 사토의 극적인 만남을 소상하고도 흥미롭게 기술하고 있음을 볼 때, 두 사람은 초대면인데도 서로의 관심사에 대해 허심탄회하게 의견을 교환했음이 분명하다. 이동인이 영국을 방문하기를 열망하였다는 대목이 그 점을 입증하고 있으며, 또 조선말의 발음을 논의하면서 '쯔'라고 발음하지 않고 '츠'라고 발음해야 한다고 교정해 주고 있다면 어니스트 사토가 이미 조선어를 학습하고 있었음도 알 수가 있다.

「사토 페이퍼」는 더욱 흥미롭게 이어진다.

> 1880년 5월 15일.
> 나의 조선인 친구가 다시 왔다. 그는 조선이 수년 내에 외국과 수교를 맺게 될 것이지만, 그러기 위해서는 현 정부를 전복할 필요가 있을 것이라고 말했다. 그는 자기와 같은 생각을 가진 젊은 사람들이 날로 늘어가고 있다고 했다.
> (…중략…)
> 나는 여러 건물들의 모습이 담긴 사진과 전쟁터의 사진, 그리고 사진 잡지에서 추려낸 사진들을 다 그에게 주었다. 그는 또 이홍장(李鴻章)이 청국주재 영국공사관의 제의에 따라 외국 열강들과 관계를 열도록 조선 정부에 충고하는 편지를 보냈는데, 그의 친구들이 일본을 좋지 않게 이야기했을 그 문서를 일본에 있는 자기에게 보내는 것이 안전하지 않다고 생각

했기 때문에, 그 문서의 사본을 받아 볼 수 없었다고 말했다. 조선인들은 16세기에 도요토미 히데요시가 일으킨 부당한 전쟁 때문에 일본을 싫어하며, 많은 조선 주민들이 일본인과 이웃하며 사는 것을 피하기 위해 조국을 떠났다고 했다.

그는 현재 한일 간의 무역에서는 전적으로 유럽 상품을 거래하고 있으며, 조선이 다른 나라와 교역을 하게 되면 일본과의 교역은 사라질 것이라고 하면서 영국과 조선이 교역할 생각이 있느냐고 나에게 물었다. 나는 영국으로서는 어느 나라와도 교역 관계를 갖기를 열망하지만, 원하지 않는 나라에 사절을 보냈다가 거절당해 되돌아오게 되면 영국으로서는 그 모욕에 보복을 해야 하기 때문에 그러한 나라에는 사절을 보내지 않을 것이고, 따라서 조선이 교역 관계를 맺을 의욕을 보일 때까지는 그대로 둘 것이라고 말했다. 그는 1878년에 내가 가져갔던 문서의 사본을 보고 내 이름을 익혀서 나를 찾아왔던 것이다. 그는 세 시간가량 있다가 갔다. 나는 오는 20일, 시계를 사러 요코하마 시장에 데리고 가기로 약속했다. 그는 금, 석탄, 철 및 연해의 고래 등 풍부한 조선의 자원을 개발하는 일에 매우 깊은 관심을 가지고 있었다. 그는 좋은 인삼과 나쁜 인삼의 견본을 나에게 주었는데, 유럽의 의사들이 인삼을 이용할 수 있게 되면 인삼이 조선의 중요 수출 품목이 될 것이라고 생각하고 있었다.

우선 인용해 본 「사토 페이퍼」의 몇 대목에서 우리는 다음과 같은 사실을 알게 된다. 어니스트 사토는 1878년 동래부와 제주도를 방문한 바 있다. 제주도에 난파한 영국 상선을 구해 준 데 대한 감사장을 전하기 위해서였다. 그때 동래부에 전해진 문서의 사본을 보고 어니스트 사토의 이름을 알았다는 것이니, 이동인이 얼마나 철저히 사전조사에 임했던가를 확인할 수 있다.

또 몇 가지 중요한 사실은 이동인이 일본 땅에 밀항하여 동본원사의 승려로 득도하면서까지 일본인과 교유하며, 일본국의 새로운 문물을 익히고 있으면서도 반일감정을 갖고 있었다는 점, 조선의 개화를 하기 위해서는 정부를 전복할 필요가 있고 이를 지지하는 사람이 늘고 있다고 입에 담았다는 사실은 대단히 중요한 단서가 된다.

이로부터 4년 뒤에 갑신정변(甲申政變)이 일어나게 되는데, 김옥균, 홍영식, 박영효, 유길준 등의 주역들이 모두 그의 문도였다는 사실을 감안한다면 이동인의 밀항이 갖는 의미가 더욱 새삼스러워진다. 수신사로 일본을 방문했던 김홍집이 귀국하여 이동인의 존재를 고종에게 알리자 놀란 고종은 이동을 거처인 창덕궁으로 부른다.

배불숭유의 나라에서, 승려의 도성출입을 금지한 조정에서 고종이 극비리에 이동인을 대궐로 불러서 만났다는 사실은 국법이 아니라 국시를 어기는 일이다. 이를 계기로 고종과 민비는 처음으로 조선인이 입에 담는 서구문물과 일본의 근대화 과정을 소상히 알게 되었고, 이동인이 마련해 온 사진 등으로 서구문물의 실체를 확인하게 된다. 이를 계기로 고종과 민비는 보다 확실한 조선 근대화의 방향을 모색하게 된다.

"동인은 다시 한 번 일본에 다녀와 줄 수가 있겠느냐?"

이 물음에서 고종이 이동인을 신임하고 있었음이 드러난다. 그러나 이동인의 대답이 더 지사답다.

"전하의 신임장만 있으면 다시 갈 수가 있습니다."

스물아홉 살 난 승려의 대담함이다. 고종은 이동인에게 신임장과 함께 금봉(金棒) 세 개를 내려 주면서 다시 한번 일본국에 다녀올 것을 명한다. 이 사실이 조선의 수구세력에게 알려진다면 큰 문제가 야기될 것이 분명하다. 이에 고종은 스스로 "부산에서 떠나면 남의 눈에 뜨일 염려가 있으니 원산에서 떠나라."고 몸소 당부했을 정도다.

「사토 페이퍼」는 이 사실까지도 입증하고 있다.

> 아사노가 어젯밤 갑자기 나타났다. 이제 막 도착했다면서 큰 가방을 들고 있었는데, 국왕이 개명했다는 희소식과 국왕이 내준 여권(신임장)을 가지고 있었다. 그는 조선이 러시아로부터 공격당할 위험이 있다는 것을 국왕이 깨닫고 있으며, 몇 주일도 채 지나기 전에 개화당이 현 배외내각(排外內閣)을 대치하게 될 것 같다고 말했다.

이동인은 어니스트 사토의 소개로 고오베(神戶)에 주재하고 있었던 또 한 사람의 영국 외교관(영사)인 아스톤(W.G. Aston)과 사귀면서

서신연락을 하고 있었던 것으로 미루어 보아서는 일본 땅에서의 이동인은 비밀외교관의 구실을 톡톡히 하면서 조선의 근대화를 위해 숨 가쁘게 질주한 것이 분명하다.

이 같은 사정으로 미루어 본다면 당시 개화와 수구의 양 갈래로 갈라졌던 조선의 지식인 중에서 근대화의 필요성과 근대화의 방향을 가장 정확하게 파악하고 있었던 인물이 이동인이었다는 사실은 누구도 부정할 수가 없다.

당시 조선은 근대적인 조직으로 정부를 개편하는 와중이었다. 고종은 귀국한 이동인에게 "환로(宦路: 벼슬길)에 나서야 하지를 않겠느냐"고 출사를 권고한다. 이 같은 이동인의 급격한 부상은 수구세력이나 젊은 개화세력의 양쪽 모두에게 위기감을 불러일으키게 된다. 과거에도 응할 수가 없는 중인의 신분이자 승려인 이동인이 조정의 고위관원이 되고, 만에 하나라도 외교를 좌지우지하게 되는 위치에 있게 된다면, 이 땅의 양반 사대부들에게는 굴욕이 아닐 수 없고, 5백 년을 이어 온 신분제도의 벽이 무너질 위험이 있다. 설혹 개화의 필요성을 느끼고 있는 젊은 관직들이라고 하더라도 중인이자 승려의 지도나 지배를 받게 되는 것을 환영할 까닭이 없다.

뿐만이 아니다. 청나라에서도 국제정세에 정통한 조선인의 출현은, 특히 북양대신 이홍장(李鴻章)에게는 눈엣가시와 같은 존재일 것이었고, 일본에서도 처음과는 달리 자신들의 속내를 꿰뚫어보는 이동인의 존재를 달갑게 여길 까닭이 없다.

이 같은 주변의 여러 사정이 복합적으로 작용되어 1881년, 이동인은 고종을 배알하고 퇴궐하는 길에 행방불명이 된다. 조선의 자주적인 근대화를 원치 않는 사람들에 의해 암살된 것이 분명하다. 그러나 언제, 어디에서, 누구에 의해 암살되었는지는 지금까지도 알려지지 않고 있다. 다만 많은 기록이 민영익이 주도하던 민씨 일문이나 흥선대원군 쪽의 소행일 것이라는 추측을 적고 있을 뿐이라 안타까운 노릇이지만, 실상은 조선에 대한 영향력의 상실을 우려한 청나라의 자객에 의해 살해되었을 가능성, 혹은 조선의 자주 외교 노선을 차단하기 위한 일본 쪽 낭인들에 의해 목숨을 잃었을지도 모른다. 물론 나의 생각은 후자의 범주에 있다.

안다는 것, 새로운 지식이 내 것이 되어 차곡차곡 쌓여가는 것은 삶의 희열이 되고도 남는다. 비록 성공하지는 못하였지만 대한제국의 근대화를 위해 스스로 불꽃이 되어 횃불을 밝혔던 사람들 유홍기, 오경석, 이동인이 없었다면 김옥균, 박영효, 홍영식, 서재필, 유길준도 없었을 것이라는 사실을 실증을 들면서도 논리적으로 정리한 것만으로도 정말 아이들 말로 어깨가 으쓱한 나날을 보내게 된다.

이제 어떤 방송국에서든 조선 근대와의 과정을 쓰라고 의뢰한다면 사실에 입각하면서도 흥미로운 대작을 쓸 수 있겠다는 자신감이 생긴다. 거리를 거닐면서도 뭔가 소리치고 싶은 자신감이 몸속에서 꿈틀거리는 것을 느끼는 나날을 보내게 되었다.

기다려야지, 이젠 기다리기만 하면 기회가 올 것이리라.

총성이 울리면서 기회도 함께 왔다

아무리 무소불위의 권력도 성하면 쇠하게 마련이다. 역사는 그들 난폭자에 의해 왜곡되는 경우도 있지만, 또 새로운 시대가 열리면 언제 그랬냐는 듯 말끔하게 제자리로 돌아온다. 인류의 역사는 그런 순환의 법칙에 따라 흘러왔다. 이 엄연한 사실에서 나는 '역사를 관장하는 신'이 있음을 깨달았고, 그 역사를 관장하는 신의 섭리 안에 있으리라 다짐에 다짐을 거듭하였다. 그것은 내 삶을 반듯하게 하려는 의지의 표현이나 다를 것이 없다.

내가 염원하는 일들이 조금씩 현실의 일로 드러나면서 나의 역사인식은 하루하루 더 단단해지는 것을 몸으로 느끼는 나날이 계속된다. 역사의 흐름이 나의 스승이 되어 내 주위를 감싸고 돌기 시작한 때문이다. 그 흐름은 때로 도도한 장강(長江)이 되어 유유한 물결로 흘러가지만, 때로는 사람도 집어삼키는 급류(急流)가 되어 자연경관까지 휩쓸어 가기도 한다.

1979년 10월 26일 밤 7시 40분경, 궁정동 중앙정보부 안가에서 박정희 대통령은 신임하는 부하였고, 고향 후배인 중앙정보부장 김재규(金載圭)가 쏜 총탄에 의해 쓰러지면서 하늘아래 다시없었던 절대 권력도 종말을 고하게 된다. 실로 준엄한 역사의 흐름이 아닐 수 없다.

셰익스피어는 "부르투스, 너까지냐!"라는 유명한 대사를 남겼다. 비록 말없이 목숨을 잃었다고 하더라도 박정희 대통령이 하고 싶었던 말로 패러디를 하면 "재규, 너까지냐!"일 수밖에 없다. 예술이 얼마나 숭고하고, 예언적인가를 이보다 더 정교하게 보여 줄 수가 없질 않은가.

군사독재 18년이 무너져서 얻을 수 있는 것은 당연히 모든 속박에서 헤어나서 자유를 찾는 일이다. 그러나 우리에게는 그 같은 하늘의 이치까지도 다시 한 번 가로막히게 된다. 박정희 대통령 시해 사건의 수사를 당시의 보안사령관 전두환 소장이 관장하게 되었기 때문이다. 탐욕스러운 권력욕의 덩어리로 변한 그의 추종자들은 이른바 12·12 사태라고도 불리는 하극상의 패덕으로 또 다른 군사반란을 주도하면서 군부를 장악하였고, 자신들의 욕망에 방해되는 세들을 제거하기 위해 비상계엄을 선포하면서 기성 정치인, 재야인사 등 수천 명을 감금하고 군 병력으로 국회까지 봉쇄하였다.

광주 지역 대학생들이 김대중 석방, 전두환 퇴진, 비상계엄 해제 등 구호를 외치며 거리로 나선다. 이 같은 사태의 전국적인 확대를 두려워했던 신군부는 공수부대가 포함된 계엄군을 동원하여 강제 진압에 나선다. 1980년 5월 18일 오후에 광주시내에 투입된 공수부대원들이 시위에 참가한 대학생과 무고한 시민들에게까지 무차별 발포하는 폭거를 자행한다. 격분한 광주시민들은 학생들과 함께 거리로 나선다. 이른바 〈5·18 광주민주화 운동〉의 발발이다.

10여 일에 걸친 광주시민들의 격렬한 항전은 사망자 166명, 행방불명자 54명, 부상으로 인한 사망자 376명, 부상자 3,139명 등 엄청난 인명피해를 낸다. 이 전대미문의 사태는 전 국민들을 자극하면서 전두환과 신군부에 대한 반감과 저주를 높여갔지만 신군부는 아랑곳 하질 않고 자신들의 스케줄대로 밀어붙인다. 그것이 이른바 K-공작이라 일컬어지는 소위 언론통폐합이라고 하는 패덕을 자행한 일이다. 잘 나가던 동양방송과 동아방송 라디오가 KBS에 흡수되면서 '한국방송공사'라는 거대한 맘모스 방송사가 태어난다.

스스로 이 같은 업보를 짊어지면서 정권을 장악한 신군부의 방송이나 언론정책은 무력의 행사와도 같은 위력으로 나 뿐만이 아니라 다른 많은 작가들의 창작의욕을 깎아내리며 프로야구의 탄생, 국풍(國風)이라고 이름 붙여진 놀이마당을 꾸미면서 돌파구를 찾는 일에 매달린다. 국민들의 불만이 섞인 시선을 정치로부터 다른 곳으로 옮겨 놓지 않고서는 장기적인 집권을 보장할 수가 없다. 구차하지만 절묘한 아이디어가 나온 셈이다.

프로야구가 시작된다. 문화방송 야구단의 김동엽 감독은 빨간 장갑을 끼고 선수들을 독려한다. 〈빨간 장갑의 마술사〉라는 기상천외의 호기심이 들끓으면서 정치에 대한 대중들의 관심이 프로스포츠의 승패로 옮겨간다. 내친걸음이라는 속언이 있던가, 〈국풍(國風)〉이라고 이름 붙여진 새로운 굿판이 전국 곳곳에서 펼쳐진다.

엄청난 덩치로 새로 출발한 KBS(한국방송공사)의 새로운 지휘자로 이원홍 사장이 부임한다. 이원홍 사장은 한국일보의 편집국장 출신으로 일본특파원을 지낸 소위 말하는 엘리트 언론인이다. 그가 일본특파원으로 재임할 때는 일본에 퍼져 있는 한국문화의 원류를 찾아 의미 깊은 특집기사를 많이 쓸 정도로 자신이 해야 할 일을 찾아서 하는 추진력 넘치는 기자이면서도 퇴임 후에는 7년 동안이나 일본공사관에서 공사의 업무를 수행하였던 열정의 덩어리다.

마치 불도저와도 같은 이원홍 사장의 부임으로 국영방송의 타성에 젖어 있던 KBS에 개혁의 바람이 불기 시작한다. 9시 뉴스가 끝날 때까지 사장이 퇴근을 하지 않으면 보도국 기자들은 숨을 멈출 수밖에 없다. 관료들의 방만한 운영으로 무색무취의 방송으로 전락해 있던 공영방송이 민간방송과의 당당한 경쟁상대로 등장한다.

이원홍 사장의 넘치는 의욕이 드라마 분야라고 그냥 둘 까닭은 없다. 동양방송국에서 함께 일했던 김재형 제작국장이 이원홍 사장의 밀명을 내게 전했다. 원고료는 일반 작가의 세 배를 지급할 것이며, 아무리 큰 몹신(스펙타클한 군중 장면)도 축소하지 않겠고, 배역은 작가의 요청대로 초호화 캐스트로 구성할 것이며, 방송 시간은 매주 일요일 8시부터 9시까지의 골든아워의 한 시간, 총 50회분이라면 꼭 1년 동안의 스케줄이다. 내게는 바라고 바라던 기회가 주어진 셈이나 다름이 없다.

어언 50세, 불혹(不惑)이라 불리는 40대의 10년을 길바닥에 뿌리면서 살아왔다. 누가 시켜서 한 일도 아니려니와 누구에게 방해를 받은 일도 없다. 그렇게 현장에서 얻은 지식들이 지금은 마음의 양식이 되어 저장되었다가 튕겨져 나오고 싶어 한다는 표현이면 지나친 것일까. 그런 내심이 결실을 맺게 된다면 값진 50대의 뜻깊은 출발이 되고도 남는다. 아니 영광의 길로 들어서고 있다는 자신감까지 출렁거린다. 떠나자, 찢어진 돛이라면 기워서 달고라도 망망대해로 떠나가야 한다.

"대원군의 일대기를 써 주세요."

이원홍 사장의 첫 마디다. 그야 아무렴은 어떤가. 조선 근대화 과정을 찾아 헤매던 노고라면 오히려 내 쪽에서 먼저 제시할 수도 있는 소재가 아니던가. 다만 이원홍 사장이 제시한 원작 소설이 날 께름칙하게 하였다. 조선일보에 연재되었던 묵사 유주현 선생의 역작 『대원군』이기 때문이다. 묵사 선생의 소설을 폄하해서가 아니라 그 무렵의 내게는 조선근대사를 꿰뚫고 있다는 자부심이 있었기 때문이다. 다만 제목이 「풍운(風雲)」으로 바뀌어 정해진 것이 얼마간 나를 위로하였다.

연출은 동양방송국 출신인 제작부장 황운진 PD로 정해진다. 나는 유주현 선생의 원작소설은 단 한 줄도 건드리지 않고, 나의 창작 드라마로 집필을 시작하였다. 대원군 이하응 역은 이순재, 명성황후 민씨는 김영애, 장김(안동 김씨)의 수장인 김좌근은 장민호 등 초호화배역의 열연으로 일요일 밤 8시대의 드라마를 깡그리 평정하면서 첫 방송에서부터 충격적인 화제작으로 등장하게 된다. 특히 남성 시청자들을 TV수상기 앞으로 끌어들이는 센세이션을 동반한 것은 우리나라의 TV 역사드라마의 새로운 지평을 열어간다는 과분한 찬사에 힘입어 관련한 모든 사람들의 어깨에 힘이 들어가는 지경이 되었다.

연출자 황운진의 용단으로 4회부터 〈원작 유주현〉이라는 자막이 사라진다. 막대한 원작료를 지불했던 이원홍 사장의 호된 꾸지람이 있었으나, 연출자 황운진은 역사드라마 「풍운」은 신봉승의 오리지널 스토리로 채워진 극본임을 역설하면서 사태는 기정사실로 마무리되면서 나의 역사인식은 더 구체적으로 드라마에 반영되기 시작하였다.

그간 마음에만 다짐하였던 〈정사(正史)의 대중화(大衆化)〉라는 내 신념이 아무 거리낌 없이 TV화면에 반영되는 보람은 지난날의 마음고생을 일거에 씻어내는 쾌거이고도 남았다. 흥선대원군 이하응은 부패의 원천이며, 반정부 여론을 만들어내는 온상이었던 서원(書院)의 철폐를 단행한다. 5백 년 조선왕조를 지배해온 특단의 세력인 유림(儒林)과의 전쟁을 선포한 것이나 다름이 없다. 격분한 전국 유림의 대표 1천여 명이 꽁꽁 얼어붙은 한강의 얼음 위를 걸어서 도성으로 밀려온다. 기세등등하였던 이들에게 흥선대원군의 호된 결기가 노성일같로 전해진다.

"설혹 공자가 살아온다 해도 서원은 철폐될 것이니라!"

이 카리스마 넘치는 호통으로 얼음 위를 걷던 1천여 명의 유림들은 힘없이 돌아선다. 강압적인 지도력으로 조선의 지배세력인 유림을 제어하는 장면은 그대로 통쾌무비가 아닐 수 없다. 전두환 정권의 실세들도 회심의 미소를 지을 명장면이다. 고려대학의 경제학과에 재학중이던 아들 녀석이 느닷없이 물었다.

"아버지, 정부의 돈 받고 쓰세요?"

어이없는 일이었지만 대학생들까지 즐겨보는 정치드라마라면 일단은 성공의 단계로 들어서고 있음이 분명하다. 이원홍 사장도 고무되었던 모양으로 시도 때로 없이 두 시간짜리 특집드라마로써 줄 것을 요구하였다. 때로는 뉴스시간을 밀어낼 정도로 역사드라마「풍운」의 위력은 끝 간 데 없이 발휘되곤 한다. 그런 와중에서도 잊지 못할 에피소드가 하나 있다.

대원군은 임진왜란 때 소진되어 4백여 년 동안 잡초 밭으로 버려져 있던 경복궁을 혼신의 힘을 다해 복원을 시도한다. 모자라는 경비는 원납전(願納錢)을 거두어 충당하였고, 그래도 모자라자 강제로 거둔다하여 원납전(怨納錢)으로 징수하고, 심지어 궐문을 드나드는 사람들로부터 문세까지 걷어야 하는 악전고투를 계속하였으나, 설상가상으로 이번에는 목재 더미가 화재로 몽땅 타버린다.

나는 이 장면을 관례에 따라 "불이야, 불이야!" 하는 함성과 소동을 조명으로 위장하는 수법으로 썼고, 드라마의 화면은 그렇게 촬영이 되었다. 이원홍 사장은 강원도에서 휴식을 취하고 있는 나를 다급히 불러 놓고 VTR로 화재 장면을 보여 주면서 목소리를 높인다.

"이 따위로 나는 불도 있습니까!"

나는 지금까지의 관례대로 제작비를 절약하는 방편이었다고 실토하면서 그 장면을 제대로 찍자면 인천 바다에 떠 있는 원목을 실어 와야 하고, 또 물에 젖은 원목을 태우자면 수십 드럼의 경유가 있어야 하질 않겠느냐고 변명 아닌 항변을 하였다. 그때 이원홍 사장의 말은 나를 전율하게 하였다.

"누가 언제 작가더러 제작비를 걱정하라고 하였습니까. 소신대로 다시 쓰고 재촬영하세요!"

이 한 마디는 우리나라 방송 사상에서 처음 있는 일이고, 또 마지막 있었던 일이었다고 나는 지금도 자부한다. 또 방송국 사장들이 갖추어야 할 기본 소양이어야 한다고.

재촬영 현장에는 인천서 실어 온 물에 젖은 원목들이 산처럼 쌓였고, 넘치게 경유가 뿌려지면서 불타기 시작한다. 비감에 젖은 흥선대원군 이하응은 천, 하, 장, 안 등을 거느리고 맹렬하게 타오르는 원목 사이를 걸어가면서 비장의 눈물을 흘린다. 한국 텔레비전 드라마 사상 전례가 없는 스펙타클한 장면이 촬영되는 순간이다.

촬영된 필름이 드라마의 본편에 삽입되어 재편집되었다. 이원홍 사장은 다시 날 불러 함께 그 불타는 장면을 보면서 함박 같은 웃음을 온 얼굴에 담으면서 말했다.

"허허허, 드라마는 이렇게 써야 합니다."

한 나라의 방송은 이렇듯 집념이 가득한 방송인의 결단으로 발전해간다. 요즘이라면 컴퓨터 그래픽으로 그려질 일이지만, 지금도 나는 강렬하였던 그 화면보다 이원홍이라는 한 방송인의 집념에 감동하게 된다.

충격의 화제를 동반한 대하 역사드라마 「풍운」도 횟수가 차면 끝내야 한다. 이원홍 사장의 광기가 다시 한 번 발휘된다.

"신 선생, 최종회는 세 시간짜리 특집으로 꾸밉시다."

어떻게 한 시간짜리 연속극 드라마가 세 시간짜리 특집드라마로 만들어져서 끝맺음을 하나. 「풍운」을 끝내기가 너무도 아쉬웠기 때문이라고 나는 지금도 생각하고 있다.

대하 역사드라마 「풍운」은 내 역사인식이 아낌없이 발휘된 드라마임과 동시에 우리나라 정통 역사드라마의 새로운 포맷과 진로를 제시한 획기적인 작품임을 자타가 공인하는 결과를 불러왔다. 그해 가을 방송 대상에서 작품상은 물론 극본상까지 수상하게 되는 영광도 있었다.

내 50대의 첫해는 공적으로는 뜻깊은 일로 매듭지어지고 있었지만, 사적인 가정사에도 엄청난 굴곡이 있었다. 지난 17년 동안 반신불수로 자리에 누워계시던 아버님이 유명을 달리하셨다. 말이 쉬워 17년이지 지아비의 대소변을 받아내는 어머님의 고초와 노고는 또 어떻게 설명해야 하나. 변명 같지만 장병에 효자 없다는 말이 위안이 되었을 뿐, 바쁘다는 핑계로 가정사를 소홀히 한 죄책감은 80이 넘은 지금도 회한으로 남아 있다.

서럽고 안쓰러운 일이 있으면 즐거운 일도 있어야 하는 것이 가정사다. 큰딸 소영이가 신경외과 의사인 공헌주(孔憲柱)에게 시집을 간 것도 이해다. 김수환 추기경님의 주례로 명동성당에서 올린 식전에 많은 탤런트와 영화감독들이 달려와 축하를 해 주었다. 나이 쉰 살의 젊은 나이로 사위를 맞는 감회도 적지 않았지만, 영광은 다시 꼬리를 물고 찾아왔다.

「풍운」이 성공리에 끝나면 이원홍 사장이 날 놓아 주지 않을 것임을 간파한 MBC-TV의 표재순 제작부장은 드라마가 대단원을 향해 급하게 치닫고 있을 때, 내가 꼼짝도 할 수 없는 새로운 조건으로 유혹하고 나섰다.

"조선왕조 5백 년을 각 왕조의 순으로 몽땅 드라마 타이즈 한다는 엄청난 기획입니다."

나는 숨이 막혀 대답을 할 수가 없다. 조선왕조 5백 년을 몽땅 드라마로 쓰다니, 그게 어디 말이 되는가. 정종(定宗)과 같이 짧았던 시대나, 예종(睿宗)과 같이 무미건조한 시대는 아직 드라마로 만들어진 일이 없다. 흥미로운 사건들이 없었던 탓으로 시청률을 끌어 올릴 방법이 없었기 때문이다. 이 같은 시기까지 드라마로 쓰자면 명실상부한, 그리고 이 나라 최초로 조선왕조 전체를 관통하는 대작이 만들어진다.

내 자신의 능력을 의심하면 의심했지 이 거대하고도 막중한 기

획을 거부할 수는 없다. 이미 50줄로 들어섰다면 인생의 후반기일
수도 있다. 또 오늘을 위해 헤아릴 수 없는 역사의 현장을 걸었던
노고가 단숨에 보상된다면 길거리에서 춤을 춘다 해도 부끄러운
일일 수가 없다. 써야지, 써야 하고 말고. 오늘을 위해 살아온 것
이나 다름이 없지를 않았던가.

"기간을 얼마나 드리면 되겠습니까?"

"한 2년 정도면 되질 않겠습니까."

딴에는 생각한답시고 대답한 이 한 마디가 나를 옥조이는 동아
줄이 되어 돌아올 줄은 꿈에도 모른 채 내 일생의 마지막 대업에
도전하게 되었다.

평생의 집념이 현실의 일로

세계화라는 말은 남용일 정도로 많이 쓰이지만 실상은 우리만큼 그 말에 아둔한 경우도 흔하지가 않다. 말로는 세계화를 내세우지만 말하는 사람들의 실익과 관계가 멀어지면 순식간에 '구태의연'으로 돌아가는 것이 우리가 사는 대한민국이라는 곳이다. 정치나 경제를 업으로 하는 사람들은 실리를 따져서 그렇다고 치더라도 학문하는 사람들까지도 옆의 눈치를 살피고, 자신에게 실익이 없다고 판단되면 피해 다니는 것이 우리의 후진성을 보여 주는 수치스런 대목이다.

천만다행으로 나는 지난 50여 년 세월을 시나리오를 쓰거나, 텔레비전드라마를 썼던 터이어서 비교적 남의 눈치를 살피지 않아도 되었지만, 따지고 보면 그 분야도 방송국의 간부나 PD의 비위를 살펴야 일이 되는 등의 비열함을 감내해야 되는 분야로 분류되어야 마땅하다.

그러나 결단코 말하지만 나는 그런 근처에 얼씬도 하지 않았던 독불장군이었다. 사리에 어긋나는 일을 강요당하면 그 자리가 어떤 자리건 거침없이 성깔을 드러내곤 하였다. 현직 공보부장관에게 맥주병을 던진 일도 있었고, 내가 집필중인 방송국 사장과 마주 앉았던 술상을 엎은 일도 있다. 그것이 못된 버릇임이 분명했지만, 설혹 내가 기득권의 범주에서 밀려나는 한이 있어도 원칙을 지키면서 살겠다는 다짐이자 또 오만일 것이리라. 그런데도 내가 할 수 있는 일거리는 언제나 차고 넘쳤다. 갑(甲)과 을(乙)의 관계가 사심 없이 정직하게 이루어진 탓이라고 나는 자부하면서 살아온 터이다.

타인에 대하여서는 언제나 관대한 편이었지만 나 자신에 대하여서는 준엄할 정도로 엄격하였다. 그 같은 성미라면 세상물정을 살피는 일, 상대를 살피는 일에도 엄격한 잣대를 적용하게 된다. 앞에서도 몇 번 거론하였지만, TV 역사드라마의 자료를 수집하고 분석하는 일은 때로 학자들의 탐구를 방불할 정도로 치열한 때도 있었으나, 역사학자들의 도움으로 해결한 일은 단 한 건도 없을 정도의 청교도적인 길을 걸어 왔던 셈이다.

세상의 잡다한 일들을 바라보는 내 시각은 그래서 냉정해야 한다는 자부심이 젊어서부터 충만하였으나, 세인들이 내 그런 성깔을 인정해 주기까지는 얼추 20년 이상이 필요했던 것으로 나는 이해하고 있다. 만에 하나라도 내가 젊어서 이런 글을 썼다면 별별 잡소리를 다 들었을 것이지만, 80이 넘은 나이로 마지막 남기는 글을 쓰고 있는 마당이라면 두려워할 일은 이미 아니다.

이쯤에서 내 삶의 신조가 되어 온 노자(老子)의 명구를 적어두어야 될 것 같다.

- 생이불유(生而不有)
  : 아무리 애써 살았어도 얻어진 열매(이루어 낸 업적)를 소유함이 없어야 하고
- 위이불시(爲而不恃)
  : 스스로 이루어 놓은 업적에 기대지 말아야 하며
- 공성이불거(功成而不居)
  : 설혹 얼마간의 성공을 이루었다고 하더 라도 그 안에서 머물지 말라.

나는 이 명구를 실행하고 지키기 위해 무던히 애써왔다. 물론 주변 사람들에 의해 인정받아야 될 일이지만, 혼자 묵묵히 실행하는 일도 그에 못지않게 힘들었다. 이같이 좀 괴팍한 내 시각으로 세상의 일들을 살피노라면 마음에 드는 일보다 불만을 동반하는 일이 훨씬 더 많은 것도 당연하다.

1983년이면 불과 30년 전이지만, 지금과는 사뭇 다른 양상들이 판을 치는 정말로 후졌던 시절이다. 공부가 부족한 사람들도 대학

의 교수가 될 수 있었고, 전과가 있는 사람들이 국회의원이나 고급 관료가 되는 판국이면 법도가 살아있는 사회, 정의가 살아있는 사회라고 할 수가 없다.

내가 수많은 역사드라마를 써 오면서도 역사학을 전공한 교수들의 지도를 받은 일, 자문을 받은 일이 단 한 건도 없었다는 사실은 대단한 의미를 동반한다. 우리 학자들의 저작은 책으로만 읽은 학문일 뿐 현장을 확인한 학문과는 거리가 멀다. 글을 써서 먹고사는 사람도 다를 것이 없다. 그 단적인 예가 식민사관(植民史觀)을 벗어 던지자고 아우성을 치면서도 알게 모르게 그 안에서 허덕이는 사람들이 학계를 지배하고 있었다는 사실이다. 이 말을 폭언으로 들으면 안 된다. 식민사관은 당연히 1945년 광복과 함께 자취를 감추어야 할 일이었지만, 역사학계의 태두를 비롯한 그 직계의 문도들까지 자신들의 저서에까지 조선왕조를 '이씨조선'으로, 조선백자를 '이조백자'로 버젓이 적었던 시절이라면 후학들의 책망을 들어도 도리가 없지를 않겠는가.

자화자찬 같은 고백이지만 실록대하역사드라마 「조선왕조 5백년」이 8년 가까이 방송되면서 '조선왕조(朝鮮王朝)'라는 본래의 말이 우리 곁으로 다가와 정착되기 시작한 것은 누구도 부인하지 못한다. 물론 지금도 '이조(李朝) 5백년' 운운하는 얼빠진 식자들이 없지는 않지만, '조선왕조(朝鮮王朝)'라는 바른 표현이 우리에게 자리잡게 된 것은 실록대하드라마 「조선왕조 5백년」의 공헌임을 나는 자부한다.

실록대하역사드라마 「조선왕조 5백년」 촬영 현장

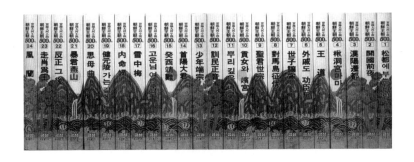

「실록대하소설 조선왕조 500년」 48권

　　MBC-TV가 대하드라마 「조선왕조 5백년」의 제작을 선언한 것
은 자승자박이 될 정도로 엄청난 난제를 동반할 수밖에 없다. 어
느 한 가지도 경험한 일이 없는 전인미답의 길이라면 모든 분야의
열정도 함께 타올라야 한다. 먼저 미술 파트에서 불을 지르고 나선
다. 드라마에 등장하는 모든 사대부가의 아낙들의 머리는 '큰 머리'
로 하겠단다. 지금까지의 역사드라마가 여인들의 쪽머리에 비녀를
찔렀던 모습인 데 반해, 새 드라마는 당시의 법도에 따라 머리에
가채를 올리겠다고 나선다면 아무리 고증을 따른다 하더라도 가위
혁명에 버금가는 일이 아닐 수 없다. 그리고 아직 『경국대전』이 완

성되지 않았던 시절이라 관직에 나간 벼슬아치들은 관복을 입었어도 흉배(胸背)를 달 수 없다는 등의 실증적 개혁의지는 한국 TV 역사드라마의 새 지평을 여는 혁명이나 다름이 없다.

주변의 여건이 이 정도로 들썩인다면 작가인 나로서도 정사 사료를 바탕으로 극본을 쓰는 일에 신명을 바칠 수밖에 없다.

제1화 「추동궁마마」 (1983.3.31~1983.7.1)

추동(楸洞)은 개성에 있는 동네 이름이다. 이성계의 잠저(潛邸: 임금이 되기 전에 살았던 집)가 그쯤에 있었을 것이라는 설정이고, '마마'는 그 집에 살았던 이방원의 정실부인(후일의 태종비 원경왕후)을 상징하게 하려는 의도이다. 물론 집주인이 임금이 되면 그가 살았던 집은 궁(宮)으로 격상된다.

고려 말 공민왕에서 우왕, 태조, 정종, 태종에 이르는 시대를 아우르며 '위화도 회군', '조선왕조의 창업 과정과 수성', 이방원이 두 번에 걸친 '왕자의 난'을 주도하면서 마침내 임금(태조)의 자리에 오르고, 무소불위의 폭력으로 세종 시대가 만들어지는 태종 시대를 정사에 근거하여 극화하였다. 찬란하고 위대했던 세종 시대가 태종 이방원에 의해 의도적으로 만들어졌다는 역사해석은 지금은 보편화되었지만, 그때만 해도 회의적인 시각으로 보는 학자들이 많았다.

이 작품이 방영되는 것으로 5백 년 동안이나 역사의 그늘에 묻혀 있던 태종 이방원, 삼봉(三峰) 정도전, 이숙번, 전운 등에게 새로운 캐릭터를 주면서 역사의 표면으로 끌어낸 공헌을 평가 받으면

서 역사드라마의 새 틀을 제시하였다는 찬사도 들었다. 또 자유분
방하면서도 역사해석을 새롭게 하는 대사들도 드라마의 품격을 높
이는 데 일조하였다.

태종 이방원이 아들 세종에게 왕위를 물려주면서 한 말,

> 천하의 모든 악명은 모두 이 아비가 짊어지고 갈 것이니,
> 주상은 성군의 이름을 만세에 남기도록 하라.

이렇듯 역사해석을 새롭게 시도하는 태종 시대의 모든 것이 함
축되면서 드라마의 막이 내리지만, 김영란, 최명길 등 신인 연기자
들이 연기파 탤런트의 반열에 들어서게 된 것도 내게는 보람이자
기쁨이었다.

제2화 「뿌리 깊은 나무」 (1983.7.8-1983.12.31)

세종대왕의 위민(爲民), 민본(民本) 정치의 실체를 정사를 보는 시
각으로 접근하리라 다짐한 작품이다. 정음(正音)의 창제와 과학의
진흥, 정악(正樂)의 확립 등 문화창달에 진력하면서도 역사인식에
투철하였던 세종대왕의 리더십을 국가경영이라는 관점에서 구체
적으로 제시해 보고 싶었다.

> 대저 정치를 잘하자면 지난 시대의 치란(治亂)의 자취를 살
> 펴보아야 한다. 지난 시대의 치란의 자취를 살펴보기 위해서

는 역사를 상고하는 것이 최선이다.

이 같은 세종의 역사인식이 드라마를 관통한다고 하더라도 지고하면서도 당연한 논리는 극적인 상승효과를 방해한다. 드라마는 선량한 사람보다 악인을 그리는 쪽이 성공할 확률이 높다. 어질고 착하기만 한 세종 시대를 드라마 타이즈하기 어려운 것은 이 때문이다. 그러나 두 며느리(문종의 세자 시절의 아내들)를 폐인으로 삼아서 내쳐야 하는 성군 내외의 개인사적인 고통도 드라마로는 처음 소개되는 대목이어서 그나마 흥미로움을 더할 수가 있었다.

아직 신인 급이나 다름이 없는 탤런트 한인수를 세종대왕 역으로 발탁한 것을 사람들은 파격이라 했지만, 하얀 수염을 단 노역이 모습 중에서도 한없이 인자한 모습은 한인수를 따를 사람이 없을 것임을 내 가슴에 점지해 두었던 것을 실천으로 옮긴 배역이다.

시대의 성격만큼이나 착하고 선량한 〈제2화〉도 무사히 막을 내리게는 되었지만, CM이 붙어야 하는 상업방송의 드라마가 이렇게 밋밋하게 진행된다면 「조선왕조 5백년」이라는 드라마 전체의 존망과 관계되는 일이라 뭔가 특단의 조처를 취하지 않고서는 도중하차 될 위험이 있다. 세 번째 이야기부터라도 강력한 드라마투르기를 세워야 승산이 있을 것이리라.

제3화 「설중매(雪中梅)」(1984.1.9-1985.2.28)

문종 임금이 일찍 세상을 떠나고, 뒤이어 임금의 자리에 오른

단종은 어린아이에 불과했지만 섭정(攝政)은 정해지지 않았고, 임금의 뒤에 발을 치고 수렴청정(垂簾聽政)을 할 대비도 없다. 말 그대로 허약하기 그지없게 된 조선왕조는 계유정란(癸酉靖亂)에 휘말리면서 단종 임금의 비극을 잉태하게 된다. 이 같은 스토리텔링은 이미 춘원 이광수 선생의 『단종애사』에 완벽하게 드러나 있다. 그 소설에 등장하는 한명회는 천하제일의 간신도배이자 악인으로 묘사되어 있지만, 『조선왕조실록』에 등재된 한명회에 관련된 기사 750여 종에는 어느 한 곳도 그가 악인으로 기록된 곳이 없고, 오히려 천하제일의 정치·경세가로 높이 평가되어 있음을 나는 이미 확인해 둔 바가 있다.

그 한명회가 드라마의 주인공으로 등장하여 단종, 세조, 예종, 성종의 4대를 이끌어 간다면 드라마가 기존의 학설을 거부하며 새로운 역사해석을 이끌어 내는 전인미답의 길을 다시 열어가게 되지를 않겠는가.

한명회는 일곱 달 만에 태어난 칠삭둥이라 뼈가 제대로 여물지 않았던 탓에 집안 어른들이 내다 버리라고 하는 것을 하인 한 사람이 그 핏덩이를 솜뭉치에 싸서 돌보았더니 차츰 사람의 형체를 갖추었다는 기록이 있다. 그렇다면 그 얼굴이 정상일 수가 없을 것이라는 것이 내 생각이다.

한명회를 주축으로 〈제3화〉를 쓰기로 작정을 하면서, 얼굴이 찌그러지듯 못생긴 연극배우 정진을 찾아내어 한명회 역으로 쓰겠노라 방송국에 통고했을 때 방송국 간부의 반응은 참으로 기가 막했다.

"신 선생, 방송국 말아먹을 일이라도 있어요?"

그러나 배우 정진의 연기력과 외모는 오직 한명회 역을 하기 위해 태어난 사람임을 나는 철통같이 믿었다.

「설중매」의 제1회분 드라마의 55분 중 한명회에게 배당된 장면은 장장 30분을 넘을 정도로 파격의 배정이었고, 평생 주인공을 처음 해 보는 정진의 열정의 연기는 신기(神技)에 가까울 정도로 빛났다. 단 1회의 방송으로 탤런트 정진은 그대로 '한명회'가 되었고, 그 파장은 전국의 시청자들을 압도하면서 폭발적인 시청률을 기록하게 된다. 배우 정진의 주가는 자고나니 유명해졌더라는 말 그대로 하늘을 찌를 수밖에 없다. 게다가 기존의『단종애사』가 갖고 있는 모든 고정관념을 철저하게 깨부수면서 새롭게 해석된 역사를 TV의 화면을 통해 세상에 알리는 교양과 흥미를 동반한 남성드라마로 군림하게 되자, 강남지역에 새로 문을 여는 고급술집(살롱)들이 '설중매'를 옥호로 쓰겠다고 하면서 작가인 나를 첫 손님으로 초청하여 밤새도록 술을 마시게 하는 해프닝도 세 번이나 있었다.

거기에 수양대군의 정실부인 윤씨 역의 정혜선의 노련한 연기는 말할 나위도 없었고, 인수대비역의 고두심에게도 연기파 탤런트로 굳건히 자리잡는 판을 짜준 셈이 되었다.

조선일보의 주필이자 소설가인 선우휘 선생은 세조와 같은 비인간적인 존재에게 인격을 주어서는 안 된다는 칼럼을 썼고, 나는 선배이자 스승격인 선우휘 국장에게 정말 강력하게 반발하는 편지를 보냈다. 아무리 악독한 사람(세조)도 장조카(단종)를 죽이자면 밤새워 고민하여도 모자람이 없을 것이라는 반발이었는데, 선우휘 선생의 반응은 너무도 인자하고 따뜻하였다.

"신 형, 되게 섭섭했나 보지? 반론하는 글을 써서 보내줘."

선우휘 주필은 내 반론의 글과 자신의 새 글을 똑 같은 크기로 묶어서 다음날 조선일보에 박스 기사로 나란히 게재해 주었다. 지금 사람들로는 상상도 하기 어려운 참 아름다웠던 시절이라고 생각되는 대목이다.

「설중매」는 그런저런 화제에 힘입어 무려 1년 동안이나 방송이 되었다. 그러자니 처음 약속한 2년이 눈 깜짝 할 사이에 지나가 버렸다. 조선왕조의 스물일곱 분 임금 가운데서 겨우 여섯 분의 치세를 썼을 뿐인데, 약속받았던 2년의 기간이 모두 지나갔다면 이보다 난감한 일이 어디에 있던가.

"어떡하지요…?"

다시 한 번 배려해 주었으면 좋겠다는 내 죽어가는 소망에 민용기 제작 이사의 대답은 우리 방송사상 영원히 기록되어야 할 전무후무한 결단이나 다름이 없다.

"그냥 쓰면 되는 거지, 어떡하긴 뭘 어떡해요."

말이 되는가. 60분짜리 대형 드라마를 서류 한장 없이 쓸 때까지 써보라는 말이 성립될 수가 있는가. 지금이라면 천만 번을 죽어도 불가능한 일을, 세계의 어디로 가도 성립될 수 없는 한마디에 힘입어 「조선왕조 5백년」은 이후 7년 동안 씌어지게 된다. 아무리 호랑이 담배피던 시절의 일이라도 오래오래 기억해 두고 싶은 인간미 넘치는 시절의 이야기다.

나에게는 주어진 일을 재미나게, 또 즐기면서 할 줄 아는 천혜의 능력이 있다. 남들 보기에는 어슬렁어슬렁 놀고 있는 것으로 보였어도 원고 청탁서에 적힌 마감 날짜를 단 한 번도 어긴 일이 없다. 방송드라마의 원고는 어떤 경우에도 녹화하기 15일 전에 넘겨줌으로써 탤런트들에게는 암기할 수 있는 시간을 충분하게 주었고, 연출자에게는 스튜디오나 야외의 촬영에 이르는 모든 과정에 차질이 없도록 배려를 하였다. 그러므로 내 드라마에 출연하여 대사를 정확하게 외고, 소화하지 못하면 반드시 그에게 불이익을 주곤 하였다.

요즘 자주 화제가 되는 〈쪽 대본〉에 대한 내 생각은 정말로 단호하다. 약속된 기간을 지키지 못하는 작가는 다른 직종으로 옮겨야 마땅하다. 자신의 무능이나 게으름으로 많은 사람들에게 피해를 주는 일, 그건 지식인이 취할 길이 아니기 때문이다.

시간이 남아돌면 생각이 많아지는 것이 당연하다. 시인들에게는 자신들의 시집이 있고, 소설가들에게는 각자의 작품집이 있는데, 왜 드라마작가들에게는 저서나 작품집이 없는가. 가뜩이나 '딴따라'로 밀리는 판국인데 작품집까지 없대서야 말이 되는가. 그러나 시나리오나, 드라마의 대본을 묶은 선집의 출간은 워낙 낯설고 생소한 일이라 아무리 이름 있는 출판사에서도 일고의 가치도 없는 기획이 되던 시절이다. 그렇다고 자비로 출간하는 일은 자존심 상하는 일이 아닐 수 없다.

"신 선배, 제가 내 드릴게요."

'시인사(詩人社)'라는 출판사를 경영하고 있던 저항시인이자 『국토(國土)』의 시인인 조태일이 아무렇지 않게 선언하듯 제안한다. 나는 그런 책을 내면 막대한 손해를 입을 수도 있다는 식으로 억지사양을 시도해 보았으나, 망하면 제가 망하는 것이지 신 선배와는 아무 상관이 없는 일이라면서 출간을 강행한다.

한일관계 드라마를 모은 『머나먼 해협』을 첫 권으로 『승자와 패자』, 『전선묵시록』, 『란과 인간들』, 『왕조의 세월』의 다섯 권이 TV 드라마 선집으로 묶이면서 이 땅에서 처음으로 드라마의 원고를 선집으로 출간하는 행운의 작가가 되었다. 시인 조태일은 상당한 재정적 손실을 입었을 것이 분명한데도 나를 남겨두고 일찍 세상을 떠날 때까지 한결 같은 우정을 베풀어 주었다.

인연이라는 것, 아름다운 인연을 이어갈 수 있음은 하늘이 베푸는 최상의 혜택이자 행운이다. 나는 그런 무수한 인연과 행운을 누리면서 살아왔음을 무한한 긍지로 여기고 있다.

제4화 「풍란(風蘭)」(1985. 3.11−1985.10.8)

드라마가 성공하는 비결은 땅바닥을 기어야 하는 최하의 신분이 자신의 힘으로 산전수전을 헤치면서 최고의 지위에 도달하는 과정을 그리는 일이다. 이웃나라 일본의 경우라면 농민의 자식으로 태어난 도요토미 히데요시(豊臣秀吉)가 천신만고의 파란을 겪으며 대명(大名)의 자리에 오르는 과정을 그린 드라마나 영화가 성공하듯, 우리나라의 경우는 한명회의 파란만장한 삶이 그 대표적인 예가 된다.

이 같은 경우를 여자의 삶으로 설정을 하면 서녀(庶女: 첩의 딸)로 태어나서 정경부인(貞敬夫人)의 지위에 오른 윤원형의 첩실 정난정(鄭蘭貞)의 파란만장한 삶이 그런 경우에 해당한다. 비록 미천한 신분의 여인을 그린다고 하더라도 역사극이 지향해야 할 품격과 역사인식을 지켜갈 수가 있다면 나무랄 수 없는 소재가 아닐 수 없다.

게다가 중종 시대를 다룬다면 사림(士林) 시대를 열어가는 대사헌(大司憲: 지금의 검찰총장) 정암 광조의 직언(直言)을 빼놓을 수가 없다. 그러나 선비의 직언은 현실 정치현상에 대한 고발을 의미하기가 십상이다. 그런 오해가 겹쳐지면서 결국 우여곡절을 불러들이게 되었다.

"전하, 원컨대 눈을 크게 뜨시고, 귀를 여시어 백성들의 원성을 귀담아 들어 주소서. 백성들의 원성이 쌓이고서는 선정(善政)이랄 수가 없사옵니다. 통촉하소서!"

제3공화국의 강압정치가 한창이던 시절에는 방송국의 제작국에 중앙정보부(지금의 국정원)의 요원이 상주하면서 인쇄되어 나오는 모든 드라마의 대본을 점검하면서 '감 놔라 대추 놔라' 하는 식으로 통제하고 간섭을 하였고, 작가들이 호락호락 들어주지 않으면 제작 실무진을 협박하는 등의 터무니없는 폭력이 다반사로 이루어지던 시절이다. 정보부 담당관과 나의 충돌은 지켜보는 사람들까지 불안하게 할 정도였다.

정보부의 불만은 역사드라마를 빙자하여 '청와대를 욕보이지 말라'는 것이지만, 역사란 마치 거울과도 같아서 어느 시대를 빗대어도 권력의 속성은 비슷하지 않은 곳이 없다. 더구나 스스로 독재를 하고 있다는 자격지심에 젖으면 역사드라마의 모든 내용에 자신의 행적을 빗대어 비아냥거리는 것으로 느껴지게 된다.

대하드라마 「조선왕조 5백년」을 중단하라!

공보부의 은밀한 지시가 하달된다. 누구의 명인가, 아무도 거역할 수가 없는 시대의 흐름이다. 드라마는 중단되고 나는 실업자가 되었다. 당시 내가 분통터졌던 일은 도하의 모든 신문들이 〈작가의 재충전을 위한 만부득이한 중단〉이라고 매도한 일이었다. 어떻게 사실과 180도가 다른 기사가 모든 일간지에 일제히 대서특필될 수가 있는가.

실업자에게는 할 일이 없다. 그러나 터져오르는 분통은 삭이기가 힘들다. 그럴 때, 전국에서 보내오는 위로의 전화나 편지가 나의 흔들림을 바로 세워주곤 하였다. 별명이 '히스토리 김'이라는 중3 학생의 편지에는 "후일 반드시 역사학자가 되어 꼭 선생님을 찾아뵙고, 오늘의 통분함을 씻어드리겠습니다."라는 구절이 있어 위로가 되었고, 일면식도 없었던 문단의 대선배이신 「가스등」의 시인 김광균 선생의 편지는 나를 용기백배하게 하였다.

> 인왕산의 바위가 못생겼다하여 그 바위를 갈아내고자 하
> 는 위정자는 한 줌밖에 안 되지만, 술자리에 앉았다가도 신
> 선생의 드라마를 보기 위해 집으로 달려가는 사람은 기만명
> 입니다. 세속의 일에 마음 상해하지 마시고, 반드시 후속을
> 써서 마치겠다는 각오를 다져 주시기를 간곡히 부탁드립니다.

지금까지도 잊혀지지 않고 마음속에 간직된 것이 문인 선배들의
따뜻한 위로와 당부다.

세월은 무심히 흐르는 것 같지만 꼭 그렇지만은 않다. 대통령의
임기를 7년으로 늘려 잡았던 전두환 대통령은 후계자로 지목하였
던 노태우 대통령을 탄생하게 하였다. 형식적으로는 민간인 정부
이지만 새 대통령도 육군 대장 출신이면 군사정권의 연장이나 다
를 것이 없다. 그런 와중에서 대하드라마 「조선왕조 5백년」은 새
대통령의 배려로 방송이 다시 허락되었다.

제5화 「임진왜란(壬辰倭亂)」 (1985.10.14-1986. 4.15)

임진, 정유년의 왜란 발발에서 종료에 이르기까지의 과정을 조
선, 일본, 중국 3국의 정치상황을 대비하면서 전개하기로 하였다.
특히 해전(海戰) 장면은 미니어처 촬영으로 계획하고, 일본인 기술
진을 초빙하여 제작하기로 하였다. 그러자니 제작비의 상승이 천
문학적일 수밖에 없다. 총제작비 26억 원, 당시로서는 상상을 초월

하는 거금이 아닐 수 없다.

제작의 여건이 그 정도로 확대되면 작가는 작품으로 보답해야 한다. 풍신수길, 소서행장, 가등청정 등 일본 측 등장인물의 캐릭터는 일본의 사료를 토대로 하였고, 오사카성(大坂城) 내부의 세트 디자인 또한 일본의 공영방송인 NHK 것을 빌려서 그대로 쓰기로 했다.

지난 번 한명회의 역으로 진가를 발휘해 주었던 탤런트 정진을 풍신수길의 역으로 다시 발탁하자, 그는 아예 가운데 머리를 면도로 밀어내고 옆머리를 길게 길러서 가발을 쓰지 않고도 본래의 사무라이 상투를 틀 수 있을 정도의 열정을 보였다. 일본 여성들이 입는 기모노(민속의상)의 경우도 NHK 의상실의 담당자를 초청하여 허점 없도록 배려할 정도의 치밀한 준비 끝에 제작하였던 탓에 완성된 영상은 일본에서 제작된 역사드라마와 구분하기 어려울 정도의 성과를 거두게 되었다. 이에 힘입어 방송이 종료된 후, 일본의 공영방송인 NHK의 요청으로 60분물 7회분으로 압축되어 「왜란(倭亂)」이라는 제명으로 일본 전역에 방송되기에 이르자, 일본의 대표적인 출판사인 고단샤(講談社)에서 일문소설을 간행하자는 제의가 왔다.

금성출판사의 자회사 사장인 김상현의 유려한 번역으로 상·하 두 권의 소설로 발간되는 것으로 임진·정유년의 왜란이 사실에 가까울 정도로 일본 사람들에게도 알려지게 되는 성과까지 얻있다.

'적선지가에 필유여경'이라는 말이 있다. 나는 특별히 남에게 적선한 일이 없으면서도 끝없이 많은 경사를 겪으면서 살아온 편이다. 간혹 나는 내 사정에 걸맞도록 남에게 조금 적선하는 경우가 있기는 하지만, 언제나 그 몇십 갑절이 넘는 은혜가 되어 되돌아오는 것에 늘 감읍하는 심정을 간직하려고 애썼다.

실록대하드라마 「조선왕조 500년」이 순조롭게 진행되면서 선조 시대의 고비를 넘어서자, 금성출판사에서 대하소설로 고쳐 써 줄 수 없겠느냐는 제의가 있었다. 마다할 일이 아니었어도 드라마를 쓰는 일만으로도 힘겨운 노릇이라고 하소연하자, 따로 사무실을 마련해 줄 것이며, 소설로 고쳐 쓰는 젊은 작가들이 필요하다면 그 수당까지 부담하겠다는 파격의 제의를 거절할 수가 있던가.

경희대학에서 '희곡문학론'을 강의할 때의 제자들인 고원정, 유재주, 박덕규 등의 준재들을 모아서 〈한국역사문학연구소〉라는 간판을 걸고, 드라마의 원고를 소설로 고쳐 쓰는 작업을 하게 되었다. 그들 세 소설가 지망생들의 열정과 능력은 탁월하였지만, 그들만으로는 감당할 수 없는 작업분량에다 역사서적과 대조까지 해야 하는 작업이라면 결단코 수월한 일일 수가 없다. 도움의 범위를 다시 넓힐 수밖에 없다. 당시는 지금과 달라서 중견 소설가도 일거리가 없어 빈둥빈둥 놀고 있을 정도로 모든 여건이 열악하던 시절이다. 급기야 짬이 난 중견 소설가에도 참여해 줄 것을 호소하게 되었다.

그런 많은 기성작가들의 도움에 힘입어 실록대하소설 『조선왕조

5백년』의 전기분 24권이 출간되었다. 물론 다시 몇 해 뒤 후기분 24권이 더하여지면서 총48권이라는 엄청난 분량의 실록대하소설이 완간되는 경사가 이루어진다. 그 성과로 '대한민국 문화예술상'을 수상하게 되었지만, 어렵고 답답한 『조선왕조실록』의 기둥이 되는 기사를 한글로 읽을 수 있는 문건이 완성되었다는 점에서 노작이면서도 자랑스럽다는 자부심을 갖게 하는 성과로 나는 확신한다.

글쎄 자화자찬이라 하여도 나는 감내할 각오가 되어 있다. 아직은 한글로 된 『조선왕조실록』을 대신할 수 있는 유일한 문건임에랴.

드라마의 원고를 쓰기 위해서는 사료를 뒤져야 한다. 또 그것을 대하소설로 옮기자면 다시 한 번 사료를 확인해야 되는 과정은 다람쥐가 쳇바퀴를 도는 것과 같아서 무미건조하기가 그지없다. 다시 시간을 쪼개서라도 뭔가를 시작해야 하는 판국인데 눈이 번쩍 뜨이는 신문기사를 보게 되었다.

조선일보의 논설고문이셨던 최석채 선생이 「골프 망국론(亡國論)」이라는 명 사설(社說)을 써서 수많은 독자들을 감동하게 하였는데, 그 최석채 선생이 골프를 배워서 필드를 돌고 있을 때 뒤따르던 젊은 독자가 정중하면서도 조금은 비아냥조로 말을 걸었다.

"선생님의 명 사설 「골프 망국론」을 읽은 때가 엊그제 같은 데요."

이 난감한 질문을 받아 넘기는 최석채 선생의 대답은 참으로 절묘하였다.

"허허허, 그땐 내가 뭘 몰랐어도 한참 몰랐어요…."

이 명답이 나에게도 골프채를 들게 하였다. 새벽 네 시면 연습장으로 달려가 손바닥이 헐도록 골프공을 두들기다가 미처 세기도 갖추기 전에 필드로 달려 나가기 시작하였다. 실록대하소설 『조선왕조 5백년』이 불티나게 팔린다면서 금성출판사의 김낙준 회장이 골프장 회원권을 마련해 주었다. 참 놀라운 인연의 끈이 거미줄처럼 얽힌다면 어떨지 모르겠다.

대관령에 새로 마련된 용평골프장의 경관은 절경을 방불케 하면서도 코스의 디자인은 오밀조밀하면서도 모험심을 갖게 하는 명문으로 떠오르고 있던 시절이다. 그 아름다운 초원을 누비면서 문득문득 생각나는 것이 고개 하나를 넘으면 고향이 있다는 사실이다.

그래 이제는 돌아가도 부끄러울 것이 없겠다. 도연명의 「귀거래사」를 흥얼거리며 고향으로 돌아갈 궁리를 하면서 늘그막을 즐길 만한 곳을 물색하게 되었다.

강릉시 초당동은 경포 호수를 에워싼 소나무 밭 언저리에 자리하고 있다. 더구나 동양 3국에서 가장 빛나는 여류시인인 난설헌 허초희와 그녀의 아우이자 저항소설 『홍길동전』을 쓴 교산 허균이 태어난 유서 깊은 고장이다. 그래 그 초당동에 집을 한 채 짓자. 그리하여 난설헌과 교산이 못다한 문학의 떡고물이라도 챙길 수가 있다면 얼마나 다행한 일인가. 내친김에 내 아호까지 초당(艸堂)으로 고쳤다. 남들에게는 부러운 넋두리가 되겠지만, 내게는 참으로 다행한 일이고 또 의미 깊은 삶이 아닐 수가 없다.

그렇게 이리 뛰고 저리 뛰는 작가의 천방지축도 아랑곳하지 않

고 실록대하드라마 「조선왕조 5백년」은 우리나라 역사드라마의 대
명사나 다름이 없게 종래의 제작 타성을 하나하나 개혁하면서 차
근차근 제작되어 간 것은 지금 생각하여도 참으로 신통하다.

제6화 「회천문(回天門)」 (1986.4.28-1986.10.28)

명청교체기(明淸交替期)의 조선은 이념의 갈등과 혼란을 겪어야 했
다. 명나라와의 의리를 지킬 것인가, 아니면 청나라와의 우의를 새
롭게 정립해야 할 것인가의 문제는 국론을 분열하게 하는 화두였다.

광해군의 2중 외교는 그런 와중에서 나왔다. 오도도체찰사(五道
都體察使) 강홍립(姜弘立: 1560-1627)이 지휘하는 2만여 대병을 후금(청나
라)에 투항하게 하면서까지 새로운 시대를 대비했던 광해군은 인조
반정(仁祖反正)으로 강제 퇴위된다. 오늘날에 이르러 광해군을 재평
가해야 한다는 논리의 근원이 바로 여기에 있다. 이 과정을 드라마
로 제작하는 것도 역사상 최초의 일이다.

반정으로 광해군을 밀어내고 임금의 자리로 추대된 인조는 전왕
(광해)의 정책을 따를 수가 없다. 그러므로 후금은 조선과 철천지원
수가 될 수밖에 없었고 배신자로 낙인찍힌 강홍립은 격분하여 스
스로 선봉이 되어 조선을 치는 정묘호란(丁卯胡亂)의 불씨를 당긴다.
병자호란(丙子胡亂)의 전주곡이었다.

제7화 「남한산성(南漢山城)」 (1986.11.3-1987.1.27)

인조 조에서 효종을 거쳐 현종에 이르는 10년 풍상을 병자호란

을 중심으로 엮었다. 당시 화친론(和親論)을 주장했던 최명길은 '금수만도 못한 인간'으로 매도되면서도 화친의 뜻을 굽히지 않는 지식인의 진면목을 보여 주었다. 이에 반해 김상헌을 축으로 한 척화 세력과의 양대 세력 갈등은 국가의 미래를 가늠하는 척도이기도 했다. 이 두 세력 간의 갈등을 '국가관을 살피는 바로미터로 삼은 것'이 이 드라마의 주제였고, 화친이냐 척화냐의 갈등을 선명하게 보여 주는 이른바 '양시론(兩是論)'의 진면목이 드러나는 와중에서 '병자호란'이 발발한다.

남한산성으로 밀려나 살길을 모색하던 인조가 적장 앞으로 나가 세 번 절하고 아홉 번 머리를 조아리는 이른바 삼배구고두의 치욕은 조선왕조 개국 이래의 대수치가 아닐 수 없다. 그로 인해 60만 명에 이르는 조선인 남녀가 포로라는 이름으로 혹한의 추위를 견디며 심양으로 끌려간다. 그 후유증 또한 헤아릴 길이 없었음을 드라마는 차분하게 그려나갔다.

드라마가 그렇게 흐른다 하여 세상일까지 잠잠해지는 것은 아니다. 이미 앞에서 밝힌 바와 같이 아무리 잘 다듬어진 픽션도 현실의 팩트를 넘어 설 수가 없다.

북한을 탈출한 신상옥·최은희 내외의 화제는 세계인의 이목을 집중하고 남을 충격을 불러온다. 미국에 정착할 것이라는 그의 선언을 나는 이해할 수가 없었지만, 신변의 안전 때문이라는 데 이견을 달 수는 없다. 워싱턴에 정착한 신상옥은 하루에도 몇 번씩 국제전화로 미국으로 와서 자신과 함께 일하자고 졸라댄다. 심지어 '그까짓 드라마를 써서 뭘 하느냐'는 투의 폭언까지도 서슴지 않았다. 그러나 내게는 드라마 「조선왕조 5백년」의 대미를 찍어야 하는 것이 하늘의 소명이나 다름이 없었기에 그의 성화를 물리칠 수가 있었다.

신상옥 내외가 서울로 온 것은 북한을 탈출하고 거의 1년쯤 지나서가 아닌가 싶다. 목숨을 걸고 사선을 넘어 온 그와의 재회는 어떤 감격과도 바꿀 수 없는 기쁨이었다. 본시 신상옥이라는 사람은 영화밖에 모르는 사람이다. 그런 그의 성격이 북한을 탈출하였다 하여 달라질 까닭이 없다. 그는 북한에서의 이야기, 미국에서의 이야기는 접어 둔 채 그가 하고 싶은 말부터 시작한다. 도무지 옛날과 달라진 것이 없다.

"신 형, 「마유미」를 만들어야겠는데, 신 형이 시나리오를 써줘야겠어."

나는 그 순간 하마터면 뒤로 자빠질 뻔하였다. 그가 북한에 있을 때 김정일의 아낌없는 지원으로 수많은 영화를 만들었고, 김정일의 신임이 있었기에 탈출을 할 수가 있었질 않았는가. 그런 처지로 KAL기 폭파범인 김현희의 이야기를 영화로 만들겠다면 김정일에 대한 배신이나 다름이 없다.

"왜 하필이면, 김정일이 제일 싫어할 이야기를…?"

"세계인의 관심사니까. 급해요 신 형."

신상옥 감독은 만들고 싶은 영화를 만들고 싶을 때 거침없이 만들어야 직성이 풀리는 사람이다. 아이들 말로하면 아무도 못 말리는 사람이다. 그러면서도 시나리오작가에 대한 예우에는 빈틈을 보이지 않는 것으로도 정평이 나 있다.

내가 자료를 수집하는 동안 신상옥 감독의 협력은 상상을 초월할 정도였다. KAL기에 탑승하였다가 교체되었던 스튜어디스 5, 6명을 데려와 좌담을 하게 하는가 하면, 현지를 취재할 여비와 만나야 할 사람들의 명단에 이르기까지 꼼꼼하게 챙겨 준다. 게다가 폭파지령을 받은 김현희의 훈련과정에서부터 문제의 비행기에 탑승하기까지의 일정과 장소는 최은희 여사가 설명한다. 모두가 평양, 체코 등지에서 실제로 경험하였던 일이라 눈에 본 듯이 세세할 수밖에 없다.

"신 형. 서브 스토리가 실감나야 해. 이 비행기를 꼭 타야 할 사람은 사정이 생겨서 못타고, 타지 않아야 될 사람이 애원을 하고 탔다가 목숨을 잃는 운명적이 이야기가 얽혀 있어야 단순한 테러영화의 범주에서 벗어날 수가 있을 거야."

영화 「마유미」는 그 규모로 보나, 스토리의 흐름으로 보나, 빠른 템포의 몽타주를 보나, 폭파시의 미니어처로 보나, 외국의 첩보영화와 어깨를 나란히 할 수 있는 역작으로 완성되었다. 그러나 불행하게도 한 시대를 풍미하였던 반공영화의 편린으로 폄하되면서 세인들의 관심을 모으지 못하였다.

그리고 얼마나 세월이 흘렀던가. 노무현 정부 시절이다. 어디선가 전화 한 통이 걸려왔다. 폭파범 김현희가 가짜임을 양심선언으로 표명해 달라고 한다. 세상에 이같이 터무니없는 일도 있던가. 나는 「마유미」의 시나리오를 쓰면서 당사자인 김현희를 만난 일이 없다. 그러나 수많은 관련자들은 두루 만났었다. 김현희가 가짜라면 관련자가 있을 까닭이 없지를 않던가. 어떻게 있었던 일을 없었다고 강변하는 행위가 정부의 묵인을 받을 수가 있는가. 우리가 겪은 현대사의 한 단면이기는 하지만, 참으로 엄청난 시행착오를 견디며 살아온 셈이다. 이 정도의 사고의 혼란이면 6 · 25가 북침으로 회자되는 것도 무리가 아니다. 참으로 터무니없는 시대도 있었던 셈이다.

신상옥 감독은 지나간 일에 미련을 두지 않는 사람이다. 의욕적으로 대들었던 영화가 성과 없이 끝났다고 하더라도 그에게는 잠깐 지나간 일에 불과하다. 바로 이점이 영화를 대하는 신상옥 감독의 대범함이라고 나는 늘 부러워했다.

"신 형, 신 형의 책임 하에 TV 다큐멘터리를 만들면 어떨까."

나는 또 놀란다. TV 시대를 이끌어 가기 위해서도 그는 선두를 달리고 싶어 한다. 우리나라 근 · 현대사를 이끌어 온 선각자의 일생을 60분짜리 다큐멘터리로 담아내자고 한다.

"구체적으로 어떤 사람들을 선정하게 되는데?"

신상옥 감독의 대답은 막힘이 없다. 김옥균, 박영효, 이승만, 김구, 조만식 등 얼마든지 있다는 등 자신감이 만만하다.

"그런 거 만들었다가 안 팔리면 어떻게 하구?"

"안 팔리면 공공도서관에 기증하면 되지. 별 걱정을 다해."

신상옥 감독의 진면목을 이보다 더 명확하게 보여 주는 대목은 없다. 도대체 얼마 동안 연구한 결과인가. 그런 다큐멘터리를 본격적으로 제작하기 위해서는 제작회사를 차려야 한다면서 회사의 이름은 〈S&S 프로덕션〉이라고 정했다고 한다. 물론 신상옥, 신봉승의 이니셜을 딴 회사 이름이다. 계획은 하루가 다르게 더 구체적으로 진전한다. 영어, 불어, 일어에 능통한 사무국장을 채용하여 월급을 다른 회사의 사장 급으로 높이고, 신봉승은 사장노릇하면서 기획과 시나리오만 쓰고, 자신도 짬이 나면 연출에 임하겠다고 한다.

우리가 상당 기간 동안 여기에 매달려 있는 동안 최은희 여사도 싱글벙글 동조한다. 결국 다른 일정이 빠듯하게 짜여 있었던 내가 발을 빼는 것으로 이 의욕적인 프로젝트는 수포로 돌아갔다. 그때 신상옥 감독에게는 내가 배신자로 보였을 게 분명하다.

그리고 2000년 2월. 신상옥 감독은 또 새로운 일에 도전하자고 한다.

"신 형. 1·4 후퇴 때 흥남철수 알지? 그걸 소재로 시나리오를 써 줘."

타이틀은 〈Christmas cargo〉로 즉석에서 정해진다.

아, 얼마나 기막힌 타이틀인가. 영하 30도의 혹한 속에서 함흥 일원의 피난민 10만여 명이 흥남부두로 몰려든다. 공산치하를 피해 남쪽으로 갈 배를 타겠다고들 아우성이다. 미8군의 함정들이 가까스로 이들을 태우고 흥남부두를 떠난다. 이 날이 크리스마스이브. 그래서 제목이 '크리스마스 짐짝'이라면 비장감이 넘친다.

나는 의욕이 발동했다. 내 데뷔작 시나리오「두고 온 산하」의 라스트 신도 흥남철수다. 그때 못다 쓴 얘기를 다시 쓰고 싶어서다. 이 시나리오를 쓸 때도 신상옥 감독의 철저한 프로의식은 완벽하게 드러난다. 미8군사령관 알몬드 장군의 통역이면서 한국인 피난민들을 승선하게 하는 데 결정적인 공헌을 했던 현봉학 박사를 미국에서 데려와 취재하게 하는가 하면, 당시 함경북도 유담리 전투에 참가하였던 미 해병대 23사단의 참모와 노병들까지 서울로 초청하여 호텔비를 물면서까지 간담회를 주선해 준다.

　또 어느 날은 그때 미군들의 LST에 짐짝처럼 실렸던 피난민들을 10여 명이나 데려오기도 한다. 거기에는 LST의 밑창에서 분만을 했던 여성도 포함되어 있다. 지금은 모두 백발이 성성한 노인의 모습이지만 당시에는 한결같이 20대의 청년들이 아니었겠는가. 그들의 입에서 흘러나오는 한마디 한마디는 울분이며 절규나 다름이 없다. 우리가 겪었던 질곡의 현대사를 눈물로 증언하고 있었기 때문이다.

　그 중에서도 함께 승선하기를 거부한 한 목사님의 이야기는 내 눈시울을 적시기에 부족함이 없다. 여기에 목침보다 더 두꺼운 국방부의 전사기록까지 살피면서 시나리오는 완성이 되었으나, 1950년 12월의 흥남부두, 그리고 거기에 몰려든 10만여 명의 피난민들, 이들을 싣고 갈 구축함 등 8척의 수송선이 있어야 촬영이 가능하다.

　비감에 젖은 신상옥 감독의 말이 지금도 귀에 선하다.

　"신 형, 미 국방성에서 군함은 빌려 주겠다는데, 한국까지 오는 기름값이 너무 든다는 거야. 그래서 미국 해안에서 찍으라는데, 10만 명의 동양인 엑스트라는 어떡해. 그리고 그들이 입을 그때의 옷은 또 어떡하고…."

나는 천하의 신상옥 감독도 안 되는 게 있구나 싶어 쓴 웃음을 웃었다. 물론 그때는 CG(컴퓨터그래픽)의 쓰임새가 지금과 같지 않을 때다.

아, 신상옥 감독. 새로 다려서 입은 고급 바지, 비싼 외제 구두를 신은 채 첨벙첨벙 시궁창으로 들어서는 그의 모습이 그리워진다. 그는 정말 영화밖에 모르는 사나이로 태어나 한국영화를 아끼고 사랑했던 진짜 한국의 영화감독이었다.

제8화 「인현왕후(仁顯王后)」 (1988.1.13-1988.10.13)

조선조 19대 임금 숙종 시대에 얽힌 정치사와 궁중비사를 장희빈과 인현왕후, 숙종을 중심으로 극화하였다. 숙종 시대의 정치사의 특징은 환국(換局: 정권교체)의 연속이었으나, 그 환국을 숙종이 의도적으로 주도면밀하게 꾸려갔다는 역사해석은 참신하고도 남았다.

아직 신인의 범주에서 벗어나지 못하고 있던 탤런트 전인화의 발탁은 모두가 위험천만한 선택이라면서 말렸다. 종래의 영화나 텔레비전드라마에서의 장희빈 역은 인기절정의 여배우가 맡은 것이 통례였기 때문이다. 나는 방송국의 격렬한 반대를 무릅쓰고 일면식도 없는 전인화를 선택하였고, 승산이 있을 것이라는 예감은 적중하였다. 장희빈 역을 무난히 소화한 전인화는 자타가 공인하는 스타의 반열에 오르지 않았던가.

얼마간 시들해지던 「조선왕조 5백년」은 다시 활기를 찾으며 굴러가기 시작하면서 내게는 또 다른 행운이 찾아와 준다. 한국일보사가 주관하는 백상예술대상은 지금보다 더 화려하고 거창하게 치러지던 시절이다. 이 해에 나는 대상(大賞)과 극본상을 함께 거머쥐는 전례 없는 특혜를 누렸고, 이어 서울특별시 문화상도 수상하였다.

그 모든 행운과 영광이 대하드라마 「조선왕조 5백년」의 집필 중에 일어난 일이어서 여러 신문지상을 마치 도배를 하듯 드라마의 진척과 내 신상의 일들이 오르내리곤 하였다.

제9화 「한중록(閑中錄)」 (1988.10.19−1989.6.1)

영조 시대를 배경으로 사도세자와 혜경궁 홍씨의 비극, 당시의 정치 사회상을 정사 사료를 바탕으로 그려가면서도 특히 혜경궁 홍씨가 쓴 『한중록(閑中錄)』을 기둥 줄거리로 삼았고, 무수리를 모친으로 둔 영조의 콤플렉스가 친아들 사도세자를 뒤주 속에 넣고 굶어죽이는 노망과도 같은 패덕을 사실감 넘치게 그렸다. 특히 사도세자가 뒤주 속에서 죽은 것을 확인한 영조의 통곡과 회한은 당일치 『조선왕조실록』을 완벽하게 복원하여 시청자들의 눈물을 솟아나게 하였다.

겨우 하늘의 뜻을 알게 된다는 지천명(知天命)의 나이로 설혹 크기는 했어도 한 편의 작품에 모든 것을 걸면서 50대의 반을 넘어서게 된다. 머리는 어느새 반백으로 변하였고, 그러자니 아이들이 자라서 어른이 된다. 큰딸 소영이가 출가를 하여 아이를 기르는 엄마가 되는 세월도 탓할 바가 못 되듯, 둘째 딸 소정이도 한규영(韓圭榮)과 결혼을 하게 되었다.

드라마를 쓰는 작가들은 못해 본 경험을 만들어서 쓸 때가 더러 있다. 좋은 작품을 쓰자면 이미 경험한 일을 쓰는 것이 상책이지만, 겪어보지 않았던 내용을 드라마로 담을 때는 황당하다는 생각이 들 때도 간혹 있다. 일테면 자식을 떠나보낼 때의 부모 심정이 그런 경우에 해당한다. 결혼을 경험하지 않은 젊은 작가가 자식의 불행을 그리는 내용의 드라마를 쓸 때, 고통을 동반하게 되는 것은 그 때문이다.

나는 중년의 나이로 일일연속극 「하얀 민들레」를 썼다. 혼기에 든 자식들을 떠나보내는 부모들의 마음을 담은 내용이어서 실감이 담겼다는 평가를 들었다. 부산물로 진미령이 부른 주제가 끝없이 퍼져나가기도 했다.

나 어릴 때 철부지로 자랐지만
지금은 알아요, 떠나는 것을
엄마 품이 아무리 따뜻하지만
때가 되면 떠나요, 할 수 없어요.

안녕 안녕 안녕 손을 흔들며
두둥실 두둥실 떠나요

민들레, 민들레처럼
돌아오지 않아요, 민들레처럼.

나 옛날엔 사랑을 믿었지만
지금은 알아요, 믿지 않아요.
눈물이 아무리 쏟아져 와도
이제는 알아요, 떠나는 마음.

조용히 나만 혼자 손을 흔들며
두둥실 두둥실 떠나요
민들레 민들레처럼,
돌아오지 않아요 민들레처럼.

민들레처럼, 민들레처럼.

발라드풍의 멜로디도 발랄하지만, 때 묻지 않은 진미령의 창법에 힘입어 많은 대중들의 사랑을 받은 노래다. 둘째 딸 소정이가 우리 내외의 품을 떠나 갈 때의 마음을 담은 노래여서 들을 때마다 생각나는 것이 많지만, 드라마작가는 경험을 미리 만들어서 체험한다는 말을 실감하게 하는 대목이다.

행운이라 해야 할지, 일거리라 해야 할지…, 적절할 때 정말로 적절하게 찾아드는 경험을 나는 여러 번 했다. 또 그런 과정을 되풀이 해 적어 온 것이 이 글의 주된 내용이기도 하다.

나와 절친하다 할 만큼 가깝게 지내던 일본의 여성 논픽션작가 쓰노타 후사코(角田房子) 여사가 전작 「민비암살」에 이어 또 다른 논픽션을 쓰겠다면서 자료를 요청해 왔다. 명성황후 시해 사건에 연루되어 일본 땅으로 망명하였던 우범선(禹範善)은 고종의 심복과도 같았던 고영근(高永根)에게 망명지 일본에서 암살된다. 그 우범선의 아들이 육종학의 권위인 농학박사 우장춘(禹長春)이다. 우장춘은 아버지가 배반한 조국으로 돌아와 열악한 농업환경을 개선한다. 그러나 우장춘이 풍족한 연구환경을 버리면서까지 가난한 아버지의 나라로 돌아오게 된 내심을 누구에게도 밝혀놓지를 못했다.

이 숙명적인 두 부자의 관계를 정면으로 다루겠다고 쓰노타 후사코 여사는 의욕을 보였다. 전작 「민비암살」 때도 자료를 제공했던 터이라 거절할 이유가 없다. 나는 소중히 간직하고 있던 우범선을 암살한 고영근의 재판기록을 그녀에게 제공하는 등 나름대로의 협력을 아끼지 않았다.

완성된 논픽션 「두 개의 조국」도 충격적인 화제를 모으면서 발매되었다. 이어 일본의 공영방송인 NHK에서 이 작품을 두 시간짜리 다큐멘터리로 제작하겠다고 나섰다. 감독은 유능한 드라마작가이면서 연출을 겸하고 있는 오카사키 사카에(岡崎榮)가 맡기로 했다면서 나에게 그 다큐멘터리의 한국 측 리포터로 출연해 줄 것을 요청해 왔다. 나는 망설이지 않을 수가 없었다. 그 시절만 해도 한국의 지식인이 일본의 방송 프로그램에 출연하여 일본말을 쏟아내는 것을 탐탁하게 여기지는 않았던 시절이다. 게다가 내 일본어는 그리 유창한 축에도 못 들었음에랴.

"아니지, 누군가가 나서서 길을 열어야 해. 언제까지 그 따위 속좁은 틀에 매달릴 거야!"

여장부와도 같았던 〈시네텔 서울〉의 전옥숙(全玉淑: 홍상수 감독의 모친) 사장의 열화와도 같은 성화에 떠밀리기도 하였지만, 비록 짧기는 했어도 일본국 공영방송인 NHK의 전파에 '명성황후 시해사건'이 영상으로 담긴다는 사실을 확실하게 하고 싶은 마음으로 출연하기로 결심하였다. 이때까지만 해도 일본국의 공영방송에서는 일본인 낭인들이 명성황후를 시해하는 장면을 방송하는 것을 금기시하고 있었던 시절이어서 의미 깊은 출연이라고 자위하였다.

연출자인 오카사키 사카에도 대단한 의욕을 보여서 제작진은 우장춘 박사와 관련이 있는 일본 땅을 두루 섭렵하면서 우장춘 박사의 일본 쪽 자녀들과도 모두 만나서 인터뷰를 하게 되었다. 그때마다 나는 똑같이 아버지 우장춘 박사의 느닷없는 귀국이 무엇을 의미하느냐고 물었지만, 자녀들의 대답은 모두 한결같았다.

"글쎄요, 잘 모르겠습니다."

조금은 쑥스러운 웃음을 담으며 그렇게 말했지만, 뭔가를 숨기고 있다는 분위기가 역력하였다. 나는 우리가 생각하는 우장춘 박사와 그분의 자녀들이 생각하는 아버지 우장춘의 이미지에는 화합할 수 없는 큰 거리가 있음을 확인할 수 있었다. 아내와 장성한 자녀들에게 일언반구의 말도 남기지 않은 채 농업환경이 열악한 아버지의 나라로 돌아가기 위해, 밀항자를 수용하는 오무라수용소(大村收容所)로 걸어서 들어가는 농학박사 우장춘의 비장한 귀국을 어떻게 해석해야 하는 것일까.

뿐만이 아니다. 우범선은 일본국 최대의 조선(造船)기지로 불리는 구레시(吳市)에 정착하였다가 명성황후의 심복과도 같았던 고영근에게 암살된다. 이 사건이 역사와 아무 상관이 없는 개인의 원한이라면 여기서 모든 것이 끝나야 옳지만, 역사의 흐름은 그것을 용납하지 않는다. 우범선이 암살되었던 구레시의 와쇼 거리(和庄町) 2079번지는 그로부터 백 년이 지난 지금도 흉가 터라 하여 집을 짓지 못하는 빈터(밭)로 남아 있다. 부동산 천국이라는 현재의 일본 땅에 이런 불가사의한 일이 존재한다는 사실 또한 역사의 준엄함이라고 여겨지는 대목이다.

완성된 다큐멘터리는 한국의 KBS와 일본의 NHK에서 방송이 되었다. 그러나 우장춘 박사의 학문적인 업적은 잘 그렸으면서도 그의 돌연한 귀국을 정확하게 밝혀내지 못한 아쉬움을 남기면서 종결되고 말았는데, 조선일보사의 논설고문이신 최석채 선생이 주신 전화 한 통이 우리들이 고민했던 부분을 명쾌하게 해결해 주었다.

"뭘 그렇게 어렵게 생각하나. 우장춘 박사가 내게 직접 말했어. 아버님을 대신하여 조국에 속죄하기 위해 가족들을 버렸노라고…."

아, 등잔 밑이 어두워도 분수가 있지. 최석채 선생의 명쾌한 가르침을 받고서야 나는 우장춘 박사의 일본 쪽 자녀들이 보여 주었던 어색한 웃음이 무엇을 의미하는지를 알게 되었다. 그들은 차마 "아버지는 우리를 배신하였습니다."라고 말할 수가 없었을 뿐이다.

우범선과 우장춘 박사의 이 기막힌 부자간의 갈등은 개인사적인 것이지만, 그것은 '명성황후 시해'라는 역사의 흐름과 무관할 수 없기에 역사의 향배를 따르는 필연적인 결과일 것이라고 나는 믿고 있다.

역사를 적은 전적들을 대하노라면 역사서에 등재된 당사자와 후손들의 관계는 단절되어지지 않는다는 사실도 알게 된다. 역사에 악명을 남긴 사람들의 후손들은 그 선조로 인해 수백 년 동안을 마음 편히 살지 못하는 경우를 얼마든지 보게 된다. 또 그것은 옛 기록에서만 작용되는 것이 아니라 오늘의 일도 그 테두리에서 벗어나지를 않는다.

일제가 무력을 동원하여 조선을 강점했을 때 소위 매국오적이라 불리는 다섯 사람의 대신들이 있었다. 그 중의 한 사람이 죽자 그의 후손들은 남겨진 유산으로 호화로운 무덤을 만들었다. 그 무덤이 너무 크고 거창하여 지나가는 사람들이 모두 한마디씩 비아냥거렸다.

"대단하네 그려…, 누구의 무덤이지?"

"매국노 아무개의 무덤이 아닌감."

"엥이 더러운 놈…!"

지나가는 사람들은 모두 무덤을 향해 침을 뱉곤 했다. 비록 백 년도 안 된 사건이지만, 매국노의 후손들에게는 엄청난 고통일 수밖에 없다. 죽은 사람이야 매국한 대가로 당대의 영화를 누렸으나, 조상의 얼굴도 모르는 자손들에게 무슨 죄가 있는가.

후손들은 그 창피함을 견디지 못해 무덤을 깎아내어 평평한 평묘(平墓)로 만들어 버렸다. 죽은 선조에게는 엄청난 불효를 저지른 것이지만, 그로부터 침을 뱉는 사람들은 없어졌고, 자손들은 치욕의 구설수에서 얼마간 해방될 수가 있었다. 당대의 악행으로 얻었던 영화가 그 자손들에게 극심한 피해를 주는 것은 역사가 가르치는 준엄한 교훈이다.

나는 이 같은 종류의 역사적 사실을 살필 때마다 역사의 존엄성에 대한 두려움을 느끼곤 했다. 무엇이 역사를 이토록 엄숙하게 흐르게 하는가. 참으로 오랜 시간을 허비하고서야 나름대로의 결론을 얻게 되었다. '역사를 관장하는 신'이 있다는 사실은 그렇게 깨닫게 된 나의 신앙이다.

역사를 관장하여 그것을 바로 흐르게 하는 신은 종교적인 의미의 신을 두고 하는 말은 아니다. 또 역사를 관장하는 신이 어떤 모습으로 어디에 존재하는 것인지를 입증할 수 있는 능력도 내게는 없다. 그러므로 이에 대한 논리적인 설명은 불가능하다.

그러나 나는 확신한다. 역사를 매만지고, 역사를 보살피며, 역사를 엄숙하고 정연하게 하는 신이 없고서는 역사에서 감동을 얻을 수가 없을 것이라고. 지금 우리가 체험하고 있는 크고 작은 일들은 모두가 역사의 울안에서 생성되고 소멸되는 편린들이지만, 어떤 경우에도 그 여파는 당 시대에서 끝나지 아니하고 다음 시대로 이어진다는 사실을 나는 확연히 믿는다.

'역사를 관장하는 신'은 아무리 사소한 그것들까지도 큰 흐름으로 관장한다. 그러므로 역사를 두려워할 줄 아는 외경심이야말로 세상일을 바르게 살피게 하는 가장 값진 겸손이라는 사실을 알면 눈앞의 실익에 매달리지 않는 지혜를 터득할 수가 있을 것이리라.

역사를 옳게 읽으면 옷깃을 여미게 되고, 역사를 바로 알게 되면 두려움이 생긴다. 또 역사를 바로 살피는 첩경은 '흐름'으로 읽어야 한다는 점이다. 그러므로 역사를 단편적으로 끊어서 이해하면 대단히 큰 오류를 범하게 되기가 십상이다. 역사에는 오묘한 흐름이 있고 엄숙한 법도가 있기에 더욱 그렇다.

제10화 「파문(破門)」(1989.6.7-1989.9.13)

조선 후기로 접어든 정조 시대를 배경으로 실사구시(實事求是)를 추구하는 홍대용, 박지원, 박제가 등 선각의 지식인들의 고독한 정진을 직설적으로 그려가기로 했다. 이때까지만 해도 '실학'은 말로만 거론될 뿐 그 실체가 드러나지 않았기 때문이다. 거기에 정약용·정약전 형제 등이 서학이라 불리는 천주교에 몰입되는 과정을 비교적 세밀하게 그려보기로 했다. 특히 세계에서 유일하게 천주교의 자생국인 조선 천주학의 발생을 천진암을 무대로 또 사실에 따라 재현하면서 안동 김씨에 의한 외척세도의 시작을 의미심장하게 짚었다. 불운한 왕족이었던 은언군(恩彦君) 일가의 불행을 추적한 것은 강화도령 철종 임금이 등장해야 하는 역사적 배경을 살피는 일이기도 하였다.

역사적인 사실만으로는 꼭 기억해야 되고 간직해야 될 일이지만, 그 내용이 지나치게 학술적이면 드라마의 가치가 상실되면서 실패작으로 낙인찍힐 위험이 있다. 이 시대가 드라마로 등장하기 어려운 것은 바로 그런 연유가 있어서다.

실록대하드라마 「조선왕조 5백년」이 전파를 탄 지도 벌써 7년을 넘기고 있다. 말이 7년이지 갓 태어난 어린아이가 초등학교에 입학할 때까지 같은 드라마가 방송되고 있다는 사실은 큰 영광이면서도 어느 한쪽으로는 시청자들에게 누를 끼칠 수도 있다. 역사공부를 하기 위해 드라마를 보는 것이 아니기 때문이다.

끝장을 보자. 조금 서둘러서라도 대단원의 막을 내려야겠다는 생각이 뇌리를 감돌기 시작한 것도 이 무렵부터다.

제11화 「대원군(大院君)」(1990.5.6-1990.12.23)

철종에서 고종을 거치면서 격동의 구한말에서 을사보호조약이 강제 체결되는 과정을 정말로 의욕적으로 그려가기로 다짐하였다. 이미 10년 전 KBS-TV를 통해 절찬리에 방영이 되었던 「풍운」의 전례가 있었던 탓에 그 후 새로 얻어진 사료를 취합하여 조선 근대사를 의미 있게 펼치겠다는 의욕으로 우리나라 근대화의 실체를 해부하기로 했다. 흥선대원군의 '양이보국(攘夷保國)'의 부당함을 비판하면서 자주외교만이 살길임을 과감하게 주장하고 나서는 중인(中人)들인 유대치, 오경석, 이동인 등의 살신성인의 선각사상을 그려가면서 그들의 영향을 받은 김옥균, 박영효, 유길준, 서재필 등 새로운 개화세력이 탄생되는 과정을 일본의 명치유신과 대비하여 풀어나가는 설정은 이 땅의 지식인들에 엄청난 충격과 공감을 불러일으키며 정확히 7년 9개월간의 대장정이 매듭지어지게 된다.

아, 그 홀가분함을 말로 표현할 길이 있던가. 그러면서도 그 고된 세월에서 헤어날 길이 없다. 그때는 컴퓨터가 상용화되지 않았던 시절이라 모든 원고는 육필로 씌어졌다. 매수로만 따져도 200자 원고지로 물경 20여만 장이나 되는 엄청난 분량이다. 그간 탐문했던 장소, 읽었던 자료, 여러 종친회와의 살인적인 갈등, 무사히 마친 그 자체가 하늘의 보살핌이 없고서는 불가능했던 일이라고 나는 지금도 굳건히 믿고 있다.

나는 어느 일간지와의 종영을 기념하는 인터뷰에서 회한으로 가득 찬 목소리를 토해냈다.

"이 드라마를 40대에 쓴다한들 못 쓸 것이야 없겠지만, 생각이 정돈되는 50대에 쓰게 해 주신 하늘에 감사합니다."

이 심정에는 지금도 변함이 없다. 딴에는 원숙한 생각, 원숙한 필치로 쓸 수 있었다는 감사의 뜻일 것이기 때문이다.

인간의 능력에 한계가 있음을 뼈저리게 느끼면서도 거기에 매달리는 동안 가까운 이웃들의 관혼상제도 모른 체해야 하는 등 사람의 도리까지 포기해야 할 때는 남몰래 눈물을 흘리기도 하였던 고난 속에서 마무리된 그야말로 대하를 넘어서는 명실상부한 대하드라마다.

또 드라마의 후속으로 이어진 실록대하소설『조선왕조 5백년』의 48권의 완간은 민족의 대유산인『조선왕조실록』의 내용을 기둥 줄거리로 삼고 있으므로 온전하게 조선의 역사를 살필 수 있는 유일한 문학적 성과임을 지금도 나는 자부심 넘치는 긍지로 삼고 있다.

아름답고나, 노을진 하늘

    태어난 어린아이가 첫돌을 맞으면 거창한 생일상을 차려준다.
정작 당사자인 어린 주인공은 자신을 위해 차려진 그 돌상이 얼마
짜리인지 또 그래야 하는 부모님의 마음을 알 까닭이 없지만, 세계
에서도 유례를 찾을 수 없이 거창한 첫돌 잔치가 된 지 오래다. 그
까닭을 찾는 일도 어렵지가 않다. 조선 시대만 해도 의학 수준이
열악했던 탓에 갓 태어난 어린 생명은 갖가지 돌림병에서 헤어나
지를 못하고 강보에 싸인 채 무수히 죽어갔다.

    그런 1년을 무사히 견디었다는 기적은 비로소 평생의 삶을 얻은
것이나 다름이 없는 기쁨이요 대견함이다. 부모들은 그 역경을 견
디고 넘겨준 어린 것이 너무 고마워서 아낌없이 돌상을 차려주던

것이 관례가 되었다. 회갑 잔치라 하여 다를 것이 없다. 온갖 고난을 헤치면서 환력(還曆)을 맞은 부모들에게 거창한 생일상을 차려 올리는 것은 그간의 노고와 행운을 기리는 것이라면, 어린아이에게 돌상을 차려주는 이치와 조금도 다름이 없다.

호시절에 힘입어 60세를 넘기는 일이 다반사가 되면서 70세에 고희(古稀)를 기념하는 잔칫상을 차려주더니, 요즘은 그런 일까지도 뛰어넘어 '9988234'라는 말이 아무렇지 않게 떠도는 판국이다. 사람의 수명이 늘어나는 것을 탓할 수는 없지만, 때로는 그게 재앙이 될 수도 있다는 실증도 심심치 않게 나도는 요즘이다.

1991년이면 내 나이 쉰아홉이 되는 해다. 시나리오작가로 명성을 이어가던 30대의 10여 년은 그렇다고 치더라도, 라디오 · 텔레비전드라마를 거쳐 역사의 강물에 뛰어들어 허우적거리던 40대와 50대를 거치는 동안 나는 내가 욕심냈던 일들을 거침없이 해내면서 앞만 보고 달려왔다. 그러면서도 하고자 했던 일은 대충 이루어 놓은 처지다.

막내이자 외동아들인 종우가 장가를 든다. 며느리가 되어 내 새 식구가 되는 조주연(趙珠娟)은 정신과를 전공한 의학도다. 이들 내외의 혼인을 주관하는 주례로 연출가 표재순을 모셨다. 나와 그의 아름다운 인연을 영원히 기리고 싶은 다짐에서다.

애써 길러 온 3남매가 모두 새로운 길을 열어가게 되었다면 그간 노심초사하였던 가정사도 일단 고비를 넘기게 된 셈이지만, 장장 8년간에 걸쳐 방송되었던 실록대하드라마 「조선왕조 5백년」이

숱한 화제와 곡절을 겪으면서도 무사히 매듭지어진 데 대한 자부심도 함께 따라온 허탈감을 상쇄하기가 어려웠다.

이젠 뭘 해야 하나, 뭘 하면서 소일해야 하나. 실업자라면 어폐가 있어도 딱히 할 일이 없는 처지가 되고 말았다. 다시 역사드라마를 쓸 수 있는 기회가 온다 해도 조선 시대의 역사는 더 훑어 볼 곳도, 손댈 곳도 없다. 설혹 어떤 방송국의 요청으로 특정 왕조를 다시 쓰게 된다 해도 이미 「조선왕조 5백년」에 포함된 내용이어서 내게는 리메이크가 되고 재탕(再湯)이 된다.

옛말에 "노루 잡던 막대기를 10년 우려먹는다"는 속언이 있다. 밑천이 짧은 지식인을 비하하는 경고의 말이나 다를 것이 없다. 이제 내가 쓰는 조선사에 관한 드라마는 모두가 대하드라마 「조선왕조 5백년」에 포함된 내용이고, 그 원고를 보관하고 있는 처지로는 새롭게 도전한다는 말은 어떤 경우에도 구실에 불과하고, 말 그대로 노루 잡던 막대기를 다시 우려먹는 일이 된다. 그런 난감한 생각의 벌판을 헤매고 있을 무렵 인연의 실마리가 또 다시 다가온다. 참으로 알 수 없는 일이지만, 내게 그런 일이 다반사로 있었음은 앞에서 여러 차례 밝힌 바와 같다.

한국방송공사의 보도국장에서 방송본부장의 중책을 무사히 마친 초등학교 동기생인 최서영이 본래의 언론계로 돌아와 『내외경제신문』과 영자신문 『코리아 헤럴드』의 사장으로 취임했다.

"신 형, 우리 신문에 연재소설을 한번 써보지."

우리 둘은 이미 10여 년 전에 KBS-TV에서 제작 방송한 「왕도」로 뼈아픈 좌절을 경험했던 터이다. 설혹 그것이 유신정권의 발악과도 같았던 규제와 검열에서 기인되었더라도 그것을 체험해야 하는 지식인의 가슴에는 상처로 남는 것이 당연하다.

　　글로 쓰는 일이라면 어떤 분야도 거침없이 넘나들었고, 또 사양하지 않았던 처지이지만 신문연재소설이란 분야는 어쩐지 생소하기 그지없다. 시나리오나 드라마작가는 대사를 잘 쓰는 것이 승부처다. 여류작가 김수현(金秀賢)의 드라마를 상상해 보면 안다. 기관총 소리와도 같은 빠른 대사를 구사하면서도 버리고 고칠 곳이 없질 않던가. 그러나 소설은 상황을 설명하는 지문(地文)이 승부처다. 다시 말하면 소설의 바탕이 되는 문장을 유장하게 쓸 수 있는 능력이 있어야 한다. 나는 소설을 공부한 일이 없었던 터라 그런 기본이 모자라는 것을 뻔히 알면서도 모처럼 찾아든 천재일우의 기회를 놓치고 싶지가 않았다.

　　"어우동의 얘기도 될까."

　　정말 궁여지책으로 제시된 소재다. 어우동(於乙宇同)이 누군가. 반가의 딸로 태어나 조선왕실에서도 이름 있는 종친들을 섹스의 늪으로 밀어 넣었던 스캔들의 주인공, 자신과 관계를 맺었던 남성의 팔이나 등판에 자신의 이름을 자청(刺靑)으로 새겨 넣게 한 패륜의 여성이면서도 또 다르게는 조선 시대의 여성들을 성적인 속박에서 벗어나게 하였다는 엉뚱한 생각도 해볼 수가 있겠다는 내 뜻에 최서영 사장을 대리한 최귀조 편집국장은 흔쾌히 동조하였다.

50분짜리 방송드라마 한 편의 원고지 분량은 대략 2백자 원고지 백 장 정도지만, 신문연재소설은 1회분(하루치)이 일곱 장이면 된다. 방송원고를 전문으로 쓴 작가들에게 원고지 일곱 장이면 때로 한 사람의 대사 분량에 불과하다. 그런데도 연재소설 1회분은 쉽사리 써지지를 않는 것이 참으로 이상할 뿐만이 아니라, 아무리 궁리를 거듭하여도 막막하기만 하다.

소설의 문장에 문학의 향기가 담겨야 한다는 사실은 천하가 주지하는 일이지만, 내 능력이 거기에 미치지 못한다는 자책은 좌절감만 더하게 할 뿐이다. 그러나 이미 시작된 일이라 물러설 수도 없다. 그렇다면 문장보다 내용으로 승부를 걸 수도 있겠다는 생각이 고개를 든다. 지금까지 그렇게 살아온 오만의 발동이나 다름이 없다.

섹스의 나라 인도에서 간행된 책자와 그림, 또 중국의 상류사회에서 벌어지는 성희의 방법, 일본의 춘화도에 나타난 남녀 간의 육체적인 접촉, 체위 등을 마구잡이로 입수해서 살펴본다. 그렇게 수집된 내용들을 며칠에 한 번씩, 그것도 적절하게 배치한다면 포르노소설로 낙인찍히지 않고서도 소설외적인 흥미를 자극할 수가 있겠다는 생각도 든다. 그렇기는 하더라도 소설적이며 문학적인 문체로 써야 하는 것이 승부처일 수밖에 없다.

모두가 새롭고 버거운 경험이고 또 똑같은 일을 매일 반복해야 하는 일이지만 도무지 자리가 잡히지 않을 정도로 부담만 더해가는 나날이 계속된다. 장님이 코끼리 다리를 더듬듯 조심조심 횟수가 쌓이더니 어느덧 100회의 고비를 넘기게 된다. 작자인 본인이 생각해도 아슬아슬한 줄타기와 같은 모험일 수밖에 없는데 또 다른 기회가 다가와 있음을 어쩌랴.

어엿한 5대 일간지의 하나인 서울신문사에서 연재소설을 써 주기를 청해 왔다. 이 엄연한 사실을 어찌 받아들여야 하나. 지금 연재가 진행중인 내외경제신문사의 「어우동」이 그야말로 폭발적인 인기로 낙양의 진가를 올린다면 당연히 고려해 볼 수가 있겠지만, 사정은 전혀 그렇지가 못하다.

영상을 위주로 하는 영화나 텔레비전드라마에 종사하면서 느껴지던 열등감을 문자를 위주로 하는 쪽으로 옮겨서 씻어낼 수만 있다면 솔직히 어지간한 고통은 감내할 수가 있지를 않겠는가.

목에 쓸데없는 힘이 들어가면 될 일도 안 된다. 골프를 처음 배우는 사람들에게 코치들이 하는 말 중에 "어깨에 힘 빼세요."라고 가르치는 것이 기본이요, 또 그렇게 힘을 빼자면 10년이 걸린다고들 말한다. 나는 목에 있는 대로 힘을 넣은 채 '조선 근대화 과정'을 쓰겠다고 제안하였다. 내 평생의 과제를 단 한 번에 이루어 보겠다는 앙심을 품은 것이나 다름이 없는데도 이 과제는 생각이 깊은 사람들이면 알게 모르게 동감을 유발하는 내용이어서 신문사에서도 적극 찬성하였다.

제명은 「찬란한 비명(碑銘)」으로 정해진다. 유홍기, 오경석, 이동인 등 이른바 개화 1세대가 겪었던 살신성인의 정신이 횃불이 되어 불타면서 김옥균, 박영효, 홍영식, 서재필 등의 개화 2세대로 옮겨지는 대하와 같은 물결을 한 편의 소설로 정리한다면 자라나는 새 세대에게는 삶의 지표가 될 것이라는 작가의 의욕은 연재소설의 예고 기사에도 강렬하게 반영된다.

> 인기 극작가 신봉승(辛奉承) 씨(61)가 다음 달 1일부터 서울신문에 연재하는 장편역사소설 「찬란한 비명(碑銘)」을 데뷔작으로 본격 소설가로 대변신을 꾀한다.
>
> 1993년 4월 26일 자 『서울신문』

그리고 '사실(史實)에 90% 기초, 오류 없는 역사소설 지향'이라는 해설기사까지 실린다. 신문사로서도 작가 못지않은 의욕을 보여주는 대목이 아닐 수 없다.

첫 회를 쓰면서도 목에 들어간 힘은 빠지지를 않았다. 그 힘이라는 게 얼마나 큰 자가당착인가는 첫 회분을 읽어 보면 안다.

> 정말 답답하다. 평양으로 달려갈 방법은 정녕 없는 것일까. 남북회담을 위해 가겠다는 것이 아니라 소설을 쓰기 위해 현장을 답사해 보고 싶은 것이다. 확인해야 할 곳은 사진을 찍고, 인터뷰가 필요하다면 그곳 촌로들의 목소리를 담아오고 싶다.
>
> 이 소설의 시작은 1866년 7월, 미국 상선 제너럴셔먼호가 무엄하게도 대동강으로 거슬러 올라와 일방적인 교역을 주장하며 정박했다가 평양부민들에 의해 화공을 받고 불태워진 사

건에서부터 시작된다. 불과 127년 전의 일이지만, 우리나라의 개항사를 여는 서막이 아니었던가.

물론 평양이 아니고도 다른 나라의 많은 도시들이 이 소설의 배경으로 등장한다. 가령 개화승 이동인(李東仁)은 개항의 꿈을 실현하기 위하여 일본 땅으로 밀항하여 교토에서는 그곳의 승려들에게 일본어를 배우고, 요코하마에서는 영국인 외교관인 어니스트 사토에게 조선어를 가르치기도 했으며, 도쿄에 옮겨와서는 지금 쓰이고 있는 일본화폐 만원권에 그려진 초상화의 주인공인 후쿠자와 유키치와 교유했다. 또 풍운아 김옥균(金玉均)은 그가 믿고 의지했던 일본인들에 의해 남해절도인 오가사하라 섬에 유배를 당하는 수모를 겪기도 했다. 나는 이 소설을 쓰기 위해 그런 현장들을 모두 답사했다.

이 나라 최초의 일본 유학생이자 미국 유학생이기도 한 유길준(兪吉濬)은 미국 보스턴의 해안을 따라 동북쪽으로 30마일 정도 북상하는 지점인 세이럼시의 '가버너 담머 아카데미'에서 수학했으며, 지금도 그곳 피바디박물관에는 유길준과 김옥균 등의 유품들이 보관되어 있다. 나는 그것을 확인하는 데도 아무런 제약을 받지 않았다.

세계가 하나의 지구촌이 될 수밖에 없는 21세기의 초입에서 나는 왜 평양에 갈 수 없는 것일까. 그 길은 비행기를 타고 외국으로 가야하는 먼 길이 아니다. 그곳은 부산보다도 더 가까운 자동차를 몰고 서너 시간이면 갈 수 있는 내 나라의 유서 깊은 고도이다. 평양으로 가지 못해 고서를 뒤적이고 있자니 참담하다는 생각이 들 뿐이다.

북한판 최신 지도첩을 구했다. 3만 3천분의 1로 축소된 평양시가지의 지도에는 옛 지명이 아주 없는 것은 아니었지만, '김일성경기장'이니 '고려호텔'이니 하는 뉴스에서나 듣던 곳이 붉은 글자로 인쇄되어 있다. 아무리 분단의 비극이 빚어낸 일이라 해도 답답하기는 매한가지다. 활자의 색깔이야 아무려면 어떤가, 굽이굽이 흘러내리는 대동강에는 그림 같은 능라도가 떠 있을 것이고 건너다보이는 언덕 위에는 을밀대와 부벽루가 옛 모습 그대로 절경을 자랑하고 있을 것이리라.

또한 개항과 수구의 갈등을 몸소 겪었던 당시의 평안도 관찰사인 환재 박규수(桓齋 朴珪壽)가 기거했던 대동관이나 연광정 뒤의 풍월정은 그대로 있을지, 아니 없으면 어떠랴. 다만 역사의 현장을 살피면서 처절했던 지난날의 몸부림을 실감나게 떠올려 보고 싶은 작가의 소망은 대체 언제쯤이면 이루어질 수가 있을 것인지 울컥거리며 치밀어 오르는 참담한 심정을 추스를 길이 없다.

「찬란한 비명」 제1회분

소설의 문장이 아니라 무슨 논문의 서두 같기도 하고, 아무리 좋게 읽으려 해도 에세이류에 의도적인 무게를 담아놓은 글이랄 수밖에 없다. 지난 30여 년 동안 나 혼자 더듬거리며 찾아다닌 현장이 얼마며, 남의 나라 말로 된 사료를 검토하고 분석한 일은 또 얼마이던가. 학자가 연구논문을 쓰기 위한 노고라면 쉽게 이해할 수가 있다. 그러나 한 방송작가의 노고라면 당사자에게는 보람차고 자랑스러운 일이 아닐 수 없다. 게다가 유홍기, 오경석, 이동인에 관한 연구논문이 단 한 건도 없는 메마른 풍토를 묵묵히 걸으면서 마련한 자료다. 언젠가 그 소중한 자료를 취합하여 조선 근대화과정을 학문적이 아닌 완벽하면서도 수준 높은 작품으로 남기고 싶은 욕심이 이런 식으로 표현된 셈이다.

아무리 겸손해지려 해도 되지를 않는다. 오직 나만이 쓸 수 있다는 자부심은 어느새 오만이 되어 굳어져 있다. 누구도 손댈 수 없는 분야를 내 힘으로 당당히 열어가고 있다는 치기가 앞선 마당이면 냉정한 문장을 구사하기 어렵다.

'쓰거든 시지나 말라'는 우스갯소리가 있다. 문학적 문장의 기초도 다지지 못한 형편이지만, 사건의 진상은 나라의 흥망과 직결되어 있던 탓으로 이야기의 흐름은 무겁고 거창하다. 아기자기한 서브 스토리를 꾸며 넣는 일조차도 본 줄거리에 방해가 된다는 생각이 앞서고, 엎친 데 덮친다는 격으로 유홍기나 오경석에게는 조강지처가 있을 뿐 로맨스를 꾸며갈 여성이 없다. 젊은 이동인에게 연인을 붙이고 싶지만 그가 승려이어서 여간 조심스럽지가 않다.

결국, 아름다운 문학적인 향기보다는 나라의 정체성 확립이 표면으로 부상하게 되면서 알게 모르게 소설의 법도를 벗어나고 있음이 드러난다. 칼도 지나치게 갈면 '날이 넘는다'는 속언이 있다. 작가가 아는 일을 신문사에서 모를 까닭이 있던가. 어깨에 굳은살보다 더한 힘이 들어갔던 연재소설 「찬란한 비명」도 총 705회를 끝으로 막을 내린다. 2년이 넘은 연재였다면 시간이나 지면이 모자랐다고 할 수가 없는데도,「찬란한 비명」에 대한 집착을 버릴 수가 없다. 나라의 근대화 과정이 청소년들의 꿈이 되고서야 더 훌륭한 나라로 도약할 수 있다는 내 생각은 지금도 신앙처럼 나를 독려하고 있는 화두임에랴.

그래 책으로 내면 될 일이다.

"이 원고 책으로 내 주셨으면 합니다."

갑인출판사의 황수원 사장은 몇 해 전 장편대하소설『한명회(전 7권)』를 출간하여 스테디셀러로 만들었던 분이라 내 제의를 거절하지 않았다. 다만 큰 제목을『찬란한 여명』으로 개제(改題)하여 전5권의 대하소설로 출간해 주었다.

일반적이고 보통 생각이라면 이 소재에 대한 소망이 이루어진 것이나 다름이 없지만, 나에게는 아무 의미가 없을 정도로 부족하다. 온 국민이 열광할 수 있는 작품이 되고서야 자라나는 청소년들에게 국가의 근대화 정신을 심어줄 수 있을 것이라는 생각, 또 그것은 오직 내 손으로 이루어져야 한다는 결기는 뜨겁게 타 올라도 달리 대책이 없는 것이 속절없을 뿐이다.

통하면 뚫린다는 이치 그대로

답게출판사의 장소님 사장을 우리는 장 보살이라고 부른다. 독실한 불교도이기 때문이다. 장 사장은 한없이 세심하면서도 때로는 남성 못지않은 결단력을 과시하는 소위 말하는 파워 우먼이다.

"「조선왕조 5백년」에서 못다 쓴 그루터기 같은 게 있으면 저 주세요."

처음에는 무슨 소린가 했지만, 들어볼수록 씹히는 맛이 있다. 드라마로 쓰고 싶어도 쓸 수가 없었던 이야기가 어디 한두 가지겠는가. 그런 이야기들을 학술적이 아닌, 심심풀이로 읽는 책으로 엮는다면 정말로 심심풀이는 될 것도 같아서 쾌히 승낙했다.

요즘은 '역사에세이'라는 말이 보편화 되어서 가볍게 읽을거리가 되는 역사이야기들이 수없이 쏟아져 나오고 있지만 당시만 해도 여간 참신한 아이디어가 아닐 수 없다.

장 보살의 주문대로 드라마로 쓰기 위해 취합했지만 결국 쓰지 못한 이야깃거리를 각 왕조별로 순서대로 써 가기로 했고, 책 이름은 『신봉승의 조선사 나들이』로 정했다. 학문이 아닌 가볍게 읽히는 역사에세이를 모은 책의 제목에 작가의 이름을 넣는 것이 조금은 어색하고 건방진 일이었지만, 장 보살의 생각은 다르다. '신봉승'이라는 이름 세 자에도 이미 상품적인 가치가 있단다.

결국 장 보살의 생각은 적중하였다. 발간과 동시에 재판, 그리고 3판으로 들어갔다. 이 한 권의 영향으로 이른바 역사에세이라고 일컬어지는 새로운 분야가 탄생되면서 지금은 큰 서점의 수필 코너에 역사를 소재로 한 단행본들이 주종을 이루게 되었다.

햇수로 따진다면 꼭 17년 전에 쓴 것이지만, 다시 꺼내 살펴보았더니 지금 써야 하고, 지금 쓰고 싶은 이야기가 고스란히 담겨 있다. 다르게 쓰면 그때 이미 지금과 꼭 같은 역사인식이 마음속에 고스란히 잠겨 있었던 것이 분명하다.

다시 읽어도 괜찮을 것 같아 그 책의 머리말을 여기에 옮겨본다.

머리말을 대신하여 / 여섯 사람의 대통령

두 전직 대통령이 구속·수감되는 광경을 지켜보면서 참 바보 같은 사람들이 모여 사는 나라에서 나도 바보같이 살았구나 하는 참담한 심정에 젖어들다가도 불현듯 얼굴을 붉히게 되는 때가 많았다.

　잘못된 과거를 청산하고 역사를 바로 세우자는 판국인데도 일의 선후조차 가리지 못하는 정치집단들은 백가쟁명의 한심한 작태를 연출하였고, 외국의 언론들은 무엄하게도 '부정과 부패에 익숙한 한국…'이라고 비아냥거리더니 마침내 영국의 『이코노미스트지(誌)』는 한술 더 떠서 세 사람의 한국 대통령을 난도질한 기사까지 게재하였다.

　"한 사람은 도살자요, 또 한 사람은 도둑이었으며, 다른 한 사람은 법 위에 군림하였다."

　물론 한국인들의 정서를 빗대서 썼노라는 기사지만 참으로 고연 것들이 아닐 수 없다. 또 괘씸하기 짝이 없으면서도 그 기사가 잘못되었으니 정정을 해달라는 제소도 할 수 없는 처지이고 보면 이래저래 얼굴만 붉혀질 뿐이다.

　한 때 국부라고 불리면서 오직 조국의 자주독립을 위해 헌신하였던 이승만 대통령은 종신토록 국부의 위세를 누리려는 독재자로 몰리면서 대통령의 자리에서 쫓겨나 또다시 망명(외유라고 강변하지만)의 길에 올랐다가 시체가 되어서 돌아왔고, 4·19 혁명으로 청와대의 주인이 되었던 윤보선 대통령은 쿠데타로 집권한 군부세력이 마땅치 않다면서 스스로 권좌를 박차고 나왔어도 감시와 연금이 되풀이 되는 불행한 나날을 살다가 여생을 마쳤으며, 5·16 군사쿠데타를 주도하며 절대 권력을 누렸던 박정희 대통령은 두 내외가 모두 총탄에 맞아 목숨을 잃는 참혹한 일생을 마쳤다.

또 분에 넘치게도 대통령의 자리를 승계하였던 최규하 대통령은 국가를 보위해야 하는 대통령의 고유한 권한과 임무까지 내동댕이쳤으면서도 '그 사유를 밝히지 않는 것이 전직 대통령이 증언에 응하는 악례를 남기지 않는 것'이라는 어린 아이만도 못한 역사인식으로 일관하고 있으며, 12·12와 5·18과 같은 또 다른 쿠데타로 정권을 쟁취하였던 전두환 대통령은 누릴 수 있는 모든 영화를 누리다가 백담사에 유배되었고, 그후 또 다시 구속·수감되어서는 어처구니없게도 5공의 정통성을 수호한다는 구실로 구치소에서 단식을 하는 어리광을 피우고 있으며, 그에게 유배형을 내릴 수밖에 없을 만큼 현실 정치의 냉엄함을 몸소 체험하였으면서도 그와 유사한 방법으로 부정축재를 되풀이한 정말 못난 노태우 대통령은 전임자에 앞서서 검찰에 불려 다니다가 마침내 고무신을 끌고 재판정에 서야 하는 굴욕을 자초하였다.

여섯 번의 공화국에서 배출한 대통령들의 몰골이 이 지경이라면 같은 시대를 숨 쉬며 살았던 우리는 진정 무엇을 하고 있었는지를 냉정하게 반성해 보아야 한다. 또 우리를 지켜 본 세계의 이목들이 우리의 역사인식을 의심하고 질타한다 해도 변명의 여지가 없을 것이며, 역사는 그런 지식인들의 유약하고 이중적인 모습을 소상히 적어서 후일의 일을 경계할 것이 분명하다.

필자는 이 책을 쓰기에 앞서 지혜롭게 사는 방법이 무엇인가를 심사숙고하던 중에 세종대왕의 명언을 상기하면서 그

성군됨에 옷깃을 여밀 수밖에 없었다.

"대개 정치를 잘 하려면 반드시 전 시대의 치란(治亂)의 자취를 살펴보아야 한다. 그 자취를 살펴보려면 오로지 역사의 기록을 상고하여야 한다."

앞에서 거론한 여섯 사람의 대통령들이 이 명언의 참뜻이 무엇인지를 아는 지혜만이라도 갖추었다면 자신들의 불행이 어디에서, 어떻게 다가오고 있었는지를 스스로 판단할 수가 있었을 것이다.

필자는 전 시대의 치란의 자취나 다름이 없는 '조선사'의 뒷얘기를 학문의 방법이 아닌 에세이로 엮으면서 지혜로운 삶이 무엇인지를 향해 한발 한발 다가서 보기로 하였다.

역사의 참뜻을 헤아리지 못한 여섯 사람의 대통령은 불행을 자초했다고 하더라도, 그 이후를 슬기롭게 살아가야 할 우리와 우리들의 자손들에게 역사가 얼마나 준엄한 채찍이며, 다정한 길잡이인가를 이 책을 통해 조금이라도 알게 할 수가 있다면 필자로서는 더할 나위 없는 기쁨이 아닐 수 없겠다.

지금 다시 쓴다 해도 고칠 데가 없을 만큼 내 마음이 잘 나타나 있는 글이다. 그 같은 심정으로 한 자 한 자 적어간 조선왕조사의 뒷이야기라면 읽은 사람들의 공감도 받아 내지 않았을까 하는 생각에 고무되어 마치 속편과도 같은 내용을 다시 한 번 책으로 묶기로 했다. 그 두 번째 역사에세이집이 『역사 그리고 도전』이다.

내가 품고 있는 역사인식이 영상이 아닌 문자로 독자에 다가간다는 나름대로의 새로운 경험도 소중한 것이 아닐 수 없다. 그런 뜻에서 나의 미완성이면서도 육신보다 더 소중히 여겨지는 조선 근대화의 과정도 일단 문자(신문에 연재되기는 하였어도)로 정리해 두고 싶었다.

갑인출판사에 의해 『양식과 오만』이라고 이름붙인 또 다른 역사에세이집과, 내외경제신문에 연재하였던 장편소설 『어우동』(전3권)이 책으로 묶이고, 뒤 이어 서울신문에 연재되었던 「찬란한 비명(碑銘)」이 『찬란한 여명(黎明)』으로 개제되어 출간되었다. 금성출판사에서 간행된 대하소설 『조선왕조 5백년』이 총48권이었던 탓에 내 이름을 저자로 한 책이 무려 57권이 되어 이 방면에서도 또 한 번 기록을 세우게 되었지만, 이후에도 소설을 포함한 역사에세이집에 희곡집까지 출간되는 것으로 이른바 문자로 써야 하는 모든 장르를 경험 혹은 섭렵하게 되었다.

만난다는 것, 새로운 사람과의 만남이 이루어내는 인연이 아름답게 매듭지어진다는 것은 그야말로 천지신명의 가호가 없이는 불가능하다. 내 삶은 그런 아름다움의 연결이라고 해도 무방할 만큼 새로운 만남에 의해 새로운 일로 이어지곤 하였다.

〈서울시스템〉의 이웅근(李雄根) 회장과의 해후도 그런 만남의 표본이나 다름이 없다. 이웅근 회장이 내게 건넨 명함에는 〈서울시스템〉의 회장으로 적혀 있었지만 초대면인 나로서는 그게 뭘 하는 곳인지를 짐작도 할 수가 없다. 그의 부연설명은 서울상대를 졸업하였고, 대한민국 최초의 계리사이며 잠시 장면 총리의 경제비서관으로 일한 일이 있었다는 것이지만, 나와 상관되는 일은 단 한 가지도 없다. 그렇다면 그가 나를 불러낸 일조차도 이해가 되지 않는다.

"잠깐, 같이 가실 데가 있습니다."

매정하게 뿌리칠 수도 없는 노릇이기에 그의 고급 승용차에 오르게 되었다. 내린 곳은 평창동에 위치한 〈서울 시스템〉의 작업장이었는데, 여고를 갓 나왔을 정도의 어린 여성들 70여 명 정도가 컴퓨터의 자판을 두들기고 있다. 이웅근 회장의 인도로 가까이 다가서던 나는 몸을 움직일 수 없을 정도로 굳어지고 말았다. 그녀들은『조선왕조실록』에 적힌 원본 그대로를 한자로 치고 있었는데, 놀라울 만큼 빠른 속도다. 눈을 의심할 수밖에 없다. 옥편이나 자전으로도 찾기 어려운 옛 한자를 한글보다 더 쉽게, 보기에 따라서는 더 간단하게 치는 듯싶은데, 화면에는 그 획수가 많은 한자가 거침없이 찍혀 나와서다.

정녕 컴퓨터 작업을 하는 어린 여성들에게『조선왕조실록』의 원문을 읽을 수 있는 능력이 있다는 말인가. 그게 한두 사람이라면 그럴 수도 있겠다 싶지만, 70여 명의 어린 여성들이 모두『조선왕조실록』의 원문을 자유롭게 읽는다는 게 말이 되는가. 그러나 바로 눈앞에서 그 불가사의한 일이 거침없이 진행되고 있다. 그렇다면 대체 무슨 조화인가.

"신 선생, 명함 한 장 주세요."

이응근 회장은 모두 한자로 된 내 명함을 젊은 여성에게 내밀면서 쳐보라고 한다. 앳된 여성은 순식간에 내 이름자와 주소를 명함에 적인 한자대로 모니터의 화면에 올려놓는다.

이응근 회장은 그 비결을 말해준다. 글자를 읽고 이해하면서 작업하는 것이 아니란다. 한자의 한 획, 한 획이 모두 숫자로 암호화되어 있어서 1, 2, 3, 4, 5 이런 식으로 숫자를 찍으면 화면에는 제대로 된 한자가 찍혀 나오는 시스템이다. 물론 중국에서 활용하는 시스템이란 설명도 부연되었다.

그리고 작업장 곁에 마련된 휴게실에서 이응근 회장은 세 장의 세트로 되어 있는 『조선왕조실록』의 CD-ROM을 선물이라면서 내민다. 그때 비로소 나는 신문에 소개되었던 한글로 번역된 CD-ROM이 있음을 상기하였다. 그렇더라도 한 세트에 580만 원짜리라면 선뜻 받을 수도 없는 고가의 물건이다.

비로소 이응근 회장은 주춤거리고 있는 내게 정말 정겨움이 넘쳐나는 말을 한다. 지금까지 한국에서 『조선왕조실록』을 거론하며, 그 내용을 자유롭게 입에 담을 수 있는 사람은 신 선생 한 분밖에 없었는데, 이 CD-ROM이 발매됨으로써 많은 사람들이 『조선왕조실록』의 내용을 쉽게 검색하게 된다면 타격을 입고, 손해 볼 분은 신 선생 한 분뿐이기에 내 양심상 이렇게라도 보상해 드릴 수밖에 없노라는 이응근 회장의 각별하고 진솔한 마음을 독자 어러분은 이해할 수가 있을지, 그러나 나는 엄연한 사실을 적고 있다.

정부에서도 『조선왕조실록』을 한글화하고 그 방대한 내용을 세 장의 CD-ROM에 담아낸 노고를 치하하여 이웅근 회장에게 은관 문화훈장을 수여할 정도로 〈서울시스템〉과 이웅근 회장의 업적은 높이 평가되는 것이 마땅하지만, 수익성이 없는 사업에 막대한 자금과 노고를 투입하여 학문하는 사람들의 편의를 돌본 노고는 지금 이 순간에도 쉽게 표현할 길이 없다.

　반면 세상일은 그런 선행과 무관하게 무식하고 야속하게 드러날 때도 있다. 어느 대학의 후안무치한 교수 한 사람이 CD-ROM의 저작권에 해당하는 비밀코드를 해독하여 불법으로 복사하여 시중에 내돌린 탓으로 580만 원이었던 정가가 단돈 5만 원으로 폭락하여 길바닥에서 팔리는 조잡품으로 범람하게 하였다. 그렇게 하여 그 교수가 얻은 실익이 얼마인지는 알 수가 없지만 이웅근 회장의 서울시스템은 쑥대밭이 되고 말았다. 그 못된 교수를 고발하여 응징해야 한다는 서울시스템 임원들의 분노를 타이른 이웅근 회장의 담대한 관용은 주위의 사람들을 숙연하게 하고도 남는다.

　"가난한 교수의 먹고 살겠다는 발버둥인데 뭘….."

　그 언행이 일치하는 이웅근 회장은 '동방미디어'라는 출판사도 함께 경영하고 있었다. 자신이 개발한 컴퓨터 시스템으로 조판을 했던 탓에 우리나라에서는 가장 첨단의 출판사라 해도 과언이 아니다.

　형식적이지만 회사의 고문이 되어 가까이서 도와준다면 사무실을 제공해 주겠노라고 제언한다. 대하소설 『조선왕조 5백년』을 쓰기 위한 작업장으로 마련된 마포의 '한국역사문학연구소'에 들어가는 비용이 만만치 않았던 터라 이웅근 회장의 제의를 선뜻 받아들이게 되었다.

이웅근 회장은 관훈동 소재의 백상빌딩 10층에 위치한 동방미디어의 회장실과 나란히 붙어 있는 20여 평의 공간에 모든 집기를 새롭게 구입하여 배치하고, 천사(天使: 1004번)라는 전화번호까지 넘겨주면서 정해진 기간 없이 사용하라고 한다. 내 집필실 바운더리가 문화의 중심지나 다름이 없는 인사동에 자리 잡게 된 연유에는 이같은 전설과도 같은 사연이 담겨있다.

이웅근 회장은 편집국장을 불러서 신봉승이 내고자 하는 책은 만사를 제치고라도 우선 간행할 것을 강력하게 지시하면서 선행 조건을 단다.

"그에 앞서 신 선생은 조선조의 당쟁사(黨爭史)를 일목요연하게 소설로 써 주셔야 합니다."

어려운 요구지만, 또 필요불가결한 당부일 수도 있다. 나는 이웅근 회장에게 보은하는 심정으로 이 일에 매달렸다. 오랜 세월 동안 조선근대사만 추적하였던 탓으로 기본 사료부터 다시 살펴야 하는 고된 작업이었지만 일심전력으로 기초자료를 수집하여 소설의 문장으로 고쳐 쓰는 고된 작업이 마침내 완성되어 다섯 권의 책으로 묶여져 나왔다. 큰제목을 『조선의 정쟁(政爭)』으로 정한 것도 의미가 깊다. 그때까지는 학계에서도 당쟁(黨爭)이라는 말을 마치 표준처럼 쓰고 있었고, 모든 지식인들조차도 "조선은 4색 당파싸움으로 망했다."는 식의 식민사관에서 벗어나지 못하고 있었던 시절이다.

제1권『소윤과 대윤』, 제2권『동인과 서인』식으로 소제목이 붙은 다섯 권의 소설은 판매 실적은 그리 높질 않았어도 조선의 정쟁사를 일목요연하게 정리하였다는 점에서 내게는 의미 깊은 저술이 된다.

이젠 내 책을 내야 할 차례다. 공짜로 집필실을 얻어 쓰는 처지로 자신의 주장을 아무 제약 없이 펼칠 수 있었던 것은 공익에 이바지하는 일을 하늘의 뜻이라 여기는 이웅근 회장의 인생철학이자 실천의지다. 또 그것은 내 문필의 방향을 바로 이끄는 나침반이 되고도 남는다. 그런 점에서 내 만용까지 수용되는 경우가 심심치 않게 있었다.

결국 내 속내를 들끓이고 있던 조선 근대화의 물결이 담긴 장편소설『찬란한 여명』을 개작하여 아예『이동인의 나라』로 제명을 바꾸어 세 권으로 다시 내기로 하였다. 지금도 마찬가지지만 그때까지도 불꽃과도 같았던 조선 근대화의 선봉인 젊은 승려 이동인의 이야기는 각급 학교의 교과서에는 물론, 연구논문조차도 없던 시절이다. 그리고 내 인생의 좌표와도 같았던 면암 최익현(勉庵 崔益鉉)의 생애를 소설화한『너희가 나라를 아느냐』를 두 권으로 묶었다. 나로서는 생애의 꿈을 이루는 일이었지만, 출판사 동방미디어에는 큰 힘을 보태드리지 못한 것이 내내 아쉬움으로 남는다.

이웅근 회장이 주도하는 출판사 '동방미디어'는 오너의 취향이라기보다 편집진용까지 올곧은 역사인식으로 무장되어 있었던 탓으로 역사에 관련된 책을 많이 낸다. 그 대표적인 편찬이 국사편찬위원회의 위원장을 역임한 국사학자 이성무(李成茂) 박사가 쓴 『조선왕조사』(전2권)이다. 방대한 내용도 그렇거니와 체제의 호화로움도 군계일학 격이라, 책값도 권당 2만5천 원이면 당시로는 고가의 가격이다. 이 저술은 지금도 『조선왕조실록』의 CD-ROM과 짝을 이루는 명저로 평가받고 있다.

　이 같은 까닭으로 이웅근 회장의 방에는 역사학자들의 출입이 잦다. 이웅근 회장은 그때마다 나를 불러 그분들과 동석하게 하였다. 때로는 점심 자리에서도 함께하고, 또 때로는 저녁 술자리에 끼이게 되면서 역사학자들과의 교유를 넓혀가는 것이 내게는 또 새로운 세계가 열리는 광명천지나 다름이 없었다.

　모임을 하나 만들어서 우리 역사를 대중화 하는 일에 나서자는 의견이 제시되면서 한 달에 한 번씩 연구 성과를 입에 담는 발표의 장을 만들어 국사정신의 전파에 앞장서자는 의견에 반대할 사람은 아무도 없다. 모임의 이름은 〈역사를 사랑하는 사람들의 모임〉 줄여서 〈역사모〉라고 했는데, 입회를 희망하는 사람들이 너무 많아서 어폐가 있지만 은밀하게 심사를 하는 지경이 되었다. 학문의 성과를 평가하는 것이 아니라 인품을 먼저 살피기로 하였는데 나도 그 자리에 끼어 발기인의 한 사람이 되었다.

　선정이 엄정해서라기보다 발기인들의 추천이 우선하였기에 당대의 석학들이 거론되었다. 전 국사편찬위원회 회장 이성무 박사, 전 서울시사편찬위원회 위원장 이존희 박사, 연세대학교 명예교수 송복 박사, 전 조선일보 편집국장 김용원 선생, 전 독립기념관장 이문원 박사, 전국 문화원연합회 이수홍 선생, 전 기획예산처장관 김병일 선생, 청강학원 이사장 정희경 박사, 이화여대 총장 이배용 박사 등 기라성 같은 학자들이 발기인이 되었고, 그 말단에 내 이름도 올랐다.

초대 회장은 정희경 선생을 추대하였고, 부회장으로 이성무 박사가 선출되었다. 이 모임은 20년이 지난 지금까지도 학문과 친목을 돈독히 하면서 계속되고 있다.

만나면 헤어지는 것이 사람이 살아가는 규범이다. 자신의 일보다 언제나 남의 일을 도우려 애썼던 이웅근 회장이 세상을 먼저 떠나게 된다. 정말 인명재천이라는 말을 실감하게 되는 아픔이었다. 그러나 죽음보다 더 야속한 것이 살아있는 사람들의 이해관계다. 이웅근 회장의 빈소가 차려진 장례식장에는 2백여 개의 화환들이 놓여 있어 얼핏 살아서 베푼 은혜로움을 기리는 것처럼 보였으나, 문상을 마친 사람들이 소주잔을 기울이며 망인의 인품을 입에 담아야 하는 마지막 정겨움을 남기는 자리에는 단 한 사람의 동지도 친구도 보이질 않았다.

나는 그날의 참담함에서 살아있는 사람들의 오만과 무정을 실감하였다. 그 삭막했던 영안실의 광경은 아직도 내 가슴에 삭막하게 남아 있다.

꺼지지 않는 불꽃

언론통폐합이란 유례없는 폭력이 자행된 지도 꽤 많은 세월이 흘렀다. 설혹 그렇더라도 상처받은 사람들의 마음까지 아무는 것은 아니다. 그때 직장을 잃고 실업자의 고통을 감내하는 사람도 있게 마련이지만, 능력 있는 사람들은 살아남아서 제자리로 돌아오는 경우도 아주 없지는 않다.

동양방송(TBC)이 한국방송공사로 흡수되던 날 동양방송 건물의 옥상에서 사기(社旗)를 내릴 때 홍두표 사장의 얼굴에 통한의 눈물이 쏟아지던 광경은 비록 그것이 뉴스의 한 장면이었다 하더라도 많은 사람들의 가슴에 상처로 남았다.

그 홍두표 사장이 한국방송공사를 관장하는 수장이 되어 돌아왔

다. 고진감래라는 말을 실감하게 하는 대목이다. 한국방송공사라
는 조직에는 지난날 자신이 다듬고 아꼈던 기구가 있을 것이고, 또
함께 일했던 동료들까지 있다면, 느껴지는 착잡함은 당사자가 아
닌 다른 사람들로는 짐작하기가 어렵다.

KBS-TV의 드라마 제작국 하강일 국장이 내 연구실로 찾아와
신임 홍두표 사장의 뜻이라면서 제2 TV에 「한명회」를 다시 써 줄
것을 요청했다. 앞에서 적은 바와 같이 「한명회」는 타이틀만 바뀌
었지 지난날의 히트작인 「설중매」의 리메이크나 다름이 없으므로
나는 「찬란한 여명」을 쓰고 싶다는 솔직한 심정을 토로하였다. 하
강일 국장의 대답은 명쾌하였다. 일단 「한명회」가 대과 없이 끝나
면 그런 문제는 자연히 해결될 것이란다. 따지고 보면 내가 역사드
라마작가로 들어서게 된 것은 TBC-TV 시절 홍두표 편성부장의
강압적인 권유 때문이 아니던가. 그 은혜로움에 대한 보답의 뜻으
로라도 계속 버틸 일은 아니다.

연출도 지난날의 명콤비라고 불리는 김재형으로 정해진다. 문제
는 누가 한명회 역으로 적합하는가가 논의의 대상으로 등장한다.
그렇다고 흘러간 세월 탓으로 정진은 다시 쓰기는 어렵다. 한명회
역은 일반 시청자들과 조금도 다름이 없는, 아니 더 못한 외모를
택하는 것이 성공의 비결이지만 마땅한 대상자가 없어 인기 절정
의 이덕화로 정해진다. 미남배우는 한명회의 이미지와 어우러지기
가 어렵다. 동국대학교 연극영화과의 애제자이기도 한 이덕화에게
도 이 문제는 데미지가 될 수도 있는 함정이다.

아버님이자 성격배우인 이예춘 선생의 성품을 이어받은 이덕화는 커다란 인조의 귀를 만들어 달고 '당나귀 상의 한명회'로 자처하고 나섰다. 훌륭한 캐릭터의 새로운 한명회의 모습을 유감없이 보여 준 이덕화의 열연과 클로즈 업(C·U) 연출의 달인인 김재형의 광기어린 연출로 드라마 「한명회」는 다시 시중의 화제를 업고 히트작의 반열로 올라섰다.

홍두표 사장은 다음 작품의 모든 것을 내게 위임할 정도의 신임을 보여 주었다. 나 또한 드라마작가의 모든 것을 건다는 비장한 심정으로 「찬란한 여명」을 쓰리라 다짐하였다. 내 삶을 걸고 자료를 수집하였던 탓으로 일본 땅을 수십 번 드나들면서 준비한 귀중한 사료가 있고, 어쩌면 내게는 마지막 쓰는 드라마가 될 수도 있다는 비장감이 담긴 승부수나 다름이 없었기에 연출자까지도 작품성에만 승부를 거는 이녹영 PD(부장대우)를 선택하였다.

드라마의 주인공은 29세에서 31세까지를 연기할 이동인이다. 이동인이 승려이면 주인공은 당연이 머리를 깎아서 면경같이 밀어내야 한다. 그리고 한 국가의 미래를 바라보는 눈빛이 살아있어야 한다. 임권택 감독이 만든 「태백산맥」에서 눈여겨 살폈던 연극배우 김갑수의 눈빛이 마음에 든다. 그러나 당시만 해도 손꼽히는 연극배우는 TV드라마에 출연하지 않은 것을 긍지로 생각하던 시절이다. 게다가 머리를 깎고 출연해야 하는 조건이면 그가 출연을 비토한다 하여 흉이 될 수도 없다. 나는 방송국과 이녹영 PD에게 김갑

수가 아니면 이동인 역을 해낼 배우가 없을 것임을 누누이 강조하면서 그의 요구사항을 모두 들어주고서라도 출연하게 해 줄 것을 간곡히 청했다.

게다가 이야기의 발단이 1866년, 장마로 불어난 평양의 대동강을 거슬러 올라 온 미국 상선 제너럴셔먼호로 인한 평양부민들의 소동에서 시작된다. 이 같은 사정이면 제너럴셔먼호의 실체가 문제다. 당시의 사정으로는 C·G(컴퓨터 그래픽)로 해결하기도 어렵다. 이녹영 PD는 제너럴셔먼호를 실물 크기로 만들어서 배 위에서 연기하는 데 불편이 없도록 조처한다. 나는 이녹영 PD의 강단에 힘입어 드라마의 내용에 삽입되는 해설(내레이션)은 내가 직접 출연하여 하겠노라고 강청한다. 드라마의 내용에 대한 신뢰감을 높이기 위한 특단의 조처이기도 했으나, 작가인 내가 드라마 「찬란한 여명」에 대한 애착이 어느 정도인가를 보여 주는 대목이다.

촬영 첫날에 실물 크기로 만들어진 제너럴셔먼호가 공개되었던 탓에 신문사의 문화부 기자들이 대거 초청되었다. '뚜우~' 하는 경적이 울리면서 제너럴셔먼호가 물길을 따라서 움직이기 시작한다. 배 위에는 미국인 선원들 24명이 움직이고, 강둑에는 몰려나온 조선백성들의 아우성과 같은 소동이 시작된다. 한국 TV드라마 사상 보기 드문 장면에 작가가 나서서 직접 해설을 하는 판국이면 몰려든 문화부 기자들에게는 호재이고도 남는다.

의욕이 넘쳐나는 대하드라마 「찬란한 여명」은 방영과 동시에 화제작으로 등장한다. 특히 지식인 남성들의 호응은 폭발적이었다.

드라마의 방영이 끝날 때마다 수많은 격려 전화가 걸려온다. 특히 당시 포항공과대학교의 김호길 총장님은 단 한 회도 거르지 않고 드라마의 내용과 소품에 이르기까지 세세한 관심을 보여 주었을 정도다.

작가인 나에게 극찬을 아끼지 않은 지식인 시청자들이 홍두표 사장에게 무심할 까닭도 없다. 제작에 관여한 사람들에게는 흐뭇하기 그지없는 일이지만 그러나 TV드라마의 속성은 지식인 남성들보다 여성시청자들에 의해 채널권이 좌우되기 마련이다. 유익하고 격조 높은 드라마라는 찬사가 쌓이는 만큼 시청률은 저조한 쪽으로 뚝뚝 떨어지더니 마침내 한 자리 수까지 내려간다. 상업방송이라면 도중 하차가 검토될 정도로 어려운 지경이었어도 드라마의 내용에 관해서는 누구도 왈가왈부하지 않는다.

한때는 시청률 제조기라는 말까지 들었던 처지로는 죽고 싶은 마음도 가눌 길이 없다. 지난 20여 년의 세월 동안 아무 도움 없이 홀로 떠돌면서 수집한 귀중한 사료들이다. 조선 근대화를 바로 살피는 길은 대한민국의 진로를 바로 살피는 길이나 다름이 없다. 그러나 나에게 내세울만한 것이 무에 있던가. 중인(中人)이라 하여 무지렁이만도 못한 천대를 받으면서 조국의 근대화에 몸을 던진 유홍기, 오경석, 이동인 세 사람의 선견지명과 솔선수범을 자라나는 청소년들에게 귀감이 되어야 마땅하고도 꿈이 되게 해야 한다. 그럼에도 근대화 과정이 생략되었기에 오늘 대한민국의 앞날을 기약하기 어렵다는 메시지가 바로 전달되지 않는다면, 그 일이 성사

될 때까지 우리는 정신적인 혼란에서 벗어날 길이 없다.

비록 사상가는 아니지만 이 같은 내 역사인식은 내 삶을 버티게 한 기본이자 에너지이다. 이는 나만의 기본이 아니라 우리 사회의 기본이 되어야 대한민국의 미래가 열린다. 이 같은 내 염원이 막대한 제작비와 이녹영 PD의 살신성인과도 같은 노고에 실리면서도 「찬란한 여명」의 메시지가 시청자들의 가슴을 울리지 못하는 것이 내게는 좌절이 될 수밖에 없다.

내 반려와도 같았던 대하드라마 「찬란한 여명」은 이녹영 PD의 열정과 뚝심에 힘입어 예정했던 대로 총100회로 막을 내린다. 비록 내용이 단축되면서 끝난 것은 아닐지라도 그 무렵의 내 비감은 어떤 글로도 표현할 수가 없을 만큼 좌절 그 자체였다. 그러나 사람들은 가끔 묻는다. 40년 작가생활에서 대표작 한 편을 뽑아 보라고. 나의 대답은 언제나 한결같고 또 거침이 없다.

"「찬란한 여명」입니다."

인연은 순환의 고리로 다가온다

드라마작가에게 한 작품을 마친다는 의미는 참으로 각별하다. 한 시간짜리 드라마에 소요되는 원고지(2백자)는 대략 120매가 된다. 그러므로 100회짜리 대하드라마를 끝내기 위해서는 1만2천여 장의 원고지의 칸을 메워야 한다. 다르게 말하면 장편소설 10권 분량을 1년에 써야 하는 경우와도 같다. 시청률이 높은 화제작을 끝내면 쉽게 피곤을 잊게 되지만, 소기의 성과(시청률)를 거두지 못하면 의기소침해지는 경우도 있다. 말 그대로 전력투구를 다한 대하드라마 「찬란한 여명」을 끝냈을 무렵의 나는 내 능력의 한계를 느낄 정도로 허탈하였다.

내 집필실이 있는 인사동은 그런 내 허허함을 달래는 데 안성맞

춤의 거리다. 특히 다방 〈귀천(歸天)〉은 내 오래되고 각별한 친구였던 시인 천상병(千祥炳)의 체온이 묻어나는 곳이다. 그가 떠나고 없는 지금은 그의 아내인 목순옥 여사가 주인이다. 벽에는 천상병과 함께 찍은 『휴전선』의 시인 박봉우의 모습도 있고, 걸레 스님으로 불리던 중광(重光)의 우스꽝스러운 사진도 걸려 있다. 모두가 세상을 떠난 사람들인데도 정겹기 그지없다. 커피가 아닌 유자차를 주문하면 사발만한 그릇에 담겨 나오는 것도 정겹기 그지없다.

20대부터의 친구들인 시인 강민, 황명걸, 민영 등과 어울릴 수가 있고, 소설가 남정현, 정인영까지 합석하는 날이면 우리는 40년 전의 명동 시대로 돌아가는 타임머신을 타기도 한다. 아무리 그래도 이미 70을 넘긴 중늙은이들인 것은 어찌할 도리가 없다.

에세이스트 원종성의 수필집에 『향싼 종이에선 향내 나고』라는 스테디셀러가 있다. 그 반대되는 구절을 찾으면 당연히 〈생선 싼 종이에서는 비린내 난다〉가 된다. 하늘의 이치가 그러하다면 사람의 만남이라 하여 다를 것이 없다.

인연이 있으면 '악연'도 있게 마련일 것인데도 내 삶은 놀랍게도 악연이 없었음은 앞에서 적은대로다. 모두가 내 손을 잡아서 다독여 주었던 행운은 어떤 경우에도 내 노력이랄 수가 없을 만큼 고비마다 때를 맞추어 새롭게 다가오곤 했다. 가위 하늘의 가호가 아니고는 달리 설명할 길이 없을 정도다.

귀천에서 만난 '선출판사'의 사장 김윤태와의 인연도 그렇다. 아무런 약속이나 사전 지식도 없이 우리는 그냥 마주앉게 되었다. 그는 출판사 '고려원'에서 출간된 『TV드라마·시나리오 작법(作法)』의 활자가 너무 작고, 한자 투성이어서 요즘 대학생들이 읽기가 버거울 것이라면서 전체를 한글로 다시 조판하는 것이 좋을 것이라고 하면서 내 허락이 있다면 자신이 최선을 다해 보겠노라고 청한다. 그때도 추계문예영상 대학원에서 시나리오작법을 강의하고 있었던 내 처지로서는 반대하기보다 오히려 강청하고 나설 일이어서 꼭 실행해 달라고 부탁해야 할 처지였다.

얼마 후 『TV드라마·시나리오 창작의 길라잡이』로 개제된 참신하고도 고전적인 책으로 다시 출간되어 나왔다. 물론 여러 대학의 교재로 활용되었고, 시나리오작가를 희망하는 젊은 작가들의 지침서가 되었던 책이기도 하다.

책으로 맺어진 인연은 책으로 풀어야 하는 것도 하나의 운명이라면 어떨까. 김윤태 사장은 내 강연원고를 넘겨주면 책으로 묶고 싶다는 의욕을 보인다. 이 대목에서는 약간의 부연설명이 필요하다. 역사드라마를 전문으로 썼던 탓으로 여러 기관이나 단체에서 역사인식을 내세우는 내용의 강연요청이 쇄도하고 있었던 시절이다. 대학의 강단에서 여러 해 동안 입품을 판 경력 때문인지, 나는 특급강사로 예우 받으면서 많을 때는 3일에 한 번 정도 강단에 서는 경우가 허다하였기에 강연 내용을 담은 원고도 부지기수로 많다.

김윤태 사장은 그 원고들을 절묘하게 배치하여 고급양장, 하드커버 450페이지에 달하는 호화본으로 엮어 내면서 제목을 매력 넘치게도 『직언(直言)』이라 하였고, 정가를 당당 2만5천 원으로 매기는 것으로 다른 서적과 차별화 하였다. 비록 강연의 내용을 문자로 옮겼다고 하더라도『조선왕조실록』에 적힌 내용 중에서도 희귀한 것들을 엄선하였던 탓에 독자들에게는 반은 충격으로, 또 반은 교양으로 읽혀졌던 모양이다. 그리고 가격과는 상관없이 판을 거듭하게 되는 신선한 바람을 일으키며 역사에세이라는 분야를 다시 한번 자극하게 되었다. 역사드라마 쓰기가 뜸해졌던 시절이라 내게도 새로운 활로가 열리고 있음이라 흥겨운 일임에는 분명하였다.

김윤태 사장의 아이디어는 마를 줄을 모른다. 이번에는〈문학으로 읽는 조선왕조사〉를 써 보라고 권한다. 역사를 학문으로 읽으면 한없이 무거울 수 있지만, 문학적인 서술로 정리한다면 쉽게 읽힐 수도 있을 것이라는 착상은 마치 콜럼버스의 달걀과도 같은 이치다. 또 그 일에 매달려 30여 년 동안 가슴앓이를 해 온 처지라면 쌍수를 들어서 환영할 일이다. 내 생애의 화두인〈정사의 대중화〉라는 일념을 시험해 볼 수 있는 기회가 될지도 모른다.

사람에게 마음이 있듯이 나라에도 마음이 있다. 지혜롭고 너그러운 사람이 이웃으로부터 존경을 받듯이 지혜롭고 너그러운 나라가 선진국의 예우를 받는다. 조선왕조는 가난한 나라였어도 지혜로운 나라였다. 역사 앞에서 옷깃을 여밀 줄 아는 외경심이 몸에 배어 있었고, 정의롭지 않은 일을 멀리할 줄 아는 선비들이 사는 나라였다고 나는 늘 말해왔다. 게다가 내가 역사에 접근하는 방법은 '서기 몇 년에 무슨 일이 있었다.'는 식의 통설적인 개념이 아니라, 정말로 재미있고 유익한 조선의 역사를 세상에 알리고 싶었다.

학교에 다닐 때, '태, 정, 태, 세, 문, 단, 세…'를 수없이 외워서 역사시험 때마다 고비를 넘기기는 하였으나, 어른이 되고 보니 도무지 아는 게 없다고 푸념하는 사람도 부지기수다.

'서기 몇 년에 무슨 일이 있었다.'가 아닌 정말로 재미있고 유익한 내용이란 어떤 것일까. 그렇지, 사람의 냄새가 물씬 풍기는 이야기면서 그 내용이 오늘을 사는 사람들에게 교양이 되고 길잡이가 된다면 바랄 나위가 없을 것이 아니겠는가.

암, 그렇고말고. 조선왕조가 5백여 년 동안 단일왕조를 지탱하기 위해서는 창업, 수성, 창조, 정착, 위기, 구조조정과 같은 어려운 고비를 넘길 때마다 출중한 지도자가 있어야 했고, 또 살신성인의 정신으로 나라의 앞날에 이바지한 지식인들의 호연지기가 곧 '조선의 마음'이라고 확신하고 있었던 터이다. 여기에 시대의 흐름이나 성격을 살필 수 있는 역사인식을 자극한다면 훌륭한 읽을 거리가 되고도 남는다.

희귀하고 값진 역사의 뒷얘기를 태조 이성계의 창업시기에서부터 대한제국이 궤멸하는 과정까지를 연대기 순으로 배열하였더니 정말로 '조선의 마음'을 진솔하게 살필 수 있는 재미있고 유익한 책이 되었다.

김윤태 사장의 예견은 다시 적중하여 역사에세이집 『조선의 마음』도 『직언』의 경우와 같이 출간 20일 만에 재판을 찍으면서 날개 돋듯 팔리게 된다. 나는 새삼스럽게 활자의 마력에 빨려들게 되었다. 그런 덕분으로 역사에 관한 진솔한 이야기를 들려 달라는 강연

요청이 문자 그대로 쇄도하듯 들어온다.

내 강연의 주제는 내 가슴에 한이 되어 새겨진 조선 근대화 과정이 생략된 통분함을 일본국 명치유신의 성공과 대비하면서 일본국의 현장사정을 눈에 본 듯이 열변에 담아서 토할 수밖에 없다. 이심전심이라는 말처럼 절묘한 것은 없다. 내 통분해하는 마음이 뜨겁게 청중들에게 전달되면서 강연을 청한 단체나 기관에서 그 현장을 함께 둘러보면서, 혹은 그 현장에서 내 열강을 듣는다면 그 감동이 배가 될 것이라는 요청이 쇄도한다.

나로서는 당연히 앞장서서 현장을 안내하고 싶어진다. 말로 전하는 역사가 아니라 현장을 밟고 확인하는 역사라면 그 이해의 도는 커지게 마련이다.

자신의 이름을 따서 〈이철구 여행〉이라는 여행사를 운영하는 젊은 엘리트 이철구 사장은 일본의 명문사학인 와세다대학 대학원에서 역사학을 전공한 집념의 덩어리다. 그는 내가 주도하게 될 일본국 역사탐방을 아예 〈신봉승 선생과 함께하는 일본국 역사탐방〉이라는 고정 프로그램을 운영하겠다고 선언하였고, 강연을 주최하였던 여러 기관에서 적극 호응하였던 탓에 40여 명으로 구성된 일본국 역사탐방단은 일본국 근대화의 역사적인 현장을 눈으로 확인하면서 내 강의를 다시 듣는 감동에 젖곤 하였다.

일본국 근대화의 상징인 명치유신이 태동되었고, 일본국 총리대신을 일곱 사람이나 배출한 하기(萩)에서의 현지 특강은 많은 지식인들의 가슴을 고동치게 하였고, 규슈의 나가사키(長崎), 조선도자기의 발상지인 가고시마(鹿兒島)와 아리타(有田), 그리고 임진왜란의 본진이 있었던 진사이마치(鎭西町) 등을 둘러본 멤버에는 기업체의 장은 물론이요, 장관 출신, 대사 출신, 심지어 역사학 교수님도 있었다.

이 탐방에 참여한 많은 지식인들이 새로운 역사인식에 눈떠가는 광경을 눈여겨 지켜보면서 나는 역사드라마를 쓸 때와 또 다른, 그리고 역사에세이를 쓸 때도 또 다른 감동과 보람을 느끼곤 하였다. 이 프로그램이 여러 차례 이어지면서 조촐한 기행문으로 정리되었는데, 단순한 기행문이라기보다는 한일관계를 바로 살피는 비평문과도 같은 에세이의 성격을 띠게 되었다.

김윤태 사장은 수많은 현장의 사진을 컬러로 편집하는 등 색다른 판형으로 된 견본으로 보여 주면서 책의 제목을 『일본을 답하다』로 하겠단다. 책에 관한 일이면 그에게 맡기는 것이 도리지만, 여러 차례 이 역사탐방에 참여하였던 전 국사편찬위원회 위원장 이성무 박사의 추천사를 받아 싣는다면 금상첨화가 아닐 수 없다. 게다가 역사학자의 보증하는 글이라면 나에게도 영광스러운 일이다.

이성무 박사는 격의 없는 글로 그간의 노고를 가시게 해 주었다. 고마운 일이 아닐 수 없다.

신봉승 선생은 역사를 학문으로 읽은 것이 아니라 취미로 읽은 것이라고 겸손해 하신다. 하지만 사실과 사실 사이의 행간을 읽어내시는 탁월하신 식견과 읽어낸 사실의 핵심만을 골라서 자신의 역사인식으로 축적해 가는 과정은 범상한 사람들의 상상을 초월할 만큼 정밀하고 탄탄하다. 더불어 일본 국 근대화 과정인 명치유신을 전후한 여러 사실을 원용하여 우리의 실패한 근대사를 매섭게 추궁하는 신봉승 선생의 논리는 당당함을 넘어서는 서릿발과도 같다.

나는 우리 한국역사문화연구원의 회원들과 함께 신봉승 선생이 주도하는 〈일본국 역사탐방〉 3박 4일 과정에 무려 다섯 번이나 참가했었다. 우리 문화의 뿌리가 내린 일본 땅의 구석구석까지 찾아가 밟으면서 그 현장에서 듣는 강의는 살아서 기운차게 생동하였다. 우리가 머무는 호텔의 연회장에서, 또는 달리는 버스 안에서 듣게 되는 신봉승 선생의 해박함이 넘쳐나는 열강은 때로 두 주먹을 불끈 쥐게 하는가 하면, 또 때로는 가슴을 뭉클하게 하는 도도한 강물과도 같은 큰 흐름으로 이어지곤 하였다.

이번에 상재하시는『일본을 답하다』에 담겨진 귀중한 사진과 현장감으로 꿈틀거리게 하는 신봉승 선생의 살아있는 문장은 모두가 피땀으로 얻어진 귀중한 자료들이다. 이 한 권의 역저가 일본문화를 새롭게 이해하게 하고, 새로운 한일 시대를 열어가는 건실한 교량 역할을 한 것임을 믿어 의심치 않는다.

나에게는 과분한 찬사가 되겠지만, 원로 역사학자의 신임이랄지, 보증을 받았다는 점에서 나의 역사인식이 바르게 흐르고 있음에 더한 용기와 추진력을 보태게 되었다.

역사가 지식이다

교수라는 말이 참 잘 어울리는 사람이 희곡작가 이근삼 선배다.
서강대학교의 영문학과 교수로 또 여러 보직을 겸으면서 정년퇴임
을 하였지만, 이근삼 교수에게는 박사학위가 없다. 요즘같이 박사
학위가 범람하는 세상에서 학위도 없이 어떻게 강단에 섰느냐고
내가 비아냥거리면, 이근삼 교수의 대답은 강한 평안도 사투리에
실려서 나온다.

"박사라는 거야 만들어 주는 거이지, 내가 가져서 뭘 하네."

참 소박한 명답이지만, 이근삼 교수의 논문심사로 수많은 사람
들이 박사학위를 취득한 것은 엄연한 사실이다.

1960년대 초, 내가 중앙국립극장의 말단으로 근무할 때 이근삼

교수는 미국 노스캐롤라이나 대학원을 졸업하고 귀국하면서 희곡 「위대한 실종」을 발표하였고, 이어 실험극장(나영세 주연, 허규 연출)에 의해서 초연되었는데 상상을 초월하는 화제를 불러 모았다. 화제의 초점은 극의 내용이 풍자와 해학으로 가득한 코미디(지적 코미디라면 어떨지 모르겠다)이면서도 그 짜임새 있는 구성과 스피드한 진행, 그리고 관객과 호흡을 함께하는 즐거움 때문이었다.

그때만 해도 코미디로 분류되는 시추에이션은 악극의 막간극으로나 쓰이는 것이고, 관객들이 끊임없이 웃어대면 경박한 희극 정도로 평가 절하되어 이른바 예술무대를 지향하는 국립극장의 공연물로는 적합하지 않다고 비하되던 시절이다. 따라서 「위대한 실종」은 국립극장의 위상에 먹칠을 한 저급한 코미디에 불과하다는 비난성 화제에 휩싸이기 시작하였고, 당시의 연극계의 원로들이 공보부장관(지금의 문화관광부장관)을 방문하여 「위대한 실종」과 같은 천박한 코미디물이 신성한 국립극장을 악극무대로 전락시켰으므로 앞으로는 이 같은 코미디물을 기획하거나 공연하는 것을 엄금해 달라고 항의하는 해프닝까지 벌어지는 지경에 이르렀다. 하기야 시민회관의 무대에 대중가수가 선다하여 교수 출신의 운영위원들이 사퇴하는 소동이 있었던 시절이다.

국립극장의 말단 직원이자, 신출내기 문학평론가였던 나에게는 「위대한 실종」이 신선하다 못해 충격인 작품으로 각인되었다. 흥분을 감추지 못한 나는 한국일보의 연극평을 통하여 「위대한 실종」이야말로 한국 연극의 새로운 지평을 열어가는 계기가 될 것이라고 아낌없는 찬사를 보냈다. 이 글을 계기로 이근삼 교수와 나의 우정이 반세기를 넘게 이어오고 있지만, 이근삼 교수는 두 번에 걸쳐 내 진로에 큰 변화를 주었다.

"야, 희곡 한편 쓰라. 네가 쓰는 시나리오라는 거이 어디 오래 남기나 하네. 보라 야, 그래도 희곡이 남는다. 알간…!"

지금도 귀에 삼삼한 이근삼 선배의 평안도 사투리는 내가 하고 싶어도 못하는 세계를 꼬집어 질타하는 말이나 다름이 없다. 그런 격려와 독촉에 힘입어 나는 예순아홉 살이나 되는 나이를 딛고 생애 첫 희곡인 공민왕 비사 「파몽기(破夢記)」를 쓰게 되었고, 영광스럽게도 국립극단 제189회 정기공연으로 국립극장 해오름극장에서 공연되었다.

그리고 이근삼 선배의 강권이 다시 한 번 발휘되었다.

"야, 보라 야. 예술원에 들어와라. 그래도 늘그막에는 거기가 괜찮은 곳이다. 알간…!"

말이 씨가 된다는 고사가 있다. 예나 지금이나 대한민국 예술원은 선택 받은 원로 예술인들이 마지막 머무는 명예로운 곳인데 언감생심 넘겨다 볼 곳이던가. 그러나 이미 예술원 회원인 이근삼 선배가 꼬드긴다면 솔깃해지지 않을 수가 없다.

대한민국 예술원은 문학, 미술, 음악, 연극 · 영화 · 무용의 4개 분과로 구성되어 있다. 내가 만용을 부린다면 연극 · 영화 · 무용분과의 회원으로 선임되어야 한다. 그 분과의 예술원 회원은 연극분야의 김동원, 이원경, 장민호, 차범석, 이근삼, 김정옥 선생 등이

"희곡 집필은 40년 미뤄뒀던 꿈"

고희 맞아 '공민왕 비사'로 연극데뷔 신 봉 승씨

신봉승씨

"1961, 62년 명동에 있던 국립극장의 기획과에 근무하면서 임영웅 표재순씨 등과 어울려 연극에 취해 살았습니다. 그 뒤 드라마를 많이 썼지만 희곡만은 철학적인 깊이가 있어야 한다고 믿었고 경외심(敬畏心)같은 게 느껴져 남겨 두었습니다. 이제야 40년간 미뤄둔 일을 하게 됐습니다."

'TV 사극의 대부'로 불리는 작가 신봉승씨(70).

연출은 표재순씨가 맡아

올해 고희를 맞은 그가 23일부터 서울 장충동 국립극장 해오름극장에서 공연되는 '공민왕 비사-파몽기(破夢記)'의 극본을 집필해 연극에 '데뷔'한다.

그는 83년부터 90년까지 방영된 MBC '조선왕조 500년' 시리즈 외에도 '조선의 점잖' '신봉승의 조선사 나들이' 등 역사 관련 저서를 통해 본격적으로 'TV와 역사의 만남'을 연 작가로 평가받고 있다. 연극 데뷔작이라지만 그의 예사롭지 않은 '내공' 때문에 어떤 작품일지 궁금해진다.

연출은 '조선왕조~'에서 호흡을 맞췄고 뮤지컬 '애랑과 배비장' '지저스 크라이스트 슈퍼스타', 연극 '아버지' 등을 연출한 표재순씨(67)가 맡았다.

이 작품은 고려 31대왕인 공민왕

(1330~1374년)과 요승(妖僧)으로 불리는 신돈을 두 기둥으로 역사의 소용돌이를 헤쳐 나간다. 신돈은 노국공주가 난산으로 죽자 공민왕의 환심을 사기 위해 공주와 닮은 반야를 끌어들여 권력을 손아귀에 넣는다.

"공민왕 시기는 그 자체가 한편의 드라마입니다. 몇 년전부터 혹시 누군가 연극으로 만들면 어쩌나 걱정했습니다. 공민왕의 노국공주에 대한 사랑과 고려의 중흥, 신돈의 개혁 정책 이 모두가 이루지 못한 꿈이 됩니다."(신봉승)

고려를 다룬 정사(正史)인 '고려사'와 '고려사절요'는 조선시대들어 아홉차례나 고쳐졌다. 그 과정에서 가장 왜곡된 부분이 조선조 태조 이성계의 정적(政敵)이었던 최영과 공민왕, 신돈과 관련된 대목이라는 것이다.

그는 "600여년의 세월이 흐르면서 재평가 작업이 이뤄진 최영에 비해 공민왕과 신돈은 각각 유약한 인물과 요승의 부정적 이미지로만 남아 있다"면서 "정사를 축으로 두 인물에 대한 새로운 해석을 가미했다"고 말했다.

공민왕·신돈 인물 새롭게 해석

지난해 '브리타니쿠스'에서 사랑과 질투로 일그러진 네로역을 탁월하게 연기해 호평을 받은 이상직이 공민왕역을 맡았다. 신돈과 반야역에는 각각 최원석과 곽명화가 캐스팅됐다. 이밖에 원로배우 장민호와 김재건 오영수 최상설 등 중견 배우들이 출연한다.

신봉승은 "스케일 큰 작품을 남기고 싶다"면서 "설레는 마음으로 사흘에 한번씩 연습실을 찾고 있다"고 말했다.

불교미술가 박천수씨가 제작한 사람 키의 1.5배가 되는 불상을 옮겨와 사실감있는 무대를 만든다.

공연은 4월1일까지 평일 오후 7시반, 토 오후 4시 7시반, 일 오후 4시. 1만~3만원. 02-2274-3507.

〈김갑식기자〉
gskim@donga.com

연극으로 보는 정통극무대를 표방하는 이상직 곽명화 최원석(왼쪽부터) 주연의 '공민왕 비사-파몽기'.

첫 희곡 작품, 공민왕 비사를 다룬 「파몽기」

었고, 영화분야의 회원은 유현목, 김수용의 두 분 감독이었으며, 무용분야는 김천흥, 김백봉, 임성남, 송범 선생 등 모두가 기라성 과도 같은 열두 분이었다. 참으로 놀라운 것은 이들 열두 분 중 3분의 2에 해당하는 여덟 분 이상의 찬성이 있어야 신입회원으로 선임된다고 한다. 그러나 천만다행인 것은 젊은 날 국립극장에서 근무한 탓에 열두 분 중에서 한 분도 생소한 분이 없다는 사실이 나에게 만용을 부리게 하였다.

그런데도 입회원서를 낸 첫해는 일곱 분의 찬성을 얻었던 탓에 한 표가 모자라는 낙방을 하였고, 이상하게도 다음해인 두 번째 심사에서도 역시 한 표가 모자라는 일곱 표로 낙방을 하였는데, 그 다음해인 세 번째도 또한 한 표가 모자라는 일곱 분의 찬성이라 또 다시 낙방의 쓴잔을 마시면서도 그 불가사의함을 헤아릴 길이 없다. 길에서 만나면 모두가 반갑게 인사를 하고, 악수를 나누는 사이다. 그런데도 예술원의 입회를 허락하는 표를 주지를 않는 까닭이 무엇일까. 이 같은 형편이면 누구라도 자존심이 상한다. 내가 예술원 회원이 되는 영광을 포기하겠다고 선언했을 때 이근삼 선배의 말이 또 한 번 충격을 주었다.

"야, 너만 그런 줄 아네. 다들 겪었다고 생각하라 마."

그렇다고 하더라도 승승장구만 경험해 온 내 처지로는 자존심 상하는 일이 아닐 수 없다. 그러나 이근삼 선배의 위로와 고언은 따뜻하기만 하였다. 여기에 젊은 날 나와 오랫동안 호흡을 맞추었던 김수용 감독의 열화와도 같은 지원에 힘입어 결국 네 번째 시도

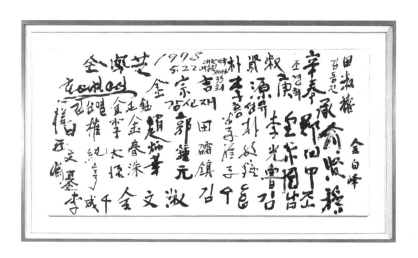

예술원 회원들의 친필 서명

끝에 대한민국 예술원 회원으로 선임되는 영광을 안았다.

예술원 회원으로 선임되었다는 증서를 수령하기 위해 예술원 회장실에 들렀을 때, 예술원 회장이셨던 편운 조병화 시인은 그 특유의 큰 목소리로 원로 회원들이 지켜보는데도 "야, 나의 청춘, 봉승이 왔고나…" 하시면서 손수 예술원 배지를 달아 주면서 기뻐해 주었다.

그리고 얼마 뒤, 은사이신 편운 조병화 시인은 "야 봉승아, 좋은 술자리가 있다. 별일 없으면 같이 가자."고 한다. 그 술자리가 예술원 원로 회원들의 친목 모임이자 또한 소문도 자자한 〈수요회〉였다.

문학 쪽에서 평론가 곽종원, 시인 조병화, 소설가 홍성유 선배, 음악분야에서 첼리스트 전봉초, 지휘자 임원식 선생, 미술분야에서는 서양화가 권옥연, 동양화가 이대원, 조각가 전뢰진 선생, 연극영화분야에서 희곡작가 차범석, 영화감독 김수용 등 문자 그대로 기라성과도 같은 선배 예술가들의 말석에 끼어 술을 마시는 일은 지금까지 경험하지 못하였던 별천지와도 같다.

게다가 모두들 얼마나 센 주량들인가. 마셔도 마셔도 끝이 없는데 화제의 다양함은 해당 분야의 고전에서 최첨단에 이르기까지 숨 쉴 겨를도 없이 파둥기며 흘러간다. 나는 새로운 경험이기에 앞서 대한민국의 예술계를 이끌어 가시는 각계의 원로들과 대등하게 술잔을 비운다는 자부심을 만끽하는, 지금까지도 잊지 못하는 경험으로 간직하고 있다.

예술원 회원이 된 바로 그 달에 노신영 전 국무총리를 단장으로 하는 중국 정부초청의 사절단의 일원이 되어 중국의 여러 사적지를 둘러보게 되었다. 사우디아라비아 대사를 지내신 유양수 장군, 대농그룹의 오너 박용학 회장(그 유명한 '싸이'의 할아버지), 서울대학교 대학원의 최종기 박사, 그 밖에도 교육계, 재계의 기라성과도 같은 오너들과의 동행이었으므로 나로서는 또 새로운 경험을 하게 되었다.

황하의 강폭이 가장 좁다는 난주(蘭州)에서는 황토물에 발을 담그기도 하면서 여러 사적지를 돌았고, 중국문명의 실체를 살피면서 고비사막을 자동차로 가로질러 돈황의 토굴을 상세히 둘러보는 일정은 과연 정부초청이 아니면 불가능할 정도로 정밀하게 짜여져 있어 실크로드의 종점인 우르무치의 건포도농장에 이르기까지 성(省)이 바뀔 때마다 공산당 간부들이 나와 성대한 파티를 열어 주는 등 명실상부한 국빈대우를 받던 일도 기억에 남는다. 더 놀라웠던 사실은 베이징으로 돌아가는 길에서 경험하게 되었다.

비가 없다는 사막 한가운데에 폭우가 쏟아져서 아스팔트길이 유실되어 우리를 태운 버스는 사막 한가운데 멈추어 서서 오도가도 못하게 되었다. 아스팔트길의 복구가 기약이 없다면 우리 일행은 어찌되나. 창칼과도 같이 쏟아지는 뙤약볕을 견디고 있는데 참으로 놀라운 광경이 그때 벌어졌다. 사막 한가운데에 고립된 우리를 태우기 위해 군용 수송기 한 대가 좁은 아스팔트길에 착륙하였다. 우리 일행은 그 수송기를 타고 하늘로 날아올랐다.

하늘에서 내려다 본 고비사막에는 홍수가 지나간 물줄기 자욱이 선명하게 드러나 보인다. 사막을 덮치고 지나간 홍수자국, 누가 이같은 광경을 눈으로 확인할 수 있었을까. 오래전에 나를 격려하였던 박민 사장의 충고가 새삼스럽게 떠오른다.

"하이 소사이어티를 경험하지 않으면 좋은 작품을 쓸 수가 없어요!"

새로운 항로에 돛을 올리고

벼는 익을수록 고개를 숙인다는 말이 있다. 나는 이 말의 진의를 여러 번 체험하였던 탓으로 애써 이 글을 진솔하게 적으려고 노력해 왔다. 그러면서도 가장 자랑스럽게 여기는 대목은 어쩌다가 약속이 두 개가 겹치게 되었을 경우, 나는 어떤 경우에도 낮은 쪽으로 발길을 옮겼다. 때로는 얼마간의 불이익이 있음을 알면서도 그 모든 손실을 쾌히 감내하면서 실행해왔던 터이다.

오만한 글이라고 여기지 말아 주었으면 좋겠다. 조금이라도 이상한 생각을 가지지 말아주시길 바라면서 이 글을 적어가고 있음을 고백한다. 나는 이름이 알려진 사람이나, 무명의 사람들을 만나거나, 또 식견이 있거나 없거나 만나는 사람에 따라 내 느낌에 변화를 주고자 하질 않았다. 말은 쉽지만 매번 실행하기에는 상당한 노력이 따라야함은 불가피하였다. 이 같은 내 노고를 목격한 분들은 적잖이 놀라워하지만, 실상은 모두가 책에 적혀있는 바를 따르고 있었을 뿐이다.

우리 선대의 명현(名賢)들은 죽음을 눈앞에 두게 되면 종명시(終命詩)를 남겨서 뒤따르는 후학들이나 남아 있을 가족들에게는 귀감으로 삼게 하였다.

종명시에는 쓰이는 어휘가 다르고 표현하는 방식은 달라도 담겨진 주제나 내용은 대개가 비슷하다.

  하늘의 뜻을 거역하지 않았고
  책 속의 말씀에 어긋나지 않았다.

비록 평범하고 겸손한 것 같지만, 자신의 행실에 대한 수치스러움이 있고서는 감히 입에 담기 어려운 내용이 아닐 수 없다. 또 그것은 반듯하고 후회 없는 삶을 귀중히 여겨 온 자신감의 표현이기도 하여서 곰곰이 다시 읽어볼수록 감동의 도가 커지게 마련이지만, 한 번 읽고 버리는 사람들이 또한 많아진 때라 선현들의 가르침이 일률적으로 후학들의 가슴에 새겨지기는 어렵다. 나는 그런 안타까움을 몸으로 체험하면서 살아왔다.

우리의 선현들은 책에 적힌 기막힌 내용은 오래 기억하고 또 그것을 실행하는 것을 긍지로 삼았지만, 요즘의 독서 풍속은 대충 읽고 버리는 것을 자랑으로 삼는 경향이어서 "책 속의 가르침에 어긋남이 없었다."고 말하기가 참으로 어렵다. 바로 그 점이 사람들의 오만을 자라게 한다는 사실을 나는 일찍부터 터득하고 있었던 셈이다.

때로 이름을 날리는 시인이나 소설가, 혹은 저명한 교수들의 행실을 보면서 자신이 쓴 작품과 지껄이는 말들이 아주 딴판인 경우를 다반사로 접하게 되지만, 아이러니하게도 당사자들은 말과 행실이 다르다는 사실을 모르고 있음은 딱한 지경이 아닐 수 없다. 허명(虛名)에 도취된 오만을 버리지 못한 까닭이다.

그런 삭막함을 보고 견디노라니 지금까지 버둥거려 온 족적을 정리해 두고 싶은 생각이 간절할 때가 있다. 텔레비전드라마의 경우는 해당 방송사에 녹화테이프가 남아 있어서 필요하다면 언제든지 CD-ROM에 복사를 해올 수가 있다. 그러나 인쇄가 된 책은, 특히 컴퓨터로 조판되기 이전의 것은 복원하기가 어렵다. 대표작이라면 어폐가 될지 모르지만, 지금까지 써 온 내 역사소설은 기존의 역사소설의 잘못된 내용을 바로 잡는 내용들이 대부분이다.

단종과 세조의 관계를 사실에 따라 추적한 『난세의 칼』(5권), 조선 근대사를 사실보다 더 정확히 정리한 『이동인의 나라』(3권), 그리고 러·일전쟁의 실체와 대한제국의 몰락을 정직하게 담아낸 『소설 1905』(상·하권)가 특히 그렇다. 후대의 작가들이 사료를 찾는 노고를 덜어주기 위해서라도 반드시 남겨야 할 소설이라고 나는 자부한다.

특히 소설 『이동인의 나라』는 모두 현장에서 취재한 살아있는 내용을 당시의 사료와 대비한 결과물이어서 내게는 분신과도 같다. 그렇게 역사서적보다 더 정밀하게 씌어지기는 하였어도 판매나 유통은 신통치가 않았다. 그렇더라도 사료의 정확성 하나만으로도 후학들의 노고를 덜어주기에는 부족함이 없을 것으로 자부한다.

어느 날 인터넷을 뒤적이다가 소설 『이동인의 나라』를 읽은 이름 모를 독자의 독후감을 발견하게 되었다. 작가의 생각을 비교적 정확하게 설파한 글이어서 여기에 옮겨 두기로 한다.

3권, 전체 1,300여 쪽에 달하는 분량에 펼쳐들기가 겁이 났던 책이다. 하지만 '신봉승'이라는 글쓴이의 이름은 그간 역사서적을 통해서도 자주 접해왔던 터라, 역사공부에 도움이 되겠다는 생각에 시작할 수 있었다. "이동인은 30세 전후의 아까운 나이로 헐벗고 가난한 조국 조선의 근대화를 위해 불꽃처럼 살다가 사라진 선각이지만, 이 땅의 교과서에는 단 한 줄도 나오지 않는다. 이 점에 대해 나는 역사학자들의 무책임을 수없이 질타해왔다. 이동인이 없었다면 김옥균, 박영효, 홍영식, 서광범, 서재필 등 개화파의 젊은이가 탄생될 수 없다.(머리말 중)". 음…. 이동인이라는 그 이름을 들어본 적은 있는데 역사교과서에서 비중 있게 다루었던 인물은 아니었던 것 같다. 어느 강의에선가 스쳐지나가는 이름으로 듣고 말아버렸던가….

소설 『이동인의 나라』 (전3권)

　　역사소설을 읽으면서 가장 염려스러운 부분은 어디까지가 사실인가를 판단할 식견이 아직 내게 없다는 것이다. 더군다나 이 소설의 주인공 '이동인'에 대해서는 '개화승'이었다는 정보 정도만 알고 있었던 터라 글쓴이가 하고 있는 이야기 어디까지를 역사적인 사실로 봐야 할 것인가 고민스러운 부분이 많았다. 하지만… 이 책은 '소설'이라기보다는 오히려 한편의 '다큐멘터리' 같은 이야기책이라고 해야할까…, 책을 다 읽고 나서야 백과사전을 통해 '이동인'이라는 이름을 찾아봤다. 이 책에서 다루고 있는 그의 거의 모든 이야기들이 백과사전에 기록된 '사실'에 가깝다. 한편의 역사서라고 해도 될만큼 '사실에 충실한' 소설책이었다면 이 책에 대한 소개가 될른지….

이야기는 1866년, 프랑스함대가 강화도를 공격한 '병인양요'로부터 시작된다. 물밀듯이 밀고 들어오는 제국주의 열강들의 침략에 속수무책으로 '당하기만 하는' 조선의 안타까운 사정을 눈으로 확인한 어린 승려 이동인. 개화 1세대인 유홍기를 만나면서 그는 서양 제국주의와 세계사의 큰 흐름을 이해하게 되고, 조선의 '자주개화'를 위해 자신의 몸을 던진다. 그러나 결국 그는 행방조차 묘연한 채로 실종되어 버리는 것으로 이야기는 끝맺는다.

책에서는 이동인과 유대치(유홍기) 등의 개화1세대와 유대치의 사랑방에서 신학문을 공부하던 김옥균, 박영효 등의 개화 2세대들의 개화에 대한 열정을 꼼꼼히 그려낼 뿐만 아니라 그들과 대척점에 서 있던 당시의 권력자 흥선대원군에 대한 이야기, 메이지유신 이후 급진적으로 서구화되고 있는 일본에 대한 이야기까지를 상세히 그려내고 있다. 글쓴이가 이동인을 '위대한 선각자'라고 지칭하는 데서 이미 드러나고 있지만 이 책에서 그려진 수구세력의 대표 주자 흥선대원군은 시대의 흐름을 읽지 못하는 고집불통의 늙은이로 그려진다. 당시 개화세력에 대해서는 매우 우호적인 시각에서, 수구세력에 대해서는 매우 부정적인 시각으로 그려지고 있다. 그런 면에서 흥선대원군과는 정치적 노선을 달리했던 민비에 대해서도 긍정적으로 평가하고 있다.

글쓴이의 안경을 통해 본 조선 후기의 국내외 사정은 그야말로 '안타까움'이다. 시대의 흐름에 동참하지 못하는 한심한 수구세력 때문에 이 나라의 근대화가 늦어졌다는 아쉬움이 책 곳곳에 드러나 있다할까. 이야기를 전개해 나가는 글쓴이가 독자에게 당시 상황에 대한 설명과 이후의 결과까지도 자료를 덧붙여 함께 생각해볼 것을 요구하고 있는 점도 이 소설의 특이한 점이었다.

이동인은 어디로 사라져 버린 것일까. 그가 그리던 나라로 간 것일까. 이동인이 그렇게 사라져 버리지 않았다면 이 나라의 근대사는 다른 모습이었을 수 있을까. 책을 덮으며 여러 가지 생각이 든다. 개항기의 우리 역사를 입체적으로 그려내고 있는, 한편의 역사다큐멘터리 같은 소설. (『이동인의 나라』).

이름도 얼굴도 모르고 더구나 직업 평론가도 아닌 젊은 독자의 소감이라, 내 무거운 감회에 위안으로 다가오는 무척도 따뜻한 글이어서 내게는 큰 위안이 되었다. 쑥스러운 고백이지만 소설 『이동인의 나라』에 대한 나의 애착은 남다를 수밖에 없다. 나와 호형호제하면서 지내는 여러 대학의 국문과 교수들, 또 능력 있는 문학평론가들에게 머리 숙이는 심정으로 증정하였어도 어떤 평론가도 또 정분을 나누었던 대학의 교수들도 거론한 일이 없었던 터이다. 이미 기호화(記號化)된 사람들만 따라다니는 얍삽해진 매스컴의 경우는 더 말하고 싶지는 않지만, 그래도 무명의 젊은 독자가 대행해 준 이 글이 내게 준 위안은 정말로 크고 따뜻하였다.

내 만남 중에는 아름다운 인연이 많았던 사실을 줄곧 적어오고 있는 터이지만, 청아출판사의 편집실 홍은아 실장과의 만남도 의미가 깊다. 책을 쓰는 작가와 책을 출판해 주는 편집자와의 만남은 근본적으로 이해득실이 기본적으로 깔려있게 마련이지만 내 경우는 따뜻한 정감만이 존재했을 따름이다.

시인사의 조태일 시인, 갑인출판사의 황수원 사장, 답게출판사의 장소님 보살, 선출판사의 김윤태 사장의 경우가 모두 그랬던 탓에 출간하고 싶은 책이 있으면 언제나 아무 이해관계와 상관없이 책이 되어 나오곤 하는 자랑스런 행운은 내 곁을 떠난 일이 없다.

홍은아 실장의 첫 주문은 조선왕조의 역사 중에서 잘 알려지지 않았거나, 설혹 알려져 있다고 하더라도 잘못 알려진 곳을 바로잡는 내용을 중심으로 써주면, 『조선도 몰랐던 조선』이라는 절묘한 제목을 달겠단다. 따지고 보면 그간에 써 온 내 작품들에도 알게 모르게 그런 취지가 담겨 있었고, 그런 취지로 써 두었던 혹은 발표되었던 칼럼이나 역사에세이가 꽤 있었던 참이어서 크게 고충이 따를 것 같지가 않았다.

그리고 또 다른 하나는 이미 동방미디어에서 간행된 일이 있는 『조선의 정쟁』 다섯 권을 페이지가 늘어나서 부피가 큰 책이 되어도 좋으니, 한 권으로 다시 정리해 줄 수 없겠느냐는 주문이다. 그야말로 내가 하고 싶었던 팔팔 뛰는 기획이어서 내 쪽에서 신바람을 돋우게 되었다.

2009년의 벽두는 그렇게 열렸고 두 책은 어렵사리 판을 거듭해 가게 되자 나는 참으로 오랜만에 자유로운 시간을 갖게 되었지만, 본시 내 성미대로라면 자유로운 시간이라는 말은 성립되지 않는다. 무엇을 해도 해야 되고, 그래도 없으면 만들어서라도 해야 했던 것이 지금까지의 삶이었음을 줄곧 적어온 터이다.

분당 내 집 곁에는 아름답기 그지없는 중앙공원이 있다. 현관을 나서면 3분 거리, 남들에게는 천혜의 산책길이 되겠지만 나에게는 그림의 떡이나 다름이 없다. 쉰다는 개념을 모르고 살아왔기 때문이다. 그러나 워낙 할 일이 없었던 터이어서 그 길이라도 한번 걸어보고 싶어진다. 흐드러지게 피었던 노란 개나리 꽃이 지면서 신록으로 접어드는 아름다운 절기가 시작되던 때다.

나는 그 아름다운 산책길을 한가롭게 거닐다가 불현듯 걸음을 멈추어야 하는 충격을 맛보게 된다. 숨이 차서다. 그냥 호흡이 가쁜 것이 아니라 발을 뗄 수가 없을 정도의 고통을 동반한다. 70도 이미 중반을 넘기고 있어도 나는 아직 병원에 가본 일이 없다. 남들이 생각하면 무리한 일도 내게는 늘 장난같이 느껴지곤 하였기에 소속된 단체에서 정기 건강검진을 받아 보라면서 병원을 지정해 주어도 응하지 않았을 정도로 내 몸은 탄탄하지만, 이번만은 달라서 가족들의 강권으로 병원에 실려 갔다. 기어이 일은 터지고 말았다.

2009년 4월 2일. 나는 폐암(肺癌) 진단을 받았다. 아무도 믿지 않을 것으로 알지만, 그 순간의 나는 너무도 담담하고 평온하였다. 단순히 '아, 이렇게 가는 수도 있구나…' 하는 짧은 순간의 회한은 내 삶에 대한 후회 없음에 실려진 진심일 것이라고 나는 지금도 자부하고 있다.

몇 가지 다른 검사를 거친 후, 전신마취 상태로 수술실로 들어갔으나 발암 부위가 예민한 곳이어서 수술불가능으로 판정, 가족들에게는 1년 동안의 유예기간이 남았을 정도라고 통고된 모양이어서 아이들은 울고불고 야단이 났던 모양이지만, 나는 그런 일을 까맣게 모른 채 계속 통원치료를 받게 되었다.

치료라기보다 주치의와 몇 마디 말을 주고받고 나면 항암주사를 맞는 일이 고작이다. 일단 다른 암환자들과 똑같은 일상이 내게도 적용되고 있지만, 이상하게도 나는 폐암 환자의 보편적인 특징이 무엇인지를 단 한 번도 경험하지 못했다. 나는 항암주사의 후유증인 머리털이 빠지는 일, 헛구역을 올리는 일, 입 안이 헐어서 밥을 먹기 어렵다는 따위의 부작용을 단 한 번도 경험한 일이 없었다는 뜻이다.

그러기에 한 달에 한 번 항암주사를 맞고 일어서면 그대로 연구실로 달려가 집필에 임하거나, 강연장 연단에 서서 두 시간이 넘도록 입품을 팔면서도 아무 지장도 받질 않았다. 이런 일상은 당사자인 나보다는 오히려 지켜보는 사람들이 의아해하였다. 내게 선고된 폐암의 문제가 하늘의 소관이라면 '건전한 일상'에 매달리는 깃이 최선의 치료 방법일 뿐, 내가 할 일은 따로 없을 것이라고 확신하였던 탓이다.

　나는 그쪽 방면의 전문의가 아니면서도 암세포는 심심하게 내버려 두는 것이 최상의 치료법이라고 믿었기에 암에 관련된 책을 찾아서 읽은 일도 없거니와 TV를 보다가도 암에 관한 정보가 나오면 채널을 돌려버릴 정도로 냉정하였다. 자신의 암에 대한 생각이 깊으면 깊은 만큼 암세포는 기승을 부린다고 믿었던 까닭이다.

　결국 암세포를 방치해 두기 위해서는 '건전한 일상'에 매달리는 것이 최선의 방법임을 몸으로 터득한 셈인데, 담당 주치의도 이에 동감을 표시해 주었다.

　나는 인명재천(人命在天)이란 말을 하늘의 뜻으로 받들며 살아왔다. 어떠한 명의도 죽어가는 사람을 살려낼 수가 없다는 생각, 같은 뜻으로 어떤 명약도 병을 다스리지는 못한다고 확신하는 편이다. 오직 하늘만이 인명을 관장할 수 있다는 게 내 굳건한 신앙이다.

　나는 크리스천이 아니면서도 문학을 위해 『성경』을 읽었고, 조계종 총무원장인 경산(慶山) 선사의 주도로 팔뚝을 태우는 연비의 의식을 거치면서 '법련(法蓮)'이라는 법명을 받았어도 착실한 불교도가 되지를 못한 처지지만, 『법구경』은 욀 정도로 여러 번 읽었다.

　삶에 대한 나의 신념은 확고한 편이어서 일신에 관한 일은 흔들리거나 주저하는 일이 거의 없었으므로 1천여 명의 신도들이 참석한 일요일 낮 12시 예배의 교단에 서서 두 시간이 넘는 설교에 임한 일도 있었고, 또 100여 명의 불도들이 참석한 법당에서 불교의

1973년 드라마 「연화」를 쓸 때 손경산 총무원장으로부터 받은 연비의식

도리를 강론하면서도 열화 같은 박수와 갈채를 받은 일도 있다.

　결국, 나에게는 투병이란 말은 성립되지 않았다. 때문에 모든 일이 일상과 조금도 다름이 없었기에 그 날 이후, 청아출판사를 통해서는 역사에세이집『문묘 18현』, 『국가란 무엇인가』, 『역사란 무엇인가』를 비롯하여『세종, 대한민국 대통령이 되다』등 네 권의 저서가 출간되었고, 다산출판사를 통해서는 역사소설『왕을 만든 여자』(인수대비: 상·하권)가 간행되었다. 또 선출판사에서는 내 평생의 소망이었던 신봉승 희곡집『노망과 광기』와 실록역사소설『이동인의 나라』(3권), 『소설 1905』, 『혁명의 조건』등이 출간되어 과분하게도 80년 내 생애에 150여 권의 저서를 가지게 되었다.

　샘에서 솟아난 한 점 물방울이 시내가 되고 강이 되어 바다에 이르러 넘실넘실 춤을 추게 되기까지 함께 동행하였던 맑은 바람이나 거친 눈보라도 지금은 모두 낙조의 노을로 함께 물들어 있어도, 내일이면 더 새롭고 우람한 태양과 함께 장강을 이루면서 또 도도히 흘러갈 것이 아니겠는가.

3사단 학도요원 시절

1950년이면 고등학교 1학년 때다. 이 해에 학제가 변경되어 고등학교의 제도가 처음 생겼다. 나는 학제가 변경된 강릉농업고등학교에 입학을 한 지 두 달 남짓 지나서 6·25 사변을 맞았다. 적 치하 1백 일 동안을 다락에서 숨어 지내면서 별별 흉한 꼴을 다 겪고서야 9·28 수복의 감격을 맛보았고, 그 흥분을 이기지 못하여 바로 다음날 육군 제3사단 정훈부의 학도요원으로 지원, 특채되었다. 그림 솜씨가 뛰어났던 탓으로 주로 포스터를 그리고, 표어를 써서 거리에 내다붙이는 일을 하였다. 새로 미국 대통령으로 당선된 아이젠하워 장군의 방한도 이때의 일이어서 이마가 훤한 그의 얼굴을 커다랗게 그리고 〈위라이크 아이크〉라는 영문자를 적은 포스터를 수백 장 그렸던 일이 어제만 같다. 그때 함께 일한 친구들은 모두 학도병으로 전환되었는데, 나는 어머님의 강청을 이기지 못하여 학교로 돌아가게 되었던 것이 지금도 못내 아쉽다.

강릉사범학교 졸업기념

강릉사범학교의 국어선생님은 최인희 시인과 황금찬 시인이셨다. 시골 고등학교에 현역 시인
선생님이 두 분이나 계시면 일단은 학교의 자랑이고, 그룹활동인 문예반이 활발한 것은 당연한
이치다. 강릉사범학교의 문예반에는 교지 외에도 시동인지 「보리밭」을 수시로 간행하곤 하였는데,
학생과 선생님의 구분이 없이 작품을 게재하였던 탓으로 이웃 고등학교 학생들의 부러움을 샀다.
이로 인한 더 재미있었던 일은 외지의 문학평론가들이 동인지에 실린 작품을 평하면서 두 분 시인
선생님의 시를 학생의 작품으로 오인하여 호되게 폄하한 일도 있어 우리를 즐겁게 하였다. 사진은
시계 방향으로 필자, 신추승, 심구섭, 변명옥, 김성길 등 당시 학생시단의 스타들이고, 앉은 이가
젊은 날의 황금찬, 최인희 시인이다.

조병화, 박고석과 함께 강릉시내에서

내가 중앙대학교 국어국문학과에 입학한 해의 초가을, 편운 조병화 시인과 화가 박고석 화백께서 강릉을 찾아주셨다. 박고석 화백은 당연하지만, 조병화 시인도 스케치북을 지니고 다니면서 수시로 마음에 드는 실경을 스케치하시곤 하였다. 문학청년이었던 나는 그런 스승들의 모습이 무척도 부러웠던 일이 마치 어제 일과도 같이 생생하다. 오죽헌, 선교장 등 그림이 될 만한 곳을 안내하고 나면 당연히 경포대 해수욕장으로 달려가 싱싱한 생선회를 안주로 소주잔을 기울이게 된다. 그때의 종횡무진했던 화제는 내 진로에 막중한 영향을 끼쳤던 것으로 기억된다. 문화의 변방에서 자라는 신인 청년에게 문화의 본바닥에서 벌어지고 있는 정보는 경이적일 만큼 충격이며 천금과도 같았던 체험임이 지금도 선하게 기억되곤 한다.

박봉우 출판기념회

1960년, 4·19학생혁명이 휩쓸고 지나간 거리에는 젊은이들의 활기가
넘쳐났다. 『휴전선』의 시인 박봉우는 젊은 문인들의 히어로였다.
조선호텔 담장에 오줌을 갈기면서 "청와대가 우리 집이다."라고
외쳐대면서 4·19 기념 시집 『사월의 화요일』을 상재하였다. 나는
그 시집 출판기념회의 사회를 보았다. 월탄 박종화 선생(앉으신 분)을
비롯한 원로 문인들이 대거 참석하였다. 저자 박봉우는 프로그램을
진행하는 내게로 다가와 소주잔을 권할 정도로 흥분했었다.
그리고 얼마 후 경향신문 최영해 부사장으로부터 박봉우 시인이
정신질환으로 청량리뇌병원에 입원하였다는 연락(명함 후면)을 받았다.

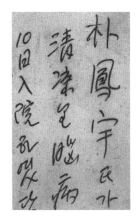

네오드라마 동인회

1962년 무렵의 명동은 동인지(同人誌)의 물결로 넘쳐났다. 시인은 시인 대로, 평론가는 평론가 대로 경향이 같은 문인들이 모여 때로는 격렬하게 토론하고 그 결과를 책으로 내곤 하였다. 곧 영상시대가 열릴 것으로 확신한 젊은이들이 「네오드라마 동인회」를 발족한 것은 참으로 특이하고 주목할 만하다. '네오'는 이태리언 리얼리즘에서 따온 〈새로움〉이란 뜻이고, 시네마라는 말 대신 드라마를 표제어로 내건 것은 다가올 영상시대를 내다 본 선견지명이 아닐 수 없다. 참여한 문인들도 다양하여 시인으로 박봉우·신기선·강민·김종원, 평론가로 김상일·신봉승, 언론인으로 최재복, 영화감독 조운천 등 패기 넘치는 젊은이들이 모여 곧 밀어 닥칠 영상시대를 대비하자면서 목청을 높인 일은 지금 생각하여도 대견한 열정이 아닐 수 없다.

김수용과 나

월간 문예지 『문학예술』로 등단한 소설가 이시철이 두툼한 교정용지 묶음을 풀쑥 내밀면서
말하였다. "신 형, 이거 좀 살펴봐 줘." 일본의 유명한 소설가 이시사카 요지로(石坂洋次郞)가 쓴
『햇볕 쪼이는 언덕길』을 우리나라의 풍속에 맞추어 번안(飜案)했다면서 제목은 「청춘교실」이라고
할 예정이라고 한다. 잔재미가 넘쳐나는 청춘소설이었다. 아직 우리나라에는 이런 장르의 소설이
없었기에 영화가 된다면 충격을 동반한 흥행작품이 되리라는 확신으로 시나리오를 썼고, 바로
이 작품을 김수용 감독이 연출하여 우리나라 청춘영화의 효시가 되게 하였다. 이 작품을 계기로
김수용 감독과 나는 「갯마을」, 「저 하늘에도 슬픔이」, 「산불」, 「봄·봄」 등 수많은 문예작품을
함께 하면서 반세기가 넘은 우정을 나누며 오늘에 이르고 있다.

나의 첫 출판기념회

1966년, 나는 처음으로 내 저서를 갖게 되었다. 33세의 젊은 나이로 한양대학교 영화과 학생들에게 시나리오 작법을 강의하면서 그 강의안을 책으로 묶은 것이 내 최초의 저서인 『시나리오의 기법』이다. 워낙 책 내기가 어려웠던 시절이라 친구들의 강권에 밀려 무교동의 호수그릴에서 출판기념회를 하게 되었다. 문학계와 영화계의 대선배들까지 대거 참석하여 주신 덕에 뜻깊고 거창한 출판기념회가 되었다. 평론가 이영일의 사회로 진행되면서 김동리 선생과 김승호 선생이 축사를 하였다. 그때의 빛바랜 사진을 보고 있노라니 참석해 주신 대부분의 원로와 선배들은 물론 동료까지도 이미 타계한 분들이 많아서 지난 시절의 무상함이 절절하기 그지없다.

합동 시나리오 작업

1974년 겨울, 태창영화사의 김태수 사장이 〈임진왜란〉을 아우르는 이순신 장군의 일대기를 70㎜ 초대형화로 제작하겠다고 선언하였다. 당시 한국영화의 시장사정이나 일반적인 여건으로 미루어본다면 폭탄선언이나 다름이 없다. 시나리오를 쓰는 일도 파격이어서 최금동, 김강윤, 이영일, 신봉승 등 당시대 최고의 작가들을 동원하여 공동집필로 시나리오를 완성하겠단다. 선정된 시나리오 작가 네 사람은 영화사에서 지정해 준 충무로의 대원호텔에서 집필하기로 하였고, 낮에는 네 사람의 작가가 토론으로 각 장면을 나누고, 담아야 할 내용 또한 공동으로 정하면 최금동 선생이 밤을 새워서 그렇게 정해진 내용을 원고지에 담았다. 날이 밝으면 나머지 세 사람의 작가가 씌어진 원고를 정밀하게 점검하면서 다시 다음 장면을 토론으로 정하는 식의 전대미문의 작업방식으로 시나리오가 완성되었다.

심수관 취재

사쓰마야키(薩摩燒)는 일본이 세계에 자랑하는 도자기의 명품이다. 그 명품을 임진·정유년의
왜란 때 일본으로 잡혀간 조선인 포로들이 구워냈다. 그 조선인 포로의 14대 심수관이 지금도
물레를 돌리고, 가마를 열어서 명품 사쓰마야키를 구워내고 있다는 소식은 충격이 아닐 수
없었다. 나는 불문곡직 그를 취재하여 TV드라마를 쓰겠다는 결단으로 가고시마로 달려가
그를 만나 역사적인 배경을 정밀하게 조사하였고, 관련된 지역이나 사료를 취합하여 드라마로
쓰게 되었다. MBC-TV에서 방영된 일일연속극 「타국」은 현지촬영이라는 새로운 분위기와
이색적이면서도 학문적인 소재라는 점에 힘입어 충격적인 화제를 모았고, 14대 심수관은 일약
한국에서도 명사가 되었다. 따라서 나도 공부하는 작가로 평가받으면서 더 새로운 드라마의
세계를 구축하는 계기로 삼았다.

시바 료타로와의 대화

나는 어느 글에선가 일본이라는 나라에 시바 료타로(司馬遼太郎)라는 발군의 역사소설가를
태어나게 한 것은 하늘의 가호가 있었기 때문이라고 쓴 일이 있다. 1억 3천만 일본 국민들이
자부심 넘치는 역사인식을 갖게 된 것은 역사학자들의 노고가 아니라 전적으로 시바 료타로라는
한 작가의 노고였음은 모든 일본 국민들이 인지하고 있다. 그러나 시바 료타로는 천하의 공인답지
않게 조선이나 한국의 역사에 대하여는 심한 편견을 가진 일본의 국수주의자적인 오만을
과시하는 대표주자라 해도 부족함이 없을 줄로 안다. 나는 그와 처음 만났을 때 바로 그 점을
지적하며 바른 역사인식을 가져 줄 것을 청했으나, 그는 대 작가답지 않게 변명하기에만 급급해
했다.

대종상 각본상 수상

내가 쓴 시나리오의 편수는 창피할 정도로 많으면서도 원작소설을 각색한 작품이 대부분일 뿐, 오리지널 시나리오를 쓸 수 있는 기회를 좀처럼 잡지 못했다. 그럴 수밖에 없는 것이 「갯마을」, 「산불」, 「독짓는 늙은이」 등 이름 있는 원작소설을 각색하는 작업에 떠밀려 있었던 탓으로, 오리지널 시나리오를 쓸 기회를 잡을 수가 없었다. 만일 나이 들어서 전집이라도 내게 된다면 난감해질 수도 있겠다 싶어 일부러라도 오리지널 시나리오를 한 편 써두어야 하겠기에 용기를 내어 완성한 시나리오가 「수선화」이다. 어느 비오는 날 야외에서 아기를 분만한 여인의 수치심을 돌보아주면서 고아원을 운영하게 해 주었고, 그 후원자를 자처하는 장교와의 애틋한 사랑의 얘기를 담은 시나리오인데, 최훈 감독의 메가폰으로 영화가 되어 영광스럽게도 제12회 대종상의 각본상과 그해 아시아영화제에서도 각본상을 수상하였다.

야마타 노부오와 함께

일본인 시나리오작가 야마타 노부오(山田信夫)는 1932년생이어서 나보다 한 살 위고, 대작 「인간의
조건」, 「화려한 일족」 등을 쓴 일본의 초특급 시나리오작가다. 나는 그와 함께 미래의 한·일
영화관계를 적립하기 위해 많은 노력을 하였다. 한·일 최초의 합작 TV드라마 「여자들의 타국」은
그와 내가 이루어 놓은 한·일 방송사의 금자탑이라 하여도 과언이 아니다. 야마타 노부오는
일본에 관한 한 내 훌륭한 스승이었고, 덕분에 나는 다른 사람에 비해 정확하게 일본에 관해 알고
있다는 자부심을 갖게 되었다. 그 소중하였던 야마타 노부오는 65세의 아까운 나이로 세상을
떠났다. 내가 그리도 자주 드나들던 일본 땅이 싫어지면서 그곳을 여행하는 일까지 뜸해진 것도
그가 없는 일본 땅이 너무도 삭막해서가 아닌지 모르겠다.

『머나 먼 해협』 출판기념회

대학 후배인 『국토』의 시인 조태일은 '시인사'라는 출판사를 경영하고 있으면서 내 TV드라마 선집을 출판해 주겠다고 제안하였다. 재정적인 손실을 각오하지 않고서는 불가능한 일이어서 나로서는 선뜻 받아들일 수가 없었어도 마다할 일도 아니어서 우물쭈물할 수밖에 없었는데 뚝심 넘치는 조태일 시인은 내 억지사양을 무시한 채 제1권 『머나 먼 해협』을 간행해 주었다. 한국에서는 처음 출간된 TV드라마의 작품집이어서 시청 앞 프라자호텔에서 출판기념회를 하였는데, 문자 그대로의 대성황이어서 각계의 많은 유명 인사들과 출연한 탤런트들까지 참석해 주었다. 그 뒤로도 제2권 『승자와 패자』, 제3권 『전선묵시록』 등 모두 다섯 권으로 된 전집으로 완간해 주었다. 조태일 시인은 일찍 세상을 떠나면서도 내 전집 출간으로 인한 손실을 입에 담지 않을 만큼 그릇이 큰 후배였다.

오야마 가쓰미

TBS 동경방송국은 일본의 민간방송국에서도 단연 선두를 달리는 이름 있는 방송국이고, 일본의
TV드라마를 앞장 서서 끌고가는 기획의 메카라 하여도 손색이 없는데 그 선봉에는 오야마
가쓰미(大山勝美)라는 발군의 프로듀서가 있었기 때문이다. 일본국의 TV드라마가 사양길로
들어서던 1970년대에 그는 놀랍게도 제작비 1억 엔을 투입한 「바람이 불타다」라는 대형드라마를
만들어 일본의 TV드라마를 구해냈다 하여 〈1억엔 PD〉라는 별명을 얻기도 하였다. 그와 나의
인연은 이방자(李方子) 여사의 일대기를 합작드라마로 만들기 위해 의기투합하였으나, 그는
시나리오작가 야마타 노부오와는 달리 극히 일본인적인 사고방식의 소유자여서 모든 일을
이해타산을 전제로 했던 탓으로 실제로 결과물이 나오기가 어려웠다. 그와 사귄 지가 오래되어도
시원하게 맺어진 일이 없는 것이 마치 한·일 관계의 원형을 보는 것 같아 쓸쓸하기만 하다.

쓰노타 후사코 할머니

쓰노타 후사코 할머니는 내 어머님과 동갑이면서도 나에게는 언제나 동등한 남녀로 만날 것을 강청하곤 하였다. 나는 그녀의 대표작 논픽션인「민비암살」과「두 개의 조국」을 쓸 때 많은 자료를 제공하면서 조언을 하였던 인연으로, 일본에서 만나도 정종대포를 기울일 기회가 많았다. NHK의 대표적인 프로듀서이자 연출가인 오카사키 사카에(岡崎榮)가 그녀의 논픽션「두 개의 조국」을 다큐멘터리로 제작하겠다면서 나에게 한국측 리포터로 출연해 줄 것을 청해왔다. 일본어가 조금 서툴기는 하였어도 그 뜻이 갸륵하여 출연을 하게 된 것을 계기로 쓰노타 후사코 할머니와 더 자주 만나게 되었지만, 노령이라 기력이 쇠진하고 있음을 자주 느꼈다. 그리고 몇 년이 지나서 NHK 화면을 통해 그녀가 노인 하우스에서 작품을 쓰고 있는 안쓰러운 광경을 보게 되었다. 아마도 지금쯤은 이 세상 분이 아닐 것이라는 생각으로 마음 한켠이 허허하게 비어오기도 한다.

최금동 선생과 허균 문학비

시나리오 작가 최금동 선생은 내가 4세일 때, 동아일보사의 신춘문예에 「애련송」으로 당선한 대선배다. 그때 최 선생의 나이 20세여서 나와는 무려 16년 차가 나는데도 돌아가실 때까지 오직 동료작가로, 또 각별한 친구로 대해 주실 만큼 도량이 넓으신 인품이었다. 더 놀라운 것은 그분의 시나리오는 우리나라 역사에서 취재된 것이 대부분이지만, 모두가 오리지널 시나리오여서 후학들의 귀감이 되고도 남는다. 게다가 모든 주제가 애국혼으로 일관되고 있어 지사적인 덕목까지 갖추고 있다. 후학의 한 사람으로 선생님을 존경하게 되는 것은 바로 그런 점 때문이다. 최 선배님이 마지막으로 준비했던 작품이 연산군 일대기였는데, 그 작품을 쓰실 때는 마포에 있는 내 연구실에 출근하실 정도로 열심히 드나들면서 그때마다 구체적인 질문지를 만들어 오시어 하나하나 점검하시고 확인하시는 모습은 후학들의 귀감이 아닐 수가 없다.

심양, 홍타이치의 무덤

병자호란을 끝낼 때, 삼전도의 수항단에서 인조가 적장인 홍타이치에게 세 번 절하고 아홉 번 머리를 조아리는 '삼배구고두'의 예를 올린 것은 조선역사상 최악의 수치이고도 남는다. 그로 인해 60만 명의 남녀 인질이 엄동설한의 만주 땅을 거치면서 심양으로 끌려갔다. 실로 참담하고 수치스러운 역사가 아닐 수 없다. 1994년, 나는 심양 땅을 여행하면서 홍타이치의 무덤을 구경하게 되었는데, 봉분 전체가 시멘트로 덮여 있어서 "그렇지, 이젠 네놈의 영혼도 밖으로 나오지 못하겠군!"하면서 만족감을 표시하였는데, 관리인의 설명을 들으면서 실소를 금치 못했다. 벌초할 예산이 없어 봉분을 시멘트로 바르게 되었다기에 공산치하의 문화인식에 쓴웃음이 흘러나올 수밖에 없었다.

신상옥 최은희를 만나서 LA

신상옥, 최은희 부부가 북한을 탈출했다는 뉴스는 세계를 떠들썩하게 하였다. 그들은 신변의 안전 때문에 워싱턴에 머무르게 되었다면서 나더러 미국에 와서 함께 일하자고 성화같이 졸라댔다 하지만 연속드라마를 써야 했던 빠듯한 일정 때문에 그들 부부의 간청을 들어 줄 수가 없었는데, 시네텔 서울에서 제작하는 〈한국영화 70년〉의 리포터 역을 맡게 되어 미국에 주거를 둔 문정숙, 조미령 등을 인터뷰하기 위해 미국에 간 김에 LA에서 신상옥, 최은희 부부와 재회하게 되었다. 그때 비로소 나는 그들 부부가 탈출하게 되는 전 과정을 육성으로 들으면서 감동과 스릴에 휩싸였던 기억이 생생하다.

조병화 회장과 예술원 배지

편운 조병화 시인은 언제 어디서건 나를 만나면 "봉숭아 이리 와라, 시집 나왔다."면서 새로 나온 시집에 서명을 해 주시는데, 금장의 파커 만년필에서 새어나오는 초록색 잉크빛이 어찌나 환상적이었는지, 그 후로는 나도 얼추 20여만 장이 넘는 시나리오, 드라마 원고를 모두 초록색 잉크로 쓰게 되었다. 그런 사실이 여러 매스컴에 소개되면서 편운 조병화 시인은 "봉숭이는 나의 청춘이다!"라고 공언하셨다. 내가 어렵게 예술원 회원으로 선임되어 회장실에 인사차 들렀을 때도 예술원 회장이셨던 편운 조병화 시인은 많은 원로 회원님들이 계신데도 큰소리로 "나의 청춘 봉숭이 왔구나. 네 배지는 내가 달아 주어야지." 하시면서 손수 배지를 달아 주셨다.

서울을 사랑하는 모임

지금은 〈문학의 집〉 이사장이신 김후란 시인의 발의로 '서울을 사랑하는 사람들의 모임'이란 뜻있는 모임이 조직되었다. 명색이 서울에 살고 있으면서도 서울의 고궁이나 문화유적 등에 관해 모르는 것이 너무 많아서는 곤란하다는 취지로 서울의 문화에 관심을 가지면서 기억해 둘만한 명소를 방문하여 그 연혁을 살피자는 취지의 글 쓰는 사람들의 모임으로, 참신하면서도 순수하게 느껴졌는데 뜻밖으로 나더러 회장을 맡으라고 한다. 모르기는 해도 역사드라마를 주로 쓰는 작가여서 서울에 산재한 여러 고적에 관해 소상히 알 것이라고 믿은 탓이리라. 그리고 서울의 여러 유적지를 방문하게 되었고, 나는 그때마다 해설을 하는 가이드가 되었다. 일기가 불순하면 실내에서도 관련 지도를 걸어놓고 현장을 방문한 것이나 다름이 없이 해설을 할 때도 있었다.

지행합일의 리더십 강연

여러 기관이나 단체, 혹은 CEO들의 연수가 많아지는 만큼 내 강연 스케줄도 늘어나게 되지만, 강연의 내용은 달라지지 않는다. 일반적인 관점에서 보면 대부분의 사람들(학자를 포함하여)이 역사를 연대기(年代記)로만 읽을 뿐, 행간(行間)으로 읽으려 하지 않는다. 그 결과, 잘 다스려진 역사의 참뜻을 외면하고 잘못된 역사를 되풀이하는 원인이 된다. 내 강연의 주제는 언제나 국가정체성을 강조하고, 역사인식을 고양하는 쪽이어서 뒤틀어진 현실정치와 사회현상을 호되게 비판하고, 그 개선책 또한 역사에서 찾아 제시하는 까닭으로 청중들의 호응이 뜨겁다. 고향을 떠나 서울에서 살면서 문필생활을 하다 보니 필요한 서적은 사서 읽고, 또 많은 친구들로부터 증정받은 책이 헤아릴 수 없게 쌓였다. 게다가 저자의 서명이 쓰여 있다면 귀중본이나 다름없는데 좁은 서재가 가득 차 난감하기 그지 없게 되었다. 생각 끝에 고향의 강릉시립도서관에 기증하고 싶다고 했더니 최순각 도서관장은 책을 받는 것을 계기로 작지만 아담한 기념관까지 마련해 주겠다고 한다. 그리고 심기섭 강릉시장과 여러 기관장들까지 모이게 하여 조촐한 소장도서 기증식까지 마련해 주었다. 나로서는 그날의 감격을 잊을 길이 없다.

초당 예술기념관

나는 일반 문필가와 달리 시나리오나 TV드라마를 써왔던 탓에 기념이 될 만한 자료들이 제법 많다. 그 중의 몇 가지만 살펴도, 내가 소모한 빈 잉크병이 무려 2백 개나 되고, 작품을 쓰기 위한 준비과정을 보여 주는 고지도나 인물구성표, 그리고 각종 영화제에서 받은 수상 트로피, 혹은 육필원고와 같은 희귀한 자료들이 모이게 되었다. 이런 것들을 한눈에 살필 수 있도록 모아둔다면 기념관이 될 수도 있다. 이 같은 취지로 강릉시립도서관 3층에 〈초당 신봉승 예술기념관〉이 마련되었다. 한 예술가의 손때 묻은 평생의 자료들, 그리고 영상자료까지 구비되어 있다면 후학들을 위해서도 귀중한 볼거리가 되고도 남는다. 게다가 아직은 현재 진행중인 작업이 많아서 더 많은 자료가 추가로 전시될 것으로 믿는다. 보다 더 알찬 기념관이 되었으면 하는 것이 나의 소망이다.